青春

贾宏图 著

作家出版社

目 录

附录

编者的话

六月，贾宏图先生来电话，他的声音带来北方的风。我建议他把几年前出版的两大本《我们的故事》重新精选成一本，既可以节省阅读的时间成本，又能低价面世，让广大读者特别是老知青们方便分享。我说，趁着现在精力还行，再为老知青做点事多好。

好！宏图先生一口答应。没过多久，我便收到了他的精选稿，他从《我们的故事》中精选了50篇，又做了一些补充。《我们的故事》两本书700多页，120多个知青人物故事。宏图收集采写的这些知青故事，是他数十年的心血，退休之后终于有时间成书，便一气呵成。那时侯，人们一窝蜂地为商人写作时，宏图先生却不计名利执着于为已经解甲归田的老知青写作。这些文字虽不是“披阅十载”、“字字看来皆是血”，却是带着他的体温和心跳，是被作家梁晓声称为“第一等的情怀”之作。

在那个微雨的午后，我怀着一种期待阅读，那些滚烫的文字，让我又一次看见了他永不退休的激情与思考。我与宏图先生三度合作，每次阅读都唤起我“连自己也烧在里面”（鲁迅语）的激情。《我们的故事》是我在2008年编辑出版的，那时候京津沪杭西安济南等各大城市的媒体都有连载和报道。那一年《我们的故事》在上海美术馆签售，那里正逢陈丹青、李斌、潘蘅生、刘孔喜等老知青们的画展。那天，仿佛是“我们”的一次盛大聚会，从城市的四面八方赶来的知青们，都已是两鬓苍苍，可是眼睛里还存有一丝那个远逝年代的光辉。知青们围着宏图，签售的队伍一直排到二楼，有些老知青还拉着宏图讲自己的故事，那时我感到“我们的故事”还要讲下去。

果然，时隔一年，我们又出版了《我们的故事》续集。

这些年，我一直关注知青问题，我编辑了一些知青作家的书。每读这些文字，常常热泪奔涌，我看到了千百万知青人还在，心未死，中国知青已经成为当今思想最解放、追求自由最坚定的群体。我们把这本新作定名《青春1968》，因为1968已经成了那个特殊时代的代名词。那一年2000万知青奔赴农村，是人类历史上空前绝后的事件。政府为了甩掉失业的大包袱，将这些本该读书深造的年轻人推到农村，那场上山下乡运动一直持续到1977年。“文革”十年，整个中国教育停顿，有的地区因初中生全部上山下乡，停办了高中。有人说，2000万知青成为“文革”的牺牲品与四个现代化的废品。这是个人的不幸，也是国家的灾难。

贾宏图就是1968年的知青，他下乡到黑龙江省建设兵团。在下乡前后，他和知青们一样接触到现实，亲眼看见了文化被文盲嘲笑，知识被愚昧扼杀，民主更被彻底坐压，眼看着青春、理想、人生抱负都付诸东流，知青们渐渐觉醒。1978年底各地知青返城请愿成为最大的“社会不安定因素”，督促中央“认清”不发展经济必然带来的政治后果，从而推动中央“工作重心的转移”。所以，知识青年又成了结束文革的主力军，也是推动改革开放的先遣部队。

所以，不说1968，就说不清楚新中国历史，甚至说不清楚中国的改革开放。

宏图先生是最早开始反思包括自己在内的这一代知青命运的作家之一，他似乎通过写作探寻着自己的精神血缘。他在对一个个知青案例的采访、写作中“反思和审视自己”，他非常坦荡地解剖自己——“由于当年的愚昧无知、狂妄自大、胆怯懦弱、自私和利己，使自己和别人的命运雪上加霜。也许上帝都会原谅我们在那个特殊时代的错误，但我们还是应该毫不回避地记录下来，那可能是我们的后代最为珍贵的人生宝鉴。”宏图的反思，说出的是一代知青这辈子要说的心里话。

有一个知青叫金学和，他能诗文善歌舞爱助人，还在窗台上试验早熟的小麦品种，他是知青们的精神领袖。在一次搬运木头时，他为救战友被原木砸死，省政府追认他为革命烈士。但那是“一次人为的事件”，宏图自此开始反思：“他的死是否值得？”

那个年代，中国的教育就是“革命”、“斗争”、“一不怕苦，二不怕死”。许多歌曲、许多文章、许多英雄事迹都号召人们奉献、牺牲。所以，当公社号召去大江里捞木头，上海知识青年金训华为此献出了自己的生命；大队的羊群落水了，又有天津女知青张勇为救羊而牺牲。木头、羊群和人，孰轻孰重，在今天连幼儿园的孩子都知道，而在那个年代，人们忘记了自己最重要的属性——人。

宏图先生是个非常敏锐也非常有分寸的人，这和他多年从政并在新闻岗位工作有关。他出任过黑龙江省作家协会主席、省文化厅长、《黑龙江日报》社社长，也许有些话他并没有说，但是只要沿着他的追问稍一思考我们就会明白，那些年轻的生命，无论死的光荣还是死得其所，对个人和家庭来说都是最大的悲剧，因为人生只有一次。一个社会需要有见义勇为、甘于奉献，但更需要自由、平等的契约精神。贾宏图的分寸就在这里，他绝不会说：先定契约，后谈奉献，不定契约就不奉献。他只能一次次扪心自问——

> 我们时代造就了许多这样的英雄，英雄舍己救人的事迹不容置疑，但造成英雄的条件是值得反思的。这些年，因为事故还不断涌现英雄，一些人总是把丧事当作喜事办。因为出了英雄，其他就微不足道了。这是更大的悲剧。这样的悲剧还让它演下去吗？……
>
> 尽管死亡是经常发生的，甚至是不可避免的。可是他们的死，是否死得其所？时常使我苦苦地思索，夜不能寐……

《青春1968》真实地再现了那个特殊年代的人与事。1968浓缩了一个时代的青春、热血、盲从和莫名的仇恨，它在人们心中留下了长长的阴影。当年被骗了青春和命运，而今又看见那些鼓吹别人奉献自己贪污腐败的人，老知青们不禁要问：我们献了青春献终身，奉献了终身献子孙，可换来的是什么？我们还要为明天付出多少代价？人们在愤怒之余便是躁动不安，因为失去了安全感。所以我们就看见，地铁门刚一打开，上面的人还没下来，下面的人就往上拥；飞机尚未停稳，人们就慌乱地打开行李箱；开车的路上，常有追尾；只要是排队，就有人加塞儿、破坏规则……人与人充满着戒备、猜疑，甚至仇恨。

对于那段知青历史，宏图非常清醒，这一代人眨眼就会过去，身体在衰退，思想能力与写作冲动都在减弱，如果不抓紧抢救第一手资料，那就真正对不起祖国对不起历史，也对不起自己失去的青春。所以他一直坚持写知青的故事，探索这一段中国历史，《青春1968》，是对中国历史的又一次抢修。

在《青春1968》中，我们能感受到宏图的一种努力、一种抵抗，抵抗生命的自然进程。这种抵抗与不屈依然保留着1968的影子，这代人充满了革命的理想主义，至今依然像当年一样满腔热血，绝不甘心沉沦，哪怕熬干最后一滴血，也要用生命的余辉发出最后的声音——独立表达自己的历史，传承中国知青记忆。

现在，我又一次编辑知青的故事，那些年轻的容颜不断地在案头浮现，他们让我一次又一次想到自己多么幸运！宏图先生笔下的知识青年牺牲的时候，我还在哈尔滨读小学。或许当年我吃的哪一个馒头，就是他们种的麦子。我多么幸运！我是1975年下乡的小知青，1977年就通过刚刚恢复的高考重返城市。我也救过山火，也差点被机器绞死，但是我活着回来了。

回来了，我最想说的就是：热爱生命，热爱这个世界。比起那些逝去的生命，所有活着回来的知青都是幸运的。翻开宏图带给我们的故事，你心里升起的是满足，是珍惜，是爱。我想，这也是宏图最后的表达。

宏图先生历尽沧桑，不论在哪里，他从未放弃对知青历史的追问。他依然在不断地采写知青、回访知青、救助知青和知青的遗孤。过去如此，未来也将如此，这已经成为他生活的一部分。就像他年轻时候在北大荒种麦子一样，他现在依然每日耕耘，为我们播种精神的麦子。

萌　娘

2014.12.7　北京

原序言之一

谁来证明没有墓碑的爱情和生命

我有一个夙愿，要为“我们”——当过知青的“老三届”——写一部书。从2006年5月18日开始还愿，用一种最通俗的办法，在黑龙江省发行量最大的《生活报》上开一个专栏《我们的故事》，每周一篇，经过一年以后，读者纷纷要求能尽快结集出书。正好作家出版社的朋友也对这本书怀有期望，这样一来，这本书就摆在你的面前了。

“在没有战争和灾荒的情况下，老三届可以说是20世纪有文化的年轻人中遭受最多磨难和折腾的群体之一。他们的经历不妨看成一段历史的生命化缩影。‘文革’的具体事端会渐渐淡忘，但这群人及后代却以一种乖戾的生命方式作永久性的记载。”

这话是余秋雨先生说的，出自他的那本《文明的碎片》中的那篇《老三届》的文章。上个世纪90年代的某一年夏天，我曾陪他夜航黑龙江，路上我们讨论过这个问题。

关于知青的回忆文章和文学作品，我的朋友梁晓声、张抗抗、肖复兴和同代作家史铁生、铁凝、叶辛、陆星儿等，已写过许多，每一篇都让我们感动。但他们对知青运动、对老三届的观点却大相径庭。有人认为，我们和祖国一起经历了苦难，我们在苦难中成长，有所作为，因此“青春无悔”。有人认为，我们是“文革”和知青运动的受害者，也是施害者，我们把红卫兵极左的思潮带到了广阔天地，给人民和自己都带来了灾难，我们应该忏悔……

无论别人怎样说，我还是要写，写我和我们自己的经历、自己的感受，为这段历史留下“生命化的缩影”，以告诫人们不能让那些刻骨铭心的悲剧再次发生；也告诉人们，在那个阴风浩荡的年代，在那边塞绝寒之地，也曾有鲜艳的人性之花的开放。

我要写“知青时代”我们的苦难与风流，我还要写“后知青时代”我们的艰辛和坎坷。我要写我们，还要写和我们共命运的父老乡亲。我要写成功者的辉煌和灿烂，我更要写失败者的沮丧和无奈。总之写我们中的许多人在逆境中奋发拼博，把种种人生经历变成财富，把最大的苦难咀嚼粉碎，凭着一股坚定的意志朝前走，和祖国一起从黑暗走向光明。当然我们也会反思和审视自己，由于当年的愚昧无知、狂妄自大、胆怯懦弱、自私和利己，怎样使自己和别人的命运雪上加霜。也许上帝都会原谅我们在那个特殊的时代的错误，但我们还是应该毫不回避地记录下来，那可能是我们的后代最为珍贵的《人生宝鉴》。

我在开辟专栏讲述这些故事时，曾对老知青们说：

朋友啊，朋友，请你告诉我！
把你过去和现在的人生故事告诉我，
把你的苦难和幸福告诉我，
把你的成功和失败告诉我！
因为——我们是时代的标本，
我们是一代苦难的风流。
我们走过漫长的风雪迷蒙的冬季，
我们的青春留在了无花的季节。
然而我们毕竟走过来了。
在那充满泥泞的路上，
我们搀扶而行，
留下一行行深深的足迹。

现在我要对亲爱的读者说，请你看一看我们的故事吧，观望一下我们这群在历史上渐去渐远的身影！

从1968年12月毛主席发出“知识青年到农村去”的指示、全国出现上山下乡的高潮算起，已经40年了。当年的知青逐渐走下历史的舞台，怀旧的情节，让我们再一次走回人生的起点。跟随战友们的脚步，我也回到了我当年下乡的位于大小兴安岭交界的大山褶皱里的那个小山村，我要寻找写满我们爱情的那片白桦林，寻找那埋在白桦林中我的战友的墓碑。很可惜，那片白桦林已开成了大豆地，墓碑早已荡然无存了。我把从地边采来的一束鲜花放在那片地里，点燃了从城里带来的黄纸。我叨念着心中的祭辞，眼泪流在脸上，滴落在地上。那黄纸化成红色的火苗，舞动着向天上飞旋，又化作黑色的蝴蝶，飞向遥远的天际。

回来的路上我们都沉默着，我耳边响起了朴树的那首忧伤的《白桦林》——

天空依然阴霾　依然有鸽子在飞翔
谁来证明那些没有墓碑的爱情和生命
雪依然在下　村庄依然安详
年轻的人们消逝在白桦林
有一天战火烧到家乡
小伙子拿起枪奔赴边疆

我想，我们——当年的知青何尝不是因为战火要烧到边疆，勇敢地奔赴黑龙江，走进白桦林？我们献出了青春，许多战友献出了生命！当年的2000多万年轻人义无反顾地从城市奔向农村边疆，那是人类从未有过的大移民！你想一下，如果这2000多万年轻人在城里不断地折腾下去，中国会是什么样子？大学停办了，谁能在城里给2000万的我们找到饭碗！我们是怀着崇高的理想走的，我们的出走，为共和国承担了巨大的困难！然而一代人付出了青春和生命的代价！我们真的是不该被忘记的。

“谁来证明那些没有墓碑的爱情和生命？”

我来。

那就是这本书。

2007年6月

原序言二

我们为自己哀婉　更为自己骄傲

这是《我们的故事》的续集，上一集写了六十几个故事，这一集又写了50个故事，总算完成了要写100个北大荒老知青故事的夙愿。但是，我的心绪还是平静不下来。

今年的12月22日，毛主席发出“知识青年到农村去，接受贫下中农再教育，很有必要”的指示正好40年，各大城市的知青都自发地组织纪念活动。每一个知青自然要对自己人生中最重要的那段历史进行回顾，但结论却大相径庭。也许历史都是自己写的，而结论要由后人来作。不过今年5月15日在上海美术馆举行的《青春叙事——知青油画展》却石破天惊地对知青运动发表许多精彩的论断，不仅用那些有震撼力的艺术形象，还有诸多名人在展览序言中的表述。

这个颇具历史意义的展览，因发生了四川汶川的大地震，影响力有所减弱，但画家和评论家对知青运动的新认识却长久地写在历史上。这里，我要摘述他们的意见，因为我是纪实文学作家，更习惯用别人的言与行表达自己的思想。

> 40年前兴起的城市青年大规模的上山下乡运动，是影响中国历史进程的重要事件。1700万中学毕业生以及他们的家庭，都深深地被卷入这场声势浩大、无可避让的社会运动中。一代青年由城市而乡村，由学校而社会，告别父母和家乡，走向田野与农村。短则几年，长则十几年，他们在中国边远地区和穷乡僻壤中挥洒汗水，辛

勤劳作，磨炼身体和意志，收获成熟与坚忍。

——周禹鹏（上海市人大常委会副主任、原黑龙江建设兵团4师42团上海知青）

老三届知识青年以花季年华，参与了农村、边疆的社会主义建设，他们有过欢乐、幸福、爱情的回忆；也有失败、挫折、失恋的回味；他们英勇过，也懦弱过；他们伟大过，也世俗过；但无一不真实过……10年际遇，宛若隔世，已经云淡风轻，可甘苦犹存。一生难泯，10年无悔，恰宛如隔日，恍然历历在目，造就了一代人的坚毅、质朴、自律和牺牲精神，升华了此生不渝的理想境界追求。

——冯远（中国文联副主席、原黑龙江兵团5师55团上海知青）

所谓知青运动，是社会的隐痛、时代的败笔；数千万知青以光荣始而被遗弃终。我们不是革命者，但亲历革命的后果；我们不曾参与建设，但个个目睹了背后的代价；过去30年，社会已经草草地安顿并打发了知青一代，此后人到中年晚年，一事无成，既不如上一代标榜革命而创建国家，也不及下一代，能以可度量的各种专业标准跻身国家栋梁。从祖国花朵、红色青年，直到回归芸芸草民，其中千分之一，略有所为。

——陈丹青（旅美画家、原江西宁都黄石公社石子头大队插队上海青年）

在人类历史上有因为战乱和灾荒的人口大迁徙，但从来没有过一次人数如此之众多、时间如此漫长、以纯粹年轻人为主体的如此壮观的生命大迁徙。这样的事情，过去未曾有过，今后也不会再发生。中国历史上未曾有过，人类历史上也未曾发生。上山下乡运动，是用青春、热血和生命谱写的历史强音。知青们用自己的聪明才智给荒原带来文明，用自己尚未完全发育成熟的身躯，在党和国家最困难的时候，支撑了共和国的大厦。他们不仅将青春甚至将自己的生命，托付给了自己为之奋斗、深深挚爱的土地。历史不会忘记知青，也不该忘记知青。

——毛时安（上海美协理论艺委会主任）

我看以上各位从不同角度对知青运动的评价，大体涵盖了对知青运动的各种意见，说出了我想说又说不好的心里话。对这个问题，我还有一个自己的“发明”。在看电影《集结号》时，我泪流满面，不仅是为连长谷子地的那四十几个为掩护大部队撤退而牺牲的战友，也为我们那些为承担国家困难，而在农村、边疆坚守十年左右的2000多万（城市知青加回乡务农的知青）战友难过，如果不是邓小平吹响了“集结号”，我们返回了城市，不知还有多少战友，要在那里献完青春献终身，献完终生再献子孙呢！事实就是这样，是以牺牲2000万知青的青春为代价，在国家经济陷于崩溃的边缘的时候，保持了国家的稳定和经济的恢复和发展。试想，如果无学可上、无业可就的2000万青年人游荡在社会上，中国又是什么样子。我的“发明”，没有艺术家和理论家说的那么讲究，但却是大实话。

没想到我写的这些陈旧的“故事”受到读者的欢迎。这本书，作家出版社第一版印了1万册，根据市场的需要，又加印了6000本，还有加印的可能。我在哈尔滨和上海搞了几次签名售书，都很火爆。当然买书的多数都是老知青，有给自己买的，也有一次买几十本，要寄给在外地的老战友的。也有“80后”给自己的父母买的，他们是知青的后代。我还遇到一个女孩子买两本，一本给母亲，一本给未来的婆婆，她们都是知青。也有的青年是买给自己看的，他们在网上看到了“我们的故事”的片断，想看全部故事，就买书了。我看到了他们在网上的读后感，很感人的。谁说，这一代孩子冷漠？他们有如火的激情，更有冷静的思想，应该说他们比当年的我们更成熟，这是民族的大幸。

为了提高签售的速度，我事先写好一些赠言供老知青们参考，如“青春永恒”、“情系北大荒”、“艰难岁月　美丽青春”、“我们为自己骄傲”等，没想到许多人选了“我们为自己骄傲”这一条，让我写在他们买的书上。可以肯定，他们就是陈丹青所说的那批被社会草草打发的“一事无成”的千分之九百九十九的“芸芸草民”。他们没有抱怨，没有遗恨，没有沉沦，而是乐观地对待人生，平静地生活。他们所表现出来的就是冯远先生赞扬的“坚毅、质朴、自律和牺牲精神”，也显示了他们“此生不渝的理想境界追求”。

我们真的该为自己骄傲。为自己苦难而壮丽的青春骄傲，为自己不屈的“知青精神”骄傲，为自己理想主义和英雄主义骄傲！那是历史留给我们的宝贵遗产。

但是最后，我还是把这篇文章的题目确定为“我们为自己哀惋，更为自己骄傲”，因为我们中的多数人在那场“运动”中失去了青春、梦想、前途、爱情，甚至生命，这一切都一去不复返了，难道不值得哀婉吗？

但是，我们还要骄傲地活着，骄傲地述说着我们的光荣，尽管都是些苦难的故事。哈尔滨医大的退休教授陈先生是在看了汶川大地震的电视后，看《我们的故事》的，他说一样的流泪，一样的感受。我说，因为这些故事发生时，中国也在闹“地震”，不过那是人祸。

社会发展了，时不时地读点苦难的故事大有裨益。就像吃糖太多容易得糖尿病，适当吃点黄连能消炎和败火。中国这样一个大国，在发展中，是不能不遭遇苦难的，无论是天灾，还是人祸。作为过来人，我们应该向我们的后代说出一切，哪怕那是多么痛苦。

也许这就是我为老知青代言这两本书的原因。

我要感谢我书中写到的那一百多个知青战友，无论你们的幸福和痛苦都变成了永恒的历史。

祝愿活着的人快乐安康，祝愿死去的人灵魂安宁。

这本书权当摆在北大荒原野里的知青坟前的一束鲜花吧！

2008年6月5日　写于阿城鸽子洞

1. 孤独的守望者

每当流过这座无名的小山，黑龙江总是放慢了脚步，浪花拍打江岸，哗哗作响。这时小山上的松林也摇动着枝叶，发出沙沙的声响。在风雨交加的夜晚，这声响就变成凄楚低沉的呜咽，在江面上、在山林中久久地回荡。

在无名小山的不远处，有一个不大的村落，在村落的边缘有一栋低矮的房舍，房舍里住着一个女人。每天日出和日落时分，她总是站在自家的门前，倾听黑龙江拍打江岸的声响，遥望那座无名的小山，遥望那山中被山林和荒草掩盖了的7座坟茔。

几十年过去了，她还守望着这座无名的小山，守望着山下那有名的坟茔。山上的树越来越密了，而她的头发越来越稀了；山上的花越开越鲜艳，而她的青春越来越枯萎。想走的人都走了，她不时感到孤独，感到悲凉。

然而，她总是忘不了那一天，也许就是为了那一天，她还要守望下去。

那一天是1970年5月28日。那时她还很年轻，年轻得如山上带露的花朵。她是天津1968届初中毕业生，和成千上万的知识青年一样，带着理想和浪漫来到这黑龙江屯垦戍边。她所在的建设兵团1师独立3营2连就驻扎在黑龙江边。连里有一个打鱼排，排里有一个由女知青组成的织网班，她就是其中的一个。她心灵手巧，很快学会了织网，而且成了其他青年的老师。她热爱这个工作，每当在江边金色的沙滩上支起长长的渔网，姑娘们穿梭飞线，边干边唱："渔家姑娘在海边，织呀织渔网……"后来她被调到附近的一个连队，去当织网班的班长。

5月28日这一天，她突然觉得应该回老连队看一看，她请假说回去取行李，实际想回去会一会小姐妹。她刚到连队，看见织网班的伙伴正在上船，要到十几里外的"渔房子"织网。她也跳上了船，在船刚要启动的那一刻，她突然想留在家里拆洗被褥。（其实她那天有了"情况"，已经不方便行动了。）这时，站在岸上的北京知青贾延云说："你不去，我去！"她是姐妹中岁数最小的，本来是留在家里烧水烧炕的。她跳下了船，而让小贾上了船。排长刘长发摇动小船，船上的7个姑娘雀跃着向她告别的时候，当时她真有些后悔。她们都走了，给她留下一片笑声。

不知为什么，那一天她总是心慌意乱的，什么也干不下去，不一会儿就到江边转一转，盼着姐妹们早点回来。傍晚时分，江上起风了，在她望眼欲穿的时候，天津知青杨大丰哭喊着跑回来了："快去救人，船扣在江里了！"因为她在学校学过游泳，只有她游上了岸，刘排长和6个女知青全被冲得无影无踪了！全连人马都出动了，沿着黑龙江边找边喊，手电筒和探照灯把江面都照亮了。她也在其中边哭边喊。

杨大丰对她说，这一天大伙儿可高兴了，3个小时就把大拉网织好了，然后我们划着小船到江中的小岛上去玩，一起唱歌，一起朗诵毛主席诗词，从来没有这样开心过。中午，刘排长给我们做了一顿吵吵了近一年才吃上的鱼丸子，大家美餐了一顿。

晚上回来时本来要走山路，刘排长说，晚上路不好走，我划船送你们。那是一条小船，坐上7个姑娘，再加上刘排长就有些挤了。当时江上起风了，坐一条船不安全，排长让我们去两个人跟另一条大船走，那船上都是男知青和老职工，谁也不愿意去。

小船走到江中，风越刮越大，天也暗了下来。江水突然涌进船里，船上的人本能地都站了起来，这时刘排长喊："不要慌，不要动！"但不等我们反应，船就翻了过来……我游出水面时，听到有人在喊："下定决心，不怕牺牲……"回头看，那是和她一起下乡的天津知青章秀颖在喊，在为她鼓劲，也是在为自己鼓劲。接着就听着战友们的哭喊声，后来这声音也没有了，江面黑森森的，看不见一个身影，死一般地寂静。

“我拼命地喊，可没有人回答。我游上岸，爬上沙滩，就往连队跑。”

全连人找到天亮，一无所获。这时江畔都是人，团里的领导和师首长都赶来了！这件事惊动了整个兵团，也惊动了北京。周恩来总理指示，要千方百计找到知青的遗体。对岸的苏方提出严重抗议，认为中国有意制造边境事端。接着这件事被上升为“政治事件”——“排长刘长发带6名女知青投修叛国，留下杨大丰潜伏，并指使她谎报军情，以乱视听。”

她们牺牲在黑龙江里

这个转业军人被开除党籍和公职，死里逃生的杨大丰也被审查，失去了人身自由。她被迫一遍又一遍地交代事件发生的经过，专案组想从中找出破绽。杨大丰几乎被审问得精神崩溃了，她整宿地睡不着觉，有时大哭，有时惊叫。全连的职工人人自危。当时黑龙江省正进行深挖“苏修特务”的运动，而地处黑龙江畔的黑河地区是这场运动的重点。这个事件被定性为“苏联特务策划的里应外合的叛逃事件”。

大约半个月后，刘长发的尸体漂了上来。接着发现的是班长、哈尔滨青年许淑香，她衣着依旧，像在熟睡中。哈尔滨知青刘毓芳和北京知青李金凤的尸体是在对岸被苏方发现后，又被送回的。哈尔滨知青孙艳漂到一个争议岛上，尸体已面目全非，她身上的一张照片证明了她的身份。天津知青章秀颖4个月后才被发现，尸体竟然完好无损。北京知青贾延云始终没有找到。

“叛逃事件”也没人再查了。他们被草草地安葬在连队附近一座无名的小山上，贾延云的棺材里装着她穿过的一件旧军装。连队的知青和职工流着泪在这座小山上种了许多松树。

安葬的那一天，天黑沉沉的，后来下了雨。黑龙江上烟雨苍茫，狂风呜咽。

从此我们的主人公——天津女知青俞宏茹变成了另一个人。她不吃不睡，整天坐在江边哭。她说：“贾延云是替我死的……”她一天天地消瘦下去，脸色蜡黄，目光呆滞。她被送到团部医院，怀疑胆被吓破了。又转到师部医院，被诊断为肝昏迷。在小俞得病的时候，连队老党员宋钦柱，总让自己的女儿去看她，有时送来煮好的几个鸡蛋，有时送一碗热面。临到师部医院住院时，老宋让女儿送去50斤全国粮票和50元钱。俞宏茹一直在医院住了8个月，老宋不断派人看她。出院以后小俞又回到了这个连队。老宋还是经常找她到家吃饭，连自家园子里新摘下来的西红柿、黄瓜、香瓜，都给她留着。

这时连里的老职工对她说，人家老宋对你这么好，你怎么报答呀！干脆给人家当儿媳吧！当时她听着脸都红了。老宋的儿子叫宋修江，在另一个连队当农工，她几乎没有见过他更没说过话。有一次小俞在江边游泳，宋修江在江边走过，在两人目光相交的那一刻，两人都红了脸。女伴告诉她，那就是宋修江，你看多精神的一个小伙子，嫁给他吧！当时她的心不禁一阵激动。她本来是有男朋友的，也是知青。可是他回去探家的时候，竟和她连个招呼都没打。也许是因为她得了病。在最困难的时候是老宋一家伸出了热情的手！如果在北大荒生活下去，这一家才是真正的依靠。

1973年7月15日，俞宏茹不顾家里的反对，在连队的一间土房里和宋修江结婚了。当时她只有21岁，也许还不懂爱情，但是她在宋修江宽阔的胸膛上感到温暖，在宋修江有力的臂膀中得到安宁。成家以后小俞的病都好了。大家说，她比过去漂亮了。

以后的日子平淡无奇。在大批知青返城的时候，她没有走，说不清是舍不得老宋一家，还是牵挂着那无名小山上的7座坟茔。后来一个跑到江对岸又回来的人说：“我在老毛子那儿，看到一个中国小姑娘给人家喂马，好像你们连的贾延云！”她总觉得小贾没有死，她要在这儿等着她。开始那几年，每到清明节，或是5月28日那一天，她总是和大家一起爬上小山，去给她们7

个人扫墓。可是后来去的人越来越少了，上山的小路也渐渐长满了树丛和蒿草，她想去也去不了了。

她成了守望者，每天早上和傍晚，她都站在家门口把那座小山遥望，在烟雨朦胧的日子，她好像听到那山里传来她们的歌声和笑声。在雨后天晴的时候，她看到那山里飞起一道彩虹。在狂风暴雨之夜，她突然听到她们的哭声。这时她总是把宋修江叫醒，靠在他的肩膀上，和她一起度过一个无眠之夜。她的泪水浸湿了枕巾。

20年前，我偶然在黑龙江畔的那个叫红色边疆的农场的一个村落里看到了俞宏茹。她和我一路上看到在田园里耕种、在集市卖菜、在自己家门前抱孩子的农妇没有什么两样。她也和真正的农妇一样过着自己的日子。她领我到她家串门，我看到她家门前屋后都种着蔬菜和瓜果，还养着鸡鸭鹅狗。在离她家不远处的江里还泊着一条船。她说，我是靠下江打鱼解决两个在场部读中学的女儿的学费的。她还是自己织网，那网已经很旧很破了。江里的鱼也越来越少了。

那天，小俞和队里还留下的4个知青，请我在一家小饭店吃饭。我们都喝了许多酒，说了许多话。我说，我当年下乡的地方离这儿不远，在你们的上游。喝着喝着大家都哭了，后来又笑了。再后来我们一起来到黑龙江边。我们默默地坐着，谁也不说话，望着那无名的小山，又望着天上悠悠的白云。江边很静，只能听到江水在哗哗地流淌。

我们在守望着什么？

逝去的青春，苦难的岁月，还是那无名山上的坟茔？

又是10年过去了，又是10年过去了。

小俞你好吗？能把你的现状告诉我，告诉读者吗？

这些年，我一直关心着在1970年5月28日遇难的那6个女知青和俞宏茹的情况，后来在网上看到在那次事故中唯一幸存的天津的知青杨大丰的文章，文中对遇难的每个战友的回忆，让我心潮难平，禁不住流下眼泪，那是些多么鲜活而美好的生命啊——

哈尔滨姑娘许淑香，死的那年20岁，她是我们织网班的班长，我们亲昵地叫她“许香儿”。她长得漂亮，眼睛又大又亮，总是水汪汪地像一潭秋水般明澈。她爱笑，笑起来两个酒窝匀称地挂在脸上。当年的我们少不更事，有时闹点小别扭，有时想家抹眼泪，她总是像大姐一样帮助我们。许淑香出身很苦，很小父亲去世，她随母亲改嫁，继父是个工人，生活很紧巴，这锻炼了她特别能吃苦耐劳、干脆麻利的风格。在我们班里无论干什么活，她总是第一个上。她一点不偷懒，也不发牢骚。1970年新年刚过，我们全连进入一级战备状态，男生排进入江边的工事，女生排也转移了，只剩下我们班，大家哭成一团。许淑香坚定地说："大家别哭！我们班9个人生在一起死在一起！我和大丰在前面带路，秀颖的身体不好，她的背包我背。俞宏茹和刘毓芳照顾好金凤、延云！"她领着我们黑夜里急行军，终于找到了连队。"5·28"沉船事件后，许淑香是第二个漂上来的，她的姐姐和哥哥来处理后事。我们把她埋在了刘毓芳的身旁。

你能听到白桦林里她们的笑声吗

哈尔滨知青孙艳是我们的副班长，死时也是20岁。她个子不高，身体微胖，嘴巴噘着，笑时一对小虎牙俏皮地突出来。她爱说爱笑，遇事也爱叫真儿地问"凭什么"、"为什么"，她是我们班公认的"参谋长"。孙艳是个争强好胜的人儿，她在我们班的织网技术也算数一数二的，谁若超过她，她一定撵上去。那时我就知道，她跟打鱼排的哈尔滨知青杨和国是表兄妹，她常去找他。在那个年代，男女知青很避讳相互接触。因为他们是兄妹，大家也就不说什么了。出事后，我才知道他们是恋人关系，是两家老人撮合认可的。

遇难后，她的父母和杨和国的父母都来连队处理后事。家长们在连队熬了十几天，生不见人死不见尸，最后失望地在6月18日离开连队了，几天后孙艳漂了上来。那是一个荒无人烟的小岛，附近的老乡到岛上捡鱼干，孙艳才被发现的。当时她尸首已不全了，就凭她背包里有我们连队食堂的饭票，才知道是我们连的人。当时是杨和国去认领的，因为无法带回来她的遗体，只好在岛上焚烧了。杨和国边烧边哭，然后他把骨灰用麻袋背了回来。后来杨和国认孙艳的母亲为干娘，并一直照顾她，为她养老送终。

哈尔滨姑娘刘毓芳死的时候也是20岁，她高高的个子，虎背熊腰，五大三粗的像个“假小子”。她说话嗓门大，一接触就知道是个爽快的人。她最大的特点是心里放不下任何事，所有的喜怒哀乐都挂在脸上。高兴时，会咯咯地笑个没完，难过时，也会闷闷地谁也不理。毓芳是我们班的壮劳力，班里的重活累活，不用班长安排，她都抢着去干。她心眼实，干活从不惜力，也不偷奸耍滑。毓芳最惦记最心疼的是她的母亲。她总跟我说母亲不容易，新中国成立前闯关东来到东北，丈夫死后，她领着孩子再婚。再婚的丈夫是个工人，挣钱不多嗜酒成瘾。母亲没有正式工作，以糊火柴盒挣钱养家。即使这样穷困，母亲还会接济比他们更困难的人家。沉船事件发生后，刘毓芳的母亲和继父来处理后事。记得她的母亲第一次来到我们织网班的小屋，抱着毓芳的被褥在炕上打着滚哭嚎，那个凄惨的情景至今不能忘。刘毓芳的遗体是苏方在一个江中岛发现，我去辨认的。那时她的脸部已开始腐烂了。我从她身上取下一枚毛主席纪念章，把她衣服剪下一角，留给了她的家人。

北京小知青李金凤是个“小六九”（1969年初中毕业生），死时17岁。她长得漂亮，皮肤白皙得出奇，永远是白里透红，招人多瞧几眼。金凤心灵手巧，干活麻利，织网梭子在她手上仿佛像生风一样，你根本看不清她是怎么穿梭眼的。沉船事件后，金凤的父母都来处理后事，她父亲沉默寡言，母亲能言善辩，是家属们的主心骨。7月1日，金凤的遗体也被苏方发现，已经高度腐烂，棺材里往外爬蛆……后来我回天津探亲，还专程去看望她的老父亲，比去连队时老多了，我心里酸酸的。我走时三番几次地回头看他，他佝偻着腰，频频向我招手。我的眼泪止不住地流。

章秀颖是我同校不同班的同学，是我最好的朋友，死时22岁。她中等个儿，体态均匀。瓜子脸，杏仁眼，白白净净的脸庞，常显得有些苍白。她略带忧郁的眼神，常常放出沉静果敢的光。秀颖本来是可以不下乡的，大串联时徒步去延安时落下了毛病，身体不好。但她还是坚决地和我们一起走了。我们俩分到一个连队，又分到了织网班。因为她经常有病，我背着她找连队的王大夫给她开病假条，这样就可以领病号包饭。那时连队生活清苦，成天就是“两个馒头一碗汤”。病号饭是汤面里卧两个鸡蛋，有时还撒上点葱花，再滴上几滴香油，闻着都香啊。可我端来后，她以自己不爱吃面条拒绝了。她就是这样的人，为了自己的理想，宁愿吃苦，而不麻烦别人。秀颖死后，她的父亲和妹妹来处理后事，当时家长都提出要追认自己的孩子为烈士，唯有秀颖的父亲提出：找到遗体后，把孩子们埋在一起，给她们立个碑。我返城后，曾和她父亲商量，要把秀颖的坟迁回天津郊区。可她父亲不同意，他说还是让她和那几个孩子在一起吧！她的遗体是4个月后从黑龙江里漂浮上来的，当时遗体居然很完整。

北京姑娘贾延云死时也是17岁，她是我们班最小的，是个没心没肺的乐天派。每天早上一起来，就像百灵鸟一样鸣唱。开始说她做了什么梦，接着又说小时候的什么事儿。因为年纪小，干活时常被照顾，可她总是拒绝，逞强非要干最苦最累的活。事件发生后，延云的父母亲都来了。他们特别慈祥和善，忍着自己的痛苦还安慰我。后来我去北京时看过他们，他们还专程到天津看过我。我知道，他们每天都在想着延云！看见了我就好像看见了自己的女儿。遇难的5个姐妹的遗体先后都找到了，只有延云没有找到。20世纪80年代边境贸易活跃，有从俄罗斯那边回来的人说，对岸的一个村子里有个中国哑巴姑娘在喂马。延云的父亲听说后，还到对岸寻找过，却失望而归。2009年，我们当时下乡的那个农场，要给那次遇难已经找到遗体的5个姐妹修坟。他们找俞宏茹问掩埋的顺序，她打电话问我。我马上给农场打电话，请求他们别忘了贾延云。当时修葺的墓地已经竣工，在我的恳求下，他们又从西边扒开了个口子，给延云修了个衣冠冢。这样延云也算回家了，姐妹们得以团聚。已经在黑龙江边安家的俞宏茹真的成了她们的守护神了。

感谢杨大丰让我知道了那次牺牲的六姐妹的音容笑貌，更让读者为这些美丽年轻生命的丧失而痛心疾首。她还介绍了因为这次事件被开除党籍开除公职的排长刘长发的情况，他是这次事件中死亡的唯一的男性。这个只有30岁的河南人是1966年3月转业的老兵。他在部队时入党并立过一次二等功，3次三等功。

杨大丰说：刘长发没有什么文化，说话常带脏字，开始我们对他敬而远之，没有好印象。后来发现他心地特别好，特别善良。当年我们去鱼点补网，他很少让我们下江，总是说："小姑娘家家的，总玩水，将来会得病！"冬天下冰网，撸冻鱼，他坚决不让我们干，生怕我们着凉。捕鱼点有什么好吃的，他总是给我们留着，然后找个茬儿，把我们叫到点上，美美地吃一顿。其实5月28日上岛补网就是为了让我们吃鱼丸子的，刚打上来的鲟鳇鱼肉特别鲜，过去只有皇帝才能吃到。工作结束后如果按他的安排，我们应该上另一条大船，这样再大的风浪也没危险。可我们谁也没上男生坐的那条船，结果悲剧发生了。他和六姐妹一起丧生的，死后又成了罪人。后来他的老父亲和弟弟从河南农村来奔丧，一进屋就给其他死难知青的家属下跪，他的父亲声泪俱下地说：是我的儿子害了你们的孩子呀！他号啕大哭长跪不起。其实刘长发也很惨，他死后3天，他的儿子出生，那时他的女儿也很小，家里又没有了经济来源，后来他的老婆是怎样拖着两个孩子熬过来的呀！刘长发是第一个从江里漂浮上来的，当时就被埋在了不知名的荒山上了。2009年，我回去参加六姐妹墓地揭碑仪式时，听说前一年他的儿子把他的坟迁回河南老家了。我想，那些死去的姐妹可能更想永远和老排长在一起的。

黑龙江边的那位孤独的守望者俞宏茹还在吗？也许读者更关心这个生者的命运。我可以告诉你，她还在黑龙江畔的那座老房子里，和她的丈夫宋修江过着平静的日子。当然，每年的清明和5月28日那个难忘的日子，她会到六姐妹墓地为她们扫墓。有时，她也会去几十公里外的黑河市爱辉镇，那里建了一个"知青博物馆"，陈列着"5·28"事件牺牲的6位战友的事迹，她去讲解、去告诉远方的客人过去的故事，每一次她都泪流满面。

去年4月，俞宏茹去北京看望在那里打工的女儿，可能她太兴奋了，突发心肌梗塞，被送到同仁医院抢救，在生命垂危的时候，知青博物馆的同志在自己的网站发布了她的病情，众多老知青捐款为她成功地做了手术。7月，俞宏茹在网上发出了自己的感谢信，感谢几十个给她捐款的老知青，感谢他们又一次给她生命。她感谢的名单上第一个就是她的老战友：杨大丰！

在写这篇稿子时，我又打开了黑河的知青博物馆的网站，又看到了俞宏茹的消息：今年（2012年）的1月19日（腊月二十六），知青博物馆的同志们到黑龙江畔她的家中慰问她，给她和老宋送去了1000元。

我看到了俞宏茹的笑脸，她竟比十多年前更年轻了！

2. 我不想告诉你她的名字

我不想告诉你她的名字，但我要告诉你她的故事。不想告诉你她的名字，是因为某种承诺，但是故事肯定是真实的。为了叙述的方便，我们暂时称她为小荣吧。

十几年前，我曾去北大荒采访，寻访那些被遗忘在荒原里的老知青。举世瞩目的中国知青运动，20 世纪 70 年代开始进入尾声。战斗在北大荒（黑龙江建设兵团）的 50 万知青陆续回到自己曾走出的城市。大概只有百分之一二的知青留在了北大荒。当返城的知青因北大荒的经历受到人们敬重的时候，留在北大荒的知青还在默默地过着艰辛的日子。当“知青饭店”、“北大荒餐馆”成为城里人最时髦的去处时，留在北大荒的老知青坐在自家的土炕上喝着自己酿造的苦酒。他们渐渐被人们遗忘了，甚至也被自己遗忘了。有时回访的老知青像衣锦还乡的状元一样受到农场职工前呼后拥的欢迎，他们却躲得远远的，不想和老战友见面，好像自己做错了什么事一样无颜见江东父老。其实他们的心里真的很苦。

不知为什么，每次参加城里知青的集会，我总会想起他们。作为一个曾信誓旦旦“扎根边疆”并倾力鼓吹（当时我在黑龙江建设兵团报社当记者）如今却在城里幸福生活的老知青，我觉得欠他们一份情，欠他们一份债。后来的许多事实证明，越是激情满怀、豪情万丈的人激情冷却得越快，最早离开北大荒的，往往是那些誓言最响的“扎根派”。在离开北大荒 10 多年后，我悄悄地离开喧嚣的城市，又走进这片曾洒下我青春汗水和泪水的土地。也许我只有为留在这里的战友写点什么，我的灵魂才能安宁。

这是一次艰难的采访。30 多年前，北大荒的知青就像开遍原野的山花，随处可见，到处可采。可是现在寻找一个老知青，就像采一棵人参一样艰难。我到了黑龙江农垦总局，也到了 10 多个农场，谁也说不清楚，现在还有多少知青留在了北大荒。有的名在人不在，他们办了退休手续回老家了，但还是农场的人；有的名和人还都在农场，却不想接受我的采访。往事不堪回首，他们宁肯被人们彻底忘记。小荣就属于后者。

那一天，我风尘仆仆地来到三江平原腹地的一个农场，这是1958年王震将军带领10万转业官兵最早创建的大型国营农场之一。这一带兵团时期叫"建设兵团3师"，现在为红兴隆农场分局。从1963年开始就有知识青年来这个农场屯垦戍边，到70年代初，这里的知青达2万多人。农场宣传部张部长说，现在还有知青大概不到百人了。他说，我认识一位女知青，是你们哈尔滨老乡，经历坎坷，在生产队当老师。明天我领你去采访。我说，最好先打个电话，否则到时找不着她。张部长说，没问题。

第二天，场里派了一台吉普车送我们去小荣所在的生产队。北大荒无垠的原野让人心醉，我们的吉普车像快艇一样在绿海里航行。景色依旧，然而农场的境况已今非昔比了。农场已划分为若干个家庭农场，显示出新的活力，但由于粮食价格不合理等问题，农场的经济还面临许多困难。半军事化的乌托邦式的田园诗已成为遥远的回忆，在新的生产关系组合中并不是每一家都成为富足的小农场。一个小时后，我们赶到了小荣所在的分场，领导说，已给生产队打过电话，小荣在队里等你们。10分钟后我们赶到生产队，曾是小荣学生的队长说，我已通知她了，让她在家等着。可是家里外头都找不到小荣。

张部长突然想起，刚才我们来的路上好像有两个女的正往分场走，其中有一个可能是小荣。说着他领着司机开车回头去追。不一会儿，张部长把小荣"抓"了回来。原来小荣有意回避我们，她听说我们要到队里来就往分场跑，走到路上发现后面有车来了，马上钻到路旁深沟的蒿草里。张部长把车停在路旁，大声地喊："出来吧，我都看见你了！"张部长在分场当过副书记，管过教育，和她很熟。小荣从草丛里出来说："我哪还像个知青，没脸去见作家！"张部长说："作家也是老知青，大老远来看你，怎么能不见呢！"就这样，张部长用车把她拉了回来。一路上小荣还是叨叨咕咕的，满心的不情愿。

在小荣和我握手的时刻，她泪眼迷蒙，我也不禁一阵心酸。岁月给她留下了太多的痕迹，她的穿着和形象与村妇无异，脸色黑黑的，皱纹深深的，头发像荒草一样凌乱，对她来说，"知青"只是一个历史概念而已。

"你原来是哪个学校的？"

小荣和她的孩子

“你是哪年下乡的?”

“下乡在哪个团?”

和所有的老知青一样，只要唠起这几个话题，马上成了无所不谈的老朋友。就像全世界的无产者，只要唱起《国际歌》，就成了一家人。在挂满灰尘的生产队办公室，一问这几个问题，小荣的话匣子就打开了，和我谈起她从不愿意对别人说起的故事:

“我是1966届初中毕业生，1968年11月下乡的。当时也是豪情满怀的，是一路上唱着歌来的，和电影《军垦战歌》的情景一样。‘迎着晨风迎着阳光，爬山过水到边疆。’可是一到农场就傻眼了，什么兵团?和农村也没啥两样，都是一片大雪覆盖的土房，然后就是一望无边的雪野，一点生气都没有。来到连队第二天就下地干活，是在雪里扒苞米，又冷又累，干了一天还看不到地头，我坐在地里就哭，鼻涕一把泪一把的，都冻在了脸上。

“后来我就当炊事员，天不亮就起来做饭，大冬天到井沿挑水，一气要挑十几担，开始一步三晃，肩膀都压肿了，后来挑水也不觉累了。以后我又到猪号当饲养员，这也是个又脏又累的活，又是挑猪食，又是起圈，一天也是紧忙活。到了猪下崽时整夜守着，有时把小猪搂在自己怀里。我养的猪又白又胖，可好玩了。”

说着她笑了起来，我依稀还看得出一个活泼天真的女知青的样子。她笑的时候，满脸的皱纹都化成了花纹，让人高兴。

“反正连队什么苦活累活脏活我都干过，一直干到1976年3月，我被调到连队学校当老师，小学、初中，我都教过。我本来只有初中文化，为了教好孩子们，我真是下了不少功夫，曾多次被评为优秀教师。因为连里教师少，我放弃了许多出去进修的机会，结果连个大专文凭都没有，职称也没评上。没有职称，就不算干部，待遇和其他职工一样。最宝贵的机会让我失掉了，但并不后悔。

“随着年龄的增长，婚姻问题也提出来了。当时追求我的男知青也有，我却爱上了我们连的副连长老陈。这也许是命运的安排吧!其实老陈也不老，只比我大6岁。他哥哥是1958年转业的军官，他初中毕业从广西来到农场当工人，也算个知青吧!他刚刚离了婚，那女人不愿意和他在北大荒受苦，扔下两个孩子走了。那两个孩子，大的是男孩，才10岁，小的是女孩，只有7岁。老陈工作很累身体又不好，拉扯两个孩子很不容易，看着让人心疼。当时，我对老陈说，我年轻身体好，什么活都能干，我帮你把两个孩子抚养成人吧！老陈说，那怎么行！你这么年轻，我不能拖累你一辈子。你赶快返城吧，回到哈尔滨什么对象找不着！老陈说得特别诚恳，他越这么说，我越心疼他，越离不开他了。那时像我这样心眼实的女知青很多。

“当时是1977年，大批知青返城了，我爸也给我办好了回城接班的手续。可是我坚持没走，和老陈结了婚，成了两个孩子的妈妈。结婚很简单，没有操办，因为老陈没有那个实力。我一进家门就成了两个孩子的妈！连里谁都知道，我待他们特别好。他们也把我当成他们的亲妈妈。

“没想到结婚才几个月，老陈就得了病，到城里一检查是肝癌。我是泪水往肚子里咽，只能半夜里偷着哭。我领着老陈到处看病，花没了我们的所有积蓄，还欠了不少的债。当时我正怀孕，什么也舍不得吃。我生下儿子还没满月，老陈就去世了。他临死前说：‘我真对不起你！我们结婚才一年多，给你扔下3个孩子，太难为你了……’我说：‘你放心吧，这3个孩子我一定给你抚养成人！’

“老陈死的时候都没闭上眼，两个大一点的孩子抱着我哭成一团，我对他们说：‘你爸死了，还有妈妈，我已对你们的爸爸作了保证，一定把你们养大成人！’

说到这儿，小荣已是满脸泪水了。我强忍着泪水，可心里如刀割一样难受。

“那以后的日子你们娘儿个是怎么过来的？”我难以想象，他们的日子会是什么样子。她用手抹去脸上的泪水，淡淡地笑了笑。

“我也说不清那些日子是怎么熬过来的。当时我每月只有37元的工资，要还老陈生病欠下来的债，还要抚养3个孩子，真是难得没法说，可是我们总算过来了。在最困难的时候，1985年我又和队里开康拜因的老王结婚了。我们俩是苦命相连，他原来的爱人是个知青，因车祸死了，扔下一男一女两个孩子。别人撮合说，你也太苦了！老王人好，帮你一把，日子也会好过一些。这回我成了5个孩子的母亲，有老王和我共同支撑，我们的日子虽然很苦很累，但总算像个家的样子。现在这5个孩子都长大了，老陈的大儿子，我一直供他读到中专毕业，现在我们附近的六队当副队长，是个很有能力的小伙子。老陈的大女儿长大后，让她生母接走了。老王的大女儿按政策回城工作了，常回来看我们。我的小儿子和老王的小女儿都在场部读高中，他俩正好在一个班，像亲兄妹一样互相帮助。”

“你现在还当教师吗?”我问小荣。她说：“早就不当了。生产队的学校都撤了，集中到分场去办了，有学历、有职称的老师都调到分场。我啥也没有，只能留在队里。别人说，你应该到上面找一找，当了这么多年的老师怎么一下子变农工了！我说，算了，在哪都一样干活吃饭。再说，还有一个婆婆是精神病，还要我照顾，我哪也不想去了。我现在的活是看麦场，你没看我晒得这么黑吗?！这都是老头干的活儿，队里也算照顾我了。场里有好几年没给我们开工资了，一共欠我们 4 万多元，补发后，我又从哈尔滨的家里借了 1 万多元，用这些钱我们从队里买了一台康拜因。老王用这台机器在麦收和秋收时给别人家干活。我们家的日子不比别人差。”在农场小荣家算农技专业户，为别人家代耕代种代收，收入很高，应该是队里最先富起来的人家。我从心眼里替小荣高兴!

从她舒展的笑容中看出她的几分满足。

“难道你不后悔吗? 下乡，还有婚姻?”

她想了想说：“也没什么后悔的。下乡是我自愿的。别人返城时，是我不想走的。这些年也没白干。别的不说，就说我教的学生吧，有的考进了北京，还有的在农场都当了队长了。培养了这么多有用的人才，我也算实现了自己的价值。我嫁过两个男人，我真爱他们，他们也给了我爱。我为他们抚养了孩子，孩子们也爱我。作为一个女人，我知足了。”

在分手的时候，我们达成了这样的“协议”——最好别写，写也别写她的名字，怕城里的亲人看见了心里难受。

她站在路口向我们挥手，眼看着我们一点点消逝在绿色海洋的深处。在翻滚的绿浪中，那红色的砖房格外的鲜艳夺目。我回望站在村头的她，她却越来越高大，越来越清晰……

2010 年 7 月，我又重回北大荒为《人民日报》写了一篇报告文学《仰视你，北大荒》，我曾在小荣所在的农场采访。当年接待我的张部长早就退休了，我向场宣传部的人打听，他们说像小荣家这样的农技专业户，每个队都有，不知你说的是谁家。你放心吧！他们的日子都不错，每年几十万元的收入，在场买别墅的人家都不少了!

如果真是这样就好了。我在心里祝福着小荣一家!

3. 山路弯弯

她飞奔而来，骑着一匹枣红色的骏马，沿着完达山盘旋的山路。春风撩起她的短发，她好像在云中飞翔。

下乡前的郭文魁

弯弯的山路，好长好长，而它的发端竟是宽宽的北京长安大街。也许是命运的安排，1965 年 11 月初的那一天的傍晚，已经高中毕业于北京师范大学附中并在外文书店工作了的郭文魁，鬼使神差地和 3 个女同学出来散步。她们从灯市口走到王府井，从王府井又走到长安街，那悬在头上的标语“响应毛主席的号召，到农村去，到边疆去”竟让她们心潮激荡。

第二天，她们来到东华门街道办事处报名；第三天，竟登上了北去的列车。

当火车在鞭炮声和锣鼓声中启动的那一刻，同行的知青哭作一团，而她没有流过一滴眼泪。

向北，向北！火车、汽车、马车，把她送进完达山怀抱中那弯弯山路尽头的云山农场。她和伙伴们住进了推开窗子能看见远处的山影和近处荒原的土坯房。

因为是高中毕业生，她可选择的岗位很多，比如可以在连部当文书，也可以当连队的小学老师，她却选择了让女孩子望而却步的岗位——当兽医。她的第一个伙伴就是那匹枣红马。她骑着它去场部取药，在山路上奔跑的时候，她对着大山唱歌和欢笑。在大山的回声中，她听见了天使般的自己的声音；在飞越小河时，她望见了自己水中飞驰的身影，是那么的潇洒英武。

然而兽医这活儿又脏又累又危险，连勇敢的男生都不愿意干不敢干。给有病的马做内诊，得把整个手臂都伸到马的肛门里，为此她呕吐不止，几天吃不下饭。她还要干过去只有男兽医干的活——劁猪。第一次她按倒一头公猪，累得满头大汗，而且羞红了脸，拿刀的手都在颤抖。经过好一番的磨炼，她终于练就了一身好本事，她可以给奔跑的猪打针，给各种大牲畜治疗疑难病症，而劁猪是她的拿手好戏，队里的职工都信着她的心细手快。她成了远近闻名的女兽医。

弯弯的山路好长好长，又洒下她长长的泪水，这泪水是苦还是甜，她一时也说不清。那一年她21岁，他29岁。他是友谊农场苏联专家培养出来的拖拉机手，来到他们队里搞“社教”。任务完成了，他要走了。队里舍不得这个技术能手，他们想留下他，唯一的办法就是在队里给他找一个对象。队里领导想到了郭文魁，当时队里岁数最大的女知青。

“小郭呀，岁数不小了，该考虑个人问题了！”队长来找她。

“不，我现在不考虑这个问题。”她回答得很坚决。

“早解决好，对工作有利。要听组织的话！你看友谊农场来的高本琦怎样，人老实，又有技术。”

她想起来了，高本琦，那个拖拉机手，不爱言语，干活有一套。她还知道，他19岁从山东来北大荒，现在还抚养上中学的弟弟妹妹，心肠挺好。

“你还是考虑考虑吧！”还没等她回答，队长走了。

第二天一早，高本琦来找她，给她一封介绍信——介绍他俩到场部办结婚手续。她一看发火了，然后哭起来。

他不知怎么劝她。她在屋里哭，他站在门口等她。

路旁停着送他们去场部的马车。一个小时过去了，两个小时过去了，半天过去了。他在等着，马车也在等着。她终于擦干眼泪，慢慢走出房门，和他一起上了马车。是同情他，是被他的真情打动，还是屈服于一种压力，她也说不清。

山路好长啊，好静啊，只有马蹄声声。大山默默地注视着这个愁容满面的姑娘。一路的好山景，可是美丽的姑娘无心观赏，她默默地流泪，她不知道，这是她通向幸福的路程吗？

在办登记手续时出了麻烦。办事人很认真：“你们互相还了解不够，怎么这么草率就结婚！”她哭了，他也哭了。男人的眼泪很少，但比女人更有力量。后来，连队的领导给场里的领导打了电话，场里领导又给办事人打来了电话："行也得办，不行也得办！这是革命工作的需要！"这就是那个时代的特征，无论什么事，只要是革命工作需要，都要开绿灯。在领导看来，这是两全其美的事，既留下了一个技术骨干，又解决了一个大龄女知青的婚姻问题。这真是一件大好事，连队的领导为此特别高兴。

工作人员在他们的结婚证书上郑重地盖上大红公章时，他笑了，她大哭起来！她为自己的命运大声地哭泣，她不知道未来的日子是什么样子。那一刻，她没有任何喜悦，只有悲伤和无助。

在回连队的山路上，这对合法夫妻竟没有说一句话。高本琦真希望她骂自己几句，打他几下，那样他的心情也会好一些。

平静艰辛的生活开始了。队里给了一间土房，他们自己动手建了一个家。两套行李，两个板凳，是他们最主要的家当。搬家那天就举行了婚礼，她买了两斤糖果招待知青战友。老高在地里收大豆，没有赶回来。那一夜，她躺在湿乎乎热腾腾的土炕上，流了一夜的泪。

这一切都好像天方夜谭，可是在那样的年代，这样的故事就发生了。没有想到，他们就这样过了一辈子。

和北大荒的战友在一起

后来她怀孕了，含泪放弃了当了4年的兽医。再后来她随老高调到了场部，他在机务科工作，她在托儿所当所长。开始她教孩子唱歌跳舞，以后又教他们学英语。孩子们回家叽里哇啦说个没完，家长不明白说的什么，去问郭老师。她说，放心吧，孩子们说的是英语，不是骂人的话。

"我们的孩子会说英语了！"家长们笑了，这大荒原上的孩子会说英语成了奇闻。场里领导知道了，她马上被调到场部中学当英语老师。这一来，郭文魁找到了自己的最佳位置，她非常胜任，因为她的初中英语老师在国外当过领事，她高中英语老师的母亲是英国人，郭文魁的英语在读书时就是一流的。很快，她成了场部中学的优秀教师、牡丹江农管局的优秀教师。1983 年，她在场部中学教的高中毕业班有 31 个学生，当年高考 30 人被录取，另一个第二年也考取了大学。这是当地教育史上的奇迹，她成了当地的教育名师。

北大荒的孩子真幸运，他们遇上了这么好的老师！多少年过去后，在多少知青离开后，北大荒人说起当年知青的贡献，大家说最重要的贡献是他们带来的文化影响。不仅是因为北大荒的孩子在知青老师的教育下，许多人考入大学，现在成了各种专门人才；同时，在知青的影响下，当地人的文化素质有了很大提高，现在农场和各级领导的技术骨干，都是知青的学生。

这时，郭文魁才觉得真正的生活开始了。她要把自己的青春都变成知识，给北大荒留下文化，这才是永久的财富。如果说，她并不满意自己和老高的奇异的婚配，但通过这样的婚姻她得到了贡献自己才能的机会，她也就认了。因为这也是不幸中的大幸吧！

已经成了农机专家的老高参加了开发抚远荒原的战斗。他们在人迹罕见的荒原深处建起了一个垦荒新城建三江。新城发展文化教育需要一流的教师。这次，他们“扣下”了已经完成任务的老高，就为了调来优秀的英语教师郭文魁。在她没调来之前，这里已为她家准备了一套新建的楼房。她到建三江中学工作一年就被评为全国农林系统优秀教师。她在努力地用自己的爱心和精湛的教学方法，把缺少文化渴望知识的转业军人农场职工和知青的后代培养成国家和垦区急需的人才。为了工作方便，她经常住在学校，节假日她的家里也挤满了学生。在建三江，郭文魁是位特别受人尊敬的人，当地的孩子以能成为她的学生为荣，因为她的努力，改变了许多孩子的命运。

在知青大返城的时候，北京的亲人在召唤着她，北京的同学也在召唤着她。1989 年 7 月，她利用假期回京参加同学的聚会。在杯盏交错的时刻，有的同学说：“郭文魁是全国优秀教师，是我们的光荣！”有的同学说：“我们不是全国先进，但我们在北京！”这话深深地刺痛了她的心，她不肯在北京多住一天，她想北大荒，想老高，想自己的两个孩子，更想自己的学生！

那一天，同学们都到火车站为她送行。本来同学们商量了，一定想办法把他们的团支书调回北京，可她谢绝了。在列车开动那一刻，大家都哭了。

那一夜，在建三江宾馆，我和郭文魁聊得很晚。第二天清晨，我在建三江宽阔的大街上散步，又碰到了郭文魁，她去赶学生的早自习。她脚步匆匆。

我想起了她骑着马在山路上奔驰的身影。

2011 年夏天，我又来到郭文魁的家乡建三江农管局采访，我在我的报告文学《仰视你，北大荒》中这样写道：

“今天，我们终于走进这个已经住着 10 万人的农垦新城，我只能用‘震惊’这两个字来形容我们的感受：像北京长安街一样宽阔的十里大道让我们震惊，沿街高耸的鳞次栉比的楼群让我们震惊，正在建设的职工住宿小区那一排排造型新颖的别墅让我们震惊，街头上走过的穿着时尚的年轻人让我们震惊……

“展现在我们眼前的只是建三江垦区的中心，而在她那 1.235 万平方公里的大地上已经开垦出 572 万亩的土地，15 个装备精良的国营农场以高出全国 52 个百分比的机械化程度，每年为国家生产近百亿斤的粮食，这才是最值得我们震惊、值得北大荒人骄傲的。见多识广的外交部部长杨洁篪在参观过建三江垦区后兴奋地说：我到过许多国家，建三江的现代化大农业可以说是世界领先！”

我们都老了，还在北大荒的土地上

作为建三江第一批开拓者，作为这个农垦新城的第一代市民，郭文魁和她的先生老高的贡献当然是彪炳史册的。这是他们一生的光荣，因为这个城市在他们的手中升起，因为他们开垦的土地成了国家最重要的粮食基地！

已经退休的郭老师来到宾馆看我，别看她已是满头的白发，但一点不像花甲老人。作为中心中学的教学权威，学校里还有很多的事离不开她；老高更是闲不住，这个作为全国农业机械化水平最高的地区的农技专家，他还有许多事在做。更让郭老师自豪的是医科大学毕业的女儿又回到了建三江，已经在局中心医院当了内科主任，在外地读大学的儿子也将回到这座新城里贡献自己的青春。郭老师说，不知道为什么，孩子们都特别喜欢在建三江工作和生活。我说，因为他们的父母的青春都献给了这片土地，而他们又生于斯长于斯吧！

回首往事，郭文魁好像对自己当时的婚姻还是有些耿耿于怀。我说：“没有和老高的婚姻，哪有你两个优秀的孩子！”

她笑了。是呀，婚姻是多么神秘的事情，看着特别般配的婚姻不一定长久，但强扭的瓜有时也很香甜。

“都退休了，你怎么不回北京?”我问她。

“你看我们建三江，哪儿不如北京?”她问我。

我一时无言。看来在哪儿生活幸福，全在自己的感受。

4. 倒在春雨里

死亡不属于生机勃发的青年。然而他们死去了，在那个特殊的年代，在北大荒的风雨中。尽管死亡是经常发生的，甚至是不可避免的。可是他们的死，是否死得其所，时常使我苦苦地思索，夜不能寐。更让人不安的是，他们的冤魂还飘荡在山林和原野之中，找不到安托之处。

大学生金学和

1969 年 5 月，早春的兴安岭刚刚脱去白色的冬装披上绿色的新衣。在大小兴安岭交界的密林深处，一个兵团连队（黑龙江建设兵团 1 师独立 1 营 6 连），正执行搬迁任务——把“木刻楞”的营房拆掉，然后把搭房子用的原木抬上汽车，拉到新的营地。那一天，天刚亮就下着雨，是很缠绵的春雨。

他个子不高，很瘦弱，总是用笑眯眯的眼睛望着别人。他是这群知青中的老大哥，也不过二十五六岁的样子。他毕业于东北农学院，分到兵团，又从兵团分到师部，师部又把他分到这个全兵团最边远的独立营，营里又把他分到连队。

向北，向北，一直向北，再向北，就到黑龙江边了。说是把他送到最艰苦的地方接受锻炼，大学生就是要很好改造世界观！这样这位大学毕业生成了和我们一样接受再教育的兵团战士。他长得很年轻，也很瘦弱，和知青站在一起看不出比我们大几岁。他说话有点慢声细语，知青们常和他开玩笑，说他像个大姑娘。当然他是个纯爷们，家乡有一个大姑娘，是个小学老师，正等着他早日回家成亲，他一拖再拖。这一天他本来感冒了，还和大家一起抬木头装车，几个人抬一根木头，他显得很吃力，腿都在颤抖。好不容易熬到了午休，当哨声吹响时，他说：“咱们再争取时间多装一车吧！”他又领着大家干起来了。

在汽车就要装满的那一刻，不幸的事情发生了。已经削去了皮的桦木上面有一层胶液，很滑，再加上被雨水一浇就更滑了，在关上车厢板的那一刻，原木突然向下滑动，而车下正站着6个抬木头的知青。眼看滚落的大原木就要砸在这几个青年的头上。他突然向那滚动的原木扑去，企图用自己的肩头顶住、顶住！

在那千钧一发之际，他大呼一声："快闪开！"这声音如惊雷一般，全无平日的细弱。在车下的知青惊闪退后的那一刻，原木"哗啦"一下滚落下来，如洪水一样把他冲倒，一根粗大的桦木砸在他的胸口，他紧紧地抱着它。血从他的嘴里涌了出来。他再也没说一句话。他苍白的脸上挂着水珠，那不是泪水，而是点点春雨。

那一刻，雨停了，天也晴了。太阳透过树林，把一束强光像舞台追光一样照射在他的身上。嚎哭声打破了山林中长久的宁静。

当我从营部赶来时，他已被停放在松枝搭起的灵棚中。他的脸上没有痛苦，还是穿着他平时最爱穿的那件旧军装。他的周围摆满了女知青们从山上采来的刚开的紫色达子香。

我哭了，我想起几个月前，他在营部当农业技术员，我当通讯报道员，我们睡在一铺土炕上，晚上在黑暗中，我们一起朗诵郭小川的《大风雪歌》；我想起，他在我们的屋子的窗台上摆满了木盆，里面长满了绿苗；我想起，我们一起组织营部的知青大合唱，他领诵，我领唱……

他是个理想主义者，有追求，有抱负，我们所在的这个营地处深山密林中，有利于戍边，但不利于屯垦，基本没有多少地可以开垦。他和熟悉农业生产的柴营长跑遍了周边的山河，寻找可以耕种的土地；因为这里无霜期太短，他立志要培养一种早熟的小麦品种。在最严寒的季节里，他开始了在窗台上的试验。

他很浪漫，喜欢文学，能背许多诗，自己也写；他爱唱歌，会识谱，他是营部这些知青的精神领袖，逢年过节领着我们排节目。我们甚至排了一部小话剧《站台上》，是反映中苏人民友好的，他演一个苏联老工人。那是在珍宝岛事件之后。那剧本是我写的，他改的。

葬礼在营部前那片白桦林里举行。他的弟弟和他的未婚妻从伊春赶来了。他的弟弟比他高壮，像一个男子汉一样默默地流泪；他的未婚妻哭得没有站立起来的力量，由两个女知青搀扶着。全营的战士排着队，每人向深深的墓坑扔下一锹土。渐渐地他那桦木制作的棺材被掩没了。那几个几乎被倒落的桦木砸倒的知青痛哭失声。那是我经历的最难过的时刻。

那一天阴沉沉的，山林里起风了，呼啸着好像在呜咽。

那之后，奉营首长之命我写的关于这一事件的简报，送到了师部。根据首长的指示，师政治部组织了他的事迹的报道组，我自然身在其中。先在营里和他工作的连队进行采访，然后我领着报道组，去了他的母校伊春一中、东北农学院，他的老师都说他是一个品学兼优的好学生，为他的死而惋惜。在“文革”中，因为是好学生也受到冲击，可他还是积极向上。毕业分配时，他是主动要求去建设兵团屯垦戍边的。我去看望了他年迈的父亲和母亲，他们流了许多泪，说自己的孩子为救别人而死，死得光荣！他的弟弟到山上采回鲜蘑菇，用鸡炖了给我们吃，说他哥最愿意吃这个菜。我没有去看他的未婚妻，不愿意打扰她刚刚平静的生活。

回来后，我写了长篇报道《为人民献青春我心甘情愿》，发表在《黑龙江日报》《黑龙江青年报》《兵团战士报》上，兵团政治部作出决定号召全兵团向他学习，省政府追认他为革命烈士。

在那篇报道中，我写他舍生忘死的壮举；我写他积极要求下连队锻炼改造自己的思想；我写他像大哥哥一样关心知青，他跑十几里的路，回营部取回他的新雨靴，剪成一块块，为大家补漏雨靴；我写他一次次为了工作推迟婚期，在牺牲的那一天早上，拿出一块准备结婚做被子用的花布，请一个女知青给连队每一个人做一个牙具袋。

死后，战友在他没寄出的家信背面看见了这样两句话：努力奋斗，与工农相结合，其乐无穷。为人民献青春，我心甘情愿。

我还写到，在千钧一发的时刻，毛主席“为人民的利益而死，比泰山还重”的教导响在他的耳边，刘英俊、王杰等英雄形象耸立在他眼前，“随时把自己的一切包括自己的生命献给伟大的共产主义事业”的入党誓言涌上他的心头……

我还写到，他这一扑，表达了一个革命青年对毛主席的无限忠诚！这一扑，标志着一个知识青年沿着与工农结合的道路攀上了共产主义高峰！这一扑，闪烁着革命战士“一不怕苦，二不怕死”伟大精神的光辉！

我用现在看着都让自己脸红的虚华词句掩盖了事实的真相——这个悲剧

的发生完全是人为的事故。前面说到我们这个独立营是因边境斗争的需要而建立的，周围没有多少可以开垦的耕地，已经开出的土地打的粮食，连我们自己都养不了，更说不上给国家做贡献了。在这种情况下，我们“跑马占荒”，把连队建在了林场的林地里，结果引发了土地纠纷。在土地官司中我们败诉，新建的连队不得不搬迁。在搬迁中发生了悲剧，他是这个悲剧的牺牲品，尽管他成了让人敬重和学习的英雄。我们时代造就了许多这样的英雄，英雄舍己救人的事迹不容置疑，但造成英雄的条件是值得反思的。这些年因为事故还不断涌现英雄，一些人总是把丧事当作喜事办。因为出了英雄，其他就微不足道了，这是更大的悲剧。这样的悲剧还让它演下去吗?!

在那篇报道中，我没有写一个专业水准很高的农学系毕业生，整日无所事事，只好在宿舍的窗台上进行栽培试验。他不得不要求下连队锻炼，在送别的路上，他对我流下了忧伤的眼泪。我也没有写他时刻思念着未婚妻，渴望着早一天回家完婚，却不好意思请假，也没有人关心他的婚事……我在想，如果他不死，也许早就当了农学专家、大学教授或农场的领导。他也会儿孙绕膝尽享天伦之乐。我们现在得到的一切，他都会得到，荣誉、地位和相应的待遇。因为，他是我们之中的优秀者。

他所在的连队的知青爱他，自编了一部歌颂他的歌剧，在许多兵团连队演出，编剧和主演是我的同学，现在是一家旅游公司的老板。

那歌剧的主题歌中有他日记中的几句话：“站，就往高处站，站在时代的高峰。看，就要往远处看，看到共产主义未来。干，就要大干，彻底解放全人类。”

那歌剧中还有一首歌《歌唱英雄金学和》在知青中流传许久，歌词是这样的：

是谁站在高山顶哎，
好似青松挺拔郁葱葱。
俯首遥看万山红，
红旗翻卷舞东风。
一曲高歌响四海，
传遍大地震长空。
天上群星洒泪舞，

地上大江浪涛涌。
巍巍兴安春雷滚，
滔滔龙江作合声。
千山万水一个声，
学习英雄金学和。
为人民而死重泰山，
为人民而死虽死犹生。
紧跟毛主席向前进，
誓让全球一片红！

和父亲及兄弟在一起

这是那个时代典型的英雄赞歌，现在唱起，还让我心潮澎湃。现在的年轻人可能不接受这样的颂歌，但这确实是那个时代的强音。你可以不理解，但不必嘲笑你的前辈。

和金学和一个连队的战友舍不得他，在连队整建制南迁时，把他的坟也迁走了，打开棺材时人们惊奇地发现，他的棺木下面还结着冰，遗体完好如初，表情还是那样安详。他们在黑河把他火化了，然后又埋在新连队附近的山坡上，原来他葬在兴安岭的北坡，现在葬在了南坡，真的温暖了许多。每到忌日和清明，连队的战友们都为他扫墓和烧纸。那已经成了这个连队的自觉行动。

现在这些知青都回到了自己的家乡，而他的坟还孤零零地留在那个小山坡上。还有人为他祭扫吗？

去年他已经当了伊春市党史委主任的小弟弟金学权来找我，让我看一看他又重新整理的他哥哥的事迹材料。我说，不看了，心里难过。

亲爱的战友们，你们还记得他的名字吗？

我还记着：金学和。

死于1969年5月28日。

◎补记：

以上这篇文章发表于2008年初，先登在我的博客中，后被报纸转载。有的网友（刘德）留下这样的话："许多悲剧的发生，都伴随着英雄的出现。借英雄的高大身影掩盖悲剧责任人的自责，甚至用烈士的鲜血染红自己的顶戴花翎。虽然是无耻的行为却屡见不鲜。"还有的网友（石树）这样说："金学和活着肯定很有作为。他死得很壮烈，救了好几个战友，但那毕竟是场事故！应该避免不必要的牺牲，尽量减少死后再做文章。"

当然也有人不满意这篇文章，他们是非常热爱金学和的战友，他们不愿意我把这件产生了英雄的事件说成事故，他们认为这样写贬低了英雄。热爱英雄和尊敬英雄的人是永远值得尊重的。我爱金学和的那些战友，因为他们也是我的战友。我理解他们的意见，但我坚持认为恢复事情的真相，恢复历史的真相也很重要！为保护人民挺身而出不惜牺牲自己生命的人永远都是英雄。而保护这些敢于为人民而牺牲的人是我们更重大的责任。我们不能总失职。当然金学和牺牲在那个特殊的年代，但是这样的事现在还在发生！不忘记过去，是为了不再发生。

5. 叶落白桦林

我所在营部的后面，有一片静静的白桦林。那林子中的树并不粗壮，也不密集。但每棵树都很美，树身挺拔，枝叶向上伸展，树干白得如雪，叶子青如碧玉，每个都是心的形状。那里是知青们精神的家园和爱的伊甸园。每天下了工，大家都往林子里钻，开始是一伙儿一伙儿的，后来就是一对儿一对儿的。在他们坐过的地方，有时你能捡到糖纸和果皮。自从发生了那件事后，谁也不敢再进这片林子了。

大约是在1969年秋天，那正是白桦林最美的季节，那绿色的叶子变成了金色，风一吹过，沙沙作响，好像有人在窃窃私语。早上我被撕裂人心的喊叫声惊醒："有人上吊了！快来救人！"我衣衫不整地跑出去，跟着许多闻声赶来的人向营部后边那一片新盖的房舍跑去。跑近一看，一个人吊在房框子上，身体静静地垂着，头仰着，脸像纸一样的白，眼睛睁着，无神地望着那一片白桦林。

"快摘下来，堵住他的嘴，别泄了气，堵住肛门……"明白人指点着，这时闻讯而来了许多人，却谁也不敢上前。那时，我很勇敢。我冲上去，抱着他的腿往上举，以解脱脖子上的绳子。他的腿已经很凉了，但还没有硬，裤子、鞋、袜子很整洁。又过来几个人帮忙，我们把他从房框上摘下来，平放在地上。营部的领导也赶来了，指挥我们给他做人工呼吸。我有节奏地上下拉他的手，压他的胸腔。他重重地吐了一口气，就再也没有动静了，身体也慢慢地僵硬起来了。营部的医生又为他打强心剂，用氨气熏他……一切努力都是徒劳的，他还是死去了。

这么年轻充满活力的生命就这样完了吗？昨天我还看到他在这片工地上劳动，那身古铜色的肌肉，在阳光下闪着金属般的光泽。我的心不禁颤抖。

没有举行葬礼，也没人为他送葬。当天他就被埋葬在营部后面的白桦林里，他是我们营第二个死者，第一个是这一年春天为保护知青而牺牲的大学生金学和，也埋在这片白桦林里。为他我们举行了隆重的葬礼。而后死者就不行了，他连一件新衣服都没有换，他的棺材很薄很窄，这是连队的小木匠急急忙忙给他打的。他在哈尔滨的亲人没有来送他，他最亲密的女朋友也没有来送他。

这一切都因为他犯了“罪”，他正在接受审查，审查他的不是国家司法机关，而是营里领导派去的和他一样的知青。开始的时候，我也是营清查组成员，后来因为家里出了事，父亲被定为“走资派”，我从要害岗位清理到报道组了，专为报社写营里的好人好事，有政策水平的领导是把我当成“可教育好子女”安排的。清查组由一位东北农学院农技系的毕业生领导，他手下还有几个知青。他们很努力，一心要在这个以知青为主的青年农场抓出几个特务。当时，我们所在的黑河地区正进入大规模的“清查”运动，建设兵团也不例外。我们这个营所在地职工很少，结果知青也被审查了。他是在审查中“畏罪自杀”的，他的死是比“鸿毛还轻”的。这就是当时的逻辑。

他也是哈尔滨知识青年，比我们早两年来到这片密林深处的荒原。那时还没有大规模地动员上山下乡，但为了安置没有考上大学的社会青年，就在这里建设了一座“哈尔滨青年农场”。这里离最近的城市黑河市，还有 280 里的车程，处于大山深处，边远偏僻。但 100 多位和我们一样豪情满怀的青年，来到这里开荒种地打井盖房。两年后，我们也加入了他们的队伍，来这里屯垦戍边，这里也被收编到兵团一师的一个营，大家都是兵团战士。

他没有成为被我们后来人尊重的“开国元勋”，是因为犯了错误，他和另外 7 个老知青拜把子兄弟，被定为“八哥们集团”。这 8 个人有工人子弟，也有干部子弟。他们的主要错误是聚在一起称兄道弟，打拳习武，喝酒抽烟。他是其中的二哥，这几个人都服他，人长得精神，又练得一身好肌肉，对朋友讲义气，还会吹笛子。在他们之中，他是德艺双全的。傍晚时分，这八兄弟常躺在白桦林的草地上，听他吹《苏武牧羊》，吹《满江红》；然后又大声地唱歌，唱“春季到来绿满窗，大姑娘窗下绣鸳鸯”，唱“送君送到大路旁”，唱“呵，到处流浪，到处流浪”，唱“今夜花园里四处静悄悄，只有风儿在歌唱”……当时这些歌曲都是“黄色歌曲”，还有《莫斯科郊外的晚上》这样的“反动歌曲”！这无疑使他们的错误更严重了。

不过知青们并不恨他们，还有人爱上了他们。也许这就是“男人不坏，女人不爱”。有一个一起来的哈尔滨女孩子，爱上了吹笛子的二哥。她当时是这个农场的才女，人长得漂亮，还会写诗，她发誓要写一部反映知青生活的小说。二哥经常背着其他兄弟，领着她往白桦林里跑，他们跑得很远，回来得很晚。也许是为了丰富她的小说。她很喜欢苏联小说，比如《远离莫斯科的地方》，是写苏联共青团青年垦荒队的，那里面最让她感动的是青年们浪漫的爱情，这方面她还没有太多的体验。

为了改造和教育“八哥们集团”，清查组总是给他们派很重的活，伐木、打井、盖房、挑水，他们有的是力气，干得有滋有味，并没有消沉。然而突如其来的政治运动，把他们逼上了绝路。当时地处边境的黑河地区开始了以深挖“苏修特务”为重点的清查运动。军分区的一个领导在动员大会上说：“黑河地区可能有一个加强师的‘苏修特务’！”于是开始了“挖地三尺”的运动。连我们这样的知青农场也不能幸免。

刚刚从“文革”前线“解甲归田”的红卫兵又重新燃起斗争的激情，他们把“怀疑一切”的目光注视着仅有的几个老职工和先他们而来的老知青。农场一个姓栾的“二毛子”老太太被怀疑为对岸派过来的情报员，而“八哥们”可能是她发展的小特务——因为他们喝酒时说过，“将来有钱了，到对岸看一看”。他们还经常唱“莫斯科郊外的晚上”，做着投修的梦想。这样一来，老栾太太被抓了起来，“八哥们”也被隔离审查了。老栾太太挺刑不过，用罐头碎片剖腹自杀了。这样“八哥们”就成了重点，不分昼夜地提审，然后就是更重的劳动惩罚。然而他们怎么也说不出来是怎样当特务的。后来，老八挺不住，开始编故事了，把老栾太太如何组织他们为对岸提供“军事情报”，说得神乎其神。而爱吹笛子的老二默默地忍受着，从来不乱说，但是作为重点人物的他承受的压力越来越大。这时他盼着她能来看他，然而她没有来。也许是不敢来，也许是人家不让她来。

他终于盼来了她的一封信，一封长长的信。信的内容不得而知，也许是劝他认识错误，坦白交代；也许是宣布他们爱情终结……也不知道这信是自愿写的，还是别人要求她写的。

当时，我们报道组和清查组是邻居，一栋板夹泥的房子，他们住那头，我们住这头。那边的情况我们也知道，听清查组的人说，那女的写给老二的信特感人。谁看了都得掉泪。

迟景铁没有死，他像山上的树一样还站立在风雪中

看完信之后，他默默地哭了一场。哭完之后，他拿出身上仅有的几块钱，让看守他的小知青到小卖店买了几瓶罐头，有肉罐头，也有水果罐头。然后他请关在一起的小哥们吃了一顿饭。当时他没吃多少，只是静静地望着大家。天黑之后，他整理了自己的东西，把能穿能用的都装进了一个黄背包，然后又换了一身干净的衣服，就躺在自己的铺位上了。天亮之后，看守他的小青年发现他没了，就大声呼喊起来，我披着衣服就跑了出来，后来在那间新盖的房框子里找到了他。

在度过一个漫漫长夜之后，大约是在黎明时分，他离开了这个冰冷的世界。唯一维系他希望的爱情线也断了，他沉落了，如那片白桦林中轻轻飘落的一片叶子。

他的死使他的女朋友丧失了活下去的勇气。以后她病退返城了，消逝在茫茫人海中，再也没有了消息。没有人追查他的死因。后来黑河地区那场清查运动，以数百人的非正常死亡为代价，草草收场了。因为有城市“革命经验”的知青的参加，黑河的清查运动更加惨烈，这是我们不能回避的事实！清查组那几位知青哥们看侦探小说太多了，他们在心里编织了一个特务联络网，他们还让我看他们绘制的一张图，上面有附近林场和居民点的位置和每一个点的联络人。他们判断，“八哥们”是通过“二毛子”老栾太太和对岸挂上钩的，然后“八哥们”和附近各点的特务联系，目的是收集驻军和建设兵团的兵力部署。他们很有信心，如果在最单纯的“哈青农场”能突破这个特务网，整个黑河地区的特务就可以一网打尽了。我的战友们按老八的交代，老二是核心人物，据说还有一部电台！他们梦想突破哈青农场的特务网，然后立了大功，到北京受奖，最后调到边防部队，成为真正的军人！他们的想象力和逼供信的能力毁了老二那个风华正茂的青年。

当然他们不是元凶，就像“文革”中许多红卫兵逼死人命一样。但我们是否应该反思？是否应该忏悔？在许多许多知青回忆文章中，我们都是受害者，没有一个人说自己是害人者。作为当时这个事件的见证人，我没有和他们一起干傻事，不是我成熟，而是已经不被组织信任了。其实在清查的初期，在我还没有被清理出清查组前，我是批斗过农场的走资派的，性质和我的战友批斗“八哥们”是一样的，只是没逼死人命而已。这也是我永远的悔。

两年以后，我们所在的营因无地可开，全部撤走了。英雄金学和的坟被他所在连队的知青迁走了。他的坟，没有人迁，即使迁也找不到了，当时没留下任何标记。草绿草黄，树枯树荣，岁月无情，淹没了许多美好或痛苦的记忆。后来“八哥们”所在的连队迁到了五大连农场（1师5团），大家还干着种地的活。那时清查运动已烟消云散了，那位领导清查的大学毕业生也回到家乡农技站工作了。有一年他出差到五大连池农场，住在招待所里，半夜时分突然有一些蒙面人冲进他住的房间，把他一顿暴打。第二天清晨，伤痕累累的他悄然离去了。这是谁干的？没有报案，也没人查案。有人分析，可能是因为“八哥们”的那个案子，他得罪了许多人。其实，他也是代人受过。

30多年过去了，我还记得他的名字，他叫迟景铁，那个健美多才的哈尔滨知青。我也还依稀记得起他女朋友的样子。不过我不想说了，怕引起他们亲人的痛苦。

前些年我曾回“故乡”看过，当年的营部现在是个村落了。村后的那片白桦林还在，树高了，林密了，那草地上还星星点点地开着不知名的小花。我远远望去，仿佛听到了他的笛声，听到了他和她的笑声。

这篇文章在报上发表后，当年当过我们连连长的陈永祥给我打过电话。他1966年春天带领着100多个哈尔滨青年在那片残雪未消的山沟里刀耕火种，挖井建房。他曾是迟景铁的直接领导，返城后在哈尔滨的一个区的工商局工作。他说，哈青的老知青许多人看到了这篇文章，他们特别感谢我说出了历史真相，给了迟景铁和“八哥们”一个清白。他说，迟景铁的女朋友也看到这篇文章，返城以后她隐名匿姓落户在一个小县城里，她不想再见到当年的战友。但这篇文章让她再也不能平静了。她回到哈尔滨找到了老陈，请他把她写的关于哈青生活的书转给我，也许想让我知道更多的历史真相，也许想让我知道她和迟景铁之死的关系。

那是用青春和眼泪写就的文字，让我感动让我伤怀。她的文字确实不错，但那是一部尴尬的作品。说是纪实，她没有说出所有的真相，连人名都是虚构的；说是小说，又缺少文学架构和典型人物的塑造。我写信对她说，是写纪实，还是写小说，你要有勇气做出选择。我又说，无论怎么写，你不是罪人，而是受害者。忏悔可以，但不必缠绵于痛苦的自责中，光明在前，应该为死去的人活好现在的每一天。

她没有回信，也没有再通过老陈和我联系。

6. 迟到的怀念

我们离开北大荒已经40多年了，可是他永远留在了那片黑土地里。如今他的坟和碑也被山林和荒草深深地掩盖了，留给我们的只有迟到的怀念。

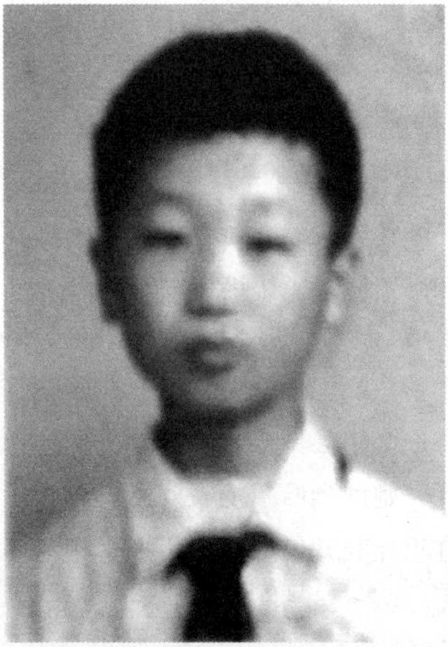

小学生闫启庸

我和他在一个地方下乡，都是1966届老高三的。他小学和中学是在上海读的，高中毕业于哈尔滨9中。他比我们早两年来到这大小兴安岭交界的密林深处，参加了创建这个哈尔滨青年农场的最艰苦的劳动。因为他是“开国元勋”，我们这些后来人对他都很尊重。他个子不高，胖乎乎的圆脸上挂着一副高度近视眼镜。他言语不多，见人总是先笑，很儒雅的样子。但眼神很忧郁。他衣裳很破旧，上面总是沾满泥土，显得很劳碌。和他一起来的同学都说他很能干，不怕吃苦。我和他不在一个连队，只是擦肩而过的时候相视一笑而已，好像一句话也没说过。

我和他最后一次见面是在1969年春天，那时珍宝岛战斗已经打响，地处黑龙江边的我们兵团连队已进入紧张的战备状态。临江的老百姓正在后撤，一列列的军车正向边境集结。我们这些带着保卫边疆的誓言而来的知青个个义愤填膺激情燃烧，已做好了为祖国献身的准备。那时大家已没有心思种地，就准备打仗了。这时上级来了命令，要把“8种人”撤到30里外的后方，防止在未来的战争中这些人“反水”。何为“8种人”？就是“地主、富农、反革命、坏分子、右派、叛徒、特务、走资派”，这些人在那个时候都被当成了

"敌人"。可我们这个清一色知青的部队，哪有这些人？最后具有高度警惕性的领导，把这"8 种人"家庭出身的知青，一律撤走了。

这对这些热血青年无疑是个沉重的打击！说实在的，这些青年，当年积极报名下乡，就是要回避城市里的"文革"运动，摆脱家庭的影响。他们拼死拼活地劳动就是想争取一个和其他青年一样的政治前途。然而在他们要为祖国献身的时候，他们被当成了失信的"另类"。他们的脸上好像被刻了字。他们的心在流血！我们也为之难过。当时，我很紧张，生怕被撤走，后来领导说，你父亲是"犯走资派错误"的干部，和"走资派"还有区别。真的很悬，我吓出一身冷汗！

他也在被遣送的二十几个人中，据说是因为他早已去世的父亲是伪官吏，他的姐姐、姐夫是技术专家、"反动学术权威"，当时正在被审查。和他一样命运的还有我的几个同学，都是因为所谓的家庭"政治历史问题"被撤走了，如省劳动局长的女儿、当省政协委员的资本家的儿子。我们是一起主动报名下乡的，其实他们都是祖国最忠诚的儿女，我知道他们的血和我们一样鲜红！

1969 年的 6 月 20 日，那一天下着雨，烟雨苍茫，大山也隐没在雾霭中了。被遣送的知青在营部集合，他们背着行李，提着脸盆，低着头站在雨水中，泪水和雨水一起在他们脸上流淌。我们许多人都赶到营部为他们送行，大家像生离死别一样痛哭不止。他没有哭，夹着一个小行李卷上了汽车，脸色苍白、双目无神地注视着远处黛色的山林。

他们早上从我们的哈青农场出发，站在敞篷大卡车里颠簸了一整天，先到了黑河，然后又背着黑龙江南行，晚上才到达马场（独立 2 营）。他们刚下车就一个个被保卫组找去训话，女知青害怕得要命，可他不卑不亢的，很镇静。第二天，他们被分到新的连队，又开始了更艰苦的劳动。

我们没被遣送的这些兵团战士，期待的为国捐躯的时刻没有来临。边境又趋于平静，又恢复了日出而作日落而息的农耕劳动。一年以后，我离开了哈青农场（独立 1 营），调到佳木斯兵团总部的报社工作。后来听从黑河来送稿的通讯员说，他死了，死于一次打井的事故，怎么死的不得而知。通讯员也没写关于他的稿子。当时我难过了一阵，感叹人生的不公，后来渐渐淡忘了，因为更多知青的先进人物记在我的脑海里，连他的名字也渐渐遗忘了。

岁月如梭，不经意间我返城也快 20 年了。我常心怀不安，因为当年我曾通过宣传知青典型，拼命鼓吹扎根边疆，可我自己 1976 年就返城了。在北大荒的8年经历成了我革命的资本，可还有许多知青也许是信了我的话而留在北大荒，他们还过着艰辛的日子。我的良心时常隐痛。这时在省作家协会当主席的我，下决心要为留在北大荒的老知青写一部书。1994年夏天，我又来到了锦河农场，当时我下乡的哈青农场和后来他们被遣送的那个马场都划归了锦河。我在翻看场史的时候，在革命烈士的章节里发现了一个名字：

阎启庸。

啊，就是他！我的眼睛一亮，然后又被泪水模糊了。

当知青时的主人公

那悲壮的一幕发生在1970年2月20日。阎启庸和3个青年执行打井任务，那是一种最古老的方式，要用人工刨，然后再用筐向上运土。当挖到6米深的时候碰到了岩层，需用炸药爆破。阎启庸领着17岁的鹤岗青年姜云雷背着包扎好的炸药包，通过缆绳下到井底。他们仔细埋好炸药和雷管，阎启庸又认真地检查一遍，然后被井口的战友摇了上来。正在井下的高云雷点燃导火索后，阎启庸又和另外两个知青迅速把他用辘轳摇上来。

当姜云雷解开绳子就要离开井沿的那一刻，他脚一滑又掉进黑森森的井里。这是千钧一发之际，导火线在丝丝冒烟，摔昏的姜云雷危在旦夕！阎启庸毫不迟疑地抓住辘轳上的井绳就往下滑。一下子就落到了井底。

这时井下烟雾弥漫，也许他首先想到是拔掉导火索，但是没有实现。他马上用绳子拴住了姜云雷的腰，拼命呼喊井上的人快摇辘轳，他双手托着小高往上举。边推边喊："快！快！"

当小姜刚离开井口那一刻，井下惊天动地的一声巨响，沙石和炸碎的阎启庸的躯体从井口喷出，染红了那一片雪地。巨响之后，一片宁静，接着是让天地动容的哭声。姜云雷和两个战友得救了，而阎启庸永远地融化在这片黑土地里。

那一年他只有25岁。

全连的战士都赶来了，他们都跪在那片染着阎启庸鲜血的雪地上痛哭。他们的哭声在冰冷的荒原上久久回荡。

这时天上的太阳暗淡无光。

噩耗传到哈尔滨，阎启庸的二姐阎启芳从哈尔滨赶到连队处理他的后事，全连的青年都围着她哭。他们说，启庸是我们最好的哥哥。他们对二姐说，冬季上山伐木，他总是把工具扛在自己肩上，来回70里路，他的棉衣都被汗水湿透了。晚上我们睡觉了，他还为我们磨锯。春天盖房子，他下到没膝深带冰碴的泥水里搅拌。关节炎犯了，疼得睡不着觉，他用烤热的砖热敷，第二天照样跳到泥水中干活。他曾用自己省下来的钱买奶粉送给生病的战友。有时吃饭时班里分的菜少了，他只拿一份干粮悄悄退到一边去吃。出事的那一天中午，他也没吃菜，拿着两个馒头提前来到工地。

但是，他们没有说到，阎启庸一直受到歧视，他总干最苦最累的活，但从来没有受过应有的肯定和表扬。他看到一个知青吃不饱饭，主动把自己的粮票送给他。连里有的干部在全连大会上公开批评他，还警告其他知青不要被他拉拢腐蚀。

启芳对大家说，弟弟从小就是这样助人为乐。他在上海读书时，我们住的四川北路有条小巷地势低洼，一下雨那里的水没膝深，当时只有十一二岁的启庸，总在那里扶老人过路，背小同学过水。在新泸中学读初中时，一天晚上风雨交加电闪雷鸣。他爬起来就往学校跑，回来时浇成了落汤鸡。第二天，学校出早操，老校工走到他的面前说："就是他!"他红了脸。校长当着全校同学，表扬他昨天晚上在风雨中把学校所有没关好的窗子都关上了。

阎启庸像一头牛背着沉重的精神枷锁，赎罪般地辛勤地劳作在北大荒的土地上。他以真诚的心善待每一个人，甚至为了保护战友献出了自己的生命。可在当时他没有得到公正的评价。当时，他所在单位也向上报告了他为掩护战友而英勇牺牲的经过，可是上面不同意追认他为烈士，不能对外宣传他的事迹，连知青们写的"向阎启庸学习"的标语也被撕掉了。连里只是简单地开了个追悼会，他就被草草地埋在了连队附近的一片树林里。一切因为他复杂的家庭出身，他父亲是当过县长的伪官吏。

但是，亲眼所见他为战友牺牲的干部战士不断向上级反映他的情况，基层组织也尽了最大的努力，5 年后的 1975 年 11 月 11 日，省政府下发文件批准阎启庸为革命烈士。

因为当时已经查清阎启庸的父亲阎伯时先生是一位进步人士，他在担任蒙江县（现靖宇县）县长时曾为杨靖宇将军资助过军用物资，因此受到日伪政府的追捕，他只身逃往兰州，客死异乡。

尽管知青都走了，但农场的职工并没有忘记阎启庸，他们把他的事迹写进场史，印成材料教育后代。农场医院的医生郝文东历时 10 年收集阎启庸的生平事迹，并积极建议在场部的锦山公园为烈士立碑修墓。我那次采访时就住在公园旁。这里有座小山，绿树葱郁，亭台楼阁掩映其间，山顶上还有一个当年知青挖的人工湖，碧澈清幽。有朝一日，阎启庸能安睡在这锦山湖畔，当是令人欣慰之事。

战友们来到他的墓前悼念

2009 年夏天，我又回了一趟锦河农场。这里交通方便，和黑河市只有半小时的车程，进了农场首先被一座古香古色的门楼吸引，上面有作家梁晓声题写的“锦河农场”几个大字。他也是在这里下乡的哈尔滨知青，后来到复旦大学读书了，那时阎启庸的事迹他还不知道，否则他一定会把他写进知青小说的。现在这个农场已经成了向对岸俄罗斯城市布拉戈维申斯克出口蔬菜的基地，也成了著名的旅游目的地和影视拍摄基地了。我又向场部的领导说起阎启庸，问到了他的墓地，他们说，还保留在原来他连队所在的那片山地里。那个井已经废弃了，但坟还保留着。保留在原地，将来也可能成为旅游点。

这么多年过去了，最思念阎启庸的是他的亲人。10多年前，我最早在当地报纸上宣扬他的事迹时，他的二姐阎启芳就给我打过电话，表达了他们一家的谢意。我说，我写得太晚了。我和阎启庸也是战友啊！看了我的文章后，当年他的战友中许多人又回到了马场当年的老连队寻找阎启庸的墓地，还好，当地的老乡还有人记着这个地方。坟已经荒芜了，但形状还可见。一伙又一伙的回访知青为老战友的孤独和寂寞而泪洒山林。

2011年8月10日，76岁的二姐阎启芳夫妇终于在分别41年后来到了弟弟阎启庸的墓前。哈尔滨知青联谊会的10多个老知青陪着他们进行了这次安魂之旅。他们坐着场部派的汽车来到公路的尽头，然后又换乘小型农用车，摇摇晃晃地穿过泥泞的乡间路。他们又徒步走进这片长满松树和白桦的树林，终于看到了耸立在林间那个简朴的墓碑和一座盘坐在林地的坟墓，那上面新添了土。昨天场部已派人清理过了。阎大姐和知青们在林子里采了些野花，然后编了个花圈，摆在了阎启庸的坟上。他们又燃起黄纸，那纸灰如蝴蝶一样飞上天空，飘得很高很远。

老姐姐说，启庸啊，我们来看你了！

老知青们说，启庸啊，我们经常想着你！我们就是活着的你，大家还会来看你！

一个几乎被遗忘的英雄终于等来了迟到的怀念。

一个屈辱的灵魂终于得到了些许的安慰。

附录：接烈士回家

2013年11月27日，在由哈尔滨开往黑河的一辆北上的列车上，在众多的旅客当中有11位与众不同的旅客，之所以说他们与众不同是因为他们有着同样的名字："知青"。他们此行北上的目地，是要把当年哈尔滨下乡知青、为救战友而将自己年轻的生命永远安眠在北大荒的知青烈士阎启庸的骨灰接回哈尔滨，安放在哈尔滨烈士陵园，以完成烈士家属的夙愿。

在此行的一行人中，有阎启庸烈士的亲人、78岁的姐姐阎启华；有当年和烈士阎启庸一起下乡在原黑龙江生产建设兵团一师独立二营的哈尔滨知青战友；有当年和阎启庸战友一起生活、工作过的鹤岗知青战友；当然其中有一位最重要的人物，那就是当年被阎启庸烈士用生命救出的战友、鹤岗知青姜云雷。

列车经过一夜的行程于早晨到达此行的目的地锦河农场，由于事先的沟通，锦河农场民政局的刘局长早早地就已经等候在站台上了。地处黑龙江省北方的锦河距离黑河市只有15公里，在这寒冷的冬季早上，这里的气温要比哈尔滨低了许多，下了火车，感觉到了北方那刺骨的寒风毫不客气地直往你的衣服袖口、领口里钻。好在农场方面准备了两辆轿车来接大家，这让大家感觉到回到当年下乡的第二故乡的感觉在心里升腾起来，看到这里的一切都感到很亲切，感到这里的人很热情。

接下来在农场相关部门的安排和配合下，一切事情进行得很顺利，包括车辆、人员、火化遗骨、骨灰盒的选购，农场方面已经做得很周到，中午前就已经完成全部的工作，就等晚上的火车返回哈尔滨了。11月29日，被人们牵挂已久的阎启庸烈士的骨灰安放仪式，画上了圆满的句号。

经过哈尔滨市知青联谊会李素梅副会长与哈尔滨市民政局和哈尔滨烈士陵园等多个部门的反复沟通，将阎启庸烈士遗骨安放哈尔滨烈士陵园的申请终于在2013年11月11日被批准。这个日子与阎启庸在38年前被批准为烈士恰好是同月同日。

29日，天未破晓，哈尔滨市知青联谊会的志愿者、烈士的同学、战友等三四十人踏着皑皑白雪，迎着凛冽寒风，来到哈尔滨火车站。他们打着白底黑字的条幅——“接阎启庸烈士、战友、同学回家”。在阎启华、付耀武、姜云雷、李伶先、关恩伦、滕家瑛、王彦斌、崔永河、王铁力、宋滨来等亲人、战友、同学的陪同和簇拥下，阎启庸的灵魂在他乡孤独漂泊了43年，终于到家了！

战友们精心布置的灵车，缓缓地行驶在哈尔滨繁华的街道上，为的是让烈士仔细看看一别43年的家乡发生的翻天覆地的变化。

由于历史的原因，阎启庸牺牲后没有能开一个像样的追悼会，烈士称号也是5年以后才得以批准。为了弥补这一缺憾，战友们早早来到在哈尔滨烈士陵园肃穆、庄严的烈士灵堂，悬挂了“哈尔滨知青阎启庸烈士骨灰安放仪式”的条幅，买来了鲜花，设立了留言簿。烈士的亲人、同学、战友及不曾相识的知青战友150多人，来到这里。《新晚报》、哈尔滨电视台等新闻媒体闻讯赶来。

哈市知青联谊会李素梅大姐主持了骨灰安放仪式，知青战友诸宁国介绍了阎启庸的生平，哈尔滨市第九中学的领导、被救战友姜云雷、亲人阎启华在仪式上做了简短而深切的讲话。知青战友王琮、宋颖朗诵了自己创作的诗歌，情真意切的话语感人肺腑，渗透在人们的心田，参加者无不动容。整个仪式庄重、温馨。

烈士回家了，了却了多少人的心愿；烈士回到了我们身边，探望他会更便捷了；烈士欣慰了，从此，他游走的灵魂有了永久的安息之处！

启庸烈士不朽！

（据哈尔滨知青网）

7. 被遗忘在大山里的孩子

在大小兴安岭交界的那片莽林中，最先开放的是达子香花，它们一簇簇的像飘浮在山林中紫色的云。

30 多年前，有一群年轻的生命，打着“屯垦戍边”的旗帜，活跃在这片山林中，他们正像那盛开的达子香花，给寂寞的大山里带来了春天。后来这些紫色的云渐渐地散去了，大山又恢复了长久的寂寞。

他就生活在这片寂寞的大山里

1994 年一个多雨的日子，我又回到了这片大山中，寻找遗落在山林里黑土地上的紫色花瓣。无意中我发现了一个孩子。他的妈妈 10 多年前已经回到了上海，也许成了另一个孩子的妈妈。他就是她的孽债。

他不知所措地坐在我的面前，我一时也想不出问他什么好。这孩子比一般山里的孩子长得高、长得白净、长得英俊得多，只是眉宇间挂着淡淡的忧郁。

“出去玩吧！”他的养父老李把他打发走了，结束了我们尴尬的见面。老李对我说——

这孩子的妈妈是个很老实的上海姑娘，一下乡就在我们连，和我都在养猪班干活。她不怕苦，不怕脏，平时话语不多。那一年，她回上海探了一次家，回来话就更少了，干活不像过去那么出力了。过不久连里的老娘们都议论，这姑娘好像怀孕了。我这才注意到她的肚子越来越大了。关于谁是这孩子的父亲，连里有很多说法。她对我说，是她上海男朋友的。她说，她想把孩子生下来，但不想要这个孩子。大伙谁也没有为难她。养猪班的活我全包了。

连里专门开了一个会，研究这上海姑娘的孩子怎么办。好几家争着要这孩子。团里一位现役军人领导，也想要这个孩子。连队领导商量，要选一家条件最好的。当时，我也想要这个孩子。我只有一个姑娘，已经10多岁了。老伴也非常同意。我家人口少，我又会杀猪的手艺，在连里老职工中，我家的生活条件就算最好的了。连里最终决定，这孩子生下来，给我家。那姑娘也非常同意。她知道，我们一家人心眼好。

我记得那一天是中秋节，那上海姑娘临产了，上午9点多钟把她接到我们家，晚上6点20分，生了个大胖小子，把我和老伴乐坏了！我当时给孩子起了个小名叫“满意”，他妈也同意。我们全家一起给她伺候月子，顿顿红糖、鸡蛋、小米粥。我买了几斤猪肉，炸成丸子，天天给她喝丸子汤。一个月，我和老伴没让她下地，她和孩子都挺胖乎。

满月以后，她要回上海探家，我给她拿了120元钱，当时我每月挣49元；还给她拿了200斤全国粮票，10斤白糖，2斤木耳和3斤白瓜子。这些东西当时都很金贵。她一走，我们只好给孩子断奶，这下子把我和老伴折腾苦了。白天她在家忙成一团，晚上我也跟着起来好几次，给孩子热奶、喂奶，换尿布。不几天，我这个胖子就变了瘦子。这孩子从两个半月到9个月，住了6次医院，我们全家昼夜看护，连邻居都来帮忙。孩子高烧39度不退，老伴吓得直哭，后来还是上海医疗队治好了孩子的病。

医生告诉我们要给孩子多吃鱼肝油和营养品，当时我的那点工资已养不起孩子了。为了多挣点钱，大冬天，我早上3点钟起床，到河套割条子，干了一冬天割了3车条子卖了几十块钱。后来老伴和姑娘上山采木耳，又挣些钱。这些年就是靠搞副业挣的钱把满意养大，又让他上了学。

这孩子很懂事，从小就知道帮我干活，初中毕业就要参加工作。我不愿意他在农场吃苦，听说地方铁路招工，我通过朋友找人，又去送礼，好不容易当上了工人，全家非常高兴，把希望都寄托在他身上。可是过不久铁路部门改革，他又让人家精减下来了。后来我又借了些钱，在场部办了一个饭店，一心想让满意学一个能养家糊口的手艺。现在这个小店办得不错，孩子每天都跟着我上灶。

这些年，这孩子和我们一家感情很深，最爱他的是我的老伴。他12岁时就用自行车送她到场部医院看病，要走很远的山路，那孩子一点也不叫苦。连里的知青都喜欢他，谁回去探家都给他带好吃的，他都留给他妈吃。前几年老伴去世了，临死前对我说一定要把满意抚养成人，我们不能对不起他上海的妈妈！

说起这孩子和老伴的感情，老李情不自禁地流下了眼泪。我又问起孩子的亲生母亲玉珍——那个上海姑娘。老李说——

满意的亲妈妈在上海住了一段时间又回来了，给孩子带回许多吃的用的。每天一下工，她就到家来看孩子。开始孩子有点眼生，不理她，后来孩子和她一起总是一个劲地笑，真是骨血亲哪！那时知青开始返城了，连里的知青越来越少了。我看她每天都在叹气，看出她想走，但又舍不得孩子！我说，你要想走，我帮你，以后你要想孩子，我给你送去！她哭着点了头，我到团里给她办好了手续，又到师部给她批下来。

她是1976年年底走的，那天正下着大雪，天阴沉沉。她收拾好行李，又到了我们家。孩子还不懂事，对他妈笑。我和老伴忍不住地哭了。我对满意他妈说："这孩子永远都是你的，你什么时候想要，来个信儿，我给你送到上海！"她什么也说不出来，哭着走了，我一直把她送到去嫩江的汽车上。车一开，她号啕大哭……

"这么多年，她没来看过孩子吗？她没来过信？"我不禁问老李。

"没有，没来人，也没来信。"老李说。

"满意知不知道他亲妈的事？"我又问。

“他上学以后，有的同学和他说过。他回家问过我和他妈。我说，你看我们不像你的亲爹妈吗？他摇了摇头，再也没问过我们这件事。这孩子心思重，也很懂事，他都快20岁了，不能不知道这件事，他是不想把这层窗户纸捅破。”老李说得很沉重。

“如果有一天，满意的母亲来认他，你让他走吗？”我又问。

“那时，我听孩子的。他愿意走，我高高兴兴地送他。他不愿意走，我为他成家。现在我已经给他盖了60平方米的房子，还给他准备了2万元钱。过几年就给他结婚。因为现在我是他父亲！”老李说得很真诚。

大山里的人心真好！像埋藏在大山中的金子一样宝贵。他们的善良不需要回报，却不该被忘记！我真想，让满意的妈妈看到我的这篇文章，我还想对这位荒友说：快回来看一看自己亲爱的孩子吧！是否还应该对善良的老李一家说一声谢谢?!

我走的那一天又下了雨。山色变得朦朦胧胧。我有意让车在老李家的饭店门前经过。我看到满意正站在门前，怔怔地望着通向山外那条泥泞的路。那路很长很长，消逝在天边的云雾中。

这么多年过去了，我一直惦念着李满意一家人，他的亲生母亲找到了吗？他们的日子过得怎么样？2009年夏天，我又走进了锦河农场。过了梁晓声题写场名的古式牌楼，进了场部的中央大街，我一眼就看见了路旁的“美味香”小吃部。陪同的场里的同志说，那就是李满意家的！我急忙下了车，推门就进。只见有一位老人在餐桌上喝茶，灶房里只有夫妻二人在忙活着。

“这不是贾作家吗?!”

10多年过去了，没想到老李还认识我。

“快出来，这是你们的恩人呀！”

老李招呼着儿子和儿媳和我相认。李满意已经长成了壮实的汉子，他浓眉大眼的，只是眼神还有几分忧郁。他媳妇很漂亮，长得白白净净的，身上扎着围裙，精明干练的样子。

说话间，满意的媳妇丽巍给我们倒水，我问起她和满意的婚事。她笑着说：“都是我爸给包办的！”

老李乐了：“是这么回事！”前几年，老李看满意有点不安心饭店的工作，就让他到姐姐家所在的四平学修汽车的技术。这时，一个海伦县初中毕业的姑娘王丽巍到锦河的姨家串门，有时也到老李家的“美味香”打工当服务员。那几年先后有30多个女孩子在他家当服务员，可老李就看中了丽巍，这孩子不仅长得好，还善良热情，有办事能力。这时在四平学了半年艺的满意也回来了，一看美丽勤快的丽巍也有些心动，四平也不去了，恋上了饭店也恋上了丽巍。经亲友们一说合，就成全了这段美满姻缘。

1997年，老李为他们操办了婚事，婚礼办得很体面，摆了15桌招待亲戚朋友。两年后虎头虎脑的大孙子出生了，那天正是大年三十，老李放了好几挂鞭炮，他是满意，太满意了！马上请人给孙子起个有学问的大号“李谊轩”。这小子正读小学二年级，成绩很好，全班70多名同学，这学期排名第六。老李特为孙子颁发奖金1000元，还为他买了自行车和旱冰鞋。

丽巍把在楼上看书的小谊轩叫下来和我们见面，这小子眉清目秀，一表人才。看客人夸孙子了，老李一高兴又对孙子预发“嘉奖令”：如果你下学期考前3名，我发奖金3000！

满意对养母朱照香的感情最深，那年满意和丽巍订了婚，他们一起回海伦探望父母，坐在车上远远看见了母亲的坟，满意就流泪了。到了岳父母家，发了3天的高烧，什么也吃不下去，把老王家吓坏了。后来满意和媳妇为母亲烧了点黄纸，心情才好起来了。

他心里想的是，妈妈要能活到今天多好啊！她早就说过，我一定给你娶一个好媳妇，妈帮你看孩子……现在每年清明节，满意一家三口，都去母亲的坟上祭奠，母亲爱吃水果，爱喝饮料，每次他们都带许多，都摆在坟前。说到这儿，我发现满意的脸上写满了伤戚。养母的早逝，永远是他心中的最痛。

我又问起满意的生母玉珍的情况。她是1976年底走的。

“这么多年，她没来看过孩子？没有来过信？”我又问。

“没有，人没来，信也没来。”老李说。

“这是我最大的心病了。”老李接着说，满意越来越大了，他的身世也不是什么秘密了。这些年常有知青回来，每一次满意都很在意。他不说，我心里也明白，他是多么想让亲爱的妈妈能回来看一看他，那毕竟是自己的生母呀！他每一年都盼，每一天都盼，知青来了一帮又一帮，就是没有自己的妈妈！别看孩子每天忙忙活活，他心里很苦。特别这几年我动过3次大手术，身体越来越不好，我最大的心愿，就是在我有生之年让他们母子相认，要不，我死不瞑目啊！

2000年7月，老李趁到江苏老家探亲时到了上海，他找到了玉珍当年留给他的家庭地址，可是老房子早就动迁了。他又找到了和玉珍一起下乡的战友朱彩玲和徐顺娣，还好在街道办事处当主任的小徐通过公安局户籍部门，查到了48个玉珍，但在上海某某路383号住的只有一个玉珍，那肯定就是满意的妈妈。

冒着酷暑，老李跟着徐顺娣和朱彩玲换了两次地铁，终于在附近的一个县城找到了玉珍住的那栋楼。来得太唐突了，老李在楼下等她俩先去通报。别看老李像个粗人，可心细得很。他心急如焚，满脸汗水地等了一个多小时，她俩下楼了，可不见玉珍的身影。她们不好意思地说：玉珍不想见你，更不想见孩子。她说，返城后她38岁才结婚，爱人和婆婆不知道她过去生过孩子。他们对她都很好，后来她也没有给他们生过孩子，已经很对不起他们了。如果现在跟他们说自己有过孩子，他们接受不了，这个家就完了。

老李背着沉重的包袱又回到了锦河，他觉得无法面对儿子和媳妇，从他们失望的眼神里，他知道他们的期盼。他只是轻描淡写地说，现在你妈妈身体不太好，家里又不方便，这次我没见着她，以后她肯定来看你们。老李看到满意当时眼圈就红了……

丽巍说，从这以后，满意变得更沉闷了，有时睡到半夜就哭醒了。他对妻子说，我妈肯定病得很重，我要到上海看她，要不把她接到咱们锦河，咱们给她养老！丽巍还领着满意去找过姚富忠场长，他对这两个伤心的孩子说：“你妈妈能不想你们吗？她现在不能见你们，一定有她的难处，你们好好过日子吧！总有一天她会来看你们，能不来吗？还有一个这么好的孙子！”从此，满意再不提这件事了，可一闲下来，就坐在门前，对着通向山外的公路发呆。

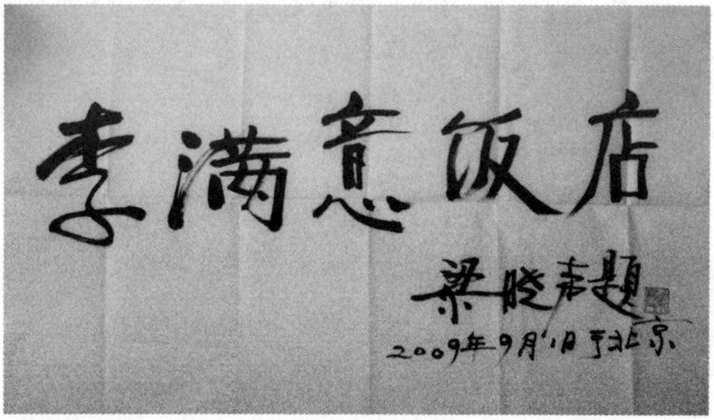

当晚就在李家的“美味香”，我们品尝了满意的手艺，虽然都是家常菜，做得还真是有滋有味。席间，我又激动地说，我再写一篇文章，一定让上海知青转到玉珍的手里，看了文

章她就可能来看你们。老李破例喝了酒，他说，我一定要看到这一天。我建议满意两口子把“美味香小吃”改成“李满意酒店”，让知青中的名人给你写个匾（当然梁晓声最好），门前再立个牌子，写上满意与生母和养父母的故事，你这个店就火了。回来的知青一定来做客，一传十，十传百，有一天，你妈就慕名而来了。满意和丽巍喜形于色。

作者和李满意一家人

早上，满意两口子听说我们要走，又请我们到他们店里吃饺子。我说：“下车饺子，上车面，还是吃面条吧，我们会常来。”老李和孩子们赠给我一包蘑菇和木耳，他们说自己在山里采的，干净。是呀，山里人的真情是没有污染的。

同行的新华社记者周确为我和老李一家三代人摄影留念，朝阳下小店熠熠生辉，笑意写在每一个人的脸上。挥手告别时，我想起昨晚满意对我说的话：现在我最大的心愿，是让养父颐养天年，让生母幸福安康，与我们早日团聚。我对他们全家说：祝你们万事满意，永远满意！

车远行，心犹在。

附录 梁晓声给李满意的信

满意你好：

我是梁晓声伯伯。贾宏图伯伯嘱我为你的小饭店题匾，我已寄给他了，想必他已转给你了吧？我的毛笔字写得并不好，很少写了赠人的，尤其羞于为人题匾。但你宏图伯伯说，你希望由我为你题匾，又因你是知青的孩子，我便觉得当然要题了。于是呢，又写了一大幅条幅送你。

我抄写的是清代诗人的一首五言诗，究竟哪一位诗人的诗，我记不清了。那是一首友情诗，我想借它表达我和宏图伯伯，以及其他人关心着你和你们许许多多知青儿女的友爱。

满意，在养父老李的帮助下，也通过你自己的努力，经营起一家小饭店，而且还经营得不错，这使我和你宏图伯伯特别高兴。我们也特别钦佩你。我前边说了，我的毛笔字写得并不好，但在北京，那么大幅字，也是可以卖几千元钱的，尽管我从没卖过字，但确有人带几千元来求字的，多是些收藏爱好者。我说这些话的意思是，如果你面临缺钱的任何情况，那么不妨把这幅字卖掉，千万不要舍不得。倘卖了伯伯写的那一幅字，居然能解你的燃眉之急，我会非常高兴的。你需要我会再给你写的。倘你遇到的困难很大，急需的钱较多，那也可如实对你宏图伯伯说，我和他虽然都是文化知识分子，并非财大气粗的人，但是在你急需经济援助时，我们都是愿意尽力而为的。我们的能力达不到，那也会向更多的当年的知青发出呼吁。

满意，我对你还有一个小小的要求，那就是——在你有精力时，了解一下，你周围哪些知青们的儿女（不一定非是北大荒知青们的儿女），他们的生活还在困难之境？那是些怎样的困难？急需的又是怎样的帮助？若了解到了，写下来，寄给你宏图伯伯。我和你宏图伯伯虽然都开始老了，却由衷地希望，能为需要帮助的知青儿女们做些实事。

满意，最后我想说，要明白这样几点——首先，不论碰到了多大的困难，不论人生处于怎样的低谷，都不要认为自己已经成了世界上最不幸的人。依我的眼睛看，世界上不幸的人，远比幸运的人多啊！而某些人虽然不幸着，但却能以坚韧之精神抗住人生压力，是可敬的，也是值得学习的。

同时要相信，不只我和宏图伯伯关心着你们这样一些知青后代，更多的人也在关心着。当然，首先是你们的知青叔叔、伯伯和阿姨们。那么，还有什么你们所遇到的困难是我们共同克服不了的呢?

我相信，你的生父生母都爱你，也爱你的妻子和孩子！在那个特殊的年代，他们是在迫不得已的情况下把你送人的。现在他们每时每刻都在思念着你们，因为你们血脉相连。他们可能还有些特殊的原因，不能马上和你们见面，我想总有一天他们会走到你们的身边。不要特别在意他们认不认你们、什么时候认你们，因为你们不缺少爱，不要忘记我们所有知青都是你的亲人！

人怎样活着幸福感才能真的多一点儿?

关乎幸福的方面实在太多了，但是一方面常被忽视，那就是——虔诚地体会生活中点点滴滴的真情与温暖，并且使自己像导体一样，将生活中的真情与温暖传导开去……

这是我对人生的一种经验总结，你试试看好吗?

祝你身体健康！心情愉快！生意兴隆！

代问你的养父好！那是一位可敬的老人，所有的老知青都感谢他！

梁晓声

2009年9月16日于北京

8. 神秘之火

往事如烟。可有的事总也不能忘怀，一想起来就历历在目。

1968 年 12 月 26 日，深夜，我被电话铃声惊醒。当时我是兵团一师独立一营的通讯报道干事。我住的房子就是营部值班室。电话从几十里外的林场打来的，电话的内容让我出了一身冷汗：

十五岁下乡时的吕平

“你们在桦皮窑林场伐木的知青住的房子着火了！现在跑出来的人还在雪地里站着，里面可能有人烧死了。快通知师部来人抢救吧！”

当时的通讯条件很差，全营和外部联系只有这一条在附近林场的电话线。我马上叫醒了营长，他命令我到离我们最近的阳台林场给师部打电话，请求支援。

他当即带了几个人，跳上我们营唯一的一台嘎斯车，直奔桦皮窑林场。那车一溜烟地消逝在风雪中了。

我跑到马棚牵出那匹跑得最快的“草上飞”，这马是从“红色草原农场”买来的，是一种蒙古马，性子很烈，我第一次骑它曾被它甩在地上，摔了个鼻青脸肿。经过一次次的调教，它终于被我驯服了，而且成了我的伙伴，我下连采访经常骑它。这一次执行紧急任务，我们只得风雪同行了。

这是北方最严寒的季节。我们营地处大小兴安岭相接的深山密林中，那是冰雪覆盖、猛兽经常出没之地。我翻身上马，紧勒缰绳，风雪扑面而来，我和“草上飞”都不禁打了个寒战。我又用力拉了几下缰绳，用腿使劲夹了两下马的肚子，“草上飞”迎着风雪渐渐地奔跑起来。借着淡淡的月光，“草上飞”在通往阳台林场的路上狂奔着，卷起一阵雪雾。路旁的树林黑森森的，像魔影一样闪过。

这林子里是有野狼出没的，有一次下连队，正碰着它坐在路中间，蓝瓦瓦的眼睛盯着我，把我吓得只好退了回来。这一回，也顾不了这么多了，奔跑了不一会儿，我和“草上飞”都大汗淋漓了。可是我还是把缰绳勒得紧紧的，为了减少风的阻力，我几乎趴在马的背上。

不到1小时，我们就跑到了阳台林场，当时棉衣裤都湿透了，风一吹浑身打战。我使劲敲开林场值门室的木门，那人看我满身霜雪吓了一跳。“出了什么事了！”我来不及给他回话，一手抓住电话，马上给师部值班室呼叫：“喂！喂！我是哈青独立营！”

吕平也参加了这样的战斗

线路不好，我喊哑了嗓子，对方才听清我报告的内容：“快来急救车！我们在桦皮窑林场的伐木点着火了！烧死人啦！”

回来的路上，疲惫不堪的“草上飞”再也跑不起来了。凌晨时分正是“鬼龇牙”的时候，坐在马上更冷，我干脆跳下马，牵着它小跑。到了营里，满身霜雪使我成了雪人。这是我这一生最艰险的一次出行。

下午，遭受灾难的战友们从30里外的桦皮窑林场拉回来了。惊魂未定衣衫不整的二十几个战友坐在嘎斯车上，一见到我们就抱头痛哭。被烧死的哈尔滨知青倪少兴的遗体，用被盖着，由一个马爬犁拉着，上面插着一面红旗。被烧伤的战友王新民已被师部派来的救护车送到爱辉县的医院了。那一天，营部附近的几个连队的人都赶来看大难不死的战友们。那个小山沟被悲哀的情绪笼罩着。

这场灾难来得很突然，也很神秘。到现在还是一个谜。

据亲历者回忆，已经完成采伐任务的3连的二十几个人，原定12月26日返回连里。25日下午，他们开了庆祝毛主席诞辰的联欢会，大家又唱又跳，十分快乐。已经在大山深处窝了一冬了，就要回连队了，大家当然特别开心。

联欢会，又会餐，把剩下能吃的东西都吃了。他们还炖了一锅狍子肉，那是用白菜和附近打猎的鄂伦春人换的，许多知青是头一次吃野味，真是香啊！

第二天早上大家就打好了行李，等营部派车接他们下山。他们派了两个人到道口接应，一直到晚上车也没来，可能是雪太大路不好走。那时通讯很落后。

他们只好又生火做饭，其实已经没有什么了，只是喝了一点粥。到了晚上，有人打开行李，大脱大睡，有人倚在没有打开的行李上打盹。这是一栋用原木堆起的“木刻楞”房子，中间用布帘挡着，一面住着男生，一面住着女生。房子中间摆着柴油桶做的炉子，那是他们用来取暖的。

半夜时分，突然一声巨响，一个大火球在屋内滚过，立刻烟火弥漫。正在床上躺着的知青们立刻跳下来，大家哭喊着从门挤出，跑到屋外。这时他们面对的是漫天的风雪和零下40度的严寒！有人穿着衣服，多数人只穿着单薄的内衣。

只用了几分钟，这栋房子就烧落架了，呼的一下子房子倒了，在雪地上升起一股烈焰和烟尘。带队的干部马上清点人数，“倪少兴！倪少兴！”他们呼喊着没在现场的他。这之前哈尔滨知青王新民曾冲进去救人，自己的手被烧伤，可人没有拉出来。

后来在废墟的灰烬中，他们发现了倪少兴烧焦了的遗体。

当时，跑出来的青年乱作一团，他们拥挤着哭叫着，一个个冻得浑身发抖。当时年纪最小的只有十五六岁的哈尔滨女知青吕平最镇静。她发布了如下的命令：

“大家快站到被抢出的被上！”

“大家快抱起来！”

然后让大家抱成一团，这是真正的抱团取暖了。

她又喊：“快唱《国际歌》！”

接着，她又安排一个叫贾玉民的哈尔滨知青，快骑马到附近林场的伐木点报警、求救。贾玉民当时只穿着一身线衣线裤。这个机灵的小伙子跳上马就跑了。

当时的场面十分悲壮。二十几个青年不分性别地紧紧抱在一起，雄壮的《国际歌》声在风雪中激荡，鼓励着青年们和风雪严寒作殊死的斗争。和呼啸的风雪声相比，这声音十分强烈，然后又渐渐地微弱了。就要冻僵的年轻人连嘴都快张不开了。

在这同时，贾玉民骑马跑到附近一个进山冬季伐木的林业工人的营地，敲开他们的门，十分困难地说明情况，又十分容易地把正在睡觉的工人们的皮衣皮裤装上了马爬犁。

大约一个小时后，工人兄弟送来的温暖最后解救了二十几个知青，当时他们的歌声已经很微弱了，他们一个个都在咧着嘴笑。听当地的人说，冻死的人最后的表情就是张着嘴笑。如果鄂伦春兄弟的衣物再晚到半小时，他们就成为了大森林中永久的冰雪雕像了。

经历了这场灾难的每一个人，都永远感谢小吕平关键时刻的指挥若定！“人小鬼大”的哈尔滨小姑娘创造的奇迹，40 多年后的今天想起，还是那般神奇。

令人遗憾的是，勇敢智慧的指挥员小吕平、骑马报警的贾玉民和为救人被烧伤的王新民都没有成为英雄。在那个特殊的年代，经历过这场灾难的每一个青年都成了被怀疑的对象。当时我们营所在的黑河地区正搞清查运动，专门为“12·26”事件立了案，先是怀疑黑龙江对岸派来的特务纵火，后来又怀疑被烧死的倪少兴是纵火者，当时他的父亲正因为“历史反革命问题”接受审查，可能为了报复政治运动自焚，引发了这场灾难。据回忆，当时许多人边穿衣服边往外跑，只有他穿好了衣服就是站在火里不动，就是因为向外拉他，王新民被烧伤。当时，他穿戴整齐，连腿上的绑腿都打得很规矩。

那个案子办得很紧，每个经历灾难的人都被审查了，搞得人人自危。宿舍里，天天半夜都有人哭醒，有人又梦着了那场火，被吓醒；有人梦着自己成了纵火犯被抓走，也被吓醒。

吕平在美国访问

几个月后，因找不到证据，这个案子也不了了之了。

20 多年后，一个偶然的机会，我见到了小吕平，她在哈尔滨的一家工厂当翻译，刚领着许多青工到北欧的一个国家实习回来。她兴致勃勃地介绍国外的情况，却一句也没说到那次灾难。她说，过去的事，不堪回首。一想起来就做噩梦。说到她那时非凡的表现，她说那也是急中生智。我们那时都有英雄情结，越到关键时刻，表现得越突出。

有一次我在街头上远远地看到了倪少兴的父亲——那位白发苍苍的退休教师，慢吞吞地走着。我却没有勇气走近他的身旁向他问好，怕他看见我想起他死去的儿子！如果他问我儿子是怎么死的，我还一时说不清楚。

往事并不如烟。现在回忆，引发那场神秘之火的可能是那个柴油炉子，有谁无意中把剩下的柴油或汽油倒在炉子里，引发了炉子的爆炸，造成了那场火灾！倪少兴没有及时冲出来，他可能找什么东西，他特别喜欢他常用的斧子和大锯，也许在找他那几件顺手的家什。

我想，无论你愿不愿意说起，无论你能不能想起，经历了那场灾难的人，都经受了人生的一次涅槃。他们都成了火中飞出的凤凰。

以上这篇稿子发表在哈尔滨发行量很大的《生活报》，见报的第二天，就有一个读者给我打了电话。

“你写的知青故事让我很感动！感谢你第一个写了这个灾难的真相！我就是你写的被烧死在神秘的大火中的倪少兴的弟弟。我叫倪少滨。”

如花的青春

后来我和他——哈尔滨医科大学教授、第一附属医院的泌尿外科主任见了面。

他说，哥哥下乡时，我还很小。哥哥是 1966 年走的，好像从来没有探过家。他 1969 年被烧死后，家里人都不知道。那以后的好多年，逢年过节时母亲还给他寄过吃的东西，可他总也不回信。我们都奇怪，他为什么不回信！后来，看到他同时下乡的知青陆续都返城，母亲天天盼着他回来，眼睛都哭瞎了。

整个“文革”中父亲都在被审查，也没有能力顾及我的哥哥。后来他落实了政策，我陪着他和母亲到北安农场局找过哥哥的下落。他们查了哈青农场（一师独立一营）的档案，最后告诉我们因为火灾事故倪少兴已于1969年12月26日晚死亡了。按政策给了我们两千多元的补助。当时母亲哭得昏了过去。回来后，她一病不起，不久就病逝了。几年后父亲也郁郁而终。他们生前的遗愿就是能去哥哥遇难和安葬的地方给他扫墓。

“后来我知道了，哥哥当年下乡的农场早就撤销了，土地也交给了当地的农民了。我们想去扫墓，可不知在什么地方。这回好了，哥哥死亡的过程我们也知道了。如果你能提供一下哥哥墓葬的准确地点，我们特别感谢！”

为了完成倪少滨的嘱托，后来我又回了一趟哈青——当年曾留下我们无数青春记忆的地方，无论是痛苦还是幸福，它都如胎记一样刻在我们的身上。沿着新修的高速公路，5个小时就到达了边境名城黑河。又沿着平整的公路，向西行驶，路旁粗壮的白桦树挥舞着嫩绿的枝条，好像在为我指点进入“青春圣地”的方向。我们的车时而沿江而行，时而爬上山坡，时而穿过林海。3个小时后，我们进入了一个叫西峰岭的小村，现在它已在地图上恢复了“哈青”的地名。

可惜，山河依旧，我们已难以找到知青营地的旧模样了。热情的老乡帮我们辨认了几栋旧营房，然后指着房后的一片大豆地说：“当时这里有几座知青坟，我们开荒时地都平了。这几年不断有人来找过，我们也说不清那个人埋在什么地方。”

那天刚下过雨，通往那片大豆地的路特别泥泞，我们在地头采了一束野花，摆在地里，又在地头烧了一些黄纸，便结束了这次寻魂之旅。

那天，我的心情不好，地头烧纸时，热泪长流，掩面而泣。

回来后，我给倪少滨打了电话，如实地说明了情况。

他去没去给哥哥扫墓，我就不得而知了。

9. 走出伤心地

凡是当年在黑河下乡的知青，谁都忘不了龙镇。这个三等小站，当时是黑龙江省北部线的终点，无论来自北京、上海还是天津、哈尔滨的知青，都在这里下火车，再转乘汽车、拖拉机、马车，分赴荒原深处和密林之中的几十个兵团农场的几百个连队，豪情满怀地投身屯垦戍边的战斗。当然，他们返城度假，也在这里乘火车。在“胜利大逃亡”的知青返城的浪潮中，这里演过生离死别的人间悲剧。有的丈夫或妻子走了，他们却留了下来，从此天各一方。

这里曾像战争年代的兵站一样，每天涌动着穿着黄棉袄的年轻人。这其中，有的人后来成了在中国有影响的人物，如国务委员王勇、曾担任过国家环保总局局长（现国家发改委副主任）的天津知青解振华、外交部副部长的北京知青王毅、黑龙江省省委副书记的哈尔滨知青刘东辉、山东省省长的北京知青姜大明……

去年冬天，在那个飘雪的日子，在去黑河的路上，我有意绕到了龙镇。它已成了一座街道宽阔、建筑现代的小城。那黄色的火车站还在，可广场上十分冷清，全无昨日的青春喧嚣和人群熙攘了。我在站前徘徊许久，找不到我和战友们当年的足迹，更听不到他们的哭声或笑声，却想起了一个上海老知青袁启鸿的悲情故事，因为龙镇是他的伤心地。

老袁和我一样是1966届高中毕业生，本来我们都有着美好的人生前景，当年我们虽然分别在上海和哈尔滨，但都被推荐为留学法国的预备生。正准备去北京的外语学院学习时，从天而降的“文革”如狂风暴雨，把这一切都化作泡影。我们的档案又从外交部退回到我们的学校，后来又转到了北大荒，当年一位管档案的朋友神秘地告诉我：“不得了啊！你原来是外交部的人啊！”我苦笑着说，现在不也在北大荒种地嘛！

"天天读"是那个年代必须的

1968 年 8 月，他受上海黄浦区的委托，带领 300 名知青来到黑龙江建设兵团的一师五团所在地五大连池下乡，另外的一部分人由同是老高三的优秀学生、现任哈尔滨市委副书记方存忠带队，去了 5 师的查哈阳。半年以后，工作能力突出的老袁被师后勤部调到龙镇组建物资批发站。当时他还没入党，却被任命为站的整党小组和清查专案小组的成员。

真是福兮祸所伏，他的人生悲剧就此开始了。

1970 年 3 月，在老袁刚过完 22 岁生日的第二天，他突然被隔离审查了。一时间，批发站院里贴满了批判"现行反革命分子袁启鸿"的大字报，罗列了他的"八大罪状"："张贴反革命标语，唱反革命歌曲，组织反党小集团，为反革命分子翻案，非法混入共青团……"

其中最严重最惊心的罪状是"张贴反革命标语"。

现在看来十分荒诞，当时却是触目惊心！

1969 年 12 月，为欢送一师的"毛泽东思想讲用团"到哈尔滨开会，当时他们在孙吴县集合，然后途经龙镇，到哈尔滨去。龙镇批发站在招待所门前搭建起彩门，要在两米多高的门楣上贴上"敬祝毛主席万寿无疆"的标语。那天晚上又黑又冷，老袁从哈尔滨出差回来，看到负责贴标语的两个女青年很辛苦，就跑来帮忙。他站在两个摞起来的方凳上，两个女青年一个为他扶凳，一个给他递标语。为了贴得匀称，老袁先贴当中的"席"，再贴第一个"敬"和最后一个"疆"，再贴"毛"和"寿"字，接着贴"祝"和"主"字，最后贴"万"和"无"字。

由于写的是隶书字，"万"字和"无"字有些相像，又由于天色昏暗，最后把"万"字和"无"字贴倒了，"万寿无疆"变成了"无寿万疆"！

第二天早上被明眼人发现了，他们吓了一大跳。老袁他们马上改了过来，又作了认真的检讨，但仍无济于事。就这样祸从天降，这件事成了他最大的罪行!

“罪状”中说他组织反革命小集团，是因为他自发组织几个爱学习的青年学习哲学，经常讨论理论问题，还办了一个“学习园地”。

还有人说他自己在宿舍唱歌时，把“枪听我的话，我听党的话”唱成了“我听枪的话，党听我的话”。

所谓“混进共青团”是因为他的入团登记表上少了一个公章!

……

其实，老袁被编织这么多罪状的原因，是因为他公开反对在只有400人、成立不到一年的批发站揪出了17个“反革命”和“贪污犯”，因此他得罪了主要领导。

这位掌权者亲自发动了这场对一个无辜知青的政治运动。这在当时很时兴，政治觉悟特别高者，有政治理想（应该说政治野心）的人经常抓住机会搞这样的“运动”。

老袁成了第一个从知青演变成“反革命”的典型，上级向全省发了通报，为了杀一儆百，也为了教育“政治觉悟不高”的知青，随后开始了对他的武装看押和在农场的巡回批斗。首先他被剃了鬼头，肯定能吓哭小孩子的样子，但他不太在意，因为“文革”中遭这种厄运的老干部很多，他不高兴的是，还让他付了2角钱的剃头费。

游斗是在严酷的1970年初春进行的，范围是从龙镇北到孙吴，南到德都的方圆几百公里。批斗他的多是和他们一起来的知青，虽然已经来到边塞，但红卫兵们的革命意志并未消退！批斗前他被捆住双手和双脚，堵住嘴，扔在解放车的车厢里，脸被冻得青一块紫一块。一般要走四五个小时，如果要小便只能在裤子里解决了。一到目的地下了车，或立即进会场接受三四个小时的批斗，或者先去干掏厕所的脏活累活。

有时开完批斗会已经半夜了，满身伤痕的他刚躺下，又进来一些人把他从炕上拖下来，用麻袋套在头上，接下来是一阵拳打脚踢……又是知青们的恶作剧，老袁也是哭笑不得。穷极无聊的青年们，以折腾别人为快乐。这也是“文革”的恶习吧!

这个20多岁的青年的忍受能力到了极限，他默默地流泪，在思考着用什么办法可以少一些痛苦地死去。因为他看不到任何希望了。一年前，他是怀着多么美好的愿望来的，可现在他的面前一片黑暗。终于在 1970 年 5 月的一个寒夜，他趁看守他的人熟睡的时刻，把一条绳子挂在了房梁，并把自己的脖子伸向了绳套。

这时他看到满天闪烁的星斗，他遥望南方，那是他家乡的方向。这时拂面而来的还有些凛冽的春风，一下子让他清醒了。他想起了父母早逝后把他养大的姐姐，想到了多年关爱他的老师、同学；他也想到了如果就这样死去，谁来为他洗刷不白之冤！

在犹豫之间，终于被人发现，他走出鬼门关，又回到了地狱。批发站的工作组决定把他送进监狱，建议判刑 12 年，但那个特殊的时期，监狱已人满为患了，他们无力接收。老袁只得就地改造。当时每天 5 点钟起床，先到煤场装一车 6 吨煤，早饭后清扫供应站大院，掏清厕所，再为全院 3 个食堂的 15 口大缸挑水，每天 18 吨，每挑一担水要走 100 米！马不停蹄般干完这些活，已是晚上 10 点多钟。他每天爬上床铺都十分艰难！这大大超负荷的劳动，不是每一个人都能承受的。但是 22 岁的袁启鸿忍受了，那是一种青春生命的力量。

经过一年的艰苦劳动，师里的一位副政委说话了："一个 20 多岁的小青年，千里迢迢从大城市跑到你穷山沟，就是为了来当反革命的？你们这么做怎么能让千千万万个知青家长放心！"1971 年初夏，老袁被解除看押，"敌我矛盾按人民内部矛盾处理"，下放连队劳动。这以后他又去大兴安岭伐木，在零下 52 度的严寒中，他学会了把顶天立地的大松木放倒、归楞、再装上汽车运走，也学会了用大海碗喝酒。他又恢复了做人的尊严，还赢得了一位美丽善良的哈尔滨姑娘鲁际的爱情。这是东北姑娘的特点，她们特别同情弱者，心甘情愿地与他们生死与共，后面的故事还有精彩的事例。

长话短说，我略去了他们爱情的故事。

现在他们的一双儿女都大学毕业成了专业人才了。

1977 年，和祖国共患难的袁启鸿迎来了命运的转机，国家决定恢复高考。当时他已经入了党，恢复了在供应站的工作，分管全师的煤炭的采购供应，那是权力很大的岗位。许多有眼光的人看清了他的前途，就这么干下去，不出几年当个师后勤部的首长也在情理之中。

他义无反顾地参加了高考——他没有请一天假复习功课。作为上海市重点中学的高才生，他们最擅长的就是考试。而通过科学兴国是他们从小的理想。第二年春天，他拿着录取通知书到哈尔滨工业大学报到时，老师告诉他，你4门课考了394分，只差6分就是满分，是全省的状元！还给他看了登载这条消息的《黑龙江日报》。

当了大企业家的袁启鸿

后来老袁的日子是芝麻开花节节高了，入学后当了1977届学生党支部书记；当年夏天，他被彻底平反，他档案中的“反革命”材料当面烧掉。1982年毕业后到国家重点大型企业哈尔滨锅炉厂工作，第二年他第一批晋升工程师。1985年在机械部出国英语考试中荣获第一名，他受命到美国GE公司进行技术合作，参与了设计世界一流的电站设备的工作。回国后，老袁担任锅炉厂处长、生产处长、副厂长。1994年10月他又到“三大动力”组合起来的特大型企业哈尔滨动力设备股份有限公司担任副总经理、执行董事。后来又担任哈尔滨锅炉厂有限公司的董事长、总经理。

在哈尔滨的几十万知青中，老袁是企业界的最高领导，名副其实的大企业家。我经常在电视里看到他陪中央领导同志到“三大动力”视察，和外商谈判，到香港组织股票上市。他西装革履，满脸风光。

为了写这篇短文，我找到了老袁，他急匆匆地来见我，提着装满材料的书包，好像是来上课的大学教授。他主动让贤，已不再担任企业领导了，而成了一个研究宏观经济学的专家。

他的名片印着十几个头衔：省政协常委、市人大常委、全国西部开发顾问、中国管理研究院特约研究员，还有许多大学的特约教授。他奔波在国内外的学术会议和大学的讲台之间。他从书包里给我拿出他的一篇篇论文，他告诉我，他2000年就给朱镕基总理写信提出“科学发展观”问题，总理作了很长的批示，让国家计委领导听取他的意见。他3年前就提出过建立“节约型社会”的建议，他最近又就建设社会主义新农村问题给省政府写出了报告……

在老袁滔滔不绝的讲演中，我又看到了一个饱经磨难的老知青的永不干涸的激情；在他那厚厚的论文中，我感受到一个忠贞的知识分子对祖国和民族深深的忧思。我还看到他的头发已经花白了。

老袁没有给我提供关于龙镇悲情故事的更多细节。但我想他心中涌动的热血中肯定有来自那里的坚强和自信。

这篇文章在我的博客中发表，引来不少留言，我愿意和读者们分享：

我在挨个看你的文章，不承想看到了一个我曾听说过的袁厂长，不承想他还经历了那样的苦难。谢谢你把他的经历写得这么好！

——花开花落

好苗子就是好苗子，终究成了国家的栋梁。

——德文成

艰难困苦，玉汝于成。

——童牛岭下

周总理说过，真金不怕烈火炼，真金也需烈火炼。但不是谁都能经受得住的。

——知倩

使这种悲剧几十年不断发生的一个重要的原因是，当年整你的、今天给你平反的往往是同一个人。“打人犯法”，但是毁了一个人的青春、爱情、幸福、前途的人，是不会受到法律制裁的。

——锣儿

10. 燃烧的青春

听说我要写知青的故事，黑龙江电力报社的老社长任树宝特意给我送来他写的《往事并不如烟》的软盘，那里面记存了许多知青的感人故事。

他是1968年10月从哈尔滨师大附中下乡到35团（庆丰农场）的，后来他成为兵团“四好连队”的模范指导员，当上了团党委委员。他们连队推荐过18个知青上大学，他把指标都让给了连队里的其他知青，而他自己因身体透支过度，无力再献身边疆，只好招工返城了。回来后，他又从食堂管理员干起，历尽艰辛，不断进步，担任过哈尔滨热电厂党委副书记、省电力局机关党委书记等领导职务。岁月把任树宝磨砺得如一棵嶙峋的古树，但他眼中还充满着青春的光彩。他对往昔的回忆像老井一样深沉。

任树宝的回忆是红色的。

他说：到兵团的那两年，不知道为什么总是赶上着火，那是熊熊燃烧的山火。1969年3月30日，在“九大”召开的前一天，我们连队附近着了一场山火，那火威胁着完达山茂密的森林。为救这场火，连队的7个知青被烧成重伤，因此立了大功。我们“明知大火险，偏向火海冲”的事迹上了《人民日报》，成了宣传“一不怕死，二不怕苦”思想的好典型。那个时候，这样的报道几乎每天的报纸都有，感召了许多年轻人把生死置之度外。他们并没有考虑，这种死值不值得。对生命的淡漠是那个疯狂的年代的一个特点吧！

1970年11月7日，又一场大火在穆棱河南岸邻近苏联边境的山林里燃起，为了阻止大火越境，我们35团全力扑救，带队救火的副参谋长明海涛和14名知青为此献身。团部大礼堂摆了一排棺材，改成了临时的灵堂。开追悼会那天，全场一片哭声。礼堂外顿时天昏地暗，风雪交加。北大荒的人在哭，北大荒的天也在哭！

北大荒酒瓶打碎了，老将军十分伤心

我在想，为什么要以生命为代价阻止山火向边境蔓延！过去和现在多次发生俄罗斯方面的山火蔓延到了中国境内，我们并没有向对方发出抗议照会。因为这是自然灾害，不是靠人的力量可以阻止的。另外，打火是一种有技术含量的危险工作，没有经过训练和技术指导的不到20岁的孩子，就仓促地上了火场，那几乎就是让这些年轻人去送命！死亡的知青多不是被烧死的，而是因为缺氧窒息而死的。大火卷过之后，氧气燃尽，瞬间就可能致人窒亡。如果有经验的话，在大火扑来时，马上匍匐在地，是可以避免死亡的。

这悲惨的一幕永远刻在任树宝的心里，更使他不能忘怀的是这牺牲的知青中一位青春勃发的少女——北京知青王晓勤。他说——

“1969年秋天，王晓勤作为整党工作组成员来到我们连队，边整党边帮助秋收。兵团战士大多是穿黄棉军装，她却与众不同，一身浅灰色的海军军装，虽然褪色发白了，却洗得干干净净，穿得板板正正，腰间扎着一条皮带，威武精神，仿佛电影《红色娘子军》中的女战士。她是军人的后代，她的父亲是位海军将军。她高挑大个，四肢匀称，圆脸盘，大眼睛，见人不笑不说话，笑时两只酒窝浮现两腮，和蔼可亲。如今回想起来她很像电影演员方舒。白天，她和大家一起抢秋收，晚上和党员们学习到深夜。无论你什么时候看到她，脸上总是挂着微笑，忧愁似乎和她无缘。一次她在井台上提水，正小声哼唱着‘兵团战士胸有朝阳……’一回头看见了我也在等着打水，在大会上讲话都不脸红的她，突然红着脸不好意思地说：‘这下子可坏了，让人听见了！’说罢笑着走了。

“直到现在，我的耳边还常响起她的笑声。后来听团机关的人说，她在篮球场上还是一员虎将，她的左手投篮很准。可惜，那段时间太紧张了，既忙秋收，又忙整党，没机会让她打球，这种机会永远不会再有了……这样美丽的青春被无情的大火吞噬了，真是太可惜了！”

老任说得很沉重，很伤感。我说你当时是不是爱上她了？他说，那时不是恋爱的季节，我是连队的最高领导，怎么能带头谈恋爱呢！

王晓勤牺牲后，所有认识她的人都失声痛哭。人们回忆她临上火场前的那一刻：她的父亲是一位部队离休老干部、体弱多病，身边无子女照顾，组织上已决定调她到北京工作。第二天回家的火车票就在口袋里！机关扑火队伍中当然没有她的名字。

那天早上，一听说要去扑火，她奔跑着登上了大卡车。上车前，她留下了火车票，又摘下手表交给同宿舍的战友，并掏出口袋里仅有的几十块钱，对战友说："如果我回不来了，手表留给你作纪念，这点钱作为我最后的党费，请你替我交了吧！"

她已经做好了牺牲自己的准备，因为他们这个团已经在打山火中死过人了。

任树宝郑重地对我说，王晓勤就是这么说的，这不是秀才们编出的豪言壮语，这是活生生的事实，苍天可以作证，参加那次扑火的人可以作证！

"王晓勤的父亲、东海舰队的老首长、一位转战南北的老将军，赶到团里和他最心爱的小女儿诀别。老人家一生身经百战，目睹了无数亲密的战友倒在自己身边，泪早已流干。可是面对自己最喜爱的小女儿的遗体却老泪横流……

"临走时，老人家带走了一小袋黑土地产的大豆和几瓶北大荒酒，还有女儿的一两件遗物。在牡丹江转车时，那位陪同老首长的参谋不小心把北大荒酒打了两瓶，老人发火了！他不是心疼那两瓶酒，在老人眼里，这是女儿这一代人用血汗酿成的甘泉。洒在站台上的不是酒，更不是水，而是知青的鲜血……"

任树宝说，当时老将军已是满脸的泪水！

死去的人给自己的亲人留下无尽的思念，而受了伤还活着的人留给自己的是艰难的人生。任树宝所在的连队因救火被烧伤的 7 个人中有一个叫吴廉的北京男青年，因长得漂亮，说起话来又细言慢语，被大家叫作"假姑娘"，可在扑灭荒火的战斗中被烧成重伤。虽几经转院治疗、植皮、整容，但昔日俊俏的小吴还是面目全非了，眉毛被烧光了，满脸紫红色的疤痕，眼角被封住了，嘴只能张开三分之一，两只灵巧的双手变成了鹰爪状。

他完全丧失了生活能力，手握不住筷子拿不起笔。还有难以想象的痛苦，烧伤后植的皮没有汗毛孔，夏天闷热排不出汗；冬天干冷，皮肤绽开一道道的血口子，让人目不忍睹。

在这种情况下，吴廉拒绝所有人的帮助和关照，坚持自己洗脸、穿衣、系鞋带，甚至衣服都自己洗。他坚决要求连里安排工作，后来当上了卫生员，学会了给别人诊断、打针，但他难以忍受的痛苦，是别人想不到的。一个风雪夜，小吴背着药箱到各宿舍巡诊，回到卫生所已经很晚了。第二天开饭了，却看不到他的身影。连里派人到卫生所一看，他床头放一个空药瓶，人已昏迷不醒。他服药自杀了！

美丽的姑娘王晓勤

他被拉到团卫生院抢救，人虽然活了，从此更沉默寡言了。他还继续着比死更艰难的生活。

后来他返城回北京了，听说他还结了婚，生了一个大胖儿子。说到这儿，任树宝终于露出了笑容。他说，其实吴廉是个令人佩服的硬汉子！

前几年，任树宝和哈尔滨的几位知青曾回庆丰农场为王晓勤等战友扫墓。那火石山下的几座坟墓，已被荒草深深地覆盖了。墓碑残破，字迹模糊，几乎分不清谁是谁的墓地。他们泪洒坟前，当场决定，大家集资修墓。农场的领导说，他们是为北大荒死的，墓还是我们修吧！

我对任树宝说，我们的战友，那些美丽的青春在山火中燃烧了。他们是为保护国家的财产而死，殊不知，他们年轻的生命才是我们国家最宝贵的财富。他们的死，才是我们民族的最大悲剧！

世上最宝贵的是人，有了人什么人间奇迹都可创造。人最宝贵的是生命，尊重人首先要尊重人的生命。我们为这常识式的道理，付出了太高的学费。在战争年代，为了人民的根本利益，许多的先烈前仆后继，流血牺牲，是不可避免的。但是在和平年代，可以避免的牺牲，我们没有避免，这就叫人十分痛心了。天灾不可免，但人祸更可怕，不珍惜生命的瞎指挥，把年轻的生命当作实践某种口号的材料，就是一种人祸！在那个不堪回首的年月里，这样的人祸，还少吗?!

每一次采访因公牺牲的知青战友的事迹，我都一阵又一阵地难过。既为他们美丽的生命惋惜，也痛恨那个疯狂的年代。现代的年轻人应该庆幸，在付出无数生命的代价之后，我们终于迎来了以人为本的时代！

11. 血脉相连

高高的兴安岭一片大森林，
森林里住着勇敢的鄂伦春……

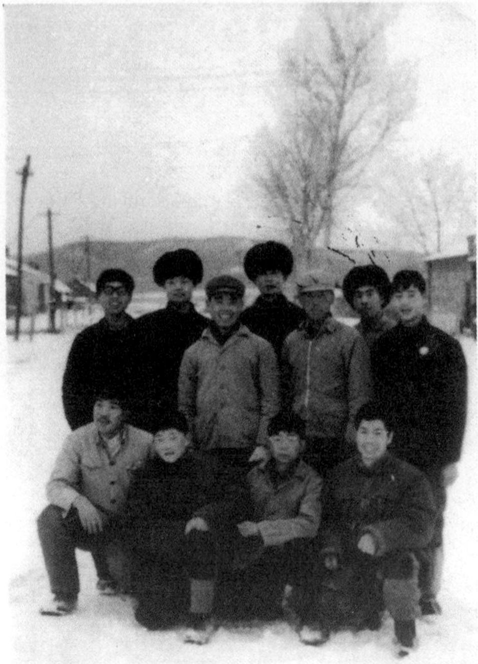

阮显忠和逊克的知青战友

上海市教育委员会纪检组长阮显忠，当年是唱着这支歌和他的知青战友们到小兴安岭北坡的逊克县新鄂公社插队的。听说这个新鄂公社离黑龙江边还有 180 里，他们曾到区知青办闹过，要求到“反帝反修”的第一线。一踏上这片土地后，他们再也没有后悔过。他骄傲地说，也许这是全国插队最好的地方。

鄂伦春是北方一个古老的民族，近古之前生活在黑龙江对面的夹精奇里河到贝加尔湖一带，靠渔猎为生。17 世纪中叶，沙俄东侵黑龙江流域时，许多鄂伦春人为避难迁徙到黑龙江省的大小兴安岭一带，靠游猎为生。日本侵略者进入东北后，他们又受到武装镇压和鸦片的毒害。新中国成立前，我国境内鄂伦春只剩下两千多人了。1953 年，人民政府为了让这个濒临灭绝的民族休养生息，由鄂伦春人选择最好的地方设立定居点，新鄂便是其中之一。

这个小村落四面青山环绕，房舍和街道整齐有序，每家院子都是花园。一条清澈的沾河自南而来，到了村边潇洒地甩了一个大弯，又顺着东山向北飘然而去，河的上游就是高高的小兴安岭和浩瀚神秘的大森林了。鄂伦春人在歌中唱道："解放了的鄂伦春，再不散居满山冈。在这最好的地方，建设我们美丽的村庄。"

在老阮的回忆文章中对自己第二故乡的四季有着诗意的描写："每到夏天，村前村后的草地里黄花菜盛开，一片澄黄，还能闻到不知哪里飘来的各种水果的香味。在那清澈见底的沾河大甩弯里，人们在水中游泳、嬉戏，笑语与哗哗的流水声相伴。每到秋天，麦浪滚滚，豆海茫茫，如金毯铺地，风吹铃声响。每到冬天，到处银装素裹，天地仿佛融为一体，唯有山顶上的青松在高傲地独唱。每到春天，紫莹莹的达子香在冰雪未消时就开放，然后满地的绿芽破土而出，熬过漫漫冬寒的大地，一派生机。"

更让阮显忠难忘的是鄂伦春人的勇敢、刚强、纯朴、善良和真诚。上海等大城市的100多个活泼热情的青年学生的到来，让鲜于和外人接触的鄂伦春人感到新奇和兴奋，更表现出他们的热情和责任。老阮他们于1970年3月24日到的新鄂，那时乍暖还寒，知青的宿舍还没盖好，老乡们抢着把知青接到自己家里住。他们把炕烧得热热的，把水挑得满满的，还张罗着给知青们做最好吃的。老阮住进了老乡德忙和家，坐在暖意融融的炕上吃的第一顿饭是老乡亲手包的饺子。他说，那狍子肉饺子每个约有大拇指大小，一口一个，那个鲜、香、美，实在无法用语言表达。大家惊叹，原来世上还有这么好吃的饺子！鄂伦春人经常上山打猎，狍子、野猪、熊、犴就成了知青们经常的伙食，不时还能品尝过去给皇帝进贡的飞龙鸟、犴鼻子、熊掌等珍品。

鄂伦春人很热情，每当有猎物总把知青叫到自己家里，每人一把刀，围坐在一起共尝盐水新煮的猎物。据说，狍子新鲜的肝和肾能明目，猎人们就给近视的阮显忠送来新打狍子的肝和肾。他生吃下去，竟有些甜滋滋的味道。后来，知青们搬到了新宿舍，他们就从来没缺过烧柴、粮食和肉食。

当然阮显忠和他的战友们不是来当享受款待的客人的。他们克服了天寒地冻和夏日炎炎的艰苦，很快成为生产、工作的能手，成了新鄂公社的骨干。许多人成为了木匠、瓦匠、老师、会计、医生、技术员、大锯手、拖拉机手，有的还当上支部和生产队的领导、民兵营长、学校校长、派出所所长。在知青们的共同努力下，新鄂的生产蒸蒸日上，新鄂的村庄日益兴旺。一座座新房不断建起，大礼堂经常有歌声飞扬。鄂伦春人的优秀代表，当年和知青一起劳动、生活，现在是省民委纪检组长的孟淑贤深情回忆说，知青的到来，不仅为新鄂的生产、建设作出了重大贡献，更是给新鄂带来了大城市先进的生活方式和先进的文化，使鄂族人打开了眼界，尤其使年轻人的思想观念、知识水平和生活方式有了跨越式的发展，为新鄂的持续发展和人才辈出作出了重要贡献。现在知青虽然大部分已经离开，但老乡们与知青深厚的情谊、知青的作用和影响仍然持续不断。

1973 年 5 月 13 日是阮显忠终生难忘的日子。那时，新鄂正在村西边的山沟里修水库。5 月的新鄂，大地刚开始化冻。那天下午，阮显忠和他的战友像往常一样，在刚打好的炮眼里装上自制的炸药和雷管，点上导火索，迅速离开了现场。"咣、咣、咣……"不一会儿传来一阵阵爆炸声，烟尘滚滚，冻土飞扬。又等了 10 多分钟，当他们过去察看走到现场，突然一声巨响，残留的哑炮爆炸了，把跑在前面的显忠高高地掀起，又重重地摔在地上，同时被炸倒的还有水库工地的鄂伦春队长和另两名知青。其中最严重的是显忠，他满身是灰，满嘴是土，脸色苍白，双目失明，已经昏迷，另几个人则满身是血。

人们从四面八方赶来，砍下杨木树干，穿过麻袋做成担架，喊着"下定决心，不怕牺牲，排除万难，去争取胜利"的口号，轮流抬着担架，把伤员送到了 6 里外的公社卫生院。医生迅速做了简单的检查，判定昏迷的显忠伤情严重，危在旦夕，必须尽快送县医院抢救！

这是一场人与时间争夺生命的赛跑。拖拉机开足马力，载着伤员和几十名陪同并预备献血的知青和老乡，向县城进发。大家个个心情沉重，只有轰鸣的机器声和拖拉机的灯光，穿过沉沉的夜幕，经过初春崎岖湿滑的山路，给人们点燃心中的希望。他们赶了 60 里山路，横在面前的却是正发春汛的逊比拉河，河面水流湍急，浊浪翻滚，只有仅能容下数人的小船摆渡。大家把伤员小心翼翼地搬到船上，用钢丝绳慢慢地把小船拉过百米宽的河面，一船一船把随行的几十个人送到对岸，登上县里早已派来等候的客车。又驶过了 120 里公路，终于在第二天凌晨赶到县城。

送到县医院的显忠已濒临死亡，血压高压为 40 低压为 0，急需输血，而新鄂赶来献血的人中竟然没有与他相同的 O 型。

"同志们，现在上海知青生命垂危，正在县医院抢救，急需 O 型血！"

县广播站的大喇叭惊醒了全城的人们。不一会儿，县医院里排起了输血的长队。新鄂大队鄂族支书孟锁柱、来送受伤父亲的16岁鄂族女孩孟秋芳和县供销社的满族姑娘叶小松首先献上了宝贵的鲜血。随后充满人间温情的2000毫升鲜血，如生命之泉源源不断地流入了显忠的体内。这天，县领导亲自指挥，县医院的领导和黑河赶来的专家为他缝好了破裂的小肠，修补了穿孔的眼角膜，从死神手中抢救了宝贵的生命。

至今，老阮还深刻地记着当时的情景：当我躺在手术台上时，我仿佛掉进一个深深的井底，胸口压着一块巨石，沉甸甸一直下落，眼前一片黑暗，只听见"当、当"的钟声，伴着一道道白光从眼前划过，直到失去知觉。不知过了多久，我梦见自己只身漫步在大森林里，这正是我们新鄂所在的兴安岭，四周都是又粗又壮、笔直挺拔的松树，一道道金色的阳光穿过茂密的树枝，洒在积满厚厚落叶的地上，那么斑斓绚丽，到处充满生机。我张开手臂刚要飞奔，耳边响起"不要动"的喊声，感到手脚被人紧紧按住了。原来经过5天5夜的昏迷，我终于苏醒了，而围在身边的是领导、医生和亲爱的战友们。

后来，老阮为了治疗失明的双眼和康复身体回到了上海。大队为他专门配备一名知青作为护理，不仅报销解决所有医药和护理费用，而且每天计工8分，作为生活补贴。11个月后，1974年4月，初步康复的他急不可待地回到了日夜思念的黑土地，又来到了鄂族乡亲、知青朋友和这美丽的小村之中。那一年的6月，他在这片土地上实现了自己的政治理想，入了党，并继续为鄂乡的繁荣和发展奋斗了两年多的时间。

时光如清清的沾河水奔流而去。已经大学毕业、在上海工作多年并已是市教委领导的阮显忠，对鄂乡的思念却与日俱增。2003年8月，是鄂伦春人下山定居50周年大庆的日子。阮显忠和20多个曾在新鄂乡插队而今已是满头华发的战友，受邀再次回到这曾经为之奋斗的第二故乡。他还带来了自己的儿子，他要让孩子知道这片土地对自己的恩情，也要让他知道他对这片土地无尽的爱恋。多年来，无论在何地，无论是在求学、任教还是在领导岗位工作，他无时无刻不感受到这片美丽土地的关怀，因为他的血管里涌动着乡亲们的鲜血，那血始终炽热如初。

在逊克县城，知青们受到县委、县政府和当年老乡的热情接待。阮显忠登门拜访了当年为自己献血的孟秋芳和叶小松，感谢她们的救命之恩，可惜鄂族支书孟锁柱已经作古。他们接着又归心似箭地奔向新鄂。逊比拉河似乎要考验这些当年知青的感情，滔滔洪水冲断了唯一的通道，湍急的河流又一次挡住了他们的去路。县领导考虑知青们的安全，劝大家折返。但汹涌的河水，又怎能挡得住老阮他们归乡的决心。

老阮动情地说：当年乡亲们冒险送我过河救命，今天我们无论如何也要涉险过河回到第二故乡！逊比拉河或许被他们的真情感动了，老阮和战友们乘着皮艇有惊无险地渡过了河。又是走过了60里山路，村口挤满了欢迎的人群，几十台摩托车为他们开道，乡亲们隆重地举行了鄂伦春的喝“下马酒”仪式。听着乡亲们充满热情的呼喊，看着众多熟悉、不熟悉的面孔，知青们热泪横流，不断停下来和乡亲拥抱、握手、问候……

在乡里举行的庆祝大会上，阮显忠代表知青讲话：“乡亲们，当年的知青回来了！回到这始终令我们魂牵梦绕的地方。在这片土地上，我们播种、除草、割豆、打粮，我们刨大粪、打柈子、盖新房，我们在这里流过汗，流过泪，也流过血！在这里我们有付出，更有收获，有过忧伤，更有欢乐！我们永远不会忘记这片土地对我们的养育之情，永远不会忘记乡亲们对我们的关爱之情，更永远不会忘记这鲜血交融的情谊……”他说不下去了，当年的知青们哭了，乡亲们哭了，台上的领导也哭了……

接着是知青和乡亲们联欢。阮显忠和知青以及老乡们走上台去，唱起了他们当年的最爱。歌声从会场传遍村庄，在大山里久久地回荡——

山连天，天连山，兴安岭上松海无边，
清清亮亮沾河水，流过新鄂村庄前。
哪伊耶，哪伊耶，
新鄂村呀，我的家乡，与我血脉紧紧相连。

12. 爱的呼唤

她，躺在省医院急救病房雪白的床上，心电仪上显示的那条绿色的光线，还在微微地波动。她是下岗工人戴桂荣，2004 年 1 月 9 日突然发病住院，脑干出血，已陷入深度昏迷。医生说，我们会尽最大努力，但没有希望了！

他，坐在她的床头，抚摸着她的手，轻轻地呼唤着她："桂荣！桂荣!"泪水从他的脸上流下来，染湿了那白色的被褥。他在对她说，说着昨天的故事……

一天，两天，10 天，20 天，他天天坐在她的床头，呼唤着她，天天给她讲故事。他喃喃而语，总是泪流满脸，让在场的人无不动容！医生惊奇地睁大了眼睛，那条绿色的生命线还在波动着，顽强地波动着！难道奇迹真的发生了！坐在病床旁的人叫王超恒，病人的丈夫，省总工会的一位中层干部。

"桂荣，你还记得我们第一次见面的时候吗?"他对她说。那是在一个遥远的时代，遥远的北大荒的一个荒凉的地方。刚刚下乡的 18 岁的哈尔滨知青戴桂荣，在雨水中收麦子得了关节炎和肾炎。出院后，连领导给她安排了一个轻活儿，去看押 4 个"黑帮"，一个是犯了生活作风问题的"破鞋"，一个是"反动权威"连队的技术员；还有两个"反革命"，一个是顺嘴胡说的北京知青小张，另一个就是现行"反革命"连队学校的校长王超恒。

当时派来看"黑帮"的有两个女知青，那个北京姑娘说起话来很横，好动手，北京红卫兵的脾气。而小戴清秀文静，很腼腆的样子，特别是那双温情脉脉的大眼睛，让王超恒冰冷的心上掠过一缕阳光。而眼前的王校长让小戴很伤感，这个平日文质彬彬衣冠整洁的小伙子，此时满身褴褛，污头垢面，一脸沮丧。她知道，王校长是江苏东海师范的学生，来这里投奔从部队转业到农场当干部的姐夫。他教学认真，多才多艺，又一表人才，被连里的许多女知青爱慕。特别是他创作的那首《延兴是个好地方》的歌子曲调优美，人人爱唱，成了他们延兴农场即2师13团的团歌，大家都会唱。

那一天他突然被揪斗了。原因是他看到教室的棚顶漏灰，领着学生用旧报纸糊棚，结果把一张《兵团战士报》上的毛主席像的头朝下了。

一个老师在揪斗大会上揭发："王超恒这个地主的孝子贤孙，是故意把毛主席像贴倒的，他对毛主席有刻骨仇恨，我们要砸烂他的狗头，永世不让他翻身！"

王校长说："我不是故意的，他们刷糨糊，我站在桌子上糊，看不清方向……"

不管他怎样申辩，还是被关押起来了。连队向上级报告：建议判7年徒刑。法院认为证据不足。王超恒被关押在基层改造。

"小戴呀！你知道吗，是你的爱救了我！"说着说着，王超恒止不住又流泪了。

单薄瘦弱的他接受着难以承受的劳动惩罚，每天早上要扛250包麻袋，每袋180斤，要一气装满5辆汽车，白天锯木头劈柈子，下地刨冻土修水利，晚上为知青烧炕，烧得不热和太热，都会受到辱骂。

这时王超恒经常想起大诗人臧克家的那首《老马》：

"总得叫大车装个够，它横竖不说一句话，背上的压力往肉里扣，它把头沉重地低下！这刻不知下刻的命，它有泪只往心里咽，眼前闪过一道鞭影，它抬起头望望前面。"

失去尊严的知识分子是很脆弱的。这时小戴和他形影相随，说是监督他改造，不如说是保护他不受虐待。她担心他的身体，更担心他的精神。她取消他每天饭前在大食堂的"自报狗名"和"三敬三祝"；尽量减少批斗的时间，理由是让他多干活；干重活时，又抽他去接受批斗；她每天领他到卫生所治耳鸣病，说是为了让他更清楚地听到大批判的声音。

她对他常说的一句话是："你要挺得住，早晚是会自由的，因为你没有罪！"她的关爱，化作了他活下去的勇气和力量。

经过129天的关押，王超恒又被送到马车班劳动改造。白天跟车老板上山拉木头，到地里送粪；晚上打扫牛圈，给牲畜喂草，也允许他参加开会和学习了。

完成了看"黑帮"的任务，小戴回到了农工排，可她多了一分牵挂，下了工常来看他。她为他缝补衣裳，还对他说，是金子放到哪里都会发光，你应该从头干起。于是王超恒用自己的热情和能力，让畜牧排出现了奇迹：他组织这里的老职工和知青，在废弃的兔舍建起了学习室和俱乐部，他组织大家学习毛主席著作，排练文艺节目，还创作演出了小歌剧《一个烟斗的故事》，在全团得了奖。

一年以后，王超恒所在的畜牧排成了全连的先进、全团的典型，排长还入了党，当然他的入党申请书是王超恒代笔的。

戴桂荣是畜牧排的常客，她真心为王超恒的进步高兴。每次她来，马车班的老班长路国林都把小戴和王校长请到自己家，为他们包饺子，请他们吃顿饭。然后让他们到小后屋唠一会儿嗑儿。那铺温暖的小炕，是他们心灵的伊甸园。他们总有说不完的话，可最想说的那个“爱”字却说不出口。王超恒是不敢说，他来到农场快 10 年了，爱慕他的姑娘并不少，可就因为他的地主出身，刚刚萌发的爱情都夭折了。本来有个和他学琴的北京姑娘勇敢地爱上了他，可就在他被批斗的第二天，给他写来了绝情信。

他心里明白这个美丽的哈尔滨姑娘真诚地爱他，可他不忍心让她和自己一起受苦！戴桂荣却想好了，王超恒就是当一辈子车老板子，自己也爱他！可是她却羞得说不出口。王超恒读懂了她深情的目光。

“桂荣啊，桂荣，我永远忘不了你给我写的那封信！”王超恒记得那是 1972 年小戴回哈尔滨探亲过春节，他亲自赶着马车把她送到罗北县，又送上回哈尔滨的长途汽车。

几天后，她来了信，说父母要给她办病退手续，不让她回兵团了！王超恒心如刀绞，她是他唯一的希望！他怎么舍得她！但是他还是很快写了回信：

“我非常同意你病退，你应该回到你的父母身边！我们的爱情是不可能的，我的条件太差，出身不好，年纪比你大许多，工资收入比你少，政治前途渺茫。我不能给你幸福！”

又是几天后，王超恒突然接到了戴桂荣的电报：

“我立刻回来和你结婚！”

小戴真的回到了王超恒的身边，也许就是他的那封真诚的信感动了她善良的心。她对他说，凭你的这封信，我就要嫁给你，当一辈子车老板的妻子我也不后悔！

22 岁的漂亮女知青要嫁给 28 岁的没摘帽的“反革命”！成了全团爆炸性的新闻。有人说小戴疯了，有人说小戴傻了！

指导员向团里请示，团里答复：只要不是敌我矛盾，可以结婚。领导的恩准让他们欢喜若狂，王超恒借了 30 块钱，买了两条迎春烟、两斤糖果，买了一套锅碗瓢盆和油盐酱醋，最后还剩下 3 元 8 角 7 分。

戴桂荣和王超恒幸福的一家人

他们把两套行李往老班长的 4 平方米的小后屋一搬，又用旧报纸把小屋的墙和棚一糊，就有了自己的家，那是温暖的家，他们心灵的天堂。

那一天是 1972 年 3 月 26 日，王超恒向连长请求，能不能在食堂摆两桌招待一下关心他的同志，再搞一个结婚仪式。连长说："现在正抓阶级斗争新动向，你成分不好，又在改造期，婚事从简吧！连里晚上还要开抓阶级斗争的大会，给你俩放假一晚，你俩可以不参加。"

当时，王超恒的心在流泪。他知道，连里不想支持这不般配的婚姻。可是，他没有回头路了，不管别人怎样，只要我们两个人真心幸福就好。

那是一个凄清又幸福的夜晚，除连里几个职工的小孩来要糖吃，没有一个连队干部，也没有一个职工参加他们的婚礼，当然他们也没有接受一份祝福！

王超恒哭了，他对戴桂荣说："委屈你了！太委屈你了！"

小戴也哭了，她把他紧紧揽在怀里。她用自己温暖的胸怀焐热一个男人冰冷的心，她用自己青春的激情唤起一个男人应有的尊严，她还要用自己肥沃的土地为他生长出茁壮的花朵！

泪水和汗水，让两个孤苦的年轻人在春寒料峭的长夜里生机勃发；哭声和笑声，让乍暖还寒的北大荒也回荡着春风。

王超恒铭记和小戴的结合，给他的命运带来了转机。

一个月后，他接到团里的通知，结束了3年的劳改生活，到团部中学报到，他被恢复了教师的身份。那一天晚上，小戴给他炒了一盘鸡蛋，以示庆祝。后来他吃过许多美宴大餐，可只有这一顿饭让他终生难忘。他们搬到了团部，在离小戴工作的工程连4里外的一座小山下，在一座无人居住的破马架子里安了家。

当时的生活特别艰辛，她每月收入32元，而他只发给28元，但他们生活得很快乐。两个人自己动手开了一亩菜地，养了18只鸡、4只鸭子、2只鹅、2条狗和一头猪，他们自给自足，温饱不愁。到了1978年他们已经有了3个儿女，一家人其乐融融，王超恒想一辈子过这种世外桃源的耕读生活了。

"桂荣啊！桂荣！我们都不会忘记是党的十一届三中全会，是邓小平从根本上改变了咱们家的命运！"王超恒还在呼唤。他在一年年一件件向她回忆那些让他们全家兴奋的事件：

1978年12月18日，十一届三中全会召开，党宣布"阶级斗争为纲"的指导思想停止，阶级成分论废除。王超恒老母亲因"两间草房、6亩薄地"而确定的地主分子身份被取消，压在子孙头上的大山从此推翻，他们感到真的解放了！

1979年，王超恒转为国家干部，被提拔为学校校长；而戴桂荣，告别了奋斗了11年的北大荒，带着孩子回到了哈尔滨，接母亲的班，当上了工人。

1980年，王超恒调到农场工会工作，从一个地主的狗崽子，成了工人阶级的一员，他感到了无上荣光。他起草了全省第一部"农场工会条例"。

1981年，王超恒加入了共产党，实现了梦寐以求的理想。

1983年，王超恒因其突出的才干，被调到省农垦总局工会工作，并被提拔为中层干部。

1984年，王超恒获得了全总干部学院劳动保护专业毕业证，经过不断的学习实践，几年后他成了全省职工劳动保护和处理灾难事故的专家。

1985 年，他考入了胡耀邦倡导的中国人民大学在农垦系统创办的农经专业大学本科。

1986 年，王超恒调到了省总工会工作，全家在哈尔滨团聚。

在欢乐的时刻戴桂荣对王超恒只夸了一句话："你干得好!"而他对她说："是你给了我力量!"

"桂荣啊，快看看吧！孩子们天天守在你的床前，现在他们都有了好的工作，有了自己的家庭，他们盼着你早日康复，多享几天福啊!"

王超恒在病床前呼唤。

"桂荣啊，快醒醒吧！我们搬到泰山小区，还不到一年，你看我们的房间阳光多好，外面的雪化了，草就要绿了！我们住过农场的破马架子，又住过哈尔滨道外只有 6 平方米的偏厦子，住过南岗的地下室，现在总算有了自己的房子了!"王超恒还在戴桂荣的耳边呼唤。

戴桂荣肯定听见了老王和孩子们的呼唤，那绿色的生命线还在波动，他们看见了她眼角流下的泪。然而，她什么也没有说。

77 天，老王和孩子们呼唤了她 77 天。

幸福的老两口

那一天是3月26日，正是她和老王结婚的日子，32年前的这一天的晚上20时15分，就是他们走进那个4平方米的小后屋的时分，那条波动的绿色的生命线变成了一条直线。

她走了，也许因为她太累了，这一辈子她付出得太多了，她该休息了；也许她很满足了，老王给了她所有的爱，孩子们给了她所有的爱，她无所求了；也许她不想拖累老王和孩子了，她昏迷前的最后一句话："不要住院，太费钱!"她下岗后没有办医疗保险……

在泰山小区G栋一间阳光明媚的住宅里，王超恒给我讲了他们的故事。我看到了戴桂荣当年的照片，老王说："她年轻时真漂亮，像个俄罗斯姑娘!"他还对我说：清明节的那天早晨，我被小戴叫醒了，她微笑着对我说："清明了，该出去走一走了！别老闷在家里，会闷出病的!"这时，我醒了，原来是一场梦！那时外面正下雨，那滴滴雨水顺着窗上的玻璃往下流，好像泪水一样……

13. 我的引龙河

小兴安岭山岩和密林中涌出的无数泉水汇成溪流，一条条溪流从大山的北坡流下，在德都县内像梳辫子一样汇成了一条河。这是一条美丽的河，那蜿蜒曲折的身姿如盘龙下山，人们叫它引龙河，大概是想借助龙威，让这一片土地永葆吉祥和安泰。可惜在很长时间里，在这个以引龙河命名的农场里，劳作着许多穿灰色囚服的人，他们阴郁的神色，让山河也暗淡。在上个世纪60年代的最后几年里，突然一批意气风发、豪情满怀的年轻人涌到了这片土地上，他们是扛着红旗来的，他们是唱着战歌来的，在这里安营扎寨，开始了“屯垦戍边”的战斗。这片寂寞的土地从此也生机盎然了。当地的老百姓说：“这回龙真的来了！”

引龙河——生命之河

在1968年那个斑斓的秋天，100多个哈尔滨青年来到了最偏远的十分场。有一个叫游宏的20岁小伙子，显得很沉静，和那些天真的同学相比，他脸上总挂着几分忧郁。他是带着沉重的“包袱”来的。因为他在哈尔滨电机厂当副总工程师的父亲已被打成“反动技术权威”，因为一次不可避免的实验失败被关进过监狱。他本来要到建设兵团用生命去保卫边疆，以此证明自己的忠诚，但是被拒绝了。听说引龙河农场来人招知青，他跑去表决心，他真诚的泪水终于感动了朴实的农场干部。

迎接游宏和他的同学们的不仅有农场职工欢快的锣鼓，还有站在地里摇铃的望不到边的大豆和身上背着饱满果穗的玉米。放下行李，他们就参加秋收之战。丰收是喜悦的，劳动是艰辛的。几天下来，每个人都是满手的血泡，腰疼得简直直不起来，望着总也干不到头的田垄，他们盼着那硕大的太阳早点落山。不几天就下雪了，北大荒单调孤寂严峻漫长的冬天来临了。游宏和他年轻的同学们在零下40度的风雪中，把割倒的大豆塞进康拜因里，再把涌出的豆粒装进麻袋，装上汽车运走。他们点起篝火取暖，真正感受到了“火烤胸前暖，风吹背后寒”的滋味。在最难以忍受的痛苦时刻，游宏想到了他曾崇拜的在林海雪原中战斗的抗联英雄，他心中竟涌出一种自豪。他愿意用劳动的苦难冲洗心灵上的沉重。

第二年，当引龙河冰凌化解、岸柳垂青的时候，游宏被调到分场的机耕队当统计员，这时他才感到他这个老高中的学生有了用武之地。他的主要任务是丈量土地，统计每个拖拉机手的日工作量，分发油料和协助队长调配工作。北大荒的土地太广阔了，广阔到它的主人也说不清它的准确面积。游宏上任的第一件工作，就是要搞清楚，他们十分场到底有多少土地和它们分布的位置。

“那真是一项富有诗意的工作！”坐在哈尔滨工业大学科学园理学中心那栋新建成的大楼里，数学家游宏教授颇有感情地向我回忆起在北大荒从事的第一件和数学有关的工作，也就是这件工作启发他主动打开新的命运之门。

当时，身手矫健的游宏扛着2米长的“步弓”，翻过山坡，涉过小溪，一弓一弓地丈量那无边无际的土地，并且依靠自然标记确定土地的方位。他迎来朝阳，送走落日，春风吹红了他的脸膛，春雨打湿了他的衣裳。他跨过无数的溪流走遍了引龙河两岸的全分场的每一块土地，并绘制出全分场历史上第一幅土地的平面图。分场领导高兴地说：“知青就是有两下子，小游就是咱们的专家了！”

这时，游宏的心里不禁涌起一阵波浪。他想起，当年数学老师对他说过，我们的祖先就是用“步弓”丈量土地，计算土地面积的，由此引发了他们创立“平面几何学”的想法。在中学时代他是多么喜欢几何学和有关数学的所有的知识，在北大荒广袤的土地上，他才真切地感到了知识的力量。望着那起伏的山峦，寂静的山林，他想起那位毕业于上海交大的老父亲的话，人类任何时候都离不开知识，中国也不会总这样乱下去，你就是当一辈子农民，有了文化知识，也是一个好农民！想到这儿，他的心里突然涌出了一股力量，那是向知识进军的力量。他相信，有一天知识会改变他的命运！这时他觉得那苍茫的地平线上正闪放着灿烂的霞光。

从这一天开始，人们发现机耕队的一间“拉合辫”式的小土房里的灯光总是全队最后一个熄灭。那是机耕队的仓库，里面堆放着拖拉机的零件、机油、黄油等。这里是游宏的办公室，也是他的学校。下了工，有的知青在睡大觉，有的在打扑克，有的在谈恋爱，而他钻进小屋攻读他从家带来的数学书，有高等学校的教材，也有关于数学方面的知识性读物。没有教师的指导，他开始读不懂，就一遍又一遍地读，试解书后的习题，再反反复复地思考，直到自己认为在逻辑上合理为止。漫漫的长夜里，暗淡的灯光下，一张年轻人少有的沉思的脸，构成了北大荒那个年代最宝贵的风景。最严寒的冬季，农场进入了冬闲，而游宏进入了学习的冬忙。一般每天只有一两台拖拉机出工，他就有了更多的时间读书。这个四面透风的仓库里，连火炉都没有。屋外白雪皑皑，屋内寒风透骨。他穿着老羊皮大衣，戴着棉帽子，穿着厚棉鞋，坐在仓库的一张小桌前，读书、解题，手脚被冻得发麻，不时站起来跑动，但头脑倒是异常清醒。这时他想起了中学时背过的古文：孟子曰：“天将降大任于斯人也，必将苦其心志，劳其筋骨，饿其体肤……”其实，对游宏来说，天什么时候“降大任”，给他“降”什么“大任”，他也很渺茫，对他来说，学习就是目的，学习就是温暖，就是光明。

游宏教授回忆说，那时他最盼望的是回家。“每次短暂的探家时间，我总是往道里区的那家古旧书店里跑，买到许多数学参考书，如范德·瓦尔登的《代数学》、乌力莈的《线性代数基础》、华罗庚的《高等数学引论》。最想不到的是法国著名数学家荻多涅所著由中科院院士万哲先翻译的《典型群的几何学》，当时只用几角钱信手买来，日后却成为我在我所研究的领域里工作时经常查阅和引用的文献，而现在已不可能买到这本早已绝版的书了！看来我未来的命运当时就确定了。”

不要以为游宏当时只是一个书呆子，他在用自己的知识为生产服务。十分场机耕队那时连一台电焊机都没有，农机坏了需要电焊，要跑到五六十里外的总场。他和当电工的哈尔滨 9 中的同学邓迎宏研究，决定自己动手造一台电焊机。没有夕钢片，也没有粗铜线。经过计算，他们就用白铁片和粗铝线代替。结果一次试焊成功，这台电焊机一直使用到游宏 1978 年离开农场时。我想，如果这台电焊机还在，应该送到未来的“知青博物馆”。游宏说，那位和他一起造电焊机的邓迎宏返城后在一家企业里当过主管技术的领导。

漫长的冬天终于过去了，游宏迎来了1973年的春天，那是乍暖还寒的季节。中央决定高校恢复招生，早有准备的游宏信心十足地参加考试，成绩当然是最好的，但因为张铁生的一张白卷，让所有考生的成绩都化为乌有，在群众推荐中因其表现优秀榜上有名，游宏还是被哈尔滨师范学院录取。在那一年的9月，田野里一片金黄，游宏告别了农场，他看见那引龙河泛起欢快的波浪，他觉得自己的生命之河走出了曲折，应该奔腾向前了。

数学家游宏

回到了家乡进入了朝思梦想的大学，游宏像游进大海里的鱼。但当时的大学还处于“革命”的状态中。不断的下乡下厂，开门办学，上课的时间并不多，可游宏有自己的安排。明亮的教室还是比四面漏风的小仓库好多了，白天“革命”，晚上读书，总是孜孜不倦，他是最勤奋的学生。尽管3年的大学生活不尽如人意，但正规的学府毕竟开阔了游宏的视野，他了解到他热爱的数学的很多分支及其内含，掌握了继续深入研究的方法。

1976年，也是丰收的秋天，游宏根据当时的“社来社去”的原则又回到了引龙河，但是他并没有沮丧。他觉得天已降大任于自己，而数学研究的大任是不需要实验室的。他被分配到场部中学当数学老师，不到20天他又被调到场部政治处当宣传干事，还兼着场“五七干校”的理论教员。他又一次选择了自己的“学校”——总场西北角的干校那栋砖体草顶的小屋，在那里他又开始攻读他的数学，同时自学英语，完全靠死记硬背学会了几千个单词和基本语法。几个月后，游宏听到了“四人帮”垮台的消息，他觉得祖国的春天和自己的春天一起到来了。第二年又听到邓小平同志关于恢复高考的批示，他感到随着高考的恢复，研究生考试的恢复也指日可待。

1978 年春天，游宏终于在北安农管局的招生办报考了东北师大的代数专业的研究生。考试在即，可学校规定的参考书北大教授丁石孙的《高等代数》，他手头并没有。他从哈尔滨的一位老同学手中借到了，借期只有一个月，因为那位同学也参加考研。回到引龙河的那间小屋，他通宵达旦，边读边抄。夜里 10 点停电后，他就在烛光下，一笔一笔地抄写，经过一个月的奋战，他抄完这本 400 多页 30 多万字的教科书，还解遍书中的每一道习题。他的意外收获是头发突然白了许多，还学会了吸烟。一天夜里，他出外吸一口烟，清醒一下头脑，回来发现蜡烛倒在了桌上，幸好没有点燃桌上的书本，他被吓出了一身冷汗。若干年后，当游宏也成了丁石孙先生所研究的代数同一分支的专家时，他对老先生讲起抄他的书的故事，丁先生大为感动，赞叹不已！这位全国人大常委会副主任想不到，他当年的一本教科书帮助过一位这样勤奋的知青。

机遇总是属于有准备的人。在有 79 人参加的这个专业的研究生考试中，游宏的总分和高等数学的考试中都是第一名，接着又顺利通过了复试。1979 年 9 月，又是一个丰收的秋天，游宏告别了先后生活了 7 年的农场。当驶向龙镇火车站的拖拉机启动时，当他望着朝夕相伴的干校小屋时，当他望着那仍然静静流淌的引龙河时，他忍不住流下了眼泪。

以后的故事，游宏就说得很简略了。他 1981 年在东北师大毕业留校当老师，1984 年当上数学系的副主任，是当时全校最年轻的系主任。以后又调到哈尔滨工业大学当数学系主任，博士生导师，理学院院长。这期间，他曾先后到美国的康奈尔大学和宾夕法尼亚大学当访问学者。

游宏说，在国外游学其实很孤独，我时常想家，奇怪的是我梦到最多的却是引龙河，是北大荒的知青生活。他说，历史走错了房间，让我们来到这块黑土地上，但黑土地却以母亲的胸怀收养、哺育了我们，她使我们成熟，给我们以力量，赋予我们能力与意志。今天，当我向国内外的同行、同事、友人说起自己经历的时候，便自豪地告诉他们，我是黑土地上成长起来的“mafhemafician（数学家）”。

14. 早春的芍药

芍药，生长在北方田野里，叶碧绿，花鲜艳，白黄红紫，花团锦簇，如牡丹般富贵，似菊花般灿烂。那花应开放在夏初，我却在早春的4月，看到了盛开的芍药，那是在盛文秀的文章《梦里，有一株芍药》里，她是当年在黑河插队的老知青，现在上海当中学教师。黑河市政协编辑知青回忆录，她便写了这篇文章——

回访的盛文秀见到了“芍药”

离开东北几十年了，可那暴虐的狂风，那满山满坡的芍药花，那一双怯生生的蓝眼睛却时常闯进我的梦境，搅得我平静的心不能安宁。思绪如同无形的飘带，随风舞动，拽住我恍恍惚惚又回到插队落户的小山村。

经过几天几夜的火车、汽车、马车、爬犁不同运输工具的颠簸，我们终于到了“广阔天地”——一个十几间茅房构成的小村落——芍药沟。建国前，芍药沟里住有十几户农民，全靠种田、挖芍药根过日子，村里穷得连个地主都没有。上海知青的到来给边疆偏远的山村注入了兴奋剂——一帮头戴狗皮帽子，脚蹬靰鞡鞋的老乡们，像看“西洋景”一样围着我们。

在一片嘈杂声中，我偶然发现门外站着个小姑娘，个头不高，看样子十来岁。她头戴一顶雪白的羊绒帽子，毛茸茸的帽檐下，忽闪着一双又明又亮的大眼睛，这双眼睛真有点特别，眸子呈棕黄色，眼白像湖水一般蓝莹莹的，这么美、这么动人的眼睛，看上一眼会让你一辈子难忘。小姑娘怯生生地打量着屋里的我们，一脸想进又不敢的样子。我喊了她一声，抓了一把糖，想走过去，却被身旁一个大点的姑娘拽住了袖子，并悄悄对我说：“她爹是四类分子……”我愕然，这样偏远的小村落也同样是“风声紧，雨意浓”吗？

不久，我便知道她叫芍药，家庭成分富农。“富农”算是芍药沟里最高级别的成分，芍药一家成为了芍药沟阶级斗争的活靶子，全村的“火力”全集中到了她家。村干部隔三差五地把芍药一家押上谷场，当着全村男男女女的面“压邪气”。每当此时，芍药便大难临头似的，哆嗦着躲在大人的身后，那双蓝眼睛也藏到雪白的帽檐下，怎么也不敢抬头。芍药到底是个孩子，批斗后，转过屁股又和我们傻疯，“咯咯咯”地笑，呼呼呼地跑，就像吃了“忘忧果”。

我们迎来了到边疆插队的第一个春节。除夕傍晚，我们照例在门前空地上劈柴，忽然门口拥来许多小孩，他们受大人的旨意请我们去吃年夜饭。他们“呼啦”涌进宿舍，拉这个拽那个，一声“姑”、一声“姨”地叫着。面对孩子们真诚的举动，我们只得乖乖“就范”。在高高矮矮的“劫持者”队伍里，我发现芍药也来了，心里想谁敢到她家吃饭呢？

领着知青一起过年的孩子，既高兴又得意，一路炫耀地陆续走了。我走出宿舍正准备锁门，只见窗台边站着芍药正低着头，摆弄着衣角。“她会不会叫我去她家？”突然，我心里“咯噔”一下，去她家吃饭，可不是开玩笑，千万不能感情用事，丧失阶级立场！锁好门，我对她说：“芍药还不走！”“姑姑！”芍药误解了我的意思，竟高兴地一把拽住我，亲热地对我说：“姑姑！上俺家过年！我都等你半天了！”我不由自主地“啊”了一声。此刻看着她满怀喜悦的神情，我对她说：“不，我不去你家！”我真有些为难，既不忍心伤害她的心，又实在不能满足她的要求。

迟疑半刻，我拍拍她的肩，不断地哄着她，“头晌姑已经答应铁柱家了，明年，明年姑一定去……”芍药抬起那双蓝莹莹的眼睛，落寞地点了点头，像泄了气的皮球，慢慢转过身，默默地走了。望着芍药远去的背影，我心里阵阵的酸痛。

转眼到了第二年除夕，善良热情的乡亲们导演的“劫人剧”又上演了，我已经答应了阎队长，今年到他家吃年夜饭。想到去年在窗台边对芍药的承诺，心不由自主地慌乱起来。孩子们拽着知青，兴高采烈地走了。突然门外传来“嗒嗒嗒”的脚步声，“嘭”地门被推开了，跑进一个人来，啊！从镜子中我看到了那顶雪白的羊绒帽子，是芍药。没等我回头，气喘吁吁的声音便在背后响起：“姑，俺包饺子，包忘了……我来晚了！”我的心抽紧了！那个除夕，我推托有病，谁家也没去。芍药真以为我病了，带了些好吃的，来宿舍陪我。躺在炕上，面对那双清澈纯洁的眼睛，我辜负了仅仅是一顿年夜饭吗？以后的除夕，在高高矮矮的人头中再也没有了芍药的影子，可我却年年在“劫持者”的人群中寻找芍药。

我接到招工通知，离开东北那年，芍药快长成20出头的大姑娘了，那双蓝眼睛仍像湖水一般清澈明亮。方圆几十里，都知道芍药沟有个美姑娘，可惜没有上门做媒的，芍药变了，变得忧郁，变得愁眉不展。

告别芍药沟那天早上，天阴冷阴冷的，为了不惊动乡亲，我是悄悄离开的，只有几个朋友赶着爬犁把我送到几里外的汽车站。正等车，我发现道上跑过一个人来，那熟悉的雪白羊绒帽，在淡淡的曙色里格外醒目，近前一看，果然是芍药。临上车芍药硬塞给我一包东西，我执意不收，一个劲地推托着，谁知芍药的眼圈红了，哽咽着：“你总这样，都走了，还忌讳……”不是，不是的……我语无伦次地怎么也说不清。

车开了，我情不自禁地把身子探出窗外，别了芍药姑娘，别了熟悉的小山村！芍药沟和芍药姑娘渐渐地在我的视线中消失了。车上，我解开芍药塞给我的小包袱，一团热气夹着丝丝的清香扑鼻而来，哦，是玉米！她知道我最爱吃玉米了，顿时，一股暖流在心里翻腾，泪水充满了眼眶，簌簌地滴落在玉米上。

读到这儿，我被芍药的真情感动了，也被老知青盛文秀对芍药的真情、对黑土地上的乡亲们的真情感动了，我的泪水也止不住了……她在文章的最后说：岁月如梭，多少年过去了，每每想起芍药，心里总是沉甸甸的，我依然背着沉重的“包袱”，魂牵梦绕地怀念着漫山遍野的芍药沟，思念着放飞着青春的芍药沟，思念着梦中的那株芍药。

在这个春天里，我突发奇想，一定要替我的“荒友”找到芍药沟，找到芍药姑娘，转达她遥远的思念，也表达她深深的歉意。真是天随人愿，正好我要去黑河主持全省报纸奖的评选，正好《黑河日报》的王锋社长在爱辉区当过书记，我向他打听“芍药沟”，他说，他在爱辉管过农业，走遍了所有的乡村，有头道沟、里二道沟、外二道沟、三道沟、四道沟、五道沟，就是没有芍药沟。我又进一步提供了这个村的队长姓阎，当年在这个村插队的有一个上海女知青叫盛文秀。王锋动员他的老下级老朋友进行了逐乡逐村的排查，终于在我离开黑河的前一天的晚上，在外二道沟同时找到了阎队长和老知青盛文秀的名字，我竟兴奋得无法入睡，梦见了那满山遍野的芍药花和花丛中走出的那位蓝眼睛的芍药姑娘。

作者和盛文秀、“芍药”在一起

北疆春来迟。在黑河市通往古城爱辉的路上，我看到路两旁的杨树上刚刚绽出新叶，透过黑龙江边那一排排苍翠的松林，我看到了对岸深褐色的土地，那就是“江东六十四屯”，那里曾发生过把中国数万边民赶进黑龙江的惨剧，不平等的《瑷珲条约》却把这片土地割让给了沙皇俄国。60年代末期，数万名大城市的知青就是怀着“屯垦戍边”的理想来到了这片土地上。盛文秀就是其中的一员。我们的吉普车沿路南下，过卡伦山、五道沟、四道沟、三道沟，外二道沟就在眼前了。这是一个红墙灰瓦木杖栅的小村落，明媚的阳光下，如雪的梨花开在屋前房后，小村一片宁静。

在村头，我们遇到了一位姓赵的汉子，问起当年的上海知青，他记得有一个小姑娘叫盛文秀。他指着路对面那片松林说，当年他们都住在道东那栋房子里，早说拆了，后来种了树。我又问起这个村当年谁家成分最高，他家有个姑娘吗？他说老滕家最高，是富农。他家有个姑娘是老三，和知青的关系好，老身前身后地跟着人家。“她叫芍药吗？你们这里叫芍药沟吗？”我问。他说：“她叫三胖儿。这个屯子前后都长芍药，一开花时，红的，白的，黄的，一片一片的。知青把这里叫芍药沟！可能三胖儿是我们村最好看的姑娘，有的知青叫她芍药。”

我欣喜若狂，看来我们找到芍药沟了，那芍药姑娘呢？老赵领我们找到了当年的阎队长家，可惜他早就去世了，他的老伴还在。她七八十岁了，竟能说出许多知青的名字，其中就有盛文秀。她也说，当年老滕家因为是富农，挨过批斗。现在滕家老大是村的党支部书记，三胖儿早就嫁到外村去了！我们又找到滕书记家，他到地营子干活去了。他的妻子告诉我们，三胖儿叫滕中英，20多年前嫁到几十里外的坤河乡蓝旗屯了，丈夫姓关。她当即给他家打了电话，可惜没人接。

踏破铁鞋无觅处，得来全不费功夫。半个小时后，我们终于在蓝旗屯一个殷实的小院见到了30多年前的“芍药”，她已经51岁了，胖胖的圆脸，眉目清秀，眼睛还很精神，只是已看不到那蓝莹莹的光泽了。头一次这么多干部到她家，她有些不知所措，当我说起知青，说有一个叫盛文秀的上海姑娘向她问好，她马上眼圈就红了。她说，当时家庭成分不好，被人看不起，可好几个女知青一点不歧视我。白天一起干活，晚上一起学习，只要一见到她们我就高兴，一有空就往她们的宿舍跑，有了好吃的也想着她们。有时给她们送烤苞米，送烧土豆，还送过煮鸡蛋。上海寄来好吃的，她们也给我，上海糖特别好吃。她指着立柜上的一个彩绘的铁片饼干盒说，那就是上海青年送我的。当时那里曾装着一个农村姑娘的心爱之物和所有秘密。

告别时刻，让人伤感

我说道，盛文秀回忆你怎么请她到家过年，她一次没去；临走时你还跑到车站给她送苞米。滕中英说，这点事儿还记着呢！我早就忘了。盛文秀那人挺厚道，话不多，对人可真诚了。过去那些难受的日子，我再也不想提了。我父亲本来是参加过解放战争的老战士，却把一个本家的成分错定给了我们家，一直戴了17年的富农帽子。我大哥很有能力却啥也不让干，我二哥和上海姓王的姑娘搞对象，也让领导给搅黄了。我都20多岁了，在本村找不着对象……当年知青谁家都去，就是不敢去我家……她难过地说不下去了，眼泪止也止不住。

"在我最痛苦的时候，是那些知青关怀了我，帮助了我。"滕中英说，她和那帮女知青情同姐妹地相处了五六年，最大的收获是学到了文化，让我知道了外部世界，知道了如何改变自己的命运。她们教我的东西，我一点点都理解了，她们用上海话讲的"梅花档案"和"一只绣花鞋"的故事我都听懂了。她们对我的那句话，让我记了一辈子："芍药，你可不能当绣花枕头！"开始我不懂，后来我知道了，不能外表光鲜，一肚子草，要有文化！后来知青都走了，我没有了任何扑奔，就嫁到了蓝旗屯关英刚家，虽然他"出身"

也不好，但人特别好。那年我是24岁的老姑娘了！我们一起奋斗了20多年，置办一个好家，日子一天比一天好。我记住了知青们的话，一定要让孩子好好读书。现在大儿子念完大专，又考上了爱辉区的干部，在财政局工作；二儿子也念完中学，现在区公安局上班，大儿媳和老二的对象都是黑河城里人。现在人人平等，再也不受别人的气了。农村的政策真好！种地不收税，还给补贴，我们把地都包出去了，只等年底收钱了。说到这儿，滕中英两口子都笑了，我们也跟着他们笑了。

离开蓝旗屯前，我们和芍药在他们的小院里合影，我说要把照片寄给盛文秀和上海知青，你还有什么话要捎给他们。她想了想说："在远方的那个农村姑娘永远想念你们!"在场的村里和乡里的干部都说，老关家媳妇说得好。芍药笑着说，还不是和知青学的!

在返城的路上，我看到路边的麦田已经泛绿，绿茸茸的像绒毯一样铺向天边。我还看到地边的坡地上正一簇簇生出许多植物，那可能就是芍药吧。再下两场雨，那花儿就该开了吧。我想，昨天的风雪严寒已去，今天一派风和日丽，那芍药自然会开得更美更艳。

我回去一定给上海的盛文秀写封信，告诉她我找到了芍药，我还要给她抄几句关于芍药的古诗。头4句是唐朝诗人钱起的诗："芍药花开出旧栏，春衫掩泪再来看。主人不在花长在，更胜青松守岁寒。"还有两句是宋朝许月卿的诗："晓雨有情於芍药，春风无处不流莺。"这几句诗真的不错!

15. 寻找自己的棺材

对返城的知青来说，北大荒总是个牵挂。这些年不断有知青回访北大荒，寻找那片曾洒下过自己青春的汗水和泪水的土地，寻访曾结下深厚友情的父老乡亲。已经离开自己插队的黑河30多年的上海女知青陈宜芳，2004年8月，又回到了那片深情的土地，她要寻找的却是她自己的一口棺材！

她的故事让我们回到了那个难忘的岁月。1969年5月，17岁的上海小姑娘陈宜芳跋山涉水来到了当年爱辉县的罕达气公社插队，那是一个夹在大小兴安岭褶皱里的小山村，只有12户人家。当时瘦小的小陈只有1.5米身高，体重34公斤，山里的风把她吹得直晃。临行前姐姐对她说："咱家出身不好，你个子又小，如果有谁欺负你，咬着牙也要还手，决不能让他小瞧你！"可是她并没有受到欺负，她真诚地微笑，勤恳地劳动，受到山里人的欢迎。他们都说："小陈子是个好孩子！"不到一年，队里把她评为"可以教育好的子女"，抽调到乡供销社当营业员，那可是"重要岗位"。北大荒山水的滋养和乡亲们的关爱让弱小的陈宜芳茁壮成长，1973年她已出落成一个苗条健美的大姑娘了，那时她身高1.68米，体重65公斤。她可以和小伙子一样扛着200斤的麻袋上跳板，她还参加了到大兴安岭扑灭山火的战斗。

没有想到，正当她在小小的柜台上为乡亲们热心服务的时候，巨大的灾难向她扑来，比那山火还要厉害。陈宜芳回忆——

"没想到打火回到供销社10天后，我突然感到浑身无力，高烧到40度。平时有个头疼脑热的算不了什么，我吃了点感冒药，睡了一天。可谁知第二天早上开始，我吃什么吐什么；喝进去的水，马上变成褐色的液体涌出嗓子；体温升高到41.5度。第三天开始卧床不起，上半身下半身像是被硬扯开，分成了两截；第七天，连拿水杯的力气都没有了。除了两只眼睛，七窍中的五窍都向外冒血！整整7天没有小便……"

送陈宜芳去城里看病

死神正在向陈宜芳逼近！公社的干部和社员马上拿来担架，要把她抬到卫生院，顽强的陈宜芳非要自己走，大家硬把她背起来，只走200米，她痛得受不了，就瘫倒在地上。这时途经此地的上海医疗队的医生，一看她浑身的粉红色的“痱子”，紧张地说：“这些都是出血点，她肯定得了出血热。赶紧送卫生院，隔离抢救。”

出血热！这在当年是像“非典”一样可怕的传染病！我也在黑河下乡，我的许多兵团战友死于此病，发病快，病情十分严重，当时又无有效的抢救办法！当地老乡说，日本占领东北时，曾经用老鼠做细菌实验。后来，有老鼠逃了出来，背上长一条褐色的道子，爬到人的身上，或人吃了鼠爬过的东西，就会让人得这种严重的传染病，先是高烧不退，然后内脏出血，血压下降，很快死亡。近年，专家的医学研究已经证明，这种病是由山野里的一种老鼠传染的，由于开荒或山火把这种带着病菌的老鼠驱赶到有人群的地方，就传染给了人。这种病最高的死亡率达30%。在罕达气当过乡长的白长吉回忆，那些年他们乡每年都有因得出血热死的人，最多一年死了6个人！

当陈宜芳被抬进乡卫生院时，她的血压是“0”，肝功能衰竭！肾功能衰竭！医生说：“现在看，她死亡的可能有90%！你们快通知她的家长来见最后一面吧！”这时围在她床前的乡亲们都流下了眼泪……“无论如何，我们一定要救活她！”公社党委书记罗洪坚定地对医生说：“这个女孩子是黑五类子女，按照规定，她就是死了，家长也不能来看。公社就是她的家，决不能就这么看着这孩子死了！”说着他的眼里也流出了泪。

陈宜芳说：“在昏迷中，医生的话和罗书记的话我都听到了。我当时拼命地喊，我不能死！我挣扎着站起身，下了地，硬是自己向供销社的宿舍走去。一路上，老乡们赶上来搀扶我，眼里都闪着泪花。一位老太太问：‘姑娘，你会死吗？’另一位老太太说：‘这么刚强的姑娘，不会死，肯定不会死！’我换上妈妈在我下乡时给我买的最漂亮的粉红色的毛衣，静静地躺在床上，我希望在梦中，和我日思夜想的亲人见面、告别……蒙眬中，我什么也不知道了。再次睁开眼睛时，已经是9天之后，我躺在100公里外的黑河县城医院的抢救室里。我的身旁站着不停地轮换着为我输血的小伙子们！”

原来就在小陈昏迷的时候，罗洪下了决心：“不能让孩子在这儿等死，赶快往黑河医院送！”他派出了公社唯一的一台吉普车，又安排最好的医生跟车。他又马上向黑河县医院告急，请他们派出救护车和医生，尽快接应！那吉普车出发的时刻，乡亲们围在车前，含泪祈祷她平安归来！

这是爱辉县内最难走的山路，崎岖盘旋，坎坷颠簸，全车的人用手用心护着奄奄一息的陈宜芳，他们的心都悬着。这条路是陈宜芳走向新生活的必由之路，在这条艰难曲折的路上，也写着她的快乐。每次去黑河进货她都要走这条路，春天路两旁开着紫盈盈的达子香，秋天这里是斑斓多彩的“五花山”，她总是一路歌声一路欢笑。现在她走的是一条生命之路，大山仿佛都在呼唤着她的名字，这美丽的姑娘让它们也难以割舍！

黎明时分，两车在大山深处相遇，陈宜芳被抬上了县里的救护车，抢救工作开始了。医生在她干瘪的血管上扎了12道止血带才找到可以静脉注射的血管。鲜红的血终于流进了上海姑娘的身体，她的脸上渐渐显出了红润……

县医院在抢救孙宜芳的同时，罗书记在乡里做了最坏的准备。他张罗着她的后事。“孩子的父母不能送她了，我们给孩子做口最好的棺材吧！”据白乡长回忆，罗洪积极给小陈准备棺材还有另外的考虑，当地有个风俗：在亲人病危的时候，给他准备寿衣和寿材，可能“冲一下”，病人有可能转危为安。虽然罗书记并不相信这一说，但也要尽这一份心意。听说罗书记要给知青准备棺材，68岁的冯大爷找上门来，他没有儿子，两个女儿为他准备了一块独幅的松木作为他的寿材，那是一块难得的好红松木，乡亲们都说，老冯家的姑娘真有孝心！冯大爷说：“这些孩子不容易，这姑娘死得太可怜了，我的寿材就送给她吧！”当地的风俗，普通的棺材要帮3寸厚，天要5寸厚；然而老乡们连夜给小陈打了一口5寸帮、7寸天的最高规格的大棺材，只有村里声望最高家里富足的老人才能享受这个待遇。打好棺材后，乡里选了16个准备抬棺材的小伙子，一直守候在她的宿舍。

上苍终于被朴实的乡亲们感动了。抢救的第8天，医生用针在小陈的脚上划了一下，惊喜地叫起来：“她有反应了！”医生马上安排继续给她输血，还让乡里赶快送猪肝和大白菜，好补充血色素和清理腹内的淤血。很快，一卡车的小伙子和一车大白菜和猪肝运到了医院。

陈宜芳说：“半个月后，我从阎王爷那里回到了人间，从黑河医院回到了罕达气——我熟悉的人民公社，我的家。那个小镇不过100来户老乡，可是我回来的那一天，整条街上挤满了人。大家的眼里依然充满着泪花。‘从来都是救护车送走的人不再回来，今天可真神了！小陈子命真大！’还是那两位老太太高兴地指着我说：‘看看，我说孩子命大，死不了，这不活脱脱地回来了！’我说，这是托乡亲们的福啊！走进我熟悉的宿舍，一眼就看到了院里的那副大红的棺材，我哭了……老乡赶紧用苫布盖上了。进了屋，我看见我的屋里堆满了鸡蛋。这时我已是满脸的泪水了！”

为了彻底治好陈宜芳的病，半个月后，罗洪书记亲自把她送回了上海。听说，为了感谢上海的医生，罕达气的乡亲送给了上海5吨珍贵的野黄芪。这是乡亲们在山里一棵一棵采来的，平日是为卖钱过日子的，这回都献给了救自己亲人的上海医疗队了。5吨野山芪，那要费多少工夫！山里的人心眼就这么实在啊！

谁也没有想到，罗洪这位当地很有声望的老干部，和知青血肉相连的好干部，21年后又一次到了上海。《黑河日报》的老总编张贵馥告诉我，1994年罗洪被检查出患了肺癌。陈宜芳得知后，马上请他到上海来治病。她和当年在黑河插队的知青为他安排了住处，又陪着他和老伴到医院检查。在宾馆住着不方便，她非请他们住在自己家新买的一套房里。罗洪和老伴想，人家还没住的新房让得癌症的人先住，不吉利！他们请陈宜芳一定给他们租一间房，小陈说，好，就算我租给你们的吧！所谓房租只是说说而已，就是想让他们能安心住下，安心养病。在那些日子里，小陈像他们儿女一样，虽然工作很忙，总是来看他们，送来营养品和每天的食品，坐下来和老两口聊天。许多知青都来看他们，总是讲起他们下乡时那些有趣的故事。罗洪最后的日子很快乐。

一个月后，罗洪执意要回家，陈宜芳和许多当年黑河的知青到车站送行。开车前他对小陈说：“宜芳啊，我多想多待些日子，可是不能啊，谢谢你们对我的照顾！我最后的日子和你们一起度过，死而无憾了！”罗书记回到黑河4天后去世了。陈宜芳又把他的老伴请到上海住了两个多月，用自己的爱心安慰她孤苦的心。直到现在她还关心着罗家的大事小情。这位当年老知青的真诚和善良感动了罗洪一家，也感动了许多黑河人！

2004年的8月，已经当上了上海震旦净水器公司总经理的陈宜芳，又走进了大山中的罕达气，拜谢了冯家两个女儿。她得知当年为她准备的那口棺材，8年前冯大爷享用了，她因为没能当面向他致谢心里很难过。她郑重地站在这位可敬的老人坟前，深深地鞠躬。她的心里默默地感念冯大爷，感念罗洪书记，感念所有关爱过他们的乡亲！

这时，一行长泪从她的脸上流了下来！

16. 村里有个姑娘叫小凤

在后知青时代，最流行、最感人的知青歌曲要数李春波的《村里有个姑娘叫小芳》，那个凄美的故事让我们这些老知青伤感，甚至有的人要忏悔。

我也要讲一个类似的故事。那个村子在逊克县的边疆公社，地处黑龙江边，一个几十户人家的小屯子。因为附近的农民常到这一带的树丛中下套子抓山兔、野鸡等野物，这个屯便被村民们叫作“下套子屯”。这个下套子屯的最大收获是套来了一大帮上海知青！

1969 年那个残雪未融春寒料峭的 4 月，80 多个活蹦乱跳的青年男女突然一下子涌进这里插队落户。宁静安睡了百年的小屯被吵醒了！男女老少都跑到村口，惊喜又惶恐地看着这帮来自遥远的大城市的洋学生。人群中一个“长得好看又善良”的姑娘目不转睛地望着在身边走过的背着行李的每一个青年，突然一位高个清瘦戴着眼镜的小伙子，对她深情地一笑，在目光相交的那一刻，姑娘也笑了，却害羞得红了脸，低下了头。

后来她知道了他叫戴剑詠，上海 1968 届的初中生；他知道了她叫程玉凤，村里人都叫她小凤，真的“一双美丽的大眼睛，辫子粗又长”。谁能想到，两个年轻人感天动地的戏剧人生就从相互凝望的这一刻开始了。

上海知青的到来，让这个贫穷闭塞的小村充满了活力，村里的年轻人愿意干活了，每天和知青在一起说说笑笑，单调的日子也过得丰富了。村里的男青年都学会了刷牙，姑娘媳妇也爱打扮自己了。有事没事总和知青凑合。在欢乐的年轻人中，你总能同时看到小戴和小凤，他们不说话，只是时不时地远远地相互凝望，这就是宋丹丹对赵本山说的“暗送秋菠菜”吧。

当然，知青们也给村里带来许多麻烦。他们时不时地和当地青年打架，从小习武善斗的小戴总是冲锋在前。他们也常干些偷鸡摸狗的事儿，知青点的伙食很差，他们自己动手……老乡们又好气又好笑，无奈地说：“都是十五六的孩子，正是讨狗嫌的时候！”

黑龙江的冰雪融化了，江边的树泛绿了，地里的花也开了。年轻人的心也像春天般生机勃发。下了工，知青成双成对地往江边跑，往树林子里钻。有一天傍晚，小戴领着小凤，也穿过树林，坐在了江畔，他看到在夕阳下闪着金光静静流过的黑龙江，想到了家乡的黄浦江，不禁一阵伤感。

小凤安慰着他，说着两个青年的身体正相互靠近……还没等他们的手拉在一起，小凤的父亲跑来了，边骂边打地把他们赶走了。

“你这个不要脸的姑娘，敢和知青钻树林子，看我怎么打折你的腿！”

小凤哭着跑回家，妈妈劝她：“那些知青偷鸡摸狗的，什么活也不能干，能和他们一起过日子吗？过不了多久，他们肯定要走！”

小凤只是一个劲地哭，边哭边摇头。

春去秋来，庄稼种了，又收了。黑龙江雪捂冰冻，漫长的冬季又来了。对小戴来说，看不到小凤的日子比严冬还难熬。小凤的父亲琢磨着，如果不把小凤早点嫁出去，早晚要和那个姓戴的小子出事儿！

他听说，附近毛子屯有个二毛子（中俄混血儿）小伙子，人老实还会木匠手艺。他托人一说，人家非常高兴，小凤是远近闻名的漂亮姑娘！不几天就把彩礼送来了。小凤一听就炸了，死活也不同意！父亲动手打她，她离家逃跑。

那是一个风雪弥漫之夜，全村人和知青们打着火把，到处寻找，终于在大江中间小岛的树丛中找到了，那时她已被冻僵，再晚一会儿就没命了！小凤的妈妈哭着对她说：“孩子咱认命吧！咱都收了人家的彩礼……”小凤什么也不说，就是不吃饭！

3 天过去了，她已奄奄一息。老程头害怕了，对小凤妈说：“快去找小戴吧！要出人命了！”半夜时分，小凤妈急忙跑到知青大宿舍，好不容易推开被尿冰冻死的房门，在大通铺挨个推醒戴着棉帽子睡觉的知青，终于在第六个位置找到了小戴：

“快起来吧！大婶求你了，快去救救小凤吧！”

小戴一骨碌爬起来，披起衣服就跑。小凤见了他抱头痛哭，小凤妈也跟着落泪。一直到老程答应退掉和二毛子的婚姻，小凤才吃饭。

勇敢的农村姑娘小凤以生命为代价争得了和心上人的自由爱情。从此他俩形影相随，小戴变得安分了，爱劳动了；小凤变得开朗了，活泼了。小戴喜欢小凤的朴实真诚和聪明善良，小凤喜欢小戴的正直仗义和勤奋好学。村里人都说，他们俩真是天生的一对。可是他们俩谁也没把“我爱你”这3个字说出口。

这一年的秋收之后，刚开始飘雪的日子，知青开始放长假，小戴要回上海探望母亲了。小凤和妈妈，把他送到村口，请他给亲人捎去木耳、蘑菇和白瓜子，那都是小凤精心准备的。在挥手告别的时候，小戴看清了小凤那眸子里幸福的泪光。

小戴回到上海两个月后，突然收到小凤父亲的来信，说小凤得了肾炎，很重，要住院治疗，急需300元钱治病！如果你能拿出来，小凤就是你的。你要拿不出来，小凤就是人家的了！

小戴心急如焚，可在1972年，这300元钱对他可是天文数字，父亲早逝，母亲在街道小组糊纸盒，每月只有十几块钱的收入，他劳动一年挣的工分都扔在探家的路上了！他求钱无门，欲哭无泪，但是他相信勇敢的小凤是不会屈服的！

就在那一年的小年夜，邻村的4个年轻汉子，把小凤架上马爬犁，她死活不走，死死拽住门框，她大声地哭喊着：“小戴呀！你快救救我，他们把我卖了！小戴呀，快来救我！”

那哭喊声渐渐消逝在风雪中。那一天正刮着“大烟炮”，狂风呼啸，大地呜咽。它们在为一个弱女子的不幸悲鸣！

当戴剑葳从上海出发一次次换火车换汽车，赶到数千里之外的边境小城逊克时，村里的人告诉他：“小凤让她爸嫁给外村的一个放牛的了。临走时还喊，小戴呀，快救救我！听说，现在小凤疯了，送进了北安县的精神病院！”听到这儿，小戴已是泪流满面了……他急忙往村子里赶。

听说小戴回来了，小凤的父亲先来找他：“小戴呀，叔今天在江里捕了两条鱼，到我家喝酒去！”坐在炕桌前，老程对他说：“叔对不起你，可真是没有办法呀！咱们亲戚做不成了，情义还在，以后常来家喝酒！”小凤妈在旁边一个劲地哭：“只怪这孩子命不好！”小戴一杯又一杯地喝酒，一句话也说不出来，泪水顺着脸颊往下流，这是他一生中最苦的酒，他只能吞下去。

后来小戴听说，那男人对小凤挺好，可她的病时好时犯。再后来，听说她生了个孩子，脑水肿，很快就死了。这回小凤完全疯了，到处跑，不吃也不睡，见谁吐谁，见谁骂谁。人家提出离婚，小凤的爹妈只好把姑娘接了回来。一双美丽的大眼睛变得空洞呆滞了，那又粗又长的辫子也剪掉了，剃了个光头。全村人看到小凤这个模样，没有一个不掉泪的！当然最伤心的要数小戴了……

在大队当书记的是小凤的叔叔，他怕小凤看见小戴会加重病情，就把小戴打发到二三十里外的草滩去放羊。艰苦又浪漫的游牧生活开始了，白天他赶着羊群在无边的草地游走，晚上他躺在露天的草屋里数着天上的星星。

几次梦见“大眼睛”和“大辫子”的小凤突然变成了在田野里狂奔的光头的小凤，他惊醒了，竟是一身冷汗和满脸的泪水。有一天，小戴照例赶着羊群向草地走去，他突然发现湛蓝的天空上，游动着丝绵似的白云，坦荡的绿草在微风中如波浪般涌动，星星点点的野花飘浮在绿海中格外耀眼，羊在亲昵地呼叫，鸟在优雅地鸣唱……这眼前美妙的一切，竟让他流下眼泪，他想大声歌唱却想不起唱什么，他想尽情地赞美却想不出用什么词句，他只有对着长天声嘶力竭地喊叫！

那一天，他下了决心，每天要对自己说话，否则他会失语；每天要写作，给自己写信，否则他会忘掉所有的文字。

当晚小戴潜回下套子屯，从知青宿舍中偷回有字的书和报纸。从此开始对自己的文字启蒙，认字、组词、造句，分主谓宾，划定（语）补（语）状（语）。接着写短信、短文，又写长信、长文，渐渐地他发现当年被老师赏识的文学才华正在恢复。为了学习，他把每天的三顿饭改为一顿的黄豆汤和黑面饼，那饼黑得掉在地下找不着。有一次他回到住地却找不到自己的小土屋了，原来它已在大雨中坍塌了。他从泥中挖出行李和他视如宝贝的书，又赶着他的羊群走了。

后来队里又让他放猪，猪可不如羊好管，聪明的小戴来个发动群众，他把全村的 30 多个半大的小孩儿，分成几个小组，一组听他讲故事，另几组给他放猪。他的讲演才能大得锻炼和施展。

天无绝人之路。1976 年随着“文革”的寿终正寝，小戴也迎来了自己的机遇——恢复农村教育，要在知青中招收教师。下套子屯的 80 多个知青参加了考试，小戴考了个第一名，大概得益于他的“游牧自修大学”，于是只有小学学历（1969 届刚上初中就下乡）的戴剑葳同志当上了中学的语文教师，第二年又正式转为不再挣工分的国家干部。全村的人都说这回“下套子”再也套不住小戴了，这小子总算熬出头了。

小戴确实走出了下套子屯，到另一个村的中学上班了。走前他偷偷地去看过小凤，她疯得更厉害了，再也不能到村口去送他；他也无法对她表达："谢谢你给我的爱，今生今世我不忘怀。谢谢你给我的温柔，伴我度过那个年代！"

小戴是流着眼泪走出下套子屯的。一步一回头。

亲爱的读者不要伤感，我们的故事并没有完。也许，是命运的安排，几年之后，小戴又到了下套子屯教书。这些年最让他心里放不下的就是小凤，他的耳边经常响起小凤的呼唤："小戴呀，快来救我！"他终于再一次走进小凤的家门。小凤妈给小戴端上一碗糖水，这是他们家最高的礼节了。

小戴对她和老程说："大叔大婶，我要娶小凤！"

"什么！"大婶惊叫，她手中的一碗糖水"啪"的一声就摔在了地上。

"孩子，你可要想好啊！这样太委屈你了！我们可不能再对不起你了！"老程说。

"大叔啊，我想好了！我都想了 8 年了，你就成全了我们吧！"小戴含着眼泪说。

这时小凤的父母放声大哭，弟弟妹妹全哭了，全家人都哭成一团！只有小凤傻怔怔地站着，不知发生了什么。

作者和小戴重逢

第二天，1979年春天的一个日子，那一年小戴27岁，小凤26岁。小戴领着小凤的妹妹到公社替小凤办结婚登记手续。回到家，小戴拿着结婚证书，对小凤说，咱们俩结婚了，你看这就是证书！她好像忽然醒过来了，抱着小戴大哭起来，边哭边喊："小戴和我结婚了！结婚了！"

小戴买了两只大鹅做了些酒菜招待乡亲，可惜没有一个知青参加，全村的80多个知青都走了。小凤给大家点烟倒酒，跟正常人一样。村里人都说，这回小戴把小凤救了，天底下难找的大好人啊！

3天后，小凤又犯病了，可是有小戴的照顾，比过去轻多了。一年后，他们的儿子亮亮出生了，小凤整天把他抱在怀里，生怕被别人抢去，她再也不跑不闹了。小亮亮一直到6岁还吃她的奶。

几年后，小戴的命运又发生了转机，县教育局长到学校检查工作，可就是找不到小戴，也看不到他的教学笔记。原来他正躲在家里和上海电影厂的写过《乔老爷上轿》的编剧研究剧本。教育局长说："干脆我给你找个能发挥作用的工作——白天跑四方，晚上补裤裆。"不久，小戴调到了县广播站当上了记者。这下子他如鱼得水，很快成了县广播站和电视台最好的编导，还当上了主管业务的副总编。小凤和亮亮随他一起进了县城，住上了宽敞的好房子，病也好多了，小戴对自己的生活和事业已经很满足了。

小戴小凤一家人

1997年，小戴又作出他一生第二个最重大的决定，回上海，为年老体衰的老母亲尽孝！于是46岁的退休干部戴剑畝要带着小凤和读中学的儿子回上海。小凤的父母对他说："小戴你该回去了，你们爷俩回去吧！把小凤留下，我们照顾她！你把一个疯媳妇带回大上海，人家要笑话死你！"小戴说："我自己过日子，别人说什么我也不在乎！"

大上海欢迎28年归来的游子的最好礼物，是比想象中还要多的困难。在天地广阔的北大荒生活惯了的一家人挤进了闸北棚户区十几平方米的小屋，小凤又犯病了，她十几次地走失，每次都是两三天，好心人把她送回来，过几天她又走了！她说："太憋屈！我受不了！"孩子不会说上海话，听不懂老师讲课，在逊克学的俄语，这里学英语，学习跟不上。

最严重的是老戴（我们该叫他老戴了）每月1000多元的退休金养不活全家人。他弯下腰到桥下等着推上坡的车，他摆小摊做小买卖，都不行！他急中生智，写了10封自荐信，寄给全市各家电视台，推销一个有20年从业经验的老知青电视编导，终于被慧眼识珠的闸北有线台聘用了。开始搞政治新闻，因为不认识市里领导，差点被炒鱿鱼，后来他自编自导搞了个"老百姓的故事"的专题节目，一举成名，现在已拍了360多期。

闸北区委宣传部长被老戴感动了，他说我也没别的办法奖励你，给你爱人办个残疾证吧！这样小凤每月有了400元的固定收入了。现在老戴名片上的头衔是"上海电视新闻综合频道《新闻坊》记者，闸北有线电视中心编导"。

最让老戴自豪的是他们的儿子，因为学业上的差距，亮亮没有考上大学，他到大众公司趴在底盘下学修汽车，第二年他考上了上海国际商务学院汽车系，现在大学已经毕业，还入了党，在上汽集团当白领，每月收入5000元。每月给他妈3500元。这回小凤不跑了，每天坐在家看着儿子的钱，准备给儿子娶媳妇。

儿子一表人才，在学校里当过模特。对象也挺好，前几天还会了亲家，女友的爸爸是做生意的，母亲是《解放日报》的退休干部。他们看中了有本事的亮亮，更看中老戴一家人的善良可靠。那天小凤也出席了定亲酒席，她侃侃而谈，一点也没走板。50多岁了，她还是很有风采。

老戴说，在上海儿子要娶媳妇，连买房子带办嫁妆大概要100万元！结果媳妇家都准备好了！现在闸北棚户区动迁，我们家的房子也解决了。真是好人有好报！

老戴和小凤的故事是我偶然听到的。在上海出差，请几位老知青在"东北人家"吃饭，在座的有上海戏剧学院的副教授王其国夫妇，有哈尔滨话剧院著名女导演李贵平。我说正在写老知青的故事，贵平当即讲了他们的故事。她马上用手机找来了老戴。饱经风霜的老戴一派学者风度。他还像北大荒人一样大碗喝酒，在笑谈中断断续续讲了自己的故事。

他说，当年在全村 80 多个姑娘中，其中还有 30 多个女知青，小凤是最漂亮的，是一种古典的美。他说我娶小凤，就为她的那句话："小戴呀，快来救我！"他还说到自己的人生哲学："心当随人，人勿随心。"我是半懂不懂。

酒桌上大家都说，应该让李春波再写一首《村里有个姑娘叫小凤》。我说，还是我先写一篇小文吧！

17. 归根

1979年，乍暖还寒的3月，双山火车站一片繁忙，也一片混乱。“胜利大逃亡”的知青们，争先恐后地从这里登上返城的火车，开始了人生的又一个艰难的里程。

10多年前，他们是在这儿——兵团5师师部所在地下车的，然后投进了北大荒苍凉但很温暖的怀抱，欢迎他们的是热烈的锣鼓和热情的笑脸。

现在他们又从这儿走了，欢送他们的是站台上老乡和亲人们低声的哭泣。他们走了，扔下了大地里无人开动的拖拉机、学校里无人上课的孩子，医院里无人医治的病人……

她，天津知青矫淑梅，怀里抱着1岁的儿子，望着车窗外满脸忧伤的丈夫，望着远处那片她生活了11年的土地，禁不住热泪长流。还不太懂事的孩子用小手抹去她脸上的泪水，她拿起那只小手向丈夫挥动，“快和爸爸再见！”这时火车呼啸着启动了，卷起了站台上和车厢里的一片哭声。

矫淑梅本来是不想走的，她的生命已在这里扎下了深深的根。

她说，我是1968年9月17日，随天津第一批98个知青来到5师52团的。我不在动员之列，最后是自己强烈要求，还写了血书：“坚决上山下乡！”革命的激情把我烧到了北大荒。当我第一次面对那一眼望不到边的黑土地时，激情满怀。然而意想不到的困难一个个接踵而至。刚到连队的那一天，宿舍还没建好，屋顶可以看到星星，火炕还冒着热气。我和同伴们在炕沿上坐了一宿，第二天就投入了“早晨二点半，晚上看不见，地里三顿饭”的秋收大战。

北大荒的地太广阔了，一条垄长五六里，好几天都干不到头。开始几天，大家还有说有笑的，接着就是沉默，谁也不愿意说话，又过了几天，年纪小的坐在地里大哭，别人也跟着掉泪。然而北大荒是不相信眼泪的，活儿还是要自己干，别人帮了一时不能帮到永远。只能抹去眼泪，挺起腰杆接着干！最艰苦的是割豆子，手被豆荚扎得鲜血淋漓，疼痛难忍。下雪了，那铺天盖地的大雪，到身上就被汗水融化了，衣服都湿透了。等到下午气温下降，衣服外面挂上一层冰，像披了铁甲一样，浑身冷得发抖。生性坚强的我从没叫过苦。因为我是写血书来的，是不会掉泪的。

经过 5 年的农工排的艰苦磨炼，1973 年 9 月，矫淑梅被调到一个新建的连队当教师。她深深地爱上了 30 多个渴望知识的山东移民和转业军人的孩子。她惊奇地发现，她的学生连“楼”这个字都不理解，因为他们从来没有见过。她让在天津也当小学老师的姐姐给她寄来许多画册、图片、教材、教具。她担负了一到三年级学生的语文、算术、政治、音乐、美术课，还利用课余时间为学生们开展各种开阔他们眼界的活动。她不仅让孩子们知道了“楼”为何物，还让他们认识了广阔的外部世界。

在全团的统一考试中，她教的班级排前几名，她被转为正式教师。1976 年她还入了党。这期间她失去 3 次上大学的机会，一次是因为张铁生的白卷事件，另一次可能被人顶替了，第三次她在全连推荐中得了全票，可是年纪过限了。她并不在意，她觉得这些孩子更需要她！

小学校放假了，矫淑梅没有回天津探家，她除了备课、家访，就到连队的养鹿场参加劳动。这些顶着玲珑优美的鹿角、金褐色的身体上闪着银白色斑点的梅花鹿，让她怜爱有加。她为它们喂青草，为它们打扫圈舍。那些精灵开始躲着她，目光很警觉，后来目光变得温柔了，而且主动走近她，亲吻她的手和脸。

目光变得更温柔的是鹿场的兽医刘宪成。这个勤奋的山东支边青年，向下放劳改的一个老兽医学会了一身手艺，还自己引进了这群梅花鹿，建立了全团第一个鹿场。他知道这个身材高挑、眉目清秀、戴着一副小眼镜的天津姑娘学教得好，全连的职工家属都喜欢她。但是没想到她这么爱鹿，这么爱他的鹿场。那些日子，刘宪成真有些魂不守舍了，他天天盼着小矫到鹿场来，如果有一天不来，他就没着没落的。

也说不清这个天津姑娘是先爱上了鹿，还是先爱上了养鹿的英俊精干的小伙子。但是她的爱情受到了女同伴的反对，她们说：“那个小山东脾气不好！”小矫说：“他对鹿可温情了！”

知青们的不赞成和家庭的不表态，没能阻挡这神奇的鹿场姻缘。1976 年

9月9日，刘宪成和矫淑梅在连队的大食堂举行了简单的婚礼。当时，大广播里突然传来的毛主席逝世的消息，让他们的婚宴不欢而散。但是老百姓的日子还要过。两个年轻人的幸福生活还是在全国人民的巨大哀痛中开始了。

洞房花烛夜，刘宪成对矫淑梅说："将来如果有机会，我一定让你和孩子回天津!"一年后，他们的儿子刘本超降生了，他的手脚竟像小鹿一样灵动。全家人陶醉在幸福中。

没想到，席卷全国的知青上山下乡的热浪开始退潮，国家为历经苦难的两千万知青出台了返城政策。宽厚的北大荒人做出巨大的牺牲，为愿意返城的知青提供了所有的理由——尽管大量知青的突然离去使他们遭受了釜底抽薪般的灾难。百万知青开始了"困退""病退"的大返城。但"已婚"成了知青返城的一道坎，离婚是他们迈过这道坎的唯一办法，有的是假的，但许多弄假成真了。刘宪成兑现了自己的诺言，他说："为了你和孩子的前途，你必须回天津!"但是矫淑梅坚决不同意离婚。聪明的刘宪成终于想了个办法，他先把自己的户口转到另外一个城市，变成了城里人，这当然都是假的，再把矫淑梅的户口转回天津，他们就不用离婚了。

尽管这样，在矫淑梅抱着孩子坐着拖拉机上双山火车站返城的那一天，刘宪成的父母大哭，悲痛得都下不了地为儿媳送行。火车开动那一刻，老刘觉得自己的心被掏走了，他的家没了!

鹿场的鹿看见他落泪，都难过得低下了头。

和所有返城知青一样，矫淑梅又经历了一番苦难，又开始了一次创业。返回天津后，她被安排到一个副食商店当营业员。30岁的她，每月有32元的工资。她先和全家人挤在一起，后来家里动迁了，她领着孩子搬进了商店的仓库。住了两年单位给她分的一间7.5平方米的房子，后来又分了一套14.8平方米的房子，她很满足了。

可是北大荒的孩子不适应大都市的生活，小本超总是生病，有一次住院，都下了病危通知单!没在北大荒流过泪的她，一次次泪洒天津。有时矫淑梅觉得在这个人山人海的大都市里，她是那样的孤独无援。刘宪成在每年秋收之后来天津和自己的亲人相聚，过了春节以后急匆匆地回农场了，他知道他不属于这个城市。他也实在放心不下他的鹿场。

亲人们不忍心再看着这一家人长久分离的苦痛了。1990年，他们千方百计总算把快40岁的刘宪成调到了天津灯具厂，当了一名安装工人。如散养在山林里的野鹿不适应圈养的生活一样，在喧嚣的大都市里，刘宪成度日如年。在熬过半年的试用期后，他毅然停职回北大荒了！

两年以后，矫淑梅也回到了自己魂牵梦绕的北大荒，和她一起回来的还有她已初中毕业的儿子刘本超。当她和儿子走下他们熟悉的双山火车站，看到站台上微笑着的丈夫和亲人们，她和儿子都流下了眼泪。他们扑向自己的亲人，矫淑梅说："我总算叶落归根了！"

我是在九三农管局听说矫淑梅一家重回北大荒故事的。局宣传部的同志陪同我们到鹤山农场16队看望他们一家。这不是一个普通的农家，这是一个相当规模的家庭鹿场。房舍如别墅，场院阔大，圈舍成排，一切都被绿树环抱着。

作者和矫淑梅以及她的丈夫刘宪成

老刘和老矫在像城里一样讲究的客厅里向我们讲述他们又一次创业的故事。这个已经创办10年的鹿场是全管局最大的，最多时养梅花鹿100多头，还养了30多头更有经济价值的马鹿。为了学习养鹿经验，老刘曾领着妻子和儿子到新疆考察，沿着天山脚下一直走到伊犁，每家鹿场都留下他们的足迹。他们还从哈尔滨特产研究所引进天山马鹿的冷冻精液，对母鹿进行人工授精，培育新品种。他们用最新的工艺生产出口的鹿茸和加工鹿产品，经济效益相当可观。

老两口一个重要的战略决策是自费把儿子送到了农业院校，专门学习畜牧专业。现在他们一家已经成了当地的技术专业户和致富带头人。近几年他们先后无偿支持本队职工10多万元资金发展养鹿，还把7只价值5万元的小鹿送给别的职工圈养。现在他们所在的第六管理区的养鹿户从1户发展到12户，存栏数增加到200多只。

我们在老刘一家的鹿场参观，不仅看到了一圈圈活蹦乱跳的马鹿和梅花鹿，还看到了场院里的大型农用机械。老刘说，儿子的理想是建设一座机械配套农牧结合的大型家庭农场，做一个有知识有财富的农场主。现在他们一家除了养鹿，还耕种120多垧土地。

可惜我们没有看到在外深造的这位有抱负的新一代北大荒人。如果说，他的上一辈是被政治运动卷到北大荒的，那么他这一辈是自觉献身北大荒这豪迈的现代化大农业建设的。他们当然是大有作为的。

小小北大荒人很可爱

我看到了小小北大荒人——躺在年轻的母亲怀中的刘本超的女儿。年轻母亲是在北大荒和刘本超青梅竹马的小伙伴。女儿的目光和她一样的晶莹清澈。

2010年夏天，为了给《人民日报》写《仰视你，北大荒》那篇报告文学，我又一次来到了鹤山农场。和上次来采访只隔了3年，这里再也寻不到旧模样了。在城乡一体化建设中，这里真是发生了天翻地覆的变化。过去的一栋一栋的泥草房被一片片造型新颖的楼房代替了，过去分散的生产队被一个个撤并，职工都搬到场部集中居住。“耕种在广袤的田野里，生活在现代化的城镇里”的梦想正在变成现实。

在场部，我们参观一个叫“鹤园”的小区，真是太漂亮了。2层3层4层5层的楼群顺山坡向上排去，中心广场是座不锈钢的鹿形雕塑，四周被花园和喷泉环绕。小区左右为稻田，背后为青山。这种颇具田园风情的居住环境，在大城市肯定是看不到的。

广场正有一群来参观的北京老知青在拍照留念。我问起他们的感受，他们笑答：“知道北大荒能建设成这个样子，我们当年就不返城了！”说着，我和他们一起笑起来了。

这时场宣传部的同志指着一个正在卸车的小伙子，对我们说：“他就是矫淑梅的儿子刘本超!”

3 年前，我到他家采访时，他奉父母之命在外地学习畜牧专业，没有见到。没想到在鹤园小区见了。

“这是帮谁搬家呀?”

“是我们自己家！刚买的一套别墅，200 多平方米!”

他用手指着那 2 层的小楼，满脸的喜悦。

宣传部同志说，这小伙子特别能干，他不仅成了当地有名的养鹿专家，还花 200 万买了一台进口的大型收割机，能收大麦、小麦和油菜，除了为本场的农户服务外，还远征到内蒙古的农场服务。现在他们家是养鹿场兼农机专业户了。

本超开着自己的轿车领着我们去见他的父母。还是当年那个养鹿场，场地上停放着那台像变形金刚式的大型收割机。矫淑梅和老刘热情相迎，他们一点也不见老，黑红的脸膛挂着微笑。

“祝贺你们乔迁之喜呀!”

“是呀！是呀！从来没想到这辈子能住上别墅!”老刘满脸幸福地说。

“我们要住的那个小区有 762 户，住进去的就是当年不知楼为何物的老职工和他们的后代!”矫淑梅又多了许多感慨。

看着他们正在收拾杂物，我问：“你们的鹿场也要搬走吗?”

老刘说：“鹿场还在这儿办，农技场也留在这儿。以后我们白天坐儿子的小车来上班，晚上再回场部。”

“这就是‘耕种在广袤的田野里，生活在现代化的城镇里’了!”我说，站在院子里的人都跟着笑起来。

我和老两口开玩笑：“怎么样？返城以后又重回北大荒对了吧?”

“那当然！那当然!”老刘和老矫一个劲地说。

儿子本超说：“本来就不应该回天津!”

是呀。历史不能重演，但大势不可逆转。几经风雨，几度春秋。北大荒毕竟走进了新时代。这个时代的特点是，耕者有其田，居者有其屋，人人都有劳动的权利，都有为自己的祖国尽力的机会。人人可以享受到有尊严的幸福生活。这正是几代中国人奋斗的目标，在这片曾经荒凉的土地上实现了。矫淑梅作为这伟大历史变革的参与者和见证人，她和他们一家是幸福的。

18. 一个人和一条河

我想说的这条河叫库尔滨河，它是地处黑龙江边的逊克县境内的一条河。据县志记载，“库尔滨”是满语，汉译为“晾鱼场”，本河因此得名。它发源于小兴安岭北麓的伊春的白鹿山，向北流经本县克林、大平台、宝山、新兴、车陆等5个乡，在车陆乡注入黑龙江。干流全长248公里，流域面积5200多平方公里。河源的白鹿山高795米，河口与黑龙江会合处海拔100米，落差颇大，水流湍急，河道束狭，有良好坝址多处，此河已成为本县新兴的水电工业摇篮。

作者和“水电大王”张强富

我想说的这个人，名为张强富，是位来自黄浦江畔的上海知青，却和库尔滨河生死相依了20多年，致力于这河上的水电站建设。那像珍珠一样串联在这条美丽的大河上的库尔滨、白石、宝山和乌宋岗水电站凝结了他的青春热血和对北大荒的一片痴情。

坐在我面前的张强富健壮的身材和纯朴的衣着如同当地的乡镇干部，眼镜后闪放的智慧的目光又好像个乡村教师，只是言语中还偶尔冒出几句绵软的沪语，才让我确认他的真实身份。

强富说，我1970年到黑河下乡，30多年了，完全成了土著。我每次回上海探家，走在街上，没有一个人会认为我是上海人。我刚来的时候，插队在黑龙江边的张地营子。给我留下深刻印象的是，到黑河第一个晚上我们住在边北的第二旅社，半夜时分大家都醒了，大喊大叫地抓蚤子，我们从没见过这种狠毒的小动物。

第二天到了张地营子，面对那一片残破的土屋，女知青们都哭了，她们问："这里是新社会，还是旧社会?!"我们151个知青擦干眼泪，开始了改造"旧社会"的新生活。我们破雪播麦，进山开路，背起枪在江边巡逻。开始那江边突然腾空而起的信号弹让我们胆战心惊，对岸就有苏联边防军驻防，后来我们成了中国边防站保卫边疆的最有力助手。

张强富曾当过基干民兵的轻机枪手，一次他组织民兵包围了偷渡的"特务"，冲到前面一看，是漂过江的半截木桩。

"你看，我们保卫边疆的警惕性多高!"

他接着说，1973年20岁的我当上了张地营子生产大队的队长，领导村民们要把这个穷村子建成村容村貌焕然一新的"新社会"。在村里工作时，我也犯过错误，当队长时，开枪打死了钻到地里毁青苗的一只猪，原来是队里养的种公猪。正赶上县长来队里检查工作，在大会上批评我：

"好个张强富！你的枪好准哪，一枪就把队里的种公猪打死了！结果让全队的母猪都'守了寡'!"

全场子的社员都笑翻了天!

第二年全村人都推荐我去上大学，本来我是可以上上海交大的，县里有这个指标，就是要给上海知青的，我却选择了东北农大。当时我想的是，毕业后还要回来和乡亲建设新农村。

1977年金色的秋天，大学毕业的张强富真的回到了黑河，他谢绝了上海对他的呼唤，辞掉了省城大机关对他的安排。同时和他回来的还有他的女朋友——毕业于齐齐哈尔卫校的姜雪珍，他们是同学，又一起到黑河下乡。她被分配到妇幼保健站，他被留在了地区水利局，这些岗位比他们回张地营子更重要。作为一个尽职的技术员，他在建设和维护黑龙江江堤上大显身手。心灵手巧极富创造精神的他，还和同志们设计制造了一台5吨的吊车，现在还在使用。

1981年，张强富满怀光明的理想奔赴荒凉的库尔滨水电站工地。在黑河这些年，他曾站在黑龙江畔，江对岸那个布拉戈维申斯克市灯火通明，而身后的黑河因电力不足经常一片昏暗。他想水力资源非常丰富的黑河地区为什么不加快建设水电站?

现在终于盼来这一天，他可以实现自己的抱负了!

张强富来到库尔滨时，正值水电工程刚刚进入大坝基础处理阶段——帷幕灌浆。每灌一立方米国家投资117元，而工程队要价200元，张强富决定自己干。工程指挥部接受了他的建议，并决定由他领导承担这项工程。他和工人们一起大干起来，别人三班倒，他24小时在现场。

有人说，他像铁打的汉子。在数九寒天、滴水成冰的时候，灌浆到了结尾阶段。每到起塞下钻时，他都抢着干。为工作方便，他穿着单薄，冻得实在受不了，就抱着热水桶取暖。有一次他竟跳进冰水里，潜下去寻找孔眼，上来时已冻得说不出话来。工人说，从来没见过这样的技术员。

在工地哪里出了难题，哪里有他；哪里的活最苦最累，哪里有他。当年春节，他连家也没回，领着18个安装人员到湖北学习。1977年7月1日，库尔滨水电站胜利竣工并正式送电，看着山乡的老百姓开始了光明的生活，张强富热泪盈眶。他被调到库尔滨电厂当厂长，努力把光明更安全更有效益地送到千家万户。

1986年10月，在荒山野岭的白石，又开始了建设库尔滨河上第二座水电站的战斗。已经成为当地水电建设专家的张强富，又担任了总指挥。这时他思考的问题，不仅要保证工程的质量，还要为国家节省资金。他对工程的承包、材料的采购总是精打细算。一位外地的材料推销员来到白石推销产品，在洽谈中因产品质量不能保证工程的需要，当场被拒绝订货。那位推销员暗地给张强富送了一大包钱。张强富笑着说："我收了你的钱，不买你的货，你干吗?"那人无趣地走了。他亲自组织发电机组的订货，他竟一次向8个厂家发出电函询问价格和质量，然后货比多家选择质优价廉的厂家签订合同。历时5年的艰苦奋斗，1991年10月，装机容量5800千瓦，年发电2261万千瓦时的白石电站建成了，这回逊克县终于告别了电力不能自给的历史。

1988年7月，黑龙江省省长邵奇惠来工地视察。他握着张强富这位特别能干的上海知青的手说："黑龙江人民永远忘不了你!"

已成为当地水利建设专家的张强富乘胜前进，1994年春天又带领自己英勇善战的队伍，开始发起新的进攻。他们要在库尔滨河上再建设一座中型水利枢纽工程，它由拦河坝及溢水工程、引水系统、发电厂房组成，总库容量5.8亿立方米，电站装机容量为19500千瓦，年发电量5330万千瓦时，工程总投资14538万元。

他带领着千余人大军开进宝山，在荒野里，平地、修路，搭帐篷。吃苦挨累他们都习惯了，最大的难题是筹资。张强富和县里领导跑部进省，拜佛烧香，晓之以理，动之以情，终于感动了上帝，资金逐渐到位。这其中的甘苦，只有他们自己清楚。张强富夜间赶路白天办事，坐火车从不进餐车，进城市从不打出租的习惯，让每一个和他出差的同事都十分发怵，但谁都佩服他办事的高效率和低成本！

1998年末宝山电站发电了，逊克县开创了向伊春林区卖电的历史。

10多年的时间里，张强富成了拥有8亿资产的库尔滨流域水电公司总经理。他还是不满足，他认为库尔滨还有着发展水电的巨大潜力，他又提出继库尔滨、白石、宝山之后再建设第四座水电站——乌宋岗水电站的建议。县里领导请专家论证后，再一次为张强富投了赞成票。但是钱从哪来？张强富发动职工集资，自己带头拿出5万元，很快集资了300万元，工程按期开始了。2000年12月30日，乌宋岗水电站也投产了。现在张强富的水电公司总装机容量已达到53300千瓦。水力发电已经成了逊克县经济的一个支柱产业。张强富成了黑龙江省最有名的“小水电大王”。

在张强富忘我地投身自己热爱的水电建设的时候，他的妻子领着女儿回到了上海，虽然理解支持丈夫的事业，但是她无法忍受他对家庭的淡忘。20年了，张强富只能每年春节和家人团聚。女儿两三岁时，一见他就哭，坚决不让这个黑乎乎的男人上她们的床。后来她长大了，总盼着他回来，和别人家的爸爸一样领着她去公园玩！可是身在工地的爸爸难得给她打个电话。

1992年6月，女儿患重病住进医院，3天后，张强富才回到上海赶到医院。女儿哭着说，爸爸，我可想你了！这时强富说：爸爸也想你呀！你是爸爸的心肝宝贝！说到这儿，他忍不住，泪水流了下来！

30多年来，他面对再多再大的困难，忍受再大的委屈，也没有这样哭过！这次面对病重的女儿和憔悴的妻子，他哭了！他觉得对妻子，对女儿，对家人歉疚太多太多了！

张强富不愿意和我说这些儿女情长的事。他眉飞色舞地讲起他的逊克有123条河流，流长17344公里。整个流域有半个海南岛那么大，有3个上海那么大！他说，有生之年，我还要再建几个水电站。那时逊克就要“以电富县，以电富民”了，这个边疆小镇又强又富了！这就是张强富的最高理想！

为金训华烈士送花圈

他请我最好五六月来，他的水电站旁到处都是紫盈盈的达子香花，美极了！他还和我说，你冬天来更好！这里有黑龙江省最美的树挂。冬天水电站不冻，热气蒸腾，温度一降，满树的霜雪，真是美极了。我说，你真行，还给黑龙江省创建了一个风景胜地。

我很奇怪，张强富还是黑河市的政协副主席，代表着无党派人士。我问："这么多年，你怎么不入党呢？"他说："刚下乡只有表示一辈子扎根边疆，才能入党。许多人都表示了，他们都先后入了党。后来他们都走了。我从来没表示过扎根，却在这里干了30多年！入没入党，并不影响我干事。"说着，他竟笑了起来。

这就是我所知道的"一个人和一条河"的故事，是《黑河日报》老总编张桂馥介绍我认识了他，后来我来到逊克县，他陪着我看了他的那一座座建设在偏远的大山峡谷中的壮丽的水电站，又增加了我对他的一份敬重。

离开逊克前，我还来到了烈士陵园，拜谒了金训华墓。那里埋藏着的也是"一个人和一条河"的故事，那就是下乡77天的上海知青金训华，为抢捞落水的电杆，1969年8月15日牺牲在逊河里。他把自己的生命汇入这条大河，流向了永远。而同是上海知青的张强富，把自己宝贵的青春化成了库尔滨河上的一个个的夜明珠，给山区的人民带来了永久的光明和富足！他们都是值得我们尊重和热爱的。

后来，我和张强富还在哈尔滨见过几次面，他现在已不再兼任逊克电力公司的职务了，他已把主要精力用在政协的工作上了。他经常做的工作是招商引资，推进当地的重点项目建设。当然他最大的人脉资源是在黑河下过乡的老知青，他动员他们和他们的朋友为第二故乡的建设出力。

我从报纸上看到了，在2012年1月7日闭幕的黑河市政协第五届一次会议上，张强富再次当选副主席。当年曾有几十位上海老知青进入当地县团级领导岗位工作。现在他们多数因为年龄到限退出领导岗位了。因为是非党干部，张强富还工作在地厅级领导岗位上。他和我说，我是黑河硕果仅存的知青干部，还是要多为当地老百姓做事，也为咱们老知青争光！

我说，你好好干吧！将来我再给你写一篇“一个人和一座城市”。

19. 忏悔高岗屯

许多知青在回忆文章中缅怀自己的苦难、宣扬自己的贡献的时候，同为知青的作家张抗抗却说，知青应该“忏悔”——“如果知青能够正视自己当年的愚昧无知，正视狂妄自大和胆怯懦弱，正视虚荣和野心，正视私欲和利己动机，知青便没有权利认为所有错误和罪孽都是时代造成的；知青不仅是受害者，在受害的同时，为了摆脱苦害，知青彼此之间的残害争斗，甚至波及周围的人，直至互相的戕害。”

可惜没有几个人响应张抗抗的号召，因为公开承认自己的丑恶，撕开自己的伤疤，那是很痛苦的，那是需要勇气的！

然而，我还是看到了在黑河的爱辉公社高岗屯插队的上海长缨中学的知青陶建义的忏悔——

“在高岗屯的 8 年中，我们还犯下了终生不能原谅自己的一次错误。屯子里有两个富农，其中一个是铁匠。铁匠和女儿、女婿、外孙女一起过，女婿是个党员。一家子过得挺不错。可自打我们下到屯子里，他们家的日子就变了。为了教育我们不忘阶级苦，队里召开批斗富农分子大会。我们除了狠狠批斗他们，还让他们和黑五类一起监督劳动，清扫队部和知青门前的操场，一旦发现地没扫干净，还要挨罚。50 多岁的铁匠被整得实在扛不住了，在一天深夜自缢身亡了。

“他死后，一家人连哭都不敢大声，悄悄地将其殓入棺材埋了。当时我们根本考虑不到当地的风俗，想当然地认为：上海的工人阶级死后只能火化，一个畏罪自杀的富农凭啥要睡棺材！于是我们这些义愤填膺的知青赶到林子里，将其坟墓掘开，从棺材里拖出尸体，重新扔进坑内直接埋入土内，最后将棺材劈碎了，拉回宿舍烧了炕。为了支持我们的行动，当晚公社派干部到队里召开了批判黑五类大会……”

陶建义在这篇《高岗屯——人生的新起点》中说："现在回忆起当时我们所作的孽，后悔不已。而这家人对我们置其亲人于死地的暴行没有丝毫的抱怨，是多么宽容啊！30 多年过后，我们只能在此请求他们的宽恕了。"

我想，如果有机会见到陶建义，我会问他，当你们把那个勤劳朴实、胆小怕事的富农从棺材里拉出来时，你们的手是否在发抖？当你们躺在那被棺材烧热的土炕上，是否能睡得着？当你们再碰到那富农的亲属时，是否可以抬起头？

其实那是一个让人发疯的年代，怀着正义的冲动而发疯的年轻人具有极大的破坏力，无论在"红卫兵运动"还是"知青运动"中，这样的悲剧都发生过，他们的错误应该受到谴责，更应该受到批判的是那个蛊惑和煽动人们兽性的"运动"！历史已宽恕了那一代人的错误，但对每个人来说，忏悔也是必要的。

勇敢真诚的老知青陶建义为我们展示那一幕曾让他 30 年灵魂不得安宁的悲惨图景，让我们所有受惠于黑土地的老知青，都无地自容，我们深感有愧于黑土地，有愧于众乡亲！

看了陶建义的文章后，我就决意要去一次高岗屯，寻找老铁匠一家，当面转达陶建义和我们所有知青对他们的忏悔和歉意！

8 月的黑河大地被浓浓的绿色覆盖着，间或也有一片片金色点缀其间，那是成熟的等待收割的麦田。高岗屯离黑河市不远，出城南行半个多小时，就看到这座红砖灰瓦被绿树和庄稼环抱的村落。在支部书记家，几位当年和知青朝夕相处的老乡正在等我们，招待我们的是从冰箱里拿出的矿泉水和从地里摘来的西瓜。

我先问起了陶建义，一位姓郭的老乡说，他们那批上海知青是 1970 年春天来的，我打着牌子到北安火车站去把他们接回来的。一下子来了 80 多人，都住到俺们各家各户了，每家摊上个三五个。那帮孩子最大的 20 岁，最小的十六七岁。真是吃了不小的苦，地里的活什么都干过，五冬六夏，吃苦挨累，挣不了几个工分。他们还替队里出工修过公路，在深山老林里，住帐篷喝山沟水，劈山开路，罪没少遭。他们还替我们挖过备战地道，从爱辉公社一直挖到江边，把孩子们累坏了！还有的孩子在施工中牺牲了，虽然不在我们队，但其他村有过这样的事！看着这些孩子年纪这么小，跑这么远，干这么危险的活，每一个老乡都心疼他们，愿意帮助他们。

批斗会带来灾难，带来永久的悔

还有那位给知青当过班长的老乡说，我们队的知青可有出息了！有3个入党的，出了2个队长、3个医生、2个会计，还有3个上大学的。陶建义就是上大学走的，好像上的外语学院，毕业后还在黑河外事部门工作好多年，后来回上海了，他走得很晚。

这位老乡说的是事实，我在黑河采访时，无论在哪个地方，他们都说到知青对这个边远的地方发展的贡献。无论哪个村，只要有知青的，一年之后村里的主要岗位，无论是干部，还是教育医疗技术岗位，多数都被知青“占领”了。不是知青要干，而是当地太需要了。

我不得不“书归正传”问到了高岗屯“批斗富农致死”的事件。他们沉默了一会儿，还是说了，当时挨斗的两个富农，一个叫肖长柱，一个叫肖长发，是兄弟两人。自杀的叫肖长发。那人很老实，在屯子没有民愤。全屯子的人家都是外来的逃荒户，老肖家开荒地多，还拴了一挂马车，被定为富家，全村数他家成分最高，要搞阶级斗争，只能批斗他家。

我又问到了陶建义回忆的“批斗”、“劳改”、“自杀”、“挖坟”、“劈棺”、“埋尸”的情节。他们没有肯定也没有否定。只是一再说，批斗是在地头进行的，在地头的松树上挂着“打倒肖长发!”的标语，知青没有打他，批斗会后他自己吊死在自家的仓房里的，这事儿不怨知青，当时他们很小。别的屯子也有这类事儿。老肖家从来没有谁怨过知青，屯子里的人早把这事儿忘了！我又问起肖长发的后人，他们说，他的姑娘总是有病，搬到别的屯去了，他的姑爷当过大队长和公社卫生院长，前几年去世了。

“我想看看老肖家的人，表达一下我们的歉意!”

村支书说：“他们家的人找不到了，再说这事儿过去的年头太多了，没人再想着了！算了吧!”

接着，我们不得不转换话题，说到知青和老乡们的情义。他们说，当时知青住到我们各家，我们像对自己孩子一样，那时队里很穷，家里也都很困难，我们还是把好吃的拿给这帮孩子吃，每天收工回来，我们早早地把炕烧暖和。他们的衣服穿破了，我们就给他们补上。后来他们有了自己的大宿舍，家里有什么好吃的，我们都给他们送去。他们来的第一年，有几个知青没回家过年，队里的干部早就做了安排。大年三十晚上，漫天下着大雪，我们去了一大帮人和他们一起过年，在欢声笑语中，一气包了两大麻袋冻饺子，让这几个青年吃了一正月。

老乡们记得的都是知青的好

陶建义也在文章中回忆："年初一到初三，我们被安排到不同的老乡家过年。到了老乡家，炕桌上早已为我们摆好了饺子、黏米糕、苏子包。中午和晚饭，顿顿都是10个碟子、8个碗。家家都是煎炒熘炸，像摆酒席。一位满族大婶，因大叔在大队机耕队工作，没轮上知青上她家过年。初四的一大早，大婶就来请我们到她家去。我们说，队里没安排就免了。大婶急得掉了泪。实在拗不过，我们随她去了，这才算完事。"

老乡们又讲了许多知青帮助关心他们的故事。如知青赤脚医生半夜为妇女们接生，不怕脏和累，平日挨家挨户为乡亲看病，无论刮风下雨白天黑夜，随叫随到，那些年看病可方便了！这些孩子可仁义了，总帮五保户和军烈属家干活，谁家有点困难，他们总是跑在前面。那位年轻的支部书记更有高见，他说："知青给我们带来的文化影响最深远。我们高岗屯原来是个又穷困又落后的移民屯，知青是我们的老师，让我们看到了外部世界，让我们懂得了科学文明的生活方式，让我们懂得了只有学文化才能根本改变自己的命运。当时知青帮我们屯子办了夜校，学马列学毛选，还学数学语文，还成立了文艺宣传队，成本大套地演《红灯记》《沙家浜》，还举行过篮球、足球和乒乓球的比赛。在我们这样一个小山村里，这样的文化景观，在过去和现在都是奇迹！那是我们屯子历史上文化生活最活跃的时期！我们这一茬村干部都是当年知青的学生！没有知青插队，肯定不会有今天的高岗村的繁荣和发展！"

听了支部书记和老乡们的话，我紧束的心有了些许的宽慰。对于每一个老知青，我们不能不感恩于这片黑土地和那些曾养育过我们的乡亲；同时不要忘了忏悔——自我反省和检讨我们当时的过错和失误，经大彻大悟后，成为一个有益于社会的人。这样我们的和别人的血和泪才不会白流！

这篇文章写好之后，曾在《黑河日报》发表了。我接到了一个电话，他说他是文章中写的那个富农的外孙子。他在乡政府工作。他说，他也是第一次听说这件事。他当然为自己的前辈遭遇的不幸难过，但也谅解当年知青的过激行为。他说，我什么时候到黑河时，一定见一面。他说，他喜欢我的文章。

这篇文章在博客登出后，留下意见不一的留言，也许更有意义：

张抗抗的作品我看得少，但仅从宏图的这篇故事里介绍她曾提出知青没有权利认为所有的错误和罪孽都是时代造成的，并主张对自己的错误进行忏悔，我就对此肃然起敬！这是对社会、对历史、对人民负责的作家所应有的立场和态度。而这样的作家并不多。

——刘德基

如此暴行，让人汗颜！是应该反省！

——不敢忽悠

唯有敢于对自己的过错和失误进行忏悔、自责，才能达到大悟之境地。

——难得糊涂

我看没必要忏悔。那时我们很小，都是上面要求让我们搞大批判、搞阶级斗争的，他们不忏悔，我们有必要自作多情吗？

——真话族

造反的红卫兵和到农村搞阶级斗争扩大化的知青是一伙人，这样的事件太多了。应该从中国极“左”思潮是怎么形成的去总结教训。知青有错但无罪。

——宫明

20. 百合，美丽的百合

我很喜欢百合，喜欢它平凡的高贵。百合长在北大荒的原野里长在山坡上，料峭的早春它便从埋在地下的圆形鳞茎里抽出剑形的绿叶，初夏时叶腋中伸出花枝，上面缀着六瓣形的花朵，那花多数为淡淡的白色，还有红色和金黄色的。

百合总爱低着头，在风中摇曳，花蕊中散发着淡淡的幽香。它虽然不如达子香开得那么如火如荼，也不如芍药那样风韵绰约，可百合的“可用性”是它们比不了的，那埋在地下的鳞茎是可食用和药用的。清炒百合，甘甜滑爽，是很讲究的菜品；百合又是名贵的中药，可润肺止咳，清心安神。

地处黑龙江畔的逊克小城往西六七里处有一座百合山，那山并不高，以漫山遍野盛开百合花而闻名。

在乡村医生谭成英家采访

那山下有一座小村，叫百合村，它因出了位乡村女医生远近闻名，那医生名为谭成英，被誉为“北疆美丽的百合”，是位四川宜宾的下乡青年。

出县城不远便看到了悠悠白云下的那座绿葱葱的小山，行近时看到了山坡上星星点点的黄色的、紫色的和白色的小花，却不见那我心仪已久的百合，也许花期已过，花瓣已落入尘泥了。

路上我有些疑惑，谭成英这位四川姑娘怎么跑到了北大荒？再说，她竟在离县城这么近的地方自己开医院，能有人去吗？

进了百合村谭家卫生所的小院，让我大吃一惊！门前院内都停着车，有农用拖拉机、蹦蹦车、自行车、摩托车，还有出租车。候诊的人，从屋里排到门外，有老年人、成年人，更多的是抱着孩子的妇女。

我一问，他们有来自方圆五六十里的柞树岗的、西地营子的、东地营子的、松树沟的、干岔子的，甚至还有打出租从逊克县城来的。

我问他们为什么跑这么远找谭大夫？有的说，谭大夫医术高，看病让人放心。有的说，价格便宜，我们看得起。还有的说，谭大夫打头皮针，小孩儿不哭，少遭罪！

穿了一身标准白服的谭成英从患者中挤出来，和我们握手。她个子不高，从那双晶亮的大眼睛和宽额头、高颧骨上可以看出她四川人的特征。

她先领着我们参观院里正在扩建的工程，原来的153平方米的诊所太挤了，她又扩建了63平方米的药房和病房，刚刷过的墙，一片雪白；还打了玻璃的间壁，陈设很规范，就要投入使用了。

谭成英赶快对急患做了处置、给那几个远道而来的孩子扎上点滴，然后接受了我们的采访。她爽朗热情，不问自答——

"我'不远万里'跑到逊克，就因为在宜宾看了一本介绍金训华事迹的小册子《边城晓歌》。当时我正在宜宾三中读初中。我们串联了一帮中学生到市知青办上访，其实巴山蜀水需要知青的地方很多，我们非要到黑龙江畔的逊克，要接下金训华手中的枪，保卫边疆！市知青办被我们闹得实在没有办法，只好和黑龙江省知青办联系，让我们分3批共108人来到逊克插队。

"1976年春天，我们11个知青来到了当时没有一座砖房的百合村。那一年村前村后开了许多百合花，我们每天早上都采一大把插在窗台的玻璃瓶里，真的很美。秋天，我被村里派到县里跟上海医疗队学习，一个月回到村就当了'赤脚医生'。为了提高医术，村里还让我回宜宾进修了妇科和儿科。"

陪同我们的县里的同志说，谭大夫是全县有名的儿科和妇科专家，她干这行都快30年了，可能是全县时间最长的，要不每天都这么多的人来找她！

谭成英笑着说："你可别夸了，当年我还逃跑过！到了1978年底，知青开始大返城，看到许多上海知青都走了，我们四川的也挺不住了。11月20日那一天，我们也坐着火车跑了。当时心里很矛盾，也舍不得走，但别人都走了，剩我一个人怎么办！结果哭了一路，回到家里更闹心，安排到运输公司，干着也没劲。听说我走了，村里赤脚医生的位置也没人接。晚上总是失眠，一闭上眼睛就看到一双双渴望的目光，最多的是孩子和母亲的目光。一年后的1979年11月26日，我告别了年迈多病的父母和年幼的弟弟，又从宜宾回来了，回到了黑龙江，回到了逊克，回到了百合村！”

她一口气，把自己“二次革命”的过程说了一遍，好像轻松了许多。

“是爱情的召唤吧？”我们和她开着玩笑。

“当然，那时我正和村里的陶严明谈恋爱，他是团支书，我是组织委员，总在一起开会，有了感情。不过我对他没有什么承诺，再说结婚了，为了返城还有离婚的呢！真的是太热爱农村医生这个职业了。那时村里缺医少药，妇女生个孩子都危险，我又受过专门的训练。城里不缺我一个人，可百合村太需要我了！”

谭成英这话说得诚恳，说得实在。虽然只在村里工作了几年，她已是贫穷落后的山村须臾不能离开的“守护神”。她的小卫生所是多少村民的幸福安康之所在。望着她的笑脸，望着她家窗口那不熄的灯光，全村的人心里都踏实。

有人统计过，从她当赤脚医生到2001年，共接生了1000多个孩子，没有出现一例事故。记得那是1982年10月29日的事，孕妇姚凤艳就要生产，谭大夫正患感冒，她忍着全身的疼痛，为她引产。这个8斤重的男婴生下来就窒息了，皮肤苍白，呼吸和心跳微弱。她迅速清理新生儿的呼吸道，反复做人工呼吸和胸外按摩，又口对口地吸痰。整整抢救了两小时，孩子终于响了第一声啼哭！全家人喜极落泪，握着她的手，向谭大夫道谢，已经虚脱的她，苍白的脸上挂着胜利的微笑。现在这个叫辛立元的孩子已从北京科技大学毕业工作了，他常说“没有谭大夫就没有我”！

谭大夫把每一个病人都当成自己的亲人。这样的故事百合村的每人都会给你讲几件。有个72岁的村民叫郑喜胜，他有严重的肺心病，因大便干燥，几天拉不下屎来，用了开塞露也不见效。谭大夫在没有其他设备的情况下，自己用手从病人肛门的深处将硬便一块块地剥离出来。恶臭之气让老郑的女儿都躲到了门外，可谭大夫毫不犹豫地给老郑收拾得干干净净。

大家都说，谭大夫为了乡亲们治病什么困难都能克服，什么都能舍得。

那一年的冬天，她的儿子才有几个月大，还没断奶，大雪纷飞之夜，邻村一位难产产妇的丈夫来接她出诊。她二话没说，把自己的孩子包好抱着上了车。到了产妇家，她把孩子交给别人照看，自己动手抢救产妇。一直忙到天亮，母子都平安了，她才抱着孩子再坐着马车回家。这么多年，儿子和女儿不知道多少次和妈妈一起出诊！

谭医生总是笑容满面

在贫穷的农村农民看不起病的问题还很普遍。从 1985 年开始，谭成英自己办了这家专为农民服务的“平价医院”。医生护士就是她一个人，不收挂号费，药品都是出厂价，诊断和检查费用都比城里医院便宜很多。对于一时交不上医疗费的，她给垫付，还一个劲地劝人家：“甭着急，啥时有钱啥时还，没有我也不上门要！”

这些年他们家为乡亲垫付的医疗费有 5 万多元！无怪他们家的老陶说：“别看她有名，我们家还是我挣钱多！”这位“美丽百合”的丈夫是个实实在在的农民，他承包了二十五六垧的土地。种地的收入，多数都投入医院了。

百合村的乡亲们真的有福，一般的病，他们根本不用出村了，因为有谭成英！

我翻看了谭成英的各种获奖证书，她不仅是全国的优秀乡村医生、各级的优秀共产党员，还获得过“全国敬老好儿女金榜奖”。她和丈夫结婚时，陶家的两位老人都已年近古稀，而且病卧在床，她每天为他们送饭送水、端屎接尿，一直到 90 多岁他们去世。几十年的辛劳，她无怨无悔。这期间她有多次调到县计划生育指导站和县医院成为国家干部的机会，但是为了照顾老人她都放弃了。作为当年 108 个四川下乡青年中唯一留在北大荒的她，以“乡村医生”的称号为荣！

眼见院里聚集了越来越多候诊的农民，我们只好匆匆结束了采访。谭成英一直把我们送到院门外，她说："明年早点来，一定能看到满山的百合，我领你们去！"

"我们已经看到了！"我说。

离开百合村的路上，我想，看是看到了，只是太少了。如果挤在城里施展不了才华的青年医生，或者每年毕业一时找不到工作的医学院毕业的大学生，能像谭成英那样到农村当医生，哪怕只干几年……他们的青春也会像百合花一样美丽绽放吧！

◎**博客留言：**

我也很喜欢百合，不仅美丽，还可入药，开在深山，不为人妍，品格高尚。而"北疆美丽的百合"体现了百合精神。先生的文章如百合一样朴实无华，美文！

——布衣草履

和谭成英相比，我显得很渺小。人生应该多做些有意义的事和更有意义的事。倘若每天的学习和工作都能多和"有意义"联系起来，我想那再好不过了！感谢贾先生让我们又认识了一个优秀的人，同时也让我清醒地认识了自己。

——70 年代生

写为农民服务的医生，亲切真实，生动感人。农民需要这样的医生。作为农民的我向贾先生表示感谢！

——姚凤阁

人活到让人离不开的地步，才叫实现人生价值，活着才有滋味。最后的意见好，城里的医学院校毕业生可以到农村，哪怕干几年也好。世界观人生观发生了变化，以后无论在城市还是农村都会成为好医生。

——张畅炎

21. 两地书——437

那是个“见字如面”的年代，远在他乡的人们的感情交流、信息传达都是通过书信。打长途电话和拍电报，是只有在紧急情况才不得不使用的联系办法。当年的知青，是把写信当成最主要的精神生活的。无论文化高低，哪个知青不写信！每当收工后，在昏暗的灯光下，他们趴在炕头，铺一张白纸，此刻他们的快乐和苦恼、幸福和痛苦、思念和向往都涌上心头，流泻纸上，只觉得情长纸短。“烽火连三月，家书抵万金”，他们远方的亲人在盼着他们的信啊！也许比“家书”更珍贵的还有“情书”。在那个特殊的时候，咫尺天涯，没有眉目传情和肌肤之亲，书信是表达爱情唯一的形式。

有这么一对老知青，原来是同学，后来是恋人，再后来是夫妻，他们在1968年到1977年间靠通信保持着联系，交流着思想，发展着感情。现在他们要把千方百计保留下来的437封书信结集出版，这是他们的两地书，也是他们的10年情。

我是从《哈尔滨日报》上看到这个消息的，热心的徐总编为我提供了这对夫妇的电话，我约好要去采访，他却先登门造访了——带着他们的书信和故事。没想到我们是同年生同届学，还是没见过面的文友——哈尔滨学院中文系教授崔积宝。说起他和夫人李桂茹的爱情也颇有戏剧性。他是哈尔滨8中老高三的学生，小李是这个学校初二的学生。他们相识于1967年的“文革”中，那时在“从头越”战斗队的小李到“只争朝夕”战斗队来借油印机，崔积宝热心帮忙，他发现这个小女孩儿，不仅长得精神，还刻一手好字。后来家住道外南十二道街的小李，经常在上学的路上碰到家住北九道街的老崔。他记得她总穿一身洗得发白的绿条绒上衣，她记得他说话慢声细语，很有意思。他借给她一本何香凝题名的《秋瑾集》，到她家取书，正赶上卸柈子，他帮着干了一下午。小李的父母特别喜欢这个热情的小伙子。

第二年的11月，他们都到兵团下乡了，崔积宝到了35团，李桂茹到了39团，虽然都在虎林——当年王震将军率领转业官兵建设的农场，却只能通过书信联系。这样，他们的“两地书”开始了，当然是崔积宝先写的，不过不能直接寄给小李，而是先寄到哈尔滨的李家，再由家里转给39团的李桂茹。这是她自己的主意，她不想让人发现她和男同学通信。因为团政委已经在全团的广播大会上说过：“你们小小的年纪不能谈恋爱，要把自己的青春献给祖国，献给边疆！”小李是个要强的姑娘，她不想让别人说自己的闲话。然而爱情会像植物一样自然地生长，是压抑不住的。有了爱情必然要表达，是谁也阻挡不了的。小李给老崔的信是可以直接寄给他的，他不怕别人的议论，这方面他更勇敢。我看到了小李1968年12月25日写给老崔的信，全信的第一句是：“首先让我们身在边疆共同敬祝我们心中的红太阳毛主席万寿无疆！”信的开头是：“崔积宝同学：你好！你现在一定在紧张而愉快地战斗吧！”最后一句是：“今后，让我们共同在毛主席开辟的红色航道上奋勇前进吧！”信的中间介绍他们连队反右倾运动和他们正进行的排水、伐木和打石头的劳动，还列了一张他们从早上5点钟起床到晚上9点熄灯的作息时间表。我以为这封具有鲜明时代特点的书信是有文物价值的。

为了每封信的安全到达，崔积宝颇费心机又不辞劳苦。那是一个没有个人隐私的年代，私信被人拆看或被上交领导，是常有的事。老崔每次都要从新建的边远连队走上十几里，把信直接投到当地邮局的绿邮筒才能放心，因大雨如注被浇成落汤鸡的事儿多次发生。有一次他在风雪迷蒙的“大烟炮”中迷了路，差一点被冻死在荒原里！老崔回忆说，那时的日子都是在对她的每封信的期盼中熬过的。在地头休息时，他躺在地上对着蓝天发呆。“寒雁只衔芦，何曾解寄书。”“雁来书不到，人静重门悄。一阵落花风，云山千万重。”那时他才真正体味了这些诗句。

然而好事多磨，他们的“两地书”却因为一件事中断了！思家心切的崔积宝决定1970年5月要回哈探家，可革命热情正高涨的李桂茹不想因探家耽误工作，那时她已当上了班长。老崔为小李的父母出了主意：给她发一封电报，说家里有急事，连队肯定给假！就这样在崔积宝回到哈尔滨几天后，小李拿着电报急匆匆地赶回来了。当她知道这是她所尊敬的老同学崔积宝制造的“骗局”，大为恼火！她气得两条小撅撅辫儿朝上了天，不管崔积宝怎样解释和检讨，她都不谅解。几天以后她就回团了，再也没给老崔写信！也许她要响应领导的号召集中精力工作，也许她感觉她的这位老同学不够阳光，不够进步！

这时老崔没有放弃对她的爱，他更爱她的单纯、真诚！然而他给她的信，泥牛入海无消息。他把对她的爱埋在心底，投身到建新点的艰苦劳动中，他时常仰望天空等待鸿雁传书。“一息不相闻，使我容颜悴。安得如电光，一闪至君旁。”这首黄遵宪的《今别离》，就是当时崔积宝的心情。

老崔和夫人

1971 年 5 月，老崔终于等来了李桂茹的来信：“首先检查我自己，当时的态度和一系列做法都是极其错误的，希望能得到你的谅解。我希望我们还能恢复和保持以前的那种正常的通信联系。”这正是崔积宝求之不得的，他马上给小李回了信，表达他对友谊的渴望，倾诉了他一年中默默等待的心情。他们又恢复了老同学间的通信关系，不过他注意到了她的来信中把“崔积宝同学”的“崔”和“同学”3 个字去掉了。老崔说，那个时代的爱情就是这么循序渐进。慢慢积累的爱情如根系很深的大树，是经得起大风大雨的。

1972 年，他们相约一起在哈尔滨过春节。老崔和小李先后回到了家乡，回到亲人的怀抱中。亲情中滋生着爱情。书信中他们千言万语，可见了面却都红着脸不知说什么好。勇敢的崔积宝一夜无眠，给小李写了封信，那信上只有一句话：“亲爱的桂茹，我的心永远和你在一起！”在他们就要结束假期返回兵团的前两天，老崔终于盼来小李交给他的信，那上面也只有一句话：“积宝，我是永远属于你的！”看完信，老崔激动地要求要和小李握手，她脸红了，但没有拒绝，两个热恋中的年轻人的手第一次紧紧地握在一起了！两天后，小李先走，老崔到车站送她，又提出再握一次手，小李笑着说，算了，我不习惯！几天后，老崔也回团了，他们的“两地书”更热烈更经常了。从此信上的称呼都加了“亲爱的”了，信的最后又加上了“吻你”的字样。这是他们继“握手”之后的新目标。年轻的读者可能觉得这爱情的节奏太慢了。可老崔觉得这样的节奏才韵味无穷。容易得到的东西，往往不被珍惜。

1973 年夏天，开始在知识青年中招收大学生了。老崔和小李的爱情又面临着考验。那时老崔所在的连队推荐了他，但领导不愿意放走他这个连队骨干。不过也答应，如果他的女朋友推荐了，也让他走。老崔急着给 39 团的小李打了个电话，问她能不能被推荐？正好昨天晚上和小李要好的副指导员告诉她，根据群众的推荐，又因为她工作特别好，领导已经决定推荐她上大学。遗憾的是，这个电话被人偷听了，有人发难了：为什么还没有公布就提前告诉她，还约定和男朋友一起走，她入学动机不纯！结果，小李又下来了。而 35 团那边，老崔因为对象被推荐了受到了照顾——他上了鸡西矿务局的师范学校。虽然学校并不理想，但总算是上了大学。来自 39 团小李落选的消息让老崔后悔莫及，他一封接一封地给小李写信，让她坚定信心等待明年的机会。然而不幸接踵而至，第二年，小李没有过连里群众推荐这一关；第三年，连里这一关过了，到团里被挤下来了；第四年，连里、团里的关都过了，在师里被挤下来！

4 年，对一个年轻人是多么漫长的日子。为了争取更多人的支持，这 4 年里李桂茹付出了多少的汗水和泪水！在严酷的现实面前，她彻底绝望了！她决定自己承担痛苦，不能拖累崔积宝了。1976 年 11 月 22 日，她在信中向老崔宣布：“我们的关系到此结束了吧！”“是你，使我感受到爱情的温暖。但是现实是残酷的，我们必须正视它。希望你不要想不开，尽快在你的学校里选择一个志同道合，你所满意的人。在此我预祝你永远幸福！”11 月 27 日，崔积宝收到小李的信，马上回信：“拆见你 22 日信，心如刀绞，我不知道怀着怎样的心情，跑到邮局。我怕你等信，写了电文‘你 22 日信大错，我极痛心，请等信’拍出，想已收到了吧！”接着他在信中批评小李的错误的决定和对自己感情的伤害。12 月 1 日，李桂茹来信说：“看到了你的信和电报，我知道你难过痛心，生我的气，我后悔这封信不该发出，太伤你的心了，我愿意接受你的责备。但是，你信中有些话是冤枉我的，要知道，我那封信实在是违心的！我深深了解你那颗赤诚的心，我也知道你是深深地爱我的，我又怎能没有你呢！可是我的命为什么这么苦啊？我们的结合为什么这么难？难道是我们不应该在一起吗！俗话说‘善有善报，恶有恶报’，可是为什么对我们这样残酷呀！”这封滴满泪水的信，现在看着还让人心酸得动容！

还是应了中国的那句老话，“精诚所至，金石为开”。1976 年的 12 月，老崔和小李的命运终于有了转机，小李被招工回哈。她先给老崔发了电报：“已定 29 日回哈”。崔积宝在这张电报上写下：“今日见电报，几欲仰天笑。八载抑郁郁，一下豁然了。”有情人终成眷属。1977 年 7 月，老崔和小李结婚。第二年底，老崔也从鸡西矿务局师范学校调回哈尔滨 4 中当老师。这之后他们的两地书不必写了，可人生的故事还在继续下去。小李分配到省电力局所属的送变电公司工作，当过油工、保管员，30 多岁时开始学打字，后来被调到省电力局史志办当编辑。老崔又到哈师大先读了两年本科又接着读了两年古代文学的研究生，现在哈尔滨学院工作。1978 年他们已经有了儿子，生活十分艰辛，做一锅二米饭，全家吃几天。为了省钱，中午，上学的老崔总是回家吃饭，骑在自行车上，饿得全身都在颤抖。如果没有老岳父每月补助 5 元钱，到月底他们都揭不开锅！

苦难已经成为昨天，在享受幸福的今天，不敢遗忘昨天。老崔夫妇最大的心愿是早日出版他们的“两地书”。“那是两个生命在 10 年间的历练，两个灵魂在 10 年中的物化。那么多的故事，那么多的细节，那么多心灵深处的话语，那么多灵与肉的悸动与震撼。”老崔还对我说起马克思的话：“任何人类历史的第一个前提，无疑是有生命的个体人的存在”，“人们的历史始终只是他们的个体发展的历史，而不管他们是否意识到这一点。”我为他们未来的书起了个名：《个人的时代历史——一对老知青的 437 封两地书》。

我问到了他们的儿子崔常丰——那个在武汉大学读完法律学士，又在香港大学读完法律硕士，现在香港的一家律师所工作的小伙子。他颇有“乃父之风”，在学府书店买书时和一个也是法律系专业毕业的美丽女生一见钟情，今年他们已经结婚去香港定居了。在网络时代，他们大概不会写那么多“两地书”，当然也就不会有 10 年苦恋的痛苦了。

他们多幸福！

22. 小提琴之恋

刘三锁躺在浩良河边的帐篷里辗转反侧半睡半醒。

昨晚一宿的夜班并不累，现在最烦心的是白天的时光怎么打发。

他是兵团化肥厂热电车间蒸汽锅炉的一号炉司炉。操作仪表盘，调整喷火量，虽然责任重大，但这活儿对他来说简直太轻松了。因为他是吃过大苦受过大累的人。

1969 年 8 月 15 日，15 岁的刘三锁从北京的南菜园中学来到小兴安岭的大山里当了烧砖工。那是兵团 1 师 2 团工程 2 连西岗子的一个砖厂，这帮北京来的孩子干的活就是挖土、和泥、脱砖坯。沉重的砖坯码放到窑里，再在窑外顶着寒风加柴添煤。出窑了，脱去身上厚厚的棉衣钻进滚热的窑里，把还烫手的成砖一摞一摞地搬出来。不一会儿一个个就变成灰汗裹着的泥人，每天如此。

对城市孩子来说，这是极苦极累的活。不是有这么句话吗：和大泥、脱大坯……四大累就占了两样。可是三锁和一起来的同学们都咬牙挺着，下了工还有说有笑的。苦和累倒也无所谓，最难受的是吃不饱饭，那年因为地方征收了过头粮，以屯垦为主业的兵团 1 师的指战员们都吃不饱饭了。（当时，我也下乡在那一带，挨饿的滋味也尝过。）三锁和战友吃的是喂马的饲料蒸的窝头，喝着没几颗米粒儿的粥。

更让他们难受的是和他们相邻的解放军连队却整天吃大馒头，还经常杀猪改善生活。一天 3 次三锁他们去连队食堂打饭都要在人家食堂门前路过，里面传出来的香味和笑声，每天都让他们的胃肠和心理受到强烈的刺激。春节到了，“友军”看着他们实在太困难，给他们送来两袋面和两板豆腐，每人两个馒头一碗豆腐汤，他们就这样过了来到兵团的第一个年。

那年间，不堪饥饿的三锁和同学们偷了附近老乡家的大鹅，稀里糊涂用水桶烧开的水把毛煺掉，撒了一把盐就在水桶里把鹅炖了。当他们狼吞虎咽吃得正香的时候，发现怎么越吃越臭啊，原来连鹅的内脏也没掏就一起炖了。现在想还有点愧对乡亲们，也愧对自己。

第二年5月，1师2团有了大变动。三锁所在连队突然换防了，他们打起背包，做好了上前线的准备。西岗子离黑龙江边只有20多公里，那时珍宝岛已经打响，这里也是剑拔弩张。“最好上前线，肯定能吃饱饭”。可是汽车把他们送到嫩江火车站，然后乘上了南去的火车，再向东拐过了南岔站，最后停在了一个叫浩良河的小站。领导指着那河边的一片杂草丛生的山洼地说：“我们就要在这里建一座化肥厂!”

当天他们就在河边搭起了帐篷，在帐篷食堂里吃了第一顿饭，白白的大馒头4两一个的，三锁连吃了4个。第二天激动的三锁和战友们把馒头皮装进了信封寄给家里，告诉家人：“我们天天能吃到大白馒头了!”当年能天天吃大馒头，肯定是富贵的生活。

作为创业者，三锁和战友们在荒滩上挖沟渠，盖厂房，又翻山越岭架高压电线，什么累活苦活都干过。干这活三锁觉得比在山沟里种地痛快多了，每天哼着小曲，总是乐呵呵的。后来他又被派到佳木斯电厂学司炉，穿上工装那天，他乐得合不拢嘴。3年后，一座现代化的化肥厂耸立在浩良河畔小兴安岭脚下。试车投产时，作为热电车间一号炉的司炉，刘三锁用沾着机油的木棒点燃了炉膛里吹出的煤粉，锅炉燃烧了，汽轮机发电了，整个工厂试车启动了。这是三锁一辈子说起来就骄傲的事。

当时我作为兵团报社的记者报道了浩良河化肥厂的开工典礼，可惜采访时并不认识他。之后，三班倒的工作单调的生活，三锁上班干活下班睡觉，一觉醒来无所事事。身在寂寞大山中，吃饱饭的日子有时也很难熬……

就在三锁半睡半醒的时刻，一阵阵悠扬的琴声传来，是《红色娘子军》的旋律。没想到这琴声从此改变了一个北京知青的生活，也改变了他的人生。那是他太熟悉的音乐了，既有战斗的激情，又有柔美的旋律，是那个时代最流行又最动听的音乐了。开始他以为是收音机的声音，可那音乐时起时落反复响起，肯定是有人在演奏。他跑出去顺着琴声来到了相邻的帐篷，撩开帘子一看，只见一个戴着一副厚厚的眼镜的小伙子正弓着身子，面前一本厚厚的五线谱，在昏暗的光线下如痴如醉地拉着小提琴。他就是上海知青秦春华。

眼前的这一切让从小喜欢拉二胡的三锁崇拜得五体投地。从这一天开始，三锁成了小秦的徒弟，一下了班就泡在他的宿舍，学得很投入，五线谱没用几天就学会了，连老师都感到惊讶。二胡和小提琴一样都是弦乐器，有触类旁通的灵感，他进步飞快。厚厚的1至5册《霍曼》小提琴练习曲用了不到一年拉得滚瓜烂熟，又千方百计地找到了一本难度很高的《开塞》36课练习曲。随着学习的深度的增加，三锁的演奏水平在不断地提高。时常自信在众人面前演奏一两支小曲子。特别难的“梁祝”他都拉得有模有样了。

光用别人的琴也不是个事儿，三锁多想有一把自己的琴啊。他几次跑到佳木斯乐器店去看，最便宜的小提琴也要60元。这是他两个月的工资啊，他不能不吃饭。突然他灵机一动下定决心，要自己做一把小提琴。建厂初期的浩良河化肥厂坐落在伊春林区，厂区里各种各样的木材到处都是。很多知青都学会了做木匠活，三锁也自备了一套工具，平时也能打个小板凳小书箱。他想反正都是木头的，啥不能做。

这几天他吃不香睡不好整天抱着小秦的琴琢磨。请教了木材厂的师傅才知道这琴是什么木料做的。师傅说：“琴的面板是白松，背板和琴头是色木的，这两样木材都产在咱们这儿。”听了这些三锁信心十足又高兴得合不拢嘴了。师傅见他真要动手做小提琴，就热心地帮他挑选了合适的木材。材料找到了可没有图纸啊，他用最原始的方法，端着琴在阳光下放大样，沿着琴身留下的暗影画出了小提琴的外形图，再量着原琴的尺寸一步一步细画。接着自己又改革了工具，把刨子的刨底改成船形，刨刃也磨成圆的。这样就能刨出弧形的面板和背板了。那漂亮的琴头是他用刀一点点刻出来的。

十几块各样的木构件终于制作完成了。最后又自制卡具，费了很大的工夫才用猪皮胶把它们粘在了一起，刷上亮漆，嘿！真成了一把琴。虽然很粗糙，可安上弦后一拉，声音还真是小提琴的味儿。这真让他激动不已，爱不释手。然而小提琴是一件精美的乐器，不仅声音美妙，它完美的曲线和精良的制作工艺，是几百年来制琴大师们的艺术结晶。一年后，这把琴就开裂了，他不知道做琴的木料要干透了才行。一把真正的好琴用料是非常关键的。往往要水泡10年，再风干20年。上一辈人备料，下一代人造琴。三锁可等不起，他又回到了木材厂专门找那些风干了多年的枯树干，接着又制作了两把，一把比一把成功，一把比一把好。无意间聪明的三锁成了一个名副其实的造琴师。

就是用自己造的小提琴，三锁练成了兵团化肥厂出名的小提琴手。1975

年“五一”的全厂联欢会上，第一次公开亮相，他为同车间的一个男歌手伴奏一曲《小小竹排江中游》。歌声与琴声完美的结合打动了在场的听众，全场掌声雷动，返场的声音不断。想不到那哥们竟然只会这首歌，他们只好又重来了一遍。随着音乐的旋律，三锁优雅地舞动琴弓，帅气的小伙在台上更显得风度翩翩了。谁也不相信台上的这位绅士，就是那个在领导眼中不求上进、沉迷外国情调、调皮捣蛋的三锁。

拉琴出了名的三锁后来经常出现在厂里的舞台上。没多久就被调到兵团直属文工团，当了乐队第二小提琴的首席。他们排演的《长征组歌》在佳木斯的兵团俱乐部演出时，我就在台下，说实在的他们的演出不比专业的差，只是我还不知道，台上那位富有表现力的小提琴手的琴是自己造的。

在演出间隙的时间，三锁还回热电厂当司炉。不过那时，他也有了自己的“追星族”。小武子是同车间搞水分析的上海姑娘，长得文文静静，脸上总是挂着淡淡的笑容，高高的个子永远穿着一身洗得很干净的工装。车间里的人都很喜欢她。三锁也早就喜欢上了这个恬静而漂亮女孩子，可他从来不敢说出口。因为他在领导眼里是一个不务正业的“落后分子”。人家小武子是车间里的骨干又是个团干部，不是一股道上跑的车。

这次从兵团演出回来，情况好像发生了转机。小武子主动和他讲了工作以外的话题。

“刘三锁，小提琴好学吗？你拉的提琴真好听！”

“谢谢你的夸奖，你喜欢吗？你听见过我拉琴？”

“喜欢！五一节不是全厂人都听见啦！”

“拉不好，很紧张。”

“有机会听听你拉琴好吗？”

“好。”三锁一边答应着一边匆匆地走了。

很生疏的一段对话，在那个年代似乎又是很近的。从那天起他们有了新的话题，空闲的时间常常在一起聊聊天，从个人爱好到学习知识，从小提琴乐曲到《红色娘子军》芭蕾舞。慢慢地两个人无话不谈，彼此都对对方有了一种说不出的感觉。

一个星期天的下午，水分析化验室里的人都休息了，鼓足勇气的三锁用一件旧衣服包着那把自制的小提琴来到了小武子的身边。在这里他为小武子一个人进行了演出。那时候“梁祝”小提琴协奏曲是三锁长拉不厌的曲目。

三锁融入真情的演奏，曲调时而柔媚动听时而催人泪下，时而悲愤焦虑时而铿锵奋进。静静的她已经完全融入旋律之中，眼睛里闪动着忧伤而又惊奇的泪花。

三锁拉得十分投入，他好像在诉说，诉说着深埋心底而不敢流露的真情。曲子在渐弱的音符中结束了，仿佛两只斑斓的蝴蝶渐渐地飞向了远方。化验室沉寂了，两个人似乎还沉浸在音乐之中。三锁慢慢地用衣服将琴包好，他原本想说点什么，可又不知道该说什么。在他们目光相对的那一瞬间，似乎又都读懂了对方的心。他的心跳得厉害，慌忙地夹着琴跑了，生怕被别人看到。

不久，细心的小武子从上海探家回来，电话里告诉三锁来化验室，小别的两个人又重逢了。小武子从柜子里拿出来一个琴盒对着只知道傻笑的三锁说："艺术家总不能天天用衣服裹着琴去给人家演出吧，把它送给你。希望你的艺术水平能有更大的提高！"

三锁看着这梦寐以求的琴盒：墨绿色的皮革包面，电镀的提手十分精致。不知是感激还是激动，他按捺不住内心的喜悦，傻乎乎地抱着琴盒就跑回了宿舍，到了宿舍打开一看，盒里竟然整整齐齐地装满了挂面，还塞着一瓶辣酱。他不知所措按捺不住内心的狂跳，竟高兴地欢呼起来。同宿舍的哥们见他这么激动都围上来，看着那难得一见的上海挂面，哄着要共享爱情的甜蜜。三锁哪里顾得上这些，正全神贯注地欣赏着心爱的提琴躺在琴盒里的舒服样子。于是那整整一盒的挂面和辣酱成了十几个人的宵夜。

吃了也就算了，第二天一上班这帮哥们就大谈上海挂面如何如何。有的竟然跑到小武子化验室嘻嘻哈哈地说："你们上海的面条就是好，就是好！"整个车间顿时满城风雨，弄得三锁尴尬得无地自容，吓得好几天不敢见小武子。

事情过去了，再在车间碰到她时，她什么也没对他说，眼睛里却充满了忧伤怨恨和无奈。三锁低下了头，他很心痛，因为他知道自己重重地伤害了一个关心他和爱他的女孩子的心！他想找她去解释，可从那以后她总躲着他，他不知道如何是好。他迷茫，不知所措，陷入深深的懊悔和痛苦之中。那之后，他拉琴的时间少了，再也没有听见他拉《梁祝》了。

那是让他最伤心的曲子，这一辈子也不想拉了。

1976 年 1 月初，兵团化肥厂热电车间工人、兵团直属文工团团员刘三锁被通知到佳木斯演出。被初恋情人小武子的冷淡回避，让他很伤感，几天来紧张的排练似乎让他轻松了许多。1月9日这一天大家像往常一样都化好了妆在后台做准备，突然接到通知，演出取消了，因为敬爱的周总理去世了。大家被这突如其来的噩耗惊呆了，都伤心地抱头痛哭。上级命令文工团临时解散各回各单位。这时三锁的情绪低落到了极点，他感到眼前一片黑暗，前途十分渺茫。

打击又接踵而来，那一年春天沈阳音乐学院来兵团招生，全兵团只有6个名额，化肥厂一下子就给了两个指标，大家都认为他最有希望，连他自己都觉得胸有成竹。而领导的评语却是：他平时追求资产阶级艺术，政治学习不够积极，政治思想不过硬，还在工作岗位上与人打架斗殴。结果被拿掉了。另一个很有艺术才华的知青因为家庭出身不好也没走成，两个指标都废掉了。

三锁很不服气，工作岗位上打架是因为他发现一个当班的工人关错一个阀门，他抢上前去又及时把阀门打开，避免了一场大事故。因为用力过大，推开的那个工人的头碰到门柱上，流了血。有人向保卫科报警，要不是总工程师刘殿章主持公道给他说情，三锁差一点被绑走。说他追求资产阶级艺术，是因为他总拉外国的曲子。真是岂有此理，小提琴就是西方乐器，教材都是外国的，为什么不让拉外国曲子呢！那个时代你的这些解释只能被认为是狡辩，没人会理睬你。招生都是在秘密中进行的，等到你知道情况时，一切都晚了。

1976年的春节，三锁没有回家。除夕夜抱着一瓶北大荒酒独自一人自斟自饮，把一本“禁书”《红楼梦》从头翻到尾。他不像贾宝玉那样多愁善感，但读到伤心处，还是泪流满面。就在这个伤感的夜晚，他下定决心要改变自己的命运。他曾多么热爱这个他亲手建起的工厂，也曾憧憬着美好的未来。可接连不断的打击，失去了爱情、失去了追求艺术的机会。他决计要离开浩良河，无论用什么办法！

春节后不久，三锁回京探家，可一个没有背景的普通家庭怎么能为他提供返城的渠道？他心灰意冷地又回北大荒了。在火车上他遇见了“救星”，也在化肥厂当工人的天津知青小蔡。在谈到知青返城的问题时，小蔡告诉他：如果吃下治哮喘病的麻黄素片，血压会急剧升高，心跳过速，一检查和风湿性心脏病的症状一样。他当时给了三锁两瓶麻黄素片。

北京知青刘三锁参加了兵团化肥厂的建设，业余时间成了优秀小提琴手，琴是自己亲手制作的。

刘三锁成了兵直文工团第二小提琴手，演出结束后，他还回到热电车间当司炉工。

回到工厂一上班，三锁就开始吃麻黄素片，吃药的当天他就血压升高手脚冰凉，心脏跳到每分钟200多下，昏倒在车间。大家急忙把平时健壮如牛的三锁抬到厂部医院，一量血压，一测心电图，把医生吓了一跳，怎么突然间得了这么严重的风湿性心脏病。他正在住院紧急治疗，那个小蔡也被抬进医院，症状竟和三锁一模一样！后来厂部医院又把他俩都转到佳木斯兵团总院，医生检查后，问他们俩吃了什么没有，他俩嘴很硬："什么也没吃过!"后来医院先后给他俩作出了风湿性心脏病的诊断，他们拿到了"诊断证明"如获至宝，跑回化肥厂就顺利地办了病退的手续，心里在偷着乐。

当时知青发明装病办病退的办法很多，比如连续吃巴豆片，可以长期脱肛，失去体力劳动能力；抽用碘酒泡过的烟，肺里有阴影而成为肺病患者。其实医生们已经看出了他们的小把戏，只是因为同情而放他们一马。许多青年因此而留下后遗症。有个吃巴豆脱肛返城的北京知青小庆子，回城不久就去世了。三锁也因为当时吃麻黄素太多，现在血压都不正常。

刘三锁是1976年5月返城的，走之前他把自己做得最好的那把小提琴送给了浩良河中学的音乐教师老范，范老师是他最好的音乐之友。老范也把自己珍藏多年的一本《开塞小提琴练习曲》送给了三锁，临别一再嘱咐他回去了别忘了练功。

就要回北京了，三锁的心里充满矛盾，这里有他的爱也有他的恨，可真要走了，觉得自己像个逃兵。那天到车站为三锁送行的哥们很多，火车开动的一瞬他才依依不舍地登上车门，忽然远远的人群的后面闪动着一个熟悉的身影，小武子！她一个人静静地站在那里，一件黄色的大衣，灰色的拉毛围巾紧紧地围在脸上，默默地望着将要远去的列车。车慢慢地开动了，三锁拼命地向小武子招手，她好像什么也没看见，眼光直直的，是那样的凄凉。

三锁鼻子酸了，眼泪飘落在疾风中。他心里明白，就在他这挥手之间，他们可能再也不能相见了。

从小山沟走进繁华的大都市，刘三锁像一个孤独的流浪汉。在白纸坊街道办事处等待分配工作时，他的心里一片迷茫。在这里结识了也是从北大荒回来的美丽姑娘罗鸿漪，他又点起生命的火把。同是天涯沦落人的情感和北大荒共同的阅历，让他们很快成了朋友。他们又一起被分到北京检测仪器厂，有司炉证的三锁被安排到锅炉房重操旧业，小罗到车间当了学徒工。

5年后他们成了夫妻。小罗的父母都是北京大学的名教授，他们并不喜欢只有小学文化的三锁。两个人为了争得尊严，发愤攻读，补习初中、高中的文化，接着又参加成人高考，并一起考上了中央电大。小罗念中文，三锁读机械结构专业。毕业后，三锁当了技术科办公室主任，小罗当上了检验科科长。厂里的人都说，北大荒的老知青肯吃苦又好学，都是好样的。

继承了前辈传统的老知青的后代更有出息，三锁和小罗的儿子刘扬，毕业于英国萨塞克斯大学计算机专业，又考取伦敦国王学院研究生，现在北京的一家英国公司当业务总管。他会比父母有更好的发展。那位岳父大人，当然也接受了这位多才多艺的姑爷。

跑遍了山野的狼是不甘寂寞的。从1990年开始，三锁又开始下海经商，他搞过装修。巧得很，在北京参加中国记协的工作会议住的东方饭店就是他的公司装饰的，我就在这个饭店里采访的他。他说，你看我们干的活质量不错吧！后来他又从奥地利引进了高档水晶灯，做起了灯具生意。连人民大会堂东大厅那3盏直径6米的巨型水晶灯都是买他的。

日子过得好了，他有了闲心。他追求艺术，渴望那种借艺术抒发情怀的感觉。他又拿起了相机，开始了摄影创作生涯。他拍摄的作品多次获奖，一幅夜长城的《斗转星移》和那幅云南梯田的《马到成功》得过中国摄影家摄影年赛的大奖，并被收录在2002年中国摄影年鉴中。不经意中他成了北京很有名的摄影家。

当然他更喜爱的还是小提琴，他曾是北京总工会的钟声乐团、市仪表局文工团和宣武区文化馆乐队的出色的小提琴手，中国的外国的小提琴曲他都能拉，可他再也没有在公众场合演奏《梁祝》，那是他心中的痛，30年过去了，他从未释怀。那个皮革琴盒一直带在他的身边，是信物，是寄托，也是永恒的纪念。

2004年夏天，一个电话打破了刘三锁平静的生活。

“你是三锁吗？我是小武子，你好吗？”

是她！一个沉寂了近30年的声音，这突如其来的声音让他的心都颤抖了。

在北京一家豪华宾馆的咖啡厅里，两个人有生以来第一次握住了对方的手。

在迷离的灯光下，他们深情地互视对方，28年了，他们都不再年轻，可青春时的美丽都铭刻在对方的心里。

“当年真的对不起你！20 多年我一直悔恨自己……”

“别说这些了，就让它过去吧！”

说着，小武子流下了眼泪。

她是从加拿大回上海探亲的，带着自己的女儿在北京转机。她通过当年的战友知道了三锁的电话，才有了这次会面。她告诉了他一个当年意想不到的故事——

就在他们吃掉她给的面条的第二天，车间的领导非常严肃地找她谈了话：

“你和刘三锁是啥关系？”

“我和他是一般同志关系，我喜欢小提琴的乐曲。”

“同志关系？为什么送给他琴盒？”

“是他托我捎的，还给了我钱。”

“真为你痛惜，小武同志。你是咱们车间的骨干，也是支部重点培养的苗子。三锁是什么人？思想散漫不要求进步，资产阶级思想非常严重，政治表现又不好！你和这样的人搞在一起，真要断送自己的前途吗？以后不要再跟他接触。这是组织对你的考验。”

这次谈话之后，小武子再也不敢见三锁了。下了班就埋头学习日语，有人反映她不安心工作。她又改学英语，因为工厂的许多资料都是英文的，她说，学好英语，我就能为工厂服务。1977 年恢复高考，她考上了上海外语学院。毕业后留校任教，后来和学院的一个老师结婚，生了一个女儿，可丈夫却因肝癌不久就离开了人世。伤痛的她领着女儿去了加拿大，一去 10 年，在那里定居了。

两个人对往事的回忆伴着淡淡的苦涩，咖啡厅播放的淡淡的音乐，是忧伤缠绵的《回家》。她说，在遥远的大洋那边，真的好想家，时常梦见咱们浩良河……

这时，小提琴曲《梁祝》回荡在咖啡厅里，还是那样凄婉。

她说，没有你拉得好。

三锁笑了。

当他们走出咖啡厅时，东方天际已微微泛白，但街上的灯火依然璀璨。后来刘三锁的夫人罗鸿漪正式宴请小武子和她的女儿，席间还开玩笑说：“当年要是你们俩好了，今天就没有我什么事了！我们这一辈子真的不容易啊！”

说到这儿，3 位经历北大荒风雨的老知青都笑了。

这之后，每到圣诞节，三锁总想着给小武子的女儿寄上一份礼物。而小武子也经常给他们夫妇寄点营养保健品。

我的故事也就没什么可说的了。

这是那个特殊时期的故事，虽然没有破镜重圆式的结局，但非常美丽，它让我流泪。你呢？

23. 在遥远的三江汇合处

我像“淘宝”的文物贩子，到处寻找老知青的身影。7月底随省记协组织的摄影记者采访团来到同江，一下车就问宣传部的同志：“你们这儿有老知青吗?”他们说，当年有2000多个浙江知青，后来陆续都走了，少数没走的，现在也办完退休手续，回老家养老了。副部长王玉林突然想起，一中的老校长张盾是上海老知青。我眼睛一亮，请他邀张盾晚上来谈。

14年前（1993年）的春天，我来同江采访沿边开放，曾在这个几年前还是“一条街，一盏灯，一个喇叭全城听”、“重工业掌马掌，轻工业织渔网”的边疆小城，发现了一座欧式小楼，那小楼在江边，经受了半个多世纪的风雨沧桑。1900年八国联军攻占北京，腐败无能的满清政府被迫签订了《辛丑条约》，答应以海关税作抵押，赔偿白银4.5亿两。1910年英国人就在同江建设了这座专收海关税的小楼。1945年11月，共产党派来的第一任县委书记章克华和夫人——县妇联主任岳明住进了这座小楼，他们是浙江人，都是从前线调来的，随身只带了一个警卫班。1946年5月21日，国民党土匪打进同江，经过一天一夜的战斗，他们冲进海关小楼，抓住了章克华，用铡刀杀害，还悬头示众在电线杆上。岳明于前几天到佳木斯生小孩儿，才幸免于难。我把这个小楼写进长篇报告文学《大江向洋去》，后来还有人把这个小楼和章克华的故事编进电视剧。

这次我再访同江的新发现，就是上海老知青张盾了，其实他和章克华是一脉相承的优秀共产党员。相同的是，他们都把自己的生命献给了同江人民，不同的是章克华死去了，而张盾还活着，他还在继续着他的事业。

我和张盾在三江广场旁边的一个宾馆里长谈，玫瑰色的晚霞照进窗内，窗外大江奔流，这里是松花江和黑龙江的汇合之处，一白一黑泾渭分明，然后又并肩而行成为混同江，最终合为一体奔向大海。张盾的人生啊，正如眼前的大江一样奔流。他说，我是黄浦江的一滴水，早已融进黑龙江里了。他给了我3本书：《难忘浦江水》《情系青龙山》和《风雨同江路》，这是他近60年人生的长篇记述，我只能作简短的概括，并选取最精彩的片断，以飨读者了。

张盾和我同届，都是1966年的高中毕业生。他出生在一个贫穷的工人家庭。出生时一直发高烧，家里没钱请医生，只好把他放在地上，用土法给他降温。天快黑时，母亲用手摸摸他的身体，浑身冰冷。邻居都说孩子已经咽气，母亲只好流着眼泪，用一张芦席和一根草绳把他捆好，准备等到天亮，把他扔到乱坟堆。第二天外出回来的爷爷解开草绳，把他放在怀里暖着，结果他又活了过来。后来他靠国家的助学金一直读到高中毕业。

1968年8月，为了让弟弟留城，张盾报名下乡。曹阳中学的班主任老师到家看望张盾，握着他的手说："根据你的条件是可以留在上海的，但你积极报名，为我分担了工作困难，我感谢你！"她说着拿出5元钱和一枚毛主席像章给他。她又问母亲家里还有啥困难，母亲说："家里人口多，他爸工资不高，我又长期有病，孩子要走了，连装行李的箱子都没有！"后来学校破例给他家补助了20元钱。张盾记得父亲领着他在西康路的中百四店为他买了绿色的帆布箱和日用品。张盾先到857农场当农工，7个月后，又报名到抚远荒原的六师59团，连着参加两个新连队的建设，什么苦都吃过。4年后他被调到了团直中学当了教师。

后来怎么又跑到了同江？张盾说，都是因为一次离奇的"相亲"。

那场面极有戏剧性。

那一天是1974年10月29日。团直中学的田教导员领着张盾到同江为食堂拉煤，拉煤是假，说媒是真。那一年张盾27岁，老田这位抗美援朝的老战士为他的婚事着急。本来他和本校的北京知青刘老师好过一阵子。张盾心里清楚，那是老师们起哄的结果。因为他们俩经常见面，开会时也坐一起。老师们议论，张老师和刘老师搞对象了。那天晚上，刚在大操场上看完电影，张盾壮着胆子找到刘老师，说："刘老师，这几天，我听老师们议论，说咱俩处对象。我心里很不安，不知道，你有什么想法？"她当时很沉稳，什么也没说，过两天她写给张盾一张条，说晚上有事找他。见面后，刘老师说："张老师，我这两天思想斗争很激烈。我总想有机会能回北京读书，可是这样的机会太少了。其实我对你很尊重，能和你处朋友是非常荣幸的，我看咱俩将计就计吧！"

张盾和他的知青战友

张盾在同江的教育岗位上

幸福一家人相聚在上海

张盾当然高兴，这之后，他们分别给家里写信报喜。不到一个月，刘老师很为难地告诉张盾："咱们上次订的事恐怕不行了，我二姐不同意……"张盾马上说："不处也没关系，咱们还是好同志！"细心的田教导员发现了张盾情绪上的变化，说："别上火，我再给你介绍一个。"他在汽车队当指导员时常跑同江，认识一个姓崔的小学女老师，和张盾同岁，人特别好。他给张盾看了她的照片，人长得健康，也忠厚朴实。张盾同意和她见面。

于是那一天，他随着老田走进那间草房，见到了崔玉春，她身穿一件蓝趟绒外罩，一条黑色裤子，和一双高腰旧皮鞋。她脸色红润，形象也不错。老田问他怎么样？他点了点头。接着他又见到了她的父母和她的一大帮亲属。人家问他搞对象什么条件，他说了3条：一、政治条件要好，家庭出身工人或贫下中农；二、身体也好，而且能干活；三、结婚能到上海一趟，见见我的父母。张盾说完条件，崔玉春的大嫂首先表态："我看你们俩行！"她的两个妹妹也表示赞同，这时崔老师的父亲说："我看挺好，就这么着吧！"这时屋里屋外一片笑声。

第二年的3月15日，张盾和崔玉春回上海旅行结婚。回来后，他们把家安在同江借的一间小屋里，张盾又回到了离同江100里外的59团中学上班。同江早就看中了张盾，他当时是全师出名的优秀教师，曾到各团的中学介绍过经验，同江要调，农场坚决不放，这拉锯战持续了5年，这5年，小崔搬了9次家，生活之艰难一言难尽。

张盾特别记住了1976年7月26日那一天，突然有一个知青跑到学校对他说："你爱人生小孩儿了！快回同江看看吧！"那时同江和兵团之间不通电话，崔老师的妹妹在商店工作，她请进城买东西的59团的知青快给张盾报信。张盾高兴地向百里之外的同江走去，他把自己积攒的30元钱放在贴身的衣袋里，要到同江给小崔和孩子买礼物。他边走边给女儿想好了名字——"张雪莲"！因为他喜欢北大荒的漫天大雪，更喜欢在雪中开放的那黄色的小花。经过9个小时的跋山涉水，他终于见到襁褓里的女儿，抚摸着她那嫩红的小脸，他禁不住流下眼泪。

现在已从佳木斯大学毕业的大女儿雪莲和从上海华东师大毕业的二女儿晓蕾，都在上海工作，她们总盼着能和父母在上海团聚。其实张盾是有机会回上海的。1973年9月在推荐工农兵大学生时，团直中学只有一个名额，群众投票和领导推荐都是一个人：张盾。那时他的工作特别出色，一个人教4

门课，还自编教材自制教具，课讲得特别生动，学生们都爱听。一个学生因犯了纪律被班主任叫到办公室批评，上课铃响了，下一堂就是张盾的地理课，那学生央求班主任："让我去上张老师的地理课吧！下了这堂，你怎么批评我都行！"

这回又是学生家长来央求张老师了，听说他就要上大学了，那天晚上他们来到宿舍找他："张老师，我们知道你应该去上大学，可你走了，我们的孩子怎么办？"这一夜，张盾辗转反侧，难以入眠。第二天一早他就找学校领导说："这次上大学我不去了，安排其他同志吧！"许多人替他惋惜，说他太傻，"张盾简直是个'张钝'！"在接替他的同志要去上大学时，他还在埋头备课，这时他突然听到窗外有哭声，跑出去一看，一个淘气的学生脚踩上了钉子。他背起这个胖孩子，把他送到医院，为他付款，上药，又把他背回家。这个学生哭了："老师你为我们，连大学都不去，我再也不淘气了！"

1977 年恢复高考以后，张盾还有机会上大学。上海重点学校的老高三的毕业生，又一直在教育的岗位上，他考什么学校都没问题，可那时已经在农场教育科工作的他，全力负责所有考生的复习和报考事务。有一次他到省城开会，因大雨被阻隔在同江，他想起晚上还有他的一堂辅导课，连家也没回，冒雨走回农场。当同学们知道他走了 100 里回来给大家上课，全场一片掌声！连着两年，他把一批批的战友送上大学。1978 年 10 月，当他把最后一份录取通知书送到 30 里外的一个老知青手里时，他和他一起流泪，为他高兴，也为自己悲伤！他年龄已过限，再也没有参加高考的机会了！一直到 1995 年，已经在同江一中当了 12 年副校长的张盾才拿到省教育学院的本科函授毕业证书，那一年他已经 48 岁了。

1980 年 3 月，张盾终于被农场"释放"，他们准备让他当农场中学的校长，而且已经把崔老师调到了农场，为他们安排了房子，可她抱着孩子又跑回去了。没办法，他们只好把张盾放了。张盾被安排到教育局当教研员，指导全县的中学文科教学。他报到那天正赶上一中的老校长去向局里借地理老师，而张盾正是教地理的名师，他自告奋勇地又当上了一中的地理兼课老师，一干 3 年，没要一分钱的补贴，也没要一棵白菜的福利。

说实在的，张盾很缺钱，当然也想得到更多的福利。刚回同江时，他们一家还借居在别人家。这些年爱人吃的苦太多了，这回他要承担更多的责任。每天上班他背着二女儿，从城市的这头走到那头，把她送到托儿所。冬天时，他浑身大汗，满脸的霜雪，他先在幼儿园把湿透的棉衣烤干，再去教育局上班，学校有课，他再跑去上课。午餐经常是在炉子上烤两个馒头，就着咸菜和白开水。下班后，他回家做饭吃饭，再回到学校看学生上晚自习。家里的柴米油盐他样样操心，最大的问题是烧柴问题，每天清晨，他和那些买不起煤烧的穷人一起去储木场扒树皮，把准备做建材的原木上的皮扒下来当烧柴。开始他收获不多，自己背回来，后来他掌握了门道，越扒越多，用车往回拉。一个月后，他扒的树皮堆得比房子都高了。邻居们说，这个上海人干啥都行！

张盾吃苦能干在全县出了名，他的人品和工作能力受到县委的重视。1984 年 2 月的一天，张盾放下正在批改的学生作业，赶到组织部开会。让他意想不到的是，县委任命他为教育局副局长，主管全县教学业务。这件事，引起好一阵议论，有人说一个中学老师一下子就当副局长太快了吧！有人说，共产党有眼力，张老师该用！亲戚朋友都向张盾祝贺，可他一点也高兴不起来。那时，他正在一中的高三文科班任课，高考临近，他这一走，必然影响孩子们的成绩。经过一番思考，他找到了正在催他到局里上班的王局长："这届学生很有希望，不能因为我去当官，把这些孩子耽误了！我想好了，谢谢组织对我的信任，这个副局长我不当了！"王局长又领着他去找县委领导，他们都被张老师的高度责任心感动了，几天后，他被任命为一中的副校长。

这一年，一中的高考取得了历史性的突破，大专以上录取了 33 人，其中张老师教的文科班考上本科 4 人，还有一批考上大专中专。接着，张盾在这个重点中学当了 12 年副校长、8 年校长，现任市（已县改市）政府的教育督导员。

在同江，张盾是最有声望的教育家。人们都说是张盾和他的同事们一起改变了这个边陲小城教育落后的局面，而一举进入全省的先进行列。是他们创造了如下的奇迹：1992 年，在全省会考中，同江一中的地理、生物，双双名列全省第一名！无论按全省 564 所高中，还是以全省 119 个县级单位排名，都是第一！1996 年一中的高考又有了新的突破，75% 的理科生和 87% 的文科生超过 400 分，37% 的理科生和 23% 的文科生进入本科段。考取本科的学生比上年翻一番。2001 年的高考，一中又实现了历史性的跨越，文理科进入本科段、重点段与考生人数比，在佳木斯及 6 个县（市）的排名中全部名列第一！文科考生有 24 人进入佳木斯百人榜，其中第一、第二、第四都是同江考生！

夜色朦胧中，我送张老师回家。路上，我问满头白发的他：如果你返了城，你上了大学，会怎么样？他说，我从小就想当老师，高中毕业时，我报考的就是华东师大，后来我女儿考上了。如果回上海或上了大学，我可能还搞教育，或者在当教授，也可能做教育行政领导干部。但贡献肯定不会比在同江大，不是我有多大本事，而是这里太缺人了！山中无老虎，猴子成大王了。

后来市里的领导告诉我，张盾是全市唯一的中学特级教师、省劳动模范、全市的“十佳公仆”、连续3届的市人大常委。就是明年他退休了，也不让他离开教育工作！如果同江再多几个张盾，全市人民就更幸福了！

边疆口岸城市的同江，街灯璀璨，街两旁的高楼鳞次栉比。我们停在一中那座树林环拥的大院，张盾指着那已很高的杨树林告诉我，他能说出这些树是哪年哪班学生种的。

我们一起仰望教学楼里闪烁如星的灯光，许久才离去。

24. 乐不起来

从齐齐哈尔回哈尔滨，路过杜尔勃特蒙古族自治县。正好一个同事张春娇在这个县代职，当县委副书记，我请她帮助找几个老知青采访。颇费周折地在劳动局当年的知青档案中，找到了一对叫乐兰英和乐红英的姐妹，她们是上海的老知青，可能还在县里。最多时这个县来过上千名的知青，现在她们是“硕果仅存”了。

又是好一阵颠簸，终于在泰康镇的文苑社区找到了乐兰英。这里离县城大约有十几里远，算是郊区吧。没想到作为杜蒙县首府的泰康镇的道路，远不如县乡公路那么广阔平坦。春娇说，杜蒙是国家级贫困县，尽管这几年经济的增长在全省各县是最快的，但城市基础设施的建设欠账太多了。听说你要来采访，街道办事处专门用拖拉机清理了道路，还帮乐兰英家打扫了卫生。如果不是用铲车推平了道路，我们是进不了这个村子的。

这是小巷中一个残破的院落，房舍也很陈旧了。就是在北方农村常见的那种土坯房。院子里站满了人，好奇地看着这位被人遗忘的老知青家里来了这么多坐小车的客人。这条小巷好像从来没有进来过轿车。

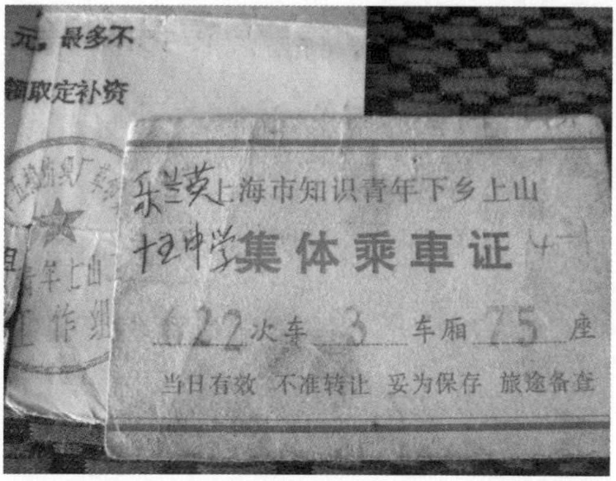

经过打扫的家里还很简陋，没有像样的家具和电器，墙上的几张照片显示着主人和大城市还有些许的联系。乐兰英身材不高，很瘦弱，她的丈夫老王头发都白了，背也驼了，显得很苍老。

乐兰英看着一下子来了这么多人，有些不知所措，她可能怕我们怀疑她知青的身份，马上拿出几份已经发黄的纸片给我看，一张是当年她来黑龙江插队的乘车证，上面印着：

1970年2月17日，622次火车，3车厢，75座。

还有一张是上海革委会给知青的“慰问信”，开头的话是：“革命小将们：风雨送春归，飞雪迎春到……”

看了这几张纸，大家都笑了，我说：“乐兰英，谢谢你了！你有功了，为博物馆收藏了几件文物！”她也跟着我们笑起来，看得出，她很久没这么开心了！

按着采访知青的惯例，我又从头问了一遍，她如实说来：

我是上海黄浦区15中初三的学生，我和低我两届的妹妹红英一起，于1970年春天下乡到林甸县东风公社战斗大队的，我们家里的弟弟妹妹很多，我和妹妹走了，他们就可以不下乡了。贫困的战斗大队为我们一起来的20个知青盖了房子，我们能参加的“战斗”就是种地锄地收割打粮，还要种菜养猪。

尽管纺织工人家庭出身的我们姐俩从小吃过苦，但劳动的艰辛，还是让我们难以忍受。特别是我在地里干活，太阳一晒就头疼，有时痛不欲生。当时躲避农业劳动的唯一办法就是嫁人，回到家里养儿育女伺候公婆。经村里好心人的介绍，我下乡一年后就嫁给了村里特别能干的木匠王志远。他手艺不错，队里修理农具离不开他，一年能挣3500个到4000个工分，他不让我再下地了，当时我也很安然，“嫁汉嫁汉，穿衣吃饭”嘛！我和妹妹红英一起搬出了青年点住进了老王家，两年后妹妹也嫁给了村里老实巴交的农民赵景平。

当时我们姐俩与普通农民结合的行动受到高度赞扬，然而我们个人的人生悲剧也从此酿成。1972年，我和王木匠的第一个女儿降生了，可能是南北杂交的优势，那孩子特别漂亮，我和老王给她起名王花。隔了一年多，我们的第二个孩子又降生了，还是个漂亮女儿，叫王芳。公婆不太满意，他们更希望儿媳生个孙子。当地农村重男轻女很普遍。遗憾的是我没能很好地掌握自己的命运，又生下了老三王红，还是个女儿；又生下了老四王杰，也是个女儿！虽然是一水水的漂亮姑娘，可老人还是不答应。我们迫于家庭压力，又生了老五，终于是个男孩子，起名王军！公婆高兴了，总算有了接老王家户口簿的。可是，我的身体垮了，因为超生，我们家多次被罚款，家里一贫如洗。

真的很不幸，兰英作为一个大城市的知识青年没能走出落后农村的怪圈，她给自己造成的苦难，也会贻害给自己的孩子！还好，红英只生了一个儿子，不像她的姐姐遭那么多的罪！也许是命好，如果第一个生的不是儿子，那就很难说了。

政府并没有忘记知青，为了解决他们的困难，1981 年县里又把没有返城的知青集中到条件比较好的泰康镇一心公社一心大队，兰英和红英的丈夫和孩子们都搬到了新盖的房子里，日子也有所改善。当时如果她们两人回上海，也可按政策安置。可农民的丈夫安排不了工作，一家人在上海是难以生存的。她们只好随遇而安了，在这个贫穷的农村年复一年地艰难地生活着。

乐兰英和她的丈夫

5 年后县里把没有返城的所有知青，都招工进城安排了工作。上海知青办还花钱给兰英家盖了一套 30 多平方米的房子，虽然地处城郊，他们一家已经很满足了。兰英和红英都被安排到了毛线厂当工人，可惜兰英的心脏病很重，让二女儿王芳接了她的班和二姨红英一起上班了。不到两年这个厂子就黄了，全体工人都下了岗，工厂连发退休金的能力都没有。

没办法，红英和丈夫回了上海，她在街道上找到一份工作，丈夫在小区扫楼道，儿子上了学。妹妹一走，兰英感到很孤独，经常暗自神伤，偷偷落泪，她不想让丈夫和孩子们看到。

我们的到来，使乐兰英像见了亲人般地高兴，她换了一身干净的衣服，但脸上的愁云还重重地挂着。我问起她的 5 个孩子：老大王花按政策回上海了，先安排到一家纺织厂，后来也下岗了，和爱人一起打零工，还能自食其力。老二王芳，从毛线厂下岗后，在一家宾馆当服务员，现在也下岗了。兰英叫她和我见面，她正站在屋里，听我们和她妈谈话，穿着打扮和大城市的姑娘一样。我又问起老三王红，兰英说，到上海找她大姐了，她在一家商店收银，丈夫开公交车，日子还可以。那老四王杰呢？兰英指着屋里抱着孩子的她说，现在也没工作，靠她丈夫打工养着呢！

我想，5个子女的乐兰英如果在人口锐减的俄罗斯可能是英雄的母亲了，可是在人口超员的中国农村她的境遇肯定是很困难的！我又问起他们家族最看重的宝贝儿子王军。屋里都沉默了，谁也不说话。

后来还是兰英说了："王军在监狱服刑呢！"

说这话时，她脸色阴沉，低着头，很难受的样子。我的心也是一沉，不禁问起原因。兰英和老王你一句我一句，我也听出了原委。那是去年12月的事，初中没毕业的王军辍学回家跟父亲学木匠。可不知为什么平时老实内向的他，在小巷里抢了人家的手机，可能是出于好奇。他抢到手机后马上给别人打电话，当天就被抓住了。当时正赶上"严打"，家里又没钱请律师，又交不起罚款，结果王军被判了6年！

在场的街道办事处的领导也说，王军这孩子平时确实很老实，很听话，也不知怎么鬼迷心窍，犯了这么大的事儿。听了王军的事，我不知怎么安慰他伤心的父母，只是说有空多去看看他，让他好好接受改造，争取减刑早点回家！兰英说，监狱很远，一去要花路费，还要给孩子买点吃的，去不起呀！

我一时还搞不清王军犯罪的原因，但家庭贫穷、教育不足肯定是不可回避的因素。

我又问起兰英一家的经济来源，她说只靠每月130元的社保金。是每人130元吧？我问。她和老王都说，全家130元！那买粮买菜的钱都不够吧？我又问。她说和老姑娘一起过，靠老姑娘的丈夫打工挣钱买粮，其他没有什么花销。陪同我的张春娇说，县里许多家都靠养貂和狐狸发了家，你们为啥不养？老王说，我们没有本钱。一对貂崽儿就得1000多元。现在我家养了一口母猪，虽然挣不了钱，但可以零钱变整钱！

兰英说，现在我们家最值钱的是老母猪，还有一台缝纫机，那是我结婚时，我妈给我买的。她指着墙上的照片告诉我，老母亲已经90多岁了，好多年没回上海看她了。说到这儿，兰英很难过的样子。

离走前，我把自己兜里的500元钱都给兰英留下，她不肯要，我说都是老知青，我早就返城了，你还在扎根。让我表示一下心意吧！张春娇说，没有工作的那俩女儿，我帮助你们想办法。

从小巷走出的路也很艰难。下雨时淘出的大沟，我们的车费了很大的劲才冲出来！在路上我和哲学博士张春娇说起知青运动。她说，知青到农村说是接受再教育，其实是和农民互相教育，知青留下最大的是文化影响，推动了农村的发展和进步。当然也有的知青，被农民的落后文化同化了，现在他们没了“知”，也不“青”了，和农民没有区别了。对这些人，我们是“哀其不幸，怒其不争”。我说，你说得对。但我面对身处苦难的他们，已说不出责怪他们的话了。我们还是多帮助他们吧！她说，那是当然。

第二天早上，我在下榻的天湖宾馆门前散步回来，看到坐在大堂里的乐兰英和她的二女儿王芳，她们走了10多里的路，为我送来两盒当地的特产牛肉干。我心里很不安！兰英看着富丽堂皇的宾馆说，这么大，这么漂亮！王芳说，我妈有10年没进城了！

她们走出宾馆很远还向我招手、微笑，可我怎么也乐不起来。张副书记说，我用车把你们送回去！

乐兰英和家人的照片在墙上

也许，我应该做个交代，在我写了以上这篇文章几个月后，也就是在2009年的春节，我接到乐兰英的二女儿王芳的电话，她刚和我说了一句拜年的话，就在电话里哭起来：“我妈去世了！”

“什么？谁去世了？”

“就是我妈妈，乐兰英！”

她说，妈妈听说上海有政策，返城的老知青每月补助几十元钱，她也想把自己的户口办回去，也能享受这个待遇。临走前，她让女儿给她找一身绿军装，还背上一个军用书包和军用水壶。她说，当年我是什么样来的，现在我要什么样回去！

王芳说，回到上海后，住在大姐家，可能一路上太累了，也可能事办得不顺利，不几天心脏病犯了，结果抢救无效，死了！这几天，爸爸也赶去上海了，处理妈妈的后事……

乐兰英就这样死了，一个上海女知青的不幸命运，让所有善良的人伤感。

我对王芳说："孩子不要难过了，你妈妈还算幸运，无论怎么说，她还是回到了自己的老家！"

后来我给在这个县当副书记的同事打了电话，请她多关心他们一家。她说没问题，王芳就在招待所工作呢！

又是一年春节时，王芳又给我拜年，说着说着，她又哭了。她说前几天，我爸爸王志远回上海给我妈妈烧周年，可能是旅途劳累，到了上海也犯了心脏病，去世了！她大哭，实在说不下去了。后来她呜咽着说，他们两人感情很深，妈妈走了以后，他几乎每天都默默地流泪。我安慰她说："这回，他们终于团聚了！你们不用挂念他们了，好好过自己的日子吧！"

又是一年后，王芳来电话告诉我，弟弟王军放回来了，是因为劳动好减刑的。我说，你让他到哈尔滨来，我可以帮他安排当个报纸零售员。她说，还是在家里干点啥吧！到外地，我不放心！

后来，就再也没有这家人的消息了。我的同事也完成了代职，另有高就了。她在县里时，是时常关照这家老知青的。

25. 仲夏夜之梦

他来找我，说看了“知青的故事”，想起了他们连队的故事。他说，别说我的名字，故事中的人都别用真名，别让死去的人蒙羞，也不能让活着的人难堪。那样，我的心就更难受了。我遵从了他的意见——

陈阿根是我们连最帅的小伙儿，身材挺拔，眉目清秀。他爱穿灰色涤卡中山装，是从上海带来的。无论什么时候，他的领子都是雪白的，其实里面没有白衬衣，只是一个可以套在脖子上的领子。那东西很适用，后来我们也让探家的上海青年给捎买回来。买一件新衬衣，对当时的我们是很奢侈的，但一个衬领还是买得起的。阿根还有一个特点是喜欢音乐，他兜里常揣着一支口琴，石人望的曲子他都会吹，有一支什么外国曲子特好听，他一吹，我们都不动地方。他说这曲子叫《仲夏夜之梦序曲》，是德国作曲家门德尔松17岁时写的，取材于莎士比亚的一部喜剧。他什么都懂，是因为读书多，听说他爸在大学当教授，可惜家里的书都让学生给烧了。他从家里来北大荒是带了几本的。阿根的麻烦也是因为书。

那时阿根在后勤排当副排长，排长张喜是个转业兵，他也爱读书，最突出的是能背书，“老三篇”他能一个字不差地从头背到尾。你随便说一句毛主席的语录，他能说出在语录本的哪一页哪一行。开始他俩的关系不错，后来出了矛盾，都因为一个叫小滨的哈尔滨女知青。小滨的形象在全连第一，那时还没有选美比赛，有的话小滨也会榜上有名。哈尔滨这个很洋气的城市是盛产美女的。她也喜欢音乐，她妈是歌剧院的小提琴手，她从小学琴，下乡时她妈不让她带琴，她可以把“梁祝”从头到尾哼一遍，听得我们如痴如醉。因情趣相投，阿根和小滨的关系很不一般。傍晚时分，他们常在小河边相聚，阿根吹他的《仲夏夜之梦序曲》，小滨静静地听着，晚霞中他们的脸是玫瑰色的。小河很长，曲曲弯弯的，来河边幽会的青年很多，都躲在柳树丛中，谁也不影响谁。

夏夜，人约黄昏后

当然小滨也不疏远张喜，是他提名让自己当的炊事班长，虽然也很累，但总比下大地干农活强。每当轮上小滨挑水，张喜早早等在井台边。张喜哼着小曲挑着水在前面走，小滨低着头在后面跟着，这是全连瞩目的一道风景。连队的政治观察家们说，这两位排长必有一场争斗，引发矛盾的原因不是女人而是权力，连里正缺一个副指导员，他俩都是人选，鹿死谁手，一时还难见分晓。

后来还是阿根把副指导员让给了张喜，不是主动让的，是他出事了，全因为那本《青春之歌》。阿根从上海带来这本书，先给小滨看，然后在全连知青中传看，接着议论纷纷，连"天天读"时都讨论林道静是不是青年人革命的榜样。政治上很敏感的张喜给团政治处写了信，反映我们连思想斗争的新动向，还点了阿根的名。是政治处的刘主任到上海把阿根他们接到连队的，他对阿根的印象不错。他把阿根找到团里谈话，"陈阿根同志！你不知道《青春之歌》是大毒草吗？你不仅自己看，还在青年中传看，这是要犯大错误的！"阿根低头不语，他一眼看见桌子上的《人民日报》，上面出席国庆招待会的名单里有杨沫的名字。他如获至宝地拿起报纸对刘主任说："你看，杨沫都出席国庆招待会了，肯定是毛主席司令部里的人，我们看她的书有什么罪！"老刘拿起报纸，看了半天说，可也是呀！然后拿起电话对我们连的李指导员说："老李呀，你们连张喜子小题大做了！你们没看《人民日报》吗？杨作家是毛主席司令部里的人了，看她的书怎么不行！"

阿根虽然没有受到处分，但张喜还是当上了副指导员，因为团政委很欣赏他的政治觉悟。张副指导员上任后又提拔了小滨接了他的班，当上了后勤排长，这回阿根成了她的下级。可是小滨并不靠近张喜，她和阿根更铁了。傍晚时分，他们不去小河边了，直往白桦林里走，每次都走得很远，回来得也很晚。张喜派人跟踪过，在他们坐过的草地上发现了小滨的红头绳，还有他们扔的糖纸。张喜在全连大会上不点名地批评："太不像话了，深更半夜到树林里干什么！今天发现了红头绳，过几天就要捡到避孕套了！"这时我看到阿根的脸先红后白，神情很紧张。小滨的脸不红不白的，好像是在说别人。不知为什么，在这种事上女人都比男人坚强。

后来他们的幽会地点还是改了，从地上转移到了地下——在连队的菜窖里。但还是被侦察兵出身的张喜发现了，而且当场抓获。阿根当时腿就软了，小滨嘴很硬，说我们在研究工作！张喜把这事报告了团里，政委说，要杀一儆百，这种事一泛滥，这队伍就没法带了！

真挚的爱情受到责难

那天全连召开批判大会，小滨和阿根站在台上，小滨目光平视，表情冷漠。这种表情有点像被流放的俄国十二月党人的妻子，跟着丈夫在西伯利亚的雪地上行走着，她们步履坚定，从不低头。阿根的头始终低着，我没有看清他的脸。

会后的情况，我就说不清了。有人看着他们手拉手向那片白桦林走去。有人说，睡到半夜后，他俩在白桦林里集合的。我听到信儿时已经天亮了，有人发现小滨和阿根都躺在林子里，阿根已经死了，脖子上套着绳子。小滨还有一口气，脖子上的绳子脱落了。

他们是准备一起死的，绿色的行李绳，挂在树杈上，一边吊着一个，树杈断了，他们摔了下来，结果阿根完了，小滨没死。他们好像在树下坐了好长时间，是天亮时分上吊的。地上有他们躺过的痕迹。

这是林子里最美的季节，草很绿很密，草丛中开着各种花，有红的黄的，还有紫色的金黄的。他们躺在花丛中很安详，好似在梦中。阿根还是穿着那身灰色的中山装，衬领很白，兜里还装着那支口琴，可能他还给小滨吹了最后一曲，可能还是那首《仲夏夜之梦序曲》。白桦林的仲夏夜浪漫多情，明月当空，星星眨着眼睛，浓雾拉起云一样的纱帐，万籁俱寂的林子里回荡着这优美的旋律，那简直如仙境一般。小滨穿着一条红裙子，这是她下乡之后第一次穿裙子。她大概随着阿根的乐曲像天使一样起舞。这时淡蓝的月光照进树林，把一束束光亮投射到小滨的脸上，那时她的脸上肯定挂着笑容，那典雅圣洁的笑容，使凄清的林中也显出生命的亮色。

张喜亲自指挥对小滨的抢救，还特意要求团部医院给做了体检，他认为他们死前肯定那个了。检查后，那个女医生气汹汹地说：处女膜完整！张喜半信半疑。阿根被草草地埋了，棺材是很薄的桦树板。就埋在那片白桦林里。

小滨被救过来了，完全变成了另外一个人，整天不说一句话，总是到林子里哭。张喜副指导员常来安慰她，可她的脸上总是挂着冰雪似的，没和他说过一句话。小滨很快和连里最老实的转业兵老李结婚了，很快生了个儿子，那孩子长得白白净净的，有人说像阿根。老李对她和孩子都挺好，后来他们娘俩跟着老李到建三江开新点去了，再往后就没了音信。

去年在哈尔滨的一次知青集会上，我意外地碰到了小滨，她两鬓的头发都白了，还依稀看得出年轻时的样子。她说，老李打井出事故，死了。她就返城了。现在办一个艺术幼稚园。

“你儿子呢?”我问。

她说:“大学毕业后留在上海了。”

然后我俩举起手中的酒杯，一饮而尽，那是热辣辣的“北大荒”。

◎**博客留言:**

阿根是那个极左时代的牺牲品，天然的恋爱被残酷的政治干扰了，张喜的品德低下，也是造成阿根之死的原因。爱情是自私的，每个人都有争取爱和被爱的权利。但用政治手段迫害爱情对手，就是十分卑鄙的了。

——庄重

张喜这样的凶恶之徒和阿根这样的善良之辈，是社会上两种对立的人。张喜能“喜”得益于社会的选择，这种人嗅觉特别灵敏，善于钻营，取悦上级，攫取权力，狐假虎威，残害弱小。他们应该被追究，起码应该像女作家张抗抗提出的那样深刻地忏悔。

——崔积宝

很高兴现在小滨生活得很好。过去的就让它过去吧！最重要的是过好现在的每一天，对饱经风霜的老知青，应该珍惜现在的好日子。

——胡光华

今昔对比，我觉得我们还是进步了，知道了尊重人的隐私，知道了以人为本，要建设和谐社会。尽管这是地球人都知道的事，我们知道了，也是不容易的。这是由多少悲剧换来的进步！

——非常说

26. 走上高高的兴安岭

走上这高高的兴安岭啊，
我瞭望南方，
山下是茫茫的草原，
它是我亲爱的家乡……

学会唱这首歌时，叶磊还是一个中学生。他本来是上海音乐学院附中的学生，后来因国家经济困难，他们被调整到了普通中学读书。他学的专业是二胡，他也喜欢唱歌，一个很漂亮的男中音。这不，他刚刚学会这首新歌，这时他仿佛就站在高高的兴安岭上，俯瞰滔滔林海，引吭高歌，听到了大山里悠长的回声。

没想到，命运的安排，几年后，他真的走上了高高的兴安岭，而且在大兴安岭北坡、黑龙江畔的那个小城呼玛待了整整25年！

1969年，正在上海新庄中学读高二的叶磊报名到黑龙江插队，同时跟着他走的还有他的妹妹叶凤兰。本来她是1969届的初中生，还没分配，她咬破自己的手指，用鲜血写下“屯垦戍边保边疆，广阔天地炼红心”几个字，学校只好也同意她到边疆插队。11月28日，凤兰和哥哥一起登上了北去的列车。那飞驰的列车一直向北，过山海关，越沈阳、长春、哈尔滨，像车上的知青一样意气风发地爬上了风雪苍茫的兴安岭。望着一片片青翠的松林，还有那潇洒的白桦林，叶磊又和妹妹一起唱起了《走上这高高的兴安岭》。

然而，现实生活并不像唱歌这样浪漫，他们被分配到黑龙江边陲的一个几乎被大雪吞没的小山村，临时住进了一所小学校的教室。到了夜晚，风声呼啸，寒气袭人，睡不着觉的叶磊坐在大铁炉子前取暖，并赋诗一首：

夜深人静皆似醉，
悲风瑟瑟耳边催。
今日飞雪泪自泣，
何年何月得回归。

第二天一早，在食堂吃饭时，叶磊把自己的新作送给妹妹看。她毫不客气地把哥哥教训了一通："我看你的小资产阶级的情调太浓厚了，真要很好地改造！"

和妹妹的期望一样，叶磊真的接受了很好的改造。他到了跃进林场当了采伐工，主要工作是跪在雪地里用弯把子锯，把参天的大红松放倒，"顺山倒啰！"是他最豪迈的歌声。更严峻的考验是抬大木头，近千斤重、长10多米的大木头，要4个人抬出林子。叶磊抬很吃力地抬第三杠，他和大家一起喊着号子：

哈腰挂，那个嘿哟！
挺起腰，那个嘿哟！
朝前走那个嘿哟！

豆大的汗珠顺着他的脸淌下来。没人知道，因为小儿麻痹病的后遗症，他的一条腿比另一条要细，根本吃不住劲。但是，他挺着，不肯落下一步。只是晚上，在宿舍的昏暗灯光下，他拿起二胡，拉《病中吟》和《二泉映月》，那曲调很悲凉。半年以后，当健壮的林业工人叶磊经常对着林海唱《走上这高高的兴安岭》时，他被调到了林场子弟学校，那里正缺一个音乐老师。在偏远的林区，上哪儿找这样又能拉又能唱的人！这回叶先生真有用武之地了，作为上海的老高中生，子弟学校没有他不能教的课。

命运又有了转机。1971年学校放暑假，叶老师到离他们最近的呼玛县买教材，因为没有当天返回林场的汽车，他住在县招待所里，这时正好有几个住宿的知青，晚上无事，拉起了胡琴。闻声而去，叶磊小试牛刀，给他们拉了一曲《山村变了样》。他端坐扶琴，沉思片刻，俯身拉弦，月板有眼，弦动音飞，欢快明丽，一派人欢马叫之场景展现在大家面前了。

“太好了！太好了！”招待所所有的客人都凑来当听众。

外行看热闹，内行听门道。殊不知，这位姓叶的年轻人，可有一身拉二胡的“童子功”，他的启蒙老师是中国二胡大师级人物王乙先生，他是上海音乐学院民乐系主任。当年小叶的同学闵惠芬已是世界著名的中国二胡演奏家了。若不是社会动荡，这位叶先生绝不会沦落到边塞之地的。

天下谁人不识君，虽是边塞遇知音。只有弹丸之地的小县城，什么声音也瞒不过耳朵很长的县文化局长，听说招待所里有佳音，他也跑来了。他一听便知，真是天赐人才呀！他立刻对叶磊说：“你不要回林场了，明天就到县文化馆报到。其他事你不用管了，我来办！”正是时不我待，地区要搞知青汇演，县里正为没什么节目犯愁，没想到人才和节目送到眼前了。

就这样，不经意间叶磊成了县文化馆的干部，当年冬天，他就正式调到了县文化馆，当上了以工代干的文艺辅导干部。后来县里为他转了干，再后来他当了业务副馆长、馆长。当然叶磊没有让发现他的文化局长失望，也没让给他许多特殊关照的县委和政府失望，他不仅自己在地区和省里得过表演、作曲、论文的大奖，而且通过他的突出作用，使曾十分消沉的呼玛群众文化活动非常发达，一个不到万人的小城竟组织过千人大合唱。那大合唱和每年的“呼玛之夏音乐会”的指挥都是叶磊。当然总指挥是县和文化的领导，能给他们当助手，叶磊已十分知足了。

在这个远离现代文明的小县城里，他经常西服革履，谈吐儒雅。一走上舞台，他更是风度潇洒。他戴着一副黑边眼镜，脑门锃亮，长发飘逸，很像上海交响乐团的指挥陈燮阳。叶磊很快成了呼玛和整个大兴安岭名副其实的文化名人，他还代表文化界当上了县政协的常委。县里的大事小情总有叶老师的活儿。

在这个明媚的春天里，我在上海宝山区行知路一个花木葱茏的小区里，见到了告老还乡的叶磊，他坐在自家客厅的钢琴旁，显得很斯文也很安详。他说他早认识我，还拿出我的名片。那大概是1992年夏天，我陪余秋雨先生游历黑龙江，曾在呼玛上岸过夜，余先生还给当地干部作了一次文化讲演，那个跑前跑后的文化干部，就是这位叶先生，没想到他现在和我一样“聪明绝顶”了。

叶磊的夫人来自大山下的黑龙江畔。

无论在大兴安岭还是在上海，叶磊始终没有放弃对艺术的追求。

这座大山是作曲家叶磊的艺术摇篮。

在老叶的家里，我们见到了那位风韵犹存的叶太太，她更像一位我们过去在苏联电影里常看到丰腴的“玛达姆”。被我猜对了，她真有俄罗斯血缘，大名叫田秀芬，乳名叫娜佳。老叶笑着说：“这是组织给我派来的‘糖衣炮弹’！”老田说：“你可是自愿的！”说着，她也笑了，很爽朗。

故事是这样的。为了能留住叶磊，从县里领导到文化馆的领导都想快点给他找个对象，让女人缠住他的脚。那时，刚调到县里的他在文教食堂吃饭。正好食堂的服务员是个姓田的漂亮的姑娘，她的祖母和外祖母都是俄罗斯人。呼玛与对岸只有一江之隔，20 世纪四五十年代通婚很普遍。这位姑娘也算“根红苗正”，父亲母亲都是40 年代呼玛县建党时入党的老党员，他们都是土改的骨干，母亲还当过村的妇女会主任。

当时娜佳正年轻，身材高挑，浓眉深目，皮肤白嫩，漂亮得让叶磊打饭时不好意思抬头看她。当时食堂办得不太好，叶磊常和另一个上海知青做小灶。也在林场当过 3 年知青的小田，很同情他们，有时食堂有了豆腐，也给他们送两块，当时这就是最有营养的了。也许就因为这几块豆腐，小叶就和小田多了点情分。

我想，还是老叶先有想法的，这时他的胆也大了，有机会他就多看她几眼，有事没事的，也找几句话和她唠。眉目传情中，双方也读懂了对方的心思，可谁也没有点明。叶磊的顶头上司佟馆长一直关心他的终身大事，已经是过来人的他，看出了他们的心思，由他出面和田家老人一说，人家很高兴。田老爷子说了：“我早就看好那个小上海了，人老实，有追求，有正事！”老伴有点迟疑，怕以后他把姑娘撇下自己回城。再问娜佳，她说听我爹的。这样一来，叶磊和田秀芬就把大事定了，1976 年 4 月 30 日，他们双双回上海旅行结婚。叶家父母看到儿子娶回个漂亮媳妇，特别满意。邻居们都说：“看老叶家儿子真有本事，下乡到边疆，却娶回一个外国媳妇！”

叶磊和亲爱的娜佳在呼玛安了家，很快县里给了房子。那是一个充满田园诗般的小院，满院鲜花，满架瓜果。在这个小院里，也是“谈笑有鸿儒，往来无白丁”，来的都是当地的文化名人，还有叶磊的学生，歌声琴声读书声，声声入耳。但是，叶磊并没有“乐不思蜀”，回不回城他并不在意，他就想通过上大学再提高自己的专业水准。当时哈尔滨师范学院艺术系已经相中了他。县长对他说：“学什么？你是全县最有学问的，足够用的。”他又说：“你就在职学习吧，又不耽误县里的工作，只要你学习要用钱，找我批！”他没有失言，以后无论叶磊上电大，到上海音乐学院进修，到外地观摩，参加笔会、学术讨论会，他都给批钱。在一个财政十分困难的边疆穷县，这是很破例的。他知道，给老叶的银子不白花，他是一个地方文化的“孵化器”。

也许就因为有了这个才华横溢的叶磊，一个边远的小县的文化发生了巨大的变化。他带出了一支队伍，他培养了一批人才，还创作了一批歌颂家乡的作品；他让一个缺少文化的地方，养成了文化习惯，形成了文化风尚。

我以为老叶的最大贡献是他挽救了一个极少数民族的文化。鄂伦春族是一个生活在大小兴安岭密林中能歌善舞的游猎民族，但自身的文化正在一点点消解。

被称为“黑龙江的王洛宾”的叶磊，走遍了大兴安岭中所有鄂伦春居住的部落，记录他们的歌声，每遇到一个老歌手他都兴奋得忘记吃饭和睡觉，通宵达旦地听和记。那时没有携带式录音机，他就找到当地驻军，请他们出车拉着发电机，再带动电动录音机，完成自己的任务。就是在那位戈淑贤家里，他收集到了《心心相印的人》《嘱咐歌》《你快说愿意》这几首鄂伦春标志性民歌，经他整理，都收集到省和国家的民族音乐集成里了。

后来那些年，叶磊背着录音机走遍了大兴安岭的山山水水，有的村落连公路都不通，他就走羊肠小道。就是在3月，大兴安岭也是冰雪世界，那时他就急着下乡，每次都是大汗淋漓，连棉衣都湿透了。

鄂伦春是个善酒的民族，只有酒喝到高兴时，才高歌狂舞。为此曾滴酒不沾的叶磊也学会了喝酒，他成了许多猎手的酒友，他也变得粗犷和豪爽了。记得有一次叶磊到鄂族聚居的乌鲁布铁村，猎民们为了欢迎他，把新打回的犴悬在半空的铁钩子上，下面架起桦木烤，噼噼啪啪，嗞嗞啦啦，犴油淌到火里，火苗燎黑了犴肉，这时鄂伦春兄弟用刀子割下一块半生不熟的犴肉送到叶磊的嘴边，这是他们招待朋友的最好方式。叶磊接过肉闭着眼睛把肉吞下去，然后他端起一大碗酒一饮而尽。大家情绪高涨，又唱了起来，这正中叶磊的下怀，他边听边记，收获特丰。

叶磊成了鄂伦春自己人，他把歌手们唱的歌录下来后，一句句整理，把曲调和旋律用五线谱记下，再把唱词一字字用国际音标标上音。他再一句句教给已经不会说鄂伦春话的年轻歌手，让他们参加各种比赛，让这个古老民族的歌声传得更远。现在他的鄂伦春语比鄂伦春年轻人说得还好，他唱鄂伦春的民歌比他们还深情。

在和鄂族兄弟血乳交融的生活中，叶磊也吸收了艺术的营养，他创作的100多首歌曲中，许多融入了这个游猎民族的音乐元素。1980年为举办首届“呼玛之夏音乐会”，他创作了一首歌曲《呼玛河的夏天多秀美》。初稿他是用女声独唱写的，虽然曲子旋律悠扬流畅，却缺少力度。叶磊又几次来到呼玛河观察，那林涛的呼啸，那大河的奔流，那鄂伦春马队的嘶鸣，给他新的灵感。他利用在上海音乐学院进修时学到的曲式、复调和声理论，把这首歌改成了四部合唱，突出了大山的粗犷、激昂、雄浑的特色。他又亲自指挥，使这部大合唱成了这次音乐会的扛鼎之作，受到国内许多专家的好评，也奠定他作为一个优秀作曲家的地位。

但是，叶磊还是在他不想离开黑龙江的时候，走下了高高的兴安岭。根据政策，老叶把儿子安排到了上海读书。孩子小很顽皮，父母年迈想管也管不了，他们来电告急：“你们再不管，孩子就学坏了！”他只好请假，1993年回沪履行家长职责。为了生计，他还在光新中学代讲音乐课，业余时间他重操旧业，为学生排练大合唱，结果这所学校破天荒地在全市中学生合唱比赛中得了一等奖。这时学校下决心，要把叶磊当作奇缺的专门人才调进学校。正在老叶为难的时候，呼玛县的领导表了态：“叶老师为我们呼玛的文化事业奋斗了25年，真够意思呀！我们再不放他就太不近情理了，他也该叶落归根了！”

1994年，老叶领着老伴挥泪告别呼玛的父老乡亲，把住房退给县里，带着两套行李和几大箱音乐资料回到了上海。那个比他更坚定要扎根边疆的妹妹，因为没在当地找对象，早在1979年就返城了。

老叶两口子回到上海连自己的住处都没有，和家里的8口人一起挤在弄堂的36平方米的小屋里。后来自己贷款在宝山区买了套86平米的房子，为了还贷款，他兼了3个学校的音乐课，每周34节，其他时间，还要教二胡、教声乐。还好，吃过大苦的老叶没有被累倒。

一直到2001年，老叶才成了既无内债又无外债的自由人。当然老叶在教学和创作上，都有了新的进步，有时他还风度翩翩地出现在这个大都市的舞台上，他成了上海有名气的音乐人。

看到从家乡赶来的老朋友，老叶和娜佳非要请我出去吃饭不可。我说：“咱们还是来个精神会餐吧！”老叶自弹自唱，先是唱鄂伦春族的经典歌曲

《心心相印的人》，是用鄂族语言唱的，边唱边深情地望着跟他风雨兼程的田秀芬；接着又唱那首《呼玛河的夏天多秀美》，仍然气势磅礴。

我说再唱一遍《走上这高高的兴安岭》吧，于是，老叶夫妇和我随着钢琴声，一起唱起来：

走上这高高的兴安岭啊，
我听见黄河在歌唱，
隔着那层层白云，
我闻见了江南的花香。
从我的家乡到祖国的边疆，
都是我心爱的地方……

27. 美丽的代价

认识尹艳杰是在市知青联谊会组织的一次活动上。那天下午，在哈师大贵宾楼，联谊会为1946年出生的老知青祝贺60岁生日，我也在被邀请之列。看着和我一起站在台上接受祝福的战友，一个个都是满脸沧桑，那浓密的头发变成了北大荒遍地丰收的庄稼，那青春的面容化作了那片神奇的土地上的青山绿水。

下乡正是青春时

但是还有青春长在的战友，在祝贺演出中，尹艳杰又是领舞，又是领唱，舞姿婀娜，歌声嘹亮，一招一式还有点专业派头。她化了妆的形象有点像当红的影星许晴。在参加演出的几十个知青中，大概她算是最靓丽的了。我猜想，她一定是知青中的小字辈——“小六九”（1969届毕业生）。活动结束后，我去慰问，她笑着说：“我和你们差不多，是共和国的同龄人!”共和国还年轻，但和共和国同龄的人确实不年轻了，特别是女人。饱经苦难却能永葆青春的人，必有过人之处。尹艳杰列入了我的采访对象。

那天她穿了件红黑相间的呢料休闲服，焗成金黄色的头发蓬在额前。她很时尚也很自然。她和爱人都是下岗工人，她每月有577元的养老金，他一次补助两万元就回家了。日子很拮据，但她很快乐。一说起当年下乡的日子，她的眼里却立刻涌出了泪水，她说，那是她带泪的青春，一想起来就难过。

“1968年冬天，我和300多个战友冒着漫天飞雪，来到红色草原农场（独立三团）。我们从哈尔滨坐火车到了莎尔图，独立3团团部大礼堂门上写着‘屯垦戍边，热爱边疆’的大标语让我们都掉了眼泪，我们不是参加军垦的兵团战士吗？怎么变成屯垦了！我们是看了新疆建设兵团的电影《军垦战歌》才报名到兵团的，可是面对的都是破烂的小屯子。女宿舍里一片哭声，比刚上火车时的哭声更响亮。浪漫的理想在残酷的现实面前受挫了，我们一时难以接受。当晚我就病了，高烧得很厉害，眼前的一切都在旋转，上厕所都扶着墙，那四面透风的茅房让我再受风寒。不等病好，我又和两个战友一起分到4营5连，经过4个小时的风雪中的颠簸，我们才到了连队。又面临意想不到的麻烦，很巧，我们学校3个公认的‘小美女’都分到了这个连队，而且都住在一个宿舍。‘快去看呀！6号宿舍来了3个资产阶级娇小姐！’屯子里的老乡和先来的知青都来看热闹。我们先是被观赏，然后又被谴责，‘看看她们细皮嫩肉的样子，能干活吗！’”

地头演出是经常的活动

在那个时代，漂亮是被歧视的，美丽可能是灾难，甚至是罪恶。那是一种集体无意识行为，排斥美，仇视美，时常把美贴上阶级的标签。下过乡的知青们想一想，我们身边的那些姿色出众的女知青，肯定经历了比我们更多的苦难，她们往往成为被污辱和损害的对象。“红颜薄命”是黑暗时代的一个表现吧！

自尊心受到巨大伤害的尹艳杰，恨自己不争气的身体，怕别人更瞧不起自己。不等病好，她就挣扎着起来和大家一起去到雪地里收大豆，寒风吹透了她单薄的身体，坚硬的豆梗把她的手扎得鲜血直流，她干得一点也不少。但是人家还在议论她：“你看她穿得那么漂亮，好像在逛街！”“你看她手上一点茧子也不长，脸还是那么粉白的，像个兵团战士吗！”听了这些冷言冷语，小尹心里很委屈，她穿得其实很普通，可她穿什么都比别人精神；她干活很卖力气，手上不长茧是因她注意保护自己，难道这也是错！这以后，她自毁形象地穿得更破烂，她不戴手套想快长老茧，她故意让自己变老变丑。但是她还是改变不了人家对她的印象。只因为美丽，她背上了沉重的精神枷锁。

尹艳杰处处小心，但还是引来了麻烦。有人偷看了父亲给她的来信，这位可亲的老公安干警告诉自己的女儿："一定好好接受贫下中农的再教育，好好锻炼自己。你们这么多孩子下乡，早晚国家会有个说法，不能让你们在农村待一辈子。即使回不来，我也能在城里帮你找个对象，将来也能调回来……"这封信被人交给了连队干部，小尹一下子成了不安心农村的典型，小会检讨大会批判，流不完的眼泪，干不完的重活。

这时家里又来了信，已经下放工厂的父亲，在劳动中受了重伤，让她速回家到医院照顾！在5个姐妹中她是老大，妹妹都还小，这事非她不可。可是连里不信，后来父亲的单位来了证明，才给了她两周假。可是父亲的病恢复得很慢，她扶持着不能独立行走的父亲，心急如焚！她还是超假了十多天。回到连里第二天，她又成了贪图城市生活、公然违犯纪律的典型！更猛烈的批判开始了，她一下子成了破坏上山下乡运动的"罪人"。为了早点解脱，她在大食堂的批斗会上也向自己开火，她宣读批判文章《论斗与进》，她说大家斗争我是为了我的进步！尽管她痛哭流涕地深挖自己资产阶级小姐的思想根源，但是她并没有被人家接受，连队还是把她列入批判改造的对象，和连里"四类分子"一样的处境。

尹艳杰绝望了，她说，当时我想到了死！在夜深人静时，我躺在黑暗中默默地流泪，思考着自己如何去死。去跳井？不行！大家都喝井水，我不能害得大家没水喝。去上吊？不行！那样死得太难看了。最后，我决定第二天全连上早操时，冲到刚刚启动的连队的热特车的车轮下！这样的死才壮烈！想到这儿，我突然镇静起来。我想死之前一定回一次家，向父母和妹妹们告别！我悄悄地爬起来，整理好自己的衣物，又给同伴写了封信："我有急事走了，不要找我，这些东西都给你了。谢谢你对我的好！"然后我又把自己的被子摆成有人蒙头睡觉的形状。

1971年11月，在尹艳杰下乡正好3年的那个深夜，她走出了昏暗的连队，走出了那个在严寒中越来越恐怖的小屯。迎着刺骨的寒风，踏着没脚的积雪，她艰难地向前走着，她朝着红旗站的方向——当年下乡时在这里下的汽车。那是一片野狼经常出没的荒原，漆黑的夜张开恐怖的大网，风的凄厉，乌鸦的怪叫，让每一个夜行者却步。但是她一往无前地走着，汗水湿透了她的衣服，寒风中她瑟瑟发抖。风霜挂满了她的头巾，她成了夜行的白毛女。

本来平时1个多小时的路程，她走了3个小时了，还没走到通往红旗的大道。她停在路旁的一座窝棚前呼喊，开门出来一个30多岁的男人，他被尹艳杰的样子吓了一跳。她问："去红旗站怎么走？"他说："向左拐到边道，傍着道一直向前走！"接着他又吃惊地问："就你一个人?!"她说："大队伍在后面，我是问道的。"顺着那男人指引的方向，一个多小时，她走上了大道。这时天已泛白，风寒刺骨，正是"鬼龇牙"的时分。4辆拉羊草的大马车的老板子，一边在地上跺着脚一边和她打着招呼："小伙子，就是一个人！"她粗声粗气地说："大队伍在后面！"这段经历让尹艳杰刻骨铭心，每次回忆都让她泪流满面。

经过5个小时的急行军，异常勇敢的小尹终于赶到了红旗站。这时她看见"大部队"已经赶在了她的前面，她看见连部通信员小于正骑着马在车站转悠，那辆热特车也等在道上。她急忙躲进路旁的草垛，但还是被抓住了。天亮时同伴发现了她的信，连里派出了机械化部队，她插翅难逃。

尹艳杰还是老知青的文艺骨干

尹艳杰梗起脖子，做出宁死不屈的样子。连里的干部并没有为难她，只是问她："你不知道，这大甸子里狼多吗！不怕狼把你吃了？"尹艳杰说："我死都不怕，还怕狼！"这个倔强的姑娘的出走让连里的干部有所反思，对知青是不是有点太左了？不能逼得太狠，出了事就麻烦了！连队的政治气氛有所缓和，但尹艳杰还是抬不起头来，她下决心离开这片伤心地。已经伤透心的她回到了哈尔滨，回到了父母身边。情绪低落的她觉得一切都完了，她同那个时代的每一个青年一样，有青春的激情，有理想有抱负有追求，可面对如此残酷的现实，她觉得无路可走了。这时23岁的她盲目草率地走进了婚姻，然而她又失败了，4年半的痛苦换来的唯一安慰是两个漂亮的女儿。然而谁能想象她没有工作、两个孩子没有户口、3个人相依为命的苦难岁月！

严冬过后是春天。1978 年底，尹艳杰被招进了第二毛纺厂。穿上漂亮的工装，她仿佛又年轻了，其实当时她还不到 30 岁。她又恢复了活力，对未来充满了期望。有一天，那位女车间团书记看见小尹满面春风的样子，额前的刘海还烫过了，忙问她："小尹你结婚了？怎么不告诉我！"尹艳杰笑着说："我早就结婚了，我还是两个孩子的妈妈呢！"当春暖花开的季节，她就把两个女儿领到了工厂。

接着发生的故事，尹艳杰说得很简略。厂里一个未婚的青年工人看上了她，他叫孙国新，是一个非常优秀的工人，年年都是厂里的先进生产者。也许是他看中了她的美丽，也许看中了她的才干，也许是同情她的遭遇……虽然他们的恋爱得到领导的支持，但多数人并不看好，因为她比他大，还是两个孩子的母亲！但是谁也没能阻挡他们的幸福结合。以后凡是有人碰到小孙都问这句话："怎么样，你们还过着呢?"小孙笑呵呵地说："还过着呢！"是的，他们还过着呢，过得相当好！小尹还给小孙生了个胖儿子，她特别高兴，觉得生了儿子对得起深爱她的孙国新了。儿子今年 26 岁了，1 米 84 的大个儿，提起儿子她满脸的幸福和骄傲。

生活舒心的女人总是很年轻。尹艳杰笑着告诉我，她的两个女儿都结婚了，都有工作，日子都过得很好。小儿子在珠海开了一家影楼，也快结婚了。孙国新在二女儿家开的门窗厂帮助打理。"最忙的还是我！"她给我看了她一周的活动日程表：星期一、三，参加知青联谊会的秧歌队；星期二，到老年大学学古筝；星期四、日到知青合唱团活动；星期五，到花园街社区活动；星期六，上声乐课。她还给我看了她的三大册剪报，上面都是精短的散文和知识性的文章。她说这些年她从来没有停止学习。看来，学习让她有了知识，坚定了信念，她才变得坚强。

在那个特殊的年代，美丽曾让许多女人付出沉重的代价。但是坚强让她们走出困境，结果生活得更美丽。美丽和坚强的女人，永远都会幸福的。当然这美丽不仅是形象。

28. 诗人的非诗意生活

迎着晨风迎着阳光，
跨山过水到边疆。
伟大祖国天高地广，
中华儿女志在四方。……

大概每一个知青战友都会唱这首歌，它是电影纪录片《军垦战歌》的插曲。一群意气风发的背着行李的上海知青坐在大卡车上，他们高唱着这首歌向塔里木荒原进军。

这首歌曾让我们热血沸腾、激情浩荡。我们也唱着这首歌奔赴了北大荒。这首歌的词作者就是著名的诗人郭小川。

到了北大荒不久，有一首诗在知青中流传，也让我们豪情满怀——

边疆啊边疆，
每天都是你第一个迎接朝阳；
你打开祖国的东大门，
让千山万岭洒满晨光。
每一个工作日的第一声汽笛，
首先从这里拉响！

这首曾让每个兵团战士充满自豪感的《兵团战士爱边疆》的作者，就是郭小川的儿子郭小林，当时兵团3师20团的战士。他和父亲是点燃我们一代人激情的人，他是兵团知青爱戴的诗人。他在这片神奇的土地上生活了12年，经历了许多艰辛和苦难，在那毫无诗意的生活中他却写出许多充满浪漫

郭小林在这片土地上辛劳了12年

情怀的诗歌，至今还留在我们这些老知青的美好记忆中。

1964年暑假的一次报告会，点燃了北京景山学校一个17岁少年的心，报告人是来自北大荒852农场的一个转业军人，他讲到了那片土地的壮美，也讲到了那片亘古荒原在呼唤着英雄的开拓者。此刻这个少年想起父亲郭小川去年发表在《人民日报》上的诗《刻在北大荒的土地上》——

继承下去吧，我们后代的子孙！
这是一笔永恒的财产，千秋万古长新；
耕耘下去吧，未来世界的主人！
这是一片神奇的土地，人间天上难寻……

郭小林记得这是父亲1962年底到1963年初采访北大荒时写的，那里有他359旅的许多老战友，他是奉老旅长王震的命令，来看望他们的。小林也想到了1963年10月27日父亲在新疆写给他的信：

“亲爱的小林，我现在塔里木河北岸的阿克苏城，刚刚从塔里木回来。在那里，我们看到很多上海青年，他们大都十六七岁，从上海远道来此，就热情参加了祖国边疆的农业建设，很令人感动。我希望你也能像他们那样……”

就是在这次对新疆建设兵团的访问中，郭小川和贺敬之、袁鹰一起完成了纪录片《军垦战歌》的创作。这部极富艺术性的电影最先感动了作者的儿子郭小林，他也登上去北大荒的列车，尽管他已被景山中学的高中部录取，作为在校中学生的他并不是动员下乡的对象。

那一天，胸前戴着大红花的郭小林在东城区中学生的热烈的锣鼓声中登上了火车，正在参加《东方红》音乐舞蹈史诗创作的郭小川和夫人、《光明日报》的编辑杜惠赶到火车站为儿子送行。可是没等他们挤进站台，火车已经开了。本来小川是要想和儿子好好谈一谈的，他知道儿子也想写诗，他想告诉小林：毛主席说，学校是不能培养文学家的！

小林是“满怀热望满怀理想，昂首阔步到边疆”的。那北去的列车日夜兼程，窗外的呼啸而过的山林，还有那满山遍野的大豆高粱，让他心潮澎湃。到了密山他们换乘了闷罐车，那车厢里的木头椅子、铁皮炉子和悬挂的马灯，使他想到了奔赴前线的战车，不禁又是一阵激动。然而到了他日思夜想的852农场，到了他渴望的战斗岗位良种队，他看到的是低矮的土房、臭烘烘的畜舍和望不到边的黑土地。

诗人郭小川一家人

欢迎新战友的热情和对大诗人儿子的偏爱，像秋风一样很快就过去了。接着就是北大荒漫长的冬天和那连续不断的暴风雪，刮得天昏地暗，刮得小林的心中怎么也涌不起诗的灵感。他跟着农工到地里收苞米，沿着两里地长的垄沟，把苞米一穗穗掰下来，再装进筐里背到地头，他的肩膀都压肿了。那时他只有1.64米高，体重还不到100斤。北大荒不相信眼泪，小林咬牙挺着。他又到了水利工地，抡起大镐，地下只刨出一个白点，虎口震裂了，血滴在雪地上，如红色的花。他又参加了积肥的劳动，真还写了诗《积肥谣》：“健牛拉车肥堆堆，银装素裹肥点缀。”他把诗寄给父亲，可父亲并不欣赏，让他好好劳动，更深刻地体验生活。“一定要树立彻底为革命而写作的动机和态度。”小林没有把父亲的指示当回事，他还是把自己写的一组小诗《催春潮》寄给了当时的《东北农垦报》，很快被采用了。当时艾青、聂绀弩等大诗人也羁押在北大荒，但他们是不能发表作品的，这就成全了郭小林这样的业余诗人。

自己写在纸片的几句小诗被印成铅字而广泛流传，这是一种鼓励也是一种刺激，小林一发而不可收。一年以后他所在的852农场收到了调郭小林到农垦报工作的调令，然而被他所工作的良种队给回绝了，他们的意见是：郭小林的小资产阶级世界观没有改造好，不适合到报社工作。结果他们推荐了比他早来一年的另一位北京知青。现在看来，真的太可笑了，一个17岁的孩子，世界观还没成熟，却被打上小资产阶级的印迹！那时小林的“群众关系”不太好，他很孤僻，也很内向，不善于和别人相处。有人和他开玩笑：“你爸叫小川，你叫小林，这不平辈了吗!”他立刻和人家急眼。后来谁也不待见他。他平时话不多，可一开会给领导提意见，他总是振振有词，不免有些偏激。文化大革命的浪潮也卷到了北大荒，充满革命理想的郭小林理所当然地冲锋在前，虽然并无什么过激行动，可还是成了队里的“炮轰派”，还被关了起来。

本来他是有机会改变自己命运的，852农场的老场长黄振荣是郭小川在359旅的战友，小林的母亲杜惠曾给他写过信，让他关照小林。可小林从来没有找过他，可后来想找时，他已被打成叛徒迫害致死了。以后因为诗人郭小川也被打倒，“黑帮”子女郭小林的日子更不好过了。

大批知青来到兵团的1968年，郭小林的处境终于有了转变，他被放了出来，成了光荣的兵团战士。边疆爱他了，他也更爱边疆了，于是就有了他的那首《兵团战士爱边疆》，1969年发表在《兵团战士报》上。1970年小林被借调到《兵团战士报》帮忙编诗集，他成了我的同事。小林给我印象良好，他很有才华，对同志热情，人也特别单纯。他虽然性格怪异，但还是成了我的好朋友——敬其父更爱其本人。经过一段实习，报社准备调他当诗歌编辑，但因为他还是工人身份，只能先调到报社印刷厂当校对。小林可能难以容忍比他晚下乡4年的我们是干部，而他还是工人。(因为我们都曾当过排以上的干部，而他始终是个战士。）也许为了尊严，小林又背着小书包回852农场了，当时我们都很惋惜。在这前后他还曾被借调到师部的计划科和省出版社帮过忙，可不知为什么又回到他所在的老连队了。那个时代不包容个性，而天才都是有个性的。那只能是黄钟毁弃，瓦釜雷鸣了。

每一次可能改变命运的机会失去后，小林都会遭遇更多的磨难。领导可能觉得他不安心边疆，更需要艰苦的锻炼。回来后他曾被派到山里伐木，有两次差一点被砸死；他又被安排去打石头，他抱起重有百斤锋利如刀的石块装车，衣服被割烂了，手被磨起老茧；他又在三九天冒着风雪去放牛，棉袄被风吹透，他像寒鸟一样发抖。那时小林特别坚强，他要让人们看一看自己是怎样扎根边疆的！白天劳累之后的晚上，他总是躲在猪舍里点着油灯写诗，那时他的心情像春天的阳光一样灿烂。外面越来越大的诗名，并没使他的境遇有一个好的转变。名气大更遭人妒嫉，有的人以欺负名人为快感。在最困难的时候，他不断接到在天津的团泊洼干校劳动的父亲的来信。母亲也去了干校，妹妹岭梅和晓惠也下乡到内蒙古建设兵团了。诗人一家天各一方，他们用书信温暖着亲人，企盼着早日熬过严冬。

1971年那个阴冷的春天，郭小林在酝酿着一部长诗，它源于一段美好的回忆。上个世纪的50年代初，在中宣部工作的郭小川和家人都住在风光滟潋的中南海，少年的小林经常能见到毛主席，那时的阳光真温暖。有一次他和秦川（曾任《人民日报》总编）的儿子在游泳馆玩时，看到毛主席正在池边休息，便走到他的身边问好。毛主席乐呵呵地问他俩的名字和学习情况，小林说："我学习不太好。"秦川儿子说："他学习挺好，还得了二等奖。"毛主席说："你比我学习好！我读书时可从来没得过奖。"他们都和毛主席一起笑起来。小林还记得有一次，毛主席背着手在中南海边散步，他跑上前去，把一只苹果放在毛主席手里，然后掉头就跑了。毛主席喊他，他却不好意思回头。小林就从中南海的这几件小事写起，表达从一个孩子对长辈的小爱到一个战士的对领袖的大爱。那是一首600多行的长诗，在知青中流传，那真情感动得许多人落泪。在父亲的指导下，他把这首诗修改了许多遍。在"七一"党的第50个生日前，他誊写了两份，作为献给党的贺礼，一份寄给了中央办公厅敬转毛主席，另一份寄给了人民文学出版社。他望眼欲穿地等待，一天两天，一个月两个月，已经到了下雪的日子，结果泥牛入海无消息。

春天离小林还很遥远。也许一个小知青的诗不可能打动官方，在那浩繁的贺词中它肯定是微不足道的；也许他借了郭小川的"光"。当年江青和郭小川都在中宣部当副处长，"文革"中她说过，当时郭小川对批《武训传》不积极，批《清宫秘史》不热心，早就是个反革命修正主义分子！在这样的形势下，一个被打入另册的诗人的儿子，怎么可能发表歌颂领袖的长诗！

心灰意冷的郭小林在爱情中寻找慰藉。他爱上了一个北京女知青，而她并不珍惜这个才情丰润的诗人，而选择了别人。伤了心的小林认为城市女知青都水性杨花，他要找一个本地姑娘做自己的终身伴侣，同时也想显示自己扎根边疆的决心。他爱上了百里挑一的养猪姑娘杨桂香，这个山东移民的后代如“小芳”一样的“一双美丽的大眼睛，辫子粗又长”，她还很贤惠善良，可她对小林并没有什么感觉。小林给她写诗，她说读不懂；小林到猪舍给她拉手风琴，她对他说你别费心了，我年纪小，不考虑个人问题。但是诗人炽烈的爱情能让冰雪融化。经过两年多的穷追不舍，小杨终于给小林传来一张小纸条：“你父亲的问题解决没有?”在那个时代，哪个姑娘也不敢嫁给一个家庭有问题的男人，那会影响后代的。他马上告诉小杨父亲已被“解放”，很快要安排工作。这时小杨接受了他，他们开始谈婚论嫁了。

郭小林扶着父母的肩头，他和他们一起经历苦难

但是郭小川一家并不赞成他们的结合，他们都知道农村生活的艰辛，而小林没有能力支撑一个家庭，更不能给妻儿幸福。父母和妹妹都来信，表明他们的态度。这时老作家冯牧的一封来信更考验着小林的爱情。冯牧是小川的老战友，无儿女的他特别喜欢小林，在小林下乡时他把保存多年的战利品军用小刀和当年自己的旧军装赠给了他。他知道小林在兵团的处境后，便给他的老部队昆明军区的领导写信，推荐小林去搞文学创作。经过一年的运作，部队终于同意了。他高兴地通知小林快办手续。可是小林拒绝了前辈的好意，他回信说，我就要和杨桂香结婚了，她是个好姑娘，我不能离她而去。我们可爱的诗人又一次和机遇失之交臂，他本来可以成为一位出色的军旅诗人的。

1974 年秋天，小林领着杨桂香回北京旅行结婚，父母还是尊重了他们的结合，给予了相当的礼仪和真情的欢迎。那是中国的多事之秋。郭小川写了一篇报告文学《“笨鸟先飞”——记少年庄则栋的训练生活》发表在《新体育》上，意在批判林彪的“天才论”和唯心先验论，却受到了江青的批判：“庄则栋如果是笨鸟，那中国人还有聪明的吗！郭小川这是对中国人民的诬蔑!”就要出来工作的郭小川又一次陷入灾难之中。对他又打又拉的江青托人给郭小川捎话：如果能给首长写封信，表示自己改换门庭，不仅问题可以解决，还可以出来工作！郭小川说："我从参加革命那天起就知道共产党、毛主席，没有什么门庭可以转换!"这样江青一伙对郭小川更是恨之入骨了。邓小平的出山让郭小川看到了自己的希望，也看到了中国的希望。他给邓小平写了长信，反映江青的极"左"路线给文艺界带来的灾难，通过胡乔木同志转交。小平同志安排4位副总理一起找他谈话，详细听取他的意见。这时"四人帮"开始疯狂地反扑，要追查这封"黑信"的源头，矛头直指邓小平。在王震同志的安排下，郭小川到河南林县避难。具有高度政治敏感的郭小川已从满楼风声中听到了欲来的山雨。他把小林一家和两个女儿都调到了林县，他们躲藏在旋涡外，远观中国两种命运的大决战，急切地等待参加战斗的时机。小林在北大荒出生的女儿也来到林县，小林给她起名"爱农"，小川说这个名字好，我们全家都爱农，并准备做一辈子农民。他们已做好了最坏的打算。本来县里答应要把小林安排到县委宣传部搞报道工作或到县中学当教师，可因为小川的失势，他和爱人的工作都没有着落，一家暂居在一间农舍中。

郭小川一家终于盼到了1976年的10月，小川已从《人民日报》的只言片语中感受到了"中央肯定有了大变化"，他请假名为到安阳看病，实为要转道北京回去"参加战斗"。郭小林陪父亲来到安阳，小川却把儿子赶走了，他说："快回去照顾老婆孩子吧!"1976年10月18日，郭小川这位中国人民爱戴的伟大诗人葬身在安阳地委的第一招待所的火海中——也许他已得知来自北京的粉碎"四人帮"的胜利喜讯，兴奋地不断吸烟，后又多吃了安眠药。未熄的烟头点燃了被褥，他又深睡难醒，终于把自己也化成了一炬烈火。诗人死在黎明前，那一年他57岁。这一切验证了郭小川写于一年前10月的《秋歌》中的诗句——

我知道，总有一天，我会化烟，烟气腾空；
但愿它像硝烟，火药味很浓，很浓。

郭小川一直把自己当作在硝烟中战斗的战士，可惜他没能参加让中国走进新时代的伟大战斗，更没能分享那胜利的果实。

郭小林还是尝到了些许的胜利果实，中组部在处理父亲的后事时，当地组织把他安排到林县的城关公社中学当老师，杨桂香到公社卫生院当药剂员。

度过比北大荒还艰难的 5 年生活后，他们颇费周折地和两位在北京工作的林县的石匠对调后回到了北京。小林的对调单位是一个建筑公司，没有他能干的活。已经当了中国作家协会副主席的冯牧又伸出了温暖的手，小林到作协当了干部，后来又到《中国作家》当了编辑，一直干到 2003 年内退。在回北京的 20 多年里，为别人缝制嫁衣的小林累白了头累弯了腰，能记起的故事并不多。我知道他在成堆的来稿中发现了哈尔滨市青年作者鲍十的小说《纪念》，经他精心整理发表在《中国作家》上，后来张艺谋把它改编成电影《我的父亲母亲》。这部电影在国际上得了大奖，那小妮子章子怡因主演出了大名，可没有几个人知道郭小林是这篇小说和这部电影的第一个伯乐。

无雪的冬天，我在北京拜访已经成了专职诗人的郭小林。他真正过上了富有诗意的悠闲生活，夫人杨桂香在一家医药公司工作，已经大学毕业的女儿爱农也有了自己的事业和爱情，一家人过得安详而平静。郭小林在母亲的指导下和妹妹一起完成了 12 卷的《郭小川全集》后，开始写自己的诗，要用诗总结自己和他经历的一切。在我们通宵达旦的长谈后，他给我朗诵了自己的新作《关于自己》——

用锋利的诗/我切开自己
脑袋是瓜/也是傻瓜/半个世纪还不熟/在这高寒地区
我从未杀人/却卖力地往炮膛中/装填过自己/
它打死理想/命入完达山——
森林和草原/全部涂抹掉/黑土上只允许/一种颜色
胳膊是锄杆/手是锄板/和犁铧一起/给母亲的胸脯/
划开深重的伤口
每天最早恭迎/红太阳/可一米厚的冻土层/
却永远也不融化/一年年收获/豪言壮语满仓
老大归来时/人们正在打扫战场/阵亡者中/
有我的父亲/谁是法医/
鉴定时我不在现场？……

我和郭小林分手在华灯璀璨的北京街头，我的手里拿着他的诗集，那封面正是黎明时天的颜色。

29. 火凤凰

那是我心中一尊永恒的雕像——

烈火熊熊，冲天而起。一位女青年，顶天立地，用双手撑起跌落的房架，她的头发、双手和房架一起燃烧。她挺拔如山，像女神一样圣洁。她光亮如炬，像灯塔一样照亮天际。

蒋美华受伤前的照片

她没有死，比死更艰难地活着。她活得很顽强，活得也很精彩。她让美丽的女人羡慕，她让刚强的男人敬重。

她叫蒋美华，当年黑龙江省山河农场的救火女英雄；现在上海的下岗女职工。

她在上海闸北区永兴路的一栋住宅的7楼接受了我的采访。假发和墨镜掩盖了她往日的伤痕，我握到她没有手指干枯冰冷的手掌，却感到她内心的火热。屋里很干净也很宁静，有一只白色的猫和棕色的狗陪着她，那是她从街上捡来的流浪动物。谈话中间，她的儿子回来，那个英俊的小伙子刘佳为我阴冷的心里投下一缕阳光。说起自己的过去，美华很平淡，尽管那是惊心动魄的故事。

1970年1月13日，蒋美华兜里揣着两周的病假条在宿舍扒麻秆。她刚在场部医院做完急性阑尾炎手术，本来是要休息的，她顽强地要求了一个干轻活的机会。突然传来呼喊："修配厂着火了，快救火呀！"蒋美华立刻跟着大家向火场跑去，排长朱金彩说，你刀口还没好，不能去！可她还是毫不迟疑地跑去了。

修配厂里烟火弥漫，大家不顾一切地冲进去，里面装着6台正在冬修的拖拉机和上千件零件，他们非要抢出来，因为那是国家的财产！

蒋美华冲到火里，搬起一个几十斤重的大齿轮就跑出来，接着又一次次地冲进去往外抱零件。当她最后一次冲进去时，天棚全着火了，往下流淌着了火的锯末子。她和大家一起推最后的两台拖拉机。这时突然一声巨响，天棚坍塌了下来，整个厂房一片火海。一根火龙般的棚楞带着烧断的棚板一头搭在拖拉机上，一头压在蒋美华的肩上。

"快出来！快向外面跑！"这时现场的领导干部发出了命令。蒋美华只要推掉身上着火棚楞，就可跑出。千钧一发之际，正有几个战友从她搭起的空隙下钻出，她一咬牙，挺起胸，用双手把熊熊燃烧的棚楞高高举起！烈火在她沾满机油的手上和头上着了起来，火吞噬着她的头发和肌肉，烧得吱吱直响……大概只有几秒钟，20多个战友们跑出来了，蒋美华昏倒在火海里。

这场火灾使鸡西青年李国华壮烈牺牲，蒋美华和另外两个战友严重烧伤。她的烧伤面积达到35%，大部分是3度烧伤，而且都集中在头部、脸部和双手，头发都被烧光了，后脑烧得露出了骨头，耳朵、鼻子、眼皮、下巴烧得不成样子！

来探望她的上海知青办的同志，看到了她血肉模糊的身体和魔鬼似的形象，当场昏倒了。在这场灾难中，一个年轻女子最宝贵的美丽全部毁掉了。如果她就此死去，她的悲剧也就结束了，可是她还顽强地活着，将迎接漫长的悲剧人生！

那一天，山河农场大雪纷飞，苍天也在为这个美丽坚强的姑娘落泪呀！

234次列车拉着生命垂危的蒋美华向齐齐哈尔奔去，她高烧40度，血压测不出来，已陷于深度休克。省里派来最好的专家，调来最好的药品，经过5天的抢救，她终于从昏迷中醒来。为了防止感染，医护人员为她摘去烧伤面的焦痂，再用盐水擦洗创面，还要贴上油纱布，第二天再把粘满浓血的纱布扯下来……每一次都承受一次"酷刑"，她忍受着，极痛苦时就高喊"下定决心，不怕牺牲……"她大声地唱《红灯记》中李铁梅的"做人要做这样的人"。这是那个时代唯一可以战胜痛苦的办法！

更难忍受的是植皮，要把旧创面全部清除，露出鲜肉面，再从自身的大腿上、小腿上取下皮肉贴在旧伤面上。在齐齐哈尔住院的一个月她做了6次植皮手术，回到上海瑞金医院又接受了16次植皮和整容手术，全身取皮30多处。同时医院还为她做了双手的截指手术。如果说，肉体的巨大痛苦是对她严峻的考验，那精神的打击是更残酷的考验。

她从休克中醒来，透过眼缝看到自己的手烧得漆黑，10 个手指像鸡爪一样。她从摆在床前的毛主席像的玻璃镜里看到了自己的脸，把自己吓了一大跳。头肿得和肩一样宽，脸上血肉模糊，没有了鼻子，眼睛只剩一条缝，头上连一根头发也没有。泪水立刻蒙上了她的双眼，她在心中呼喊："我才 21 岁啊，今后，我可怎么活呀！"这样的打击会让再坚强的人也痛不欲生。

瑞金医院不仅有世界一流的治疗烧伤的技术，还有最好的心理医疗的办法。这一天，已经康复的上钢三厂的工人邱财康来到了蒋美华的床前，这家医院就是因为救活烧伤面积达 90% 的这个钢铁工人而闻名全世界的。他对美华说，你看我截掉了左臂，右手只剩下 3 个指头，还工作生活得很好！你这么年轻，双手都有，还有什么不能学会的！美华笑了，她又做了一次手术，把没有手指的右掌的虎口处深割出一个豁口，正好能夹一支笔。她练习写字，练习拉窗帘、拿东西、夹着筷子吃饭。手掌被磨破了，流血了，她还坚持着，学会了许多"手艺"。当然最值得高兴的是，她用自己的新手给山河农场党委写了第一份入党申请书。

高尚的追求，让一个坚强的人更加高尚。蒋美华在住院期间，还担任着病房的学习小组长。她不能下地，让护理员推着她来到每一个病员的床前。一个被烧伤的小女孩儿，每到换药时又哭又闹，美华成了她的好朋友，每到换药都坐在她的身旁，给她讲故事说笑话。还有一个来自农村的女孩因烧伤引起严重的败血症，急需烧伤病人身上的抗复血。美华让护士抽自己的血，可是医生不同意，她刚做完手术，体重还不到 70 斤。她就写了一封献血申请书，她说，我的身体里有多少兄弟姐妹为我输的血，现在别人需要血了，我为什么不能给他们输！院方终于同意了，美华 100 毫升的抗复血救了那个孩子的命。不久，上海中山医院为抢救一位严重的败血症患者，因为没有抗复血，到瑞金医院求援，蒋美华又捐了 200 毫升的血。她的血也让别人像她一样勇敢地战胜死神。

也许这些事对于关键时刻为大家的安危把生死置之度外的蒋美华来说，并不难做到。难以做到的是，如何面对社会，有尊严地坦然地生活下去。那天医院组织病人到剧场去看京剧《龙江颂》。正在看戏时，一位迟到的观众坐在她的身边，他一转头看见了美华，吓得惊叫起来，然后戏也没看就跑了。这件事对美华的刺激太大了，她走出剧场，在夜色中徘徊，她的心在流血……她一夜无眠，泪水湿透了枕巾。她的坚强曾让她战胜无数难以想象的痛苦，难道就没有直面社会和人群的勇气吗?！她的“丑陋”不是她的耻辱，而是她的光荣！要想让社会接受自己，首先要自己接受自己。不管别人怎么看，自己最了解自己，还要相信大多数人都是善良的，了解她的人都会敬重她，爱护她！想到这儿，她心上的阴云淡去了。

第二天，她还没有起床，病房的党支部书记来找她谈心，在上海负责她治疗的场领导和市知青办的领导都来看她。看着美华满面春风的样子，他们都笑了。

听说，烧伤的蒋美华出院了，她家所在虹口区里弄的邻居都挤到街上看她，有人站在凉台上，有人挤在院口，人山人海的。美华走下出租车，摘下帽子，摘下口罩，摘下墨镜，微笑着看着关爱自己的亲人，她用没有手指的双手向大家招手。在场的许多人流泪了，有人为她鼓掌！她心里明白，总有一天自己要以“真实面貌”面对社会，有了这第一次，就再也不用掩盖了。真诚和真实的美华，还像小的时候一样漂亮！她的邻居这样说，善良的人都会这么说。

已经毁容的姑娘的婚姻问题可能会面临极大的困难。然而，那是一个崇敬英雄的时代，蒋美华受伤之后，不乏追求者。一个插队的北京知青，给她写来充满深情的信，他说我要用我的心和健康的双手让你一辈子幸福！她和他见了面，他 1 米 68 的身材，长得很帅，非常热情。这时美华却犹豫了，其实她心里很自卑。少女心中白马王子的形象早在她的心里消逝了，她要很现实地对待自己的婚姻问题。她一时难以判断他对自己是爱情还是同情，崇拜是不能代替爱恋的。她不能因为自己耽误和拖累一个善良的年轻人！农场局的领导很想成全这对年轻人，他们对他进行了“政审”，然后马上否定他们的爱情——那小伙子的父亲有历史问题，而且死在狱中。他们不能让自己培养的英雄，因为找了一个出身不好的配偶而影响政治前途。那是一个政治挂帅的时代。美华听从了领导的意见，本来她就很犹豫。然而那个知青很坚定，那时他已经考上了哈尔滨的一所大学，他利用假期跑到了上海，住在了蒋美华家里，他要说服她接受自己。美华让弟弟天天陪着他玩，而自己躲着他。半个月后，那个青年流着眼泪走了，美华给他拿了 100 元钱做路费。

望着他远去的背影，美华说不出是轻松，是惆怅，还是伤感。她悄悄擦去泪水，因为她知道还有无数的人生苦难在等着她，生活不相信眼泪。

在蒋美华和死神搏斗的黑暗中，她总能看到一线光亮，那就是北大荒的阳光。在昏迷中，那光亮越来越大，她又看到了阳光下北大荒广阔的田野和田边她住过的房子，于是生命之神又回到了她的身边。北大荒是蒋美华生命之所在。

1974年7月，她谢绝了上海的挽留和安置，又回到了朝思暮想的山河农场，她要用自己微弱的光和热为这片土地尽力，倾注自己的感恩之情。她被安排到宣传科搞通讯报道，一有时间她就下连队。场里专门安排一个人照顾她的生活，那时她吃一次饭要两个小时，上厕所都要人帮忙。听说蒋美华回来了，又到了自己连队，大家身前身后围着她，连上厕所都有人跟着。为她帮忙的那位女同志不好意思让人看着她为美华擦拭，急急忙忙拉着她出来了。

美华很难过，她明白了，要想工作必须生活自理！她要靠自己的能力才能活得有尊严。为了解决吃饭太慢的问题，她又做了一次手术，把嘴割大了。她像一个小孩子一样，从最简单的生活方式学起。真是功到自然成，经过艰苦的锻炼，她的残手灵活了，不仅吃喝拉撒睡全靠自己，而且学会了做饭、洗衣、打毛线、使用缝纫机、骑自行车，还学会了打乒乓球，打得还相当不错。

省农垦总局副局长、著名作家韩乃寅，当年和美华坐对桌，也是新闻干事，他曾为美华写过许多报道。他回忆说："美华是我见过的最坚强的人，当时她什么都能干，一点不比我们差，而且每天都活得很快乐！"

荣誉是英雄的影子。蒋美华的事迹上了《人民日报》《黑龙江日报》和上海的媒体，她被请到各单位作报告，她为保护国家财产舍生忘死和伤残后顽强乐观地生活的事迹，曾感动了一代人。1973年7月1日，她入了党；后来当选为省劳动模范、省知青标兵，担任省妇联委员。

荣誉也是沉重的压力，美华努力干得比别人更好。她当过图书馆的管理员，当过场团委副书记、场妇联副主任，样样都干得精彩，被人佩服。1974年9月，农场推荐她上复旦大学，开始学校怕她生活不能自理不想要。省农场总局领导说，如果你们不要蒋美华，其他知青一个也不给！学校老师来到山河农场一看，被蒋美华深深地感动了，他们说："她是活着的保尔！录取这样的学生，是我们复旦的光荣！"

后来蒋美华真的成了复旦学生的榜样。多次大手术的麻醉让她记忆力受到损伤，她要付出更多的时间去预习和复习课程，为此她总是早起晚睡。开始她是班里记笔记最慢的人，后来成了班上记笔记又快又全的人。那时学生经常下工厂和农村搞调查，每一次她都不甘人后。她是哲学系学生党支部的委员，也是哲学系的好学生。1977 年以优异成绩大学毕业的蒋美华被分配到了上海机械制造工艺研究所，新的人生又开始了。

蒋美华担任这个 1000 多人研究所的工会副主席，她是全所的大服务员，为职工权益、福利奔忙着，起早贪黑，任劳任怨。大到分房，小到送电影票，她都亲力亲为。她的真诚、热情、勤劳、公正，感动了全所每一个人。

她关心大家，大家也真心关心她，所里的几个老大姐张罗着为她介绍对象。一个叫刘银宝的新疆的返城老知青，被同事介绍给了美华。他 1964 年下乡，比美华大 3 岁，返城后在一家企业当警卫组长。美华对他印象不错，人特别老实，长得很健壮，仪表堂堂的。可贵的是他并没有在意美华的伤残形象，慢声细语的一句话让美华流下了眼泪："我什么也没有，但靠这双手，我会让你一辈子幸福！"

和银宝认识几个月后，正好赶上市里为美华解决了房子。他们结婚了，没办酒席，也没搞什么仪式。当时银宝的所有积蓄就是 120 元钱，还为父亲的去世花了 70 元。美华为他做了几套衣服，还花 1500 元，买了一套当时最好的家具装饰新房，她对未来的生活充满了希望。她和所有贤惠的妻子一样，尽最大的努力让丈夫在外面体面、在家里幸福。1982 年 7 月，健康聪明的儿子降生了，她感到做妻子和做母亲的幸福。他们以儿子为圆心，匆忙地旋转着，日子过得又快乐又充实。孩子逐渐大了，上学了，家里的困难也越来越多了。家家都有难唱曲，日子还要过下去。

这是一个社会转型时期，蒋美华所在的研究所也在改制中衰落下去。1993 年，美华工作的情报资料室撤销了，她和室里的人都下了岗，当时她只有每月 300 元的收入。老刘是指望不上了，他所在企业也不景气，他身体不好，经常住医院。她要供养儿子考重点高中，每年的补课费就要上千元。对于家庭她还要承担责任，作为家中的长女，母亲去世了，她还赡养重病卧床的父亲。返城弟弟因精神病长期住院，她还要抚养因父母离异无人照顾的小侄，还有在上海借读的妹妹的孩子、丈夫兄弟的孩子也吃住在她家里，她还要管……负担，沉重的负担压在这个弱女子的肩上。她真的很难。自家的事就够多了，别人的事可以不管，但是心地善良的美华就是"破车好揽载"，别说是亲人她想帮助，就是街上的流浪猫和狗她也抱回家，不忍心让它们受苦！

从热爱的岗位走下来，到社会上自己去寻找工作，对她来说是十分痛苦的事。走出研究所大院那天，她忍不住落泪了，甚至比自己当年被火烧伤都痛苦。过去组织和单位给了她很多的关爱，她对他们有着深深的依赖，现在一切都要靠自己了，她的心空落落的。但她没有退缩也没有抱怨，因为她曾是英雄，英雄是永远不能气短的！

伤残后蒋美华坚强地活着，学会一切劳动技能

美华找到一家经营窗帘的商店推荐自己，她说我能给你们加工窗帘和沙发套、钢琴套。老板娘看着她伤残的双手，不敢相信。美华说，我先给你们做几件看看。结果她的手工制品件件都精美得像艺术品一样，她使用缝纫机的功夫是一流的。从此她的家成了这家商店的加工厂，顾客需要什么她都加工，她每天工作十几个小时，来急活了，她觉都不睡了，一直干到天亮。天亮时分，她叫醒儿子去上学，然后自己给商店送货，她抬头看见那太阳是暖洋洋的。

一年半后，当年做过多次手术的眼睛又犯病了，什么也看不清了，美华只好放弃了这项生意。在黑暗中，她还在寻找太阳，一切从头再来。她看到附近的虬江市场十分红火，她又有了新的追求。每天早上 5 点起床，带着儿子到早市上抢摊。儿子帮助她把货摆好，再去上学，放了学后再帮母亲收摊。在那几平方米的地界，她开始卖保暖鞋。从外地贩进 800 双长毛绒套鞋塞满屋子，她每天早上和儿子从 6 楼把鞋箱子搬下来，再一箱箱地送到摊上，一双双卖出去，虽然赚头不多，但还是有了生计。

可惜整顿市容中她的摊被取消了，她又从头再来！租借铁皮房当商亭，卖纽扣和各种小百货，也卖过鲜花。无论刮风下雨，无论酷暑严寒，她总是早出摊晚收摊。冬天那铁皮房就像冰窖，她手上脸上的伤疤痛疼难忍；夏天那铁皮房又像蒸笼，移植手术后没有汗腺的脸上头上更是胀得难受，她只有忍耐，而且还要笑对每一个顾客。刚开业时，一些人看着她的样子都避而远之。但越来越多的人走近她。因为她专做大店不做、小店又不愿意做的小生意，群众需要的东西利再小，她也给单独上货。对于贫困的老人她都是免费赠送。她的那间铁皮商亭如磁石一样吸引人，美华又有了自己的"单位"，自己为社会服务的新岗位。

英雄毕竟还是英雄，蒋美华在新的岗位上又被评为区的"十佳"人物、"三八"红旗手、残疾人劳动模范。区里的《闸北报》以"身残志更坚　自强创新业"为题报道了她的事迹，称赞"面对艰难的生活道路，一个当年的救火英雄、特等伤残者，没有屈服，没有消沉，以顽强的毅力自强自立，又走上了新的岗位"。闸北电视台也专题报道她。这时许多敬重她的人才知道，当年她是为抢救国家财产而烧伤的英雄。在市场经济的大潮中，一个被遗忘的英雄，再次成为英雄。

在美华最困难的时候，许多人向她伸出了热情的手。街道办事处以最低的价格把房子租借给她，儿子学校的老师请她到学校给学生作报告，他们把辅导班安排在她家里，这样她儿子可以少交学费。许多当年的知青战友来看她，每次都给她留下三百五百的。一个姓卢的老太太是美华家的老邻居，当年她每次有病都是美华两口子侍候她。听说美华的儿子要上大学了，她送来3万元钱，说："如果我没病没灾，这钱就算我送你们了。如果我有病有灾，要用钱，你们再还我。"……

特别不能忘记的是，老战友聂卫平和山河农场对自己的帮助。美华拿出1991年8月16日黑龙江省政府办公厅的一封信给我看。当年在山河农场聂卫平就是她的好朋友，她受伤后，他已调回北京成了"棋圣"。满脑子装着棋坛战云的老聂并没忘记美华，每次到上海，无论是参赛还是路过，总要看看她，那次从云南回来给她带来一条漂亮的丝巾和许多好玩的小工艺品。1989年时，美华上班较远，每天要挤公共汽车，有几次把她的假发都挤掉了。让自己的伤残暴露，那是很尴尬的事，美华心里很难受。她给上海的领导写信，要求给她调换一间离单位近的房子。领导批给了房管部门，又批转到了她所在的研究所。因为地价的差异，换房需要给原住户24000元的补贴。研究所只能拿一半，那12000元还没有着落。正好聂卫平来上海看望美华，他说，我给黑龙江省的领导写信，那封信他写给了当时的省长邵奇惠。后来办公厅来信说，邵省长已在聂卫平的信上作了批示，他说蒋美华的事迹很感人，对于她现在的困难，我们应该给予必要的帮助。他责成农场局和山河农场解决。后来她接到了这封信，几天后农场派专人给她送来12000元。美华还珍藏着那封信。

初春的阳光，把美华家的小屋照得通亮。她说，现在的日子好过多了。儿子当年争气地考上了区里的重点高中，后来因品学兼优被保送到上海大学，去年已从通信工程专业毕业，正等着分配工作。现在美华已正式从单位退休，退休金加特等伤残的补贴，每月能有3300元的收入。如果儿子再上了班，她家的日子没问题。说着美华笑了，她很爱笑，笑起来很美。

美华从柜子里找出许多老照片给我看，她当年眉目清秀，真是个很漂亮的姑娘。她还保留着受伤之后自己毁容的照片，两张照片对比，我的心灵都在震颤。

为了6台拖拉机和1000个零件，付出了一个年轻人的生命和几个女孩子的美丽人生！仅蒋美华的治疗费用就大大超过了那些拖拉机和零件的价值。

往事不堪回首。在以人为本的现在再不该发生这样的悲剧了。但我仍然尊敬蒋美华，因为她在烈火熊熊的关键时刻的挺身一举，表现出一种伟大的精神，那一个弱女子敢于担当的精神，和刘胡兰、赵一曼等女英雄一样让人永远敬重。当然我也想，她那时的壮举只是因为想到了领袖的教导和其他英雄的事迹吗？我以为这也和她的心地善良及从小就敢担当是分不开的，还因为她有强烈的责任心，又很勇敢。蒋美华的英雄行为还特别表现在她受伤后在苦难人生中的顽强不屈和自立自强，这是比面对死亡更艰难的选择。

美华把我送到出租车上，那街上车水马龙，我回望她在小街上的单薄身影显得那样高大——

因为她是我们心中永恒的“火凤凰”。

30. 好吃不如饺子

我们总爱喋喋不休地向人讲起我们在北大荒度过的苦日子，其实在那片土地上生活的农场职工，我们的父老乡亲，在我们去之前，已过了几十年的苦日子。我们几十万知青一下子涌到了北大荒，城市的压力小了，可是加剧了农场的困难。本来3个人吃的饭，现在5个人吃了，那是什么样的日子就可想而知了。但是在最艰难的时候，他们真诚朴实地关爱着“抢了他们饭碗的”知青，让远离亲人的我们感到格外的温暖。那些温情的故事铭刻在我们心底。每每讲起，都让我们忍不住掉泪。不信，你听听老知青任树宝的故事——

“收工时‘大头’悄悄告诉我，吴连长让我们去他家吃晚饭，说完冲我挤挤眼儿。我会心地笑了，这准是让我们去开‘洋荤’。那时连队食堂天天喝汤，肚子里真缺油水，干起活来身子直晃！

推开房门只见热气腾腾，吴连长的爱人正在灶上忙活着，招呼着我们赶快进屋。我们是这里的常客，只要嘴馋了就来蹭饭，来两个咸鸭蛋也算改善。我们进屋脱鞋上炕，盘腿坐在小炕桌两旁，老吴居中。嗬，端上来了，满满三大碗饺子！俗话说：“好受不如倒着，好吃不如饺子！”我俩也不客气，3个人一人一大碗，狼吞虎咽地吃起来。如风卷残云，一会儿工夫，除吴连长的碗里还剩几个，我和‘大头’都造光了。抹一把鼻尖上沁出的汗珠，我跳下炕趿拉着鞋去外屋盛饺子汤。老吴忙喊了一声，他爱人慌忙从外屋迎上来。没等她进屋我已经到了锅灶前。原来只有我们3人在里屋吃饺子，两个不满10岁的孩子和他们的母亲，正蹲在锅台前围着一碗不知热了多少次的黑乎乎的雪里蕻咸菜啃窝头，每个人跟前半小碗漂着几点油花的饺子汤！我的突然出现，让吴大嫂惊慌失措露出不自然的微笑；两个孩子也目光直勾勾地望着我，似乎他们自己做错了什么事。吴大嫂看到我的神态异样，忙用身体挡着我的视线，边接过碗边说：‘你去坐，我来给你盛汤。’我坐在炕沿系鞋带，一句话也说不出，吴连长若无其事地说：‘再坐会儿，着什么急！’我抓起棉帽子就往外走，正好撞洒了大嫂迎面端来的饺子汤。我头也不回，拉开房门就冲进风雪迷漫的黑夜。”

说到这儿，任树宝已是满眼的泪水。他说，当时的心里就像堵了一块石头，在黑夜他痛骂自己和“大头”是天底下头号的大傻瓜，自己吃得满嘴流油，却让两个孩子喝汤啃窝头！他边骂边跑，一口气跑了二里地，赶到了供销社。他使劲砸门，拳打脚踢，里面说：“关门了，明天买吧！”他说：“不行！急用！你要不开门，我把门窗都给你砸了！”值班的老王头赶快开门，任树宝指着货架子上的午餐肉、凤尾鱼、红烧鸡块……一下子点了七八个，有铁盒的，也有玻璃瓶的。一算账，20元零8角。他把衣袋翻了个底朝天，总共只有20元零6角。他一股脑把这些钱都推到老王头跟前说：“差二角钱，明天给你送来。”老王头说：“小伙子，下半个月怎么过？”那时知青每月的工资是32元。“不用你管！”说着任树宝抱着罐头就走。老王头说：“你等着，我给你找个纸盒装上。”任树宝却一刻也等不了，一种负罪感在折磨着他。他摘下黄军帽装上几个，余下的两只铁盒的塞到棉衣口袋里，转身就走，外面是更大的风雪。

来时吃得热乎乎的，又是顺风，并不觉冷。回去正好顶风，光着脑袋，夹着雪花的西北风如刀子一样在任树宝的脸上刮着。他这才有点后悔，如果用老王头的纸盒装罐头，棉帽子戴在头上就不会挨冻了。他两只手交换着，一只手拎罐头，一只手捂耳朵，飞快地往回跑。总算跑到了吴连长家，手都不好使了，任树宝用脚踢开门，他把帽子里和口袋里的东西往灶上一倒，叽里咕噜滚了一炕。“大头”抓起一个大叫起来：“这么多的好吃的，可惜肚子里没地儿了！你今天怎么这么大方，太阳从西边出来了！”“美得你！就知道吃！你没看见两个孩子在外屋啃窝头就咸菜吗?!”“真的!”“大头”如梦初醒，顿时傻了！任树宝拿起两只罐头，用刀起开，推到两个孩子面前说：“吃吧，给你俩的!”两个孩子并没有吃，一个劲地说：“谢谢叔叔!”并抬头望着他们的母亲。吴大嫂站在那儿，一个劲地搓手，半晌儿才说：“他叔你不该花这么多的钱！你别生气，听我说，这是老吴的战友从四川老家带来点腊肉，大家都吃饺子就见不到肉星了；再说，我们也常吃，比你们肚子里油水多一点……”“嫂子你别说了。他俩还是孩子，你想想，饺子让我们吃，让他俩喝汤，我们的心里能好受吗?!”听任树宝这么一说，吴大嫂的眼圈也红了。

我们在屋里吃饺子，孩子在屋外喝汤

任树宝对我说，我和“大头”（现在一个大学里当处长）像斗败的公鸡耷拉着脑袋走出吴连长家，脚下积雪咯吱咯吱地响着，好像在嘲笑着我们。不知为什么，心里丝毫也轻松不起来，总有一种负罪感涌上心头。这么多年过去了，那次耳朵冻伤留下了病根，几乎每年冬天都犯，疼痛难忍。不过也好，让我终生不忘北大荒那些诚实质朴的朋友；它也时时告诫我，你欠北大荒的情债，永远也偿不清！

任树宝还告诉我，吴连长叫吴言顶。前些年他们几个知青还回农场看过，老吴家的日子过得不错，一个儿子当了队长，另一个儿子自己有车跑运输，家里盖了新房子。吴大嫂笑盈盈地说，我们的日子不比你们城里差！我说，你们又去老吴家吃饺子了吗？任树宝说，那当然！那天我们都喝了酒，醉倒在那热乎乎的土炕上了。真想再也不走了！

博客留言

从那个时代过来的人为什么怀旧？其实就是怀恋那个时候人间像白纸一样纯情、纯真！越是世俗，越是怀旧。

——老道外

看到这篇文章就看到那个时代的痕迹了！我的角色就是吴连长孩子的角色吧！让我共鸣。

——小茹

看后真的很感动！只有懂感情的人，才能将平凡小事升华为真挚的感情。

——鸿玲

31. 青春铺就的路

那是一条神奇的路，它逶迤在大小兴安岭相连的山脊上，云雾是它的面纱，白桦林是它的伴侣。

30 多年过去了，在遥远的黄浦江畔还有人想着它、梦着它，为它感叹，为它流泪。因为他们是用自己的青春铺就了它，那路上凝结了他们的汗、他们的泪和他们的血！

这条路叫大罕公路，东起黑龙江省嫩江县的大岭，西至爱辉县腹部的罕达气乡，全长 112 公里。1970 年春天，近千名来自爱辉县各个公社的上海知青和带队干部投身到这项战备工程中。那段艰难的岁月，深深地刻在他们的记忆中。

在黑龙江省的地图册上，我在黑河市的那一页，找到了和罕达气相连的那条淡淡的红线，那是列在高速公路、国道、省道之后的第四等的县道，已经很少有车通过了。它像被遗忘在大山里的一条飘带。可为什么它还维系着这么多人的思念？

在上海，我请来了几位当年的建设者，在张刚的高博特公司座谈。已经远去的往事，又被他们拉到了眼前。

为什么在那个时候那个地方修这条路，宝钢贸易公司主管经理费名彪说得最清楚，因为他参与了这条路的勘测，他是从爱辉公社松树沟大队抽到筑路指挥部的知青。他说，珍宝岛战役打响后，两岸关系十分紧张了，透过黑龙江边的树林我们都能看到对岸的坦克和高炮正向江边集结。当时爱辉通往嫩江的那条公路，明晃晃的，就在高炮的射程之内。上级决定要修一条不在射程之内更隐秘的战备公路。1969 年冬天，我参加了对这条路的勘测，向导是豪爽的鄂伦春小伙子吴明春。他骑着一匹枣红色的小矮马，晃悠悠地走在我们的前面，他是离不开酒的。我们带了几瓶医用酒精，用山泉水一兑，一路上就靠这“兴安白”调动着小吴的积极性。其实这路是马踩出来的。小吴在二站林场工作，他的家在200多里外的罕达气，公休时他坐在马上睡觉，那马就驮着他从小兴安岭穿过，一直走到家，天长日久，马自己蹚出了一条最近的路，这就是大罕公路的“路影子”。我们跟在马后，每走过50米，就在地上打下一根桦木桩。到了晚上就在野外露营，用木棍支起帐篷，再刨冰烧水做饭。夜里风雪呼啸，我们冻得缩成一团，只有小吴睡得最香，他是猎人，住在大山里是家常便饭。

无论多苦，我们总是不缺肉吃，小吴的枪一响我们就乐了，泉水煮狍子，再撒上一把盐，那可是最美的野味。一个多月的风雪勘测结束后，我们都回到了各筑路连队，小吴留在指挥部当通信员。哪个连队都盼着他去，“小吴来了有肉吃!”每次都是驮着猎物的马先进了驻地，炊事员再到附近的树丛中找醉卧的小吴。他处理完公务，再请他大喝一顿后，把他扶到马上，然后就顺着山路走了。可惜路修好几年后，小吴去世了，得了肝癌，可能和饮酒太多有关。

沿着小吴和费名彪他们勘测出的“路影子”，第二年5月，大队伍开始进驻筑路现场。当年拉腰子大队的女知青周迈回忆，在春寒料峭的季节里，我们坐了半天汽车来到大兴安岭脚下，前面没路了，拖拉机拉着行李，我们开始向宿营地进发。全连100多号人分成4个排，边走边拉歌，歌声此起彼伏，回声环绕林间。那其中一首《我们是大罕公路的筑路战士》唱得最响亮，那歌是插队干部、上海音乐学院的助教林友仁创作的：

在这巍巍的兴安岭上，
欢乐的劳动歌声阵阵激荡，
我们是大罕公路的筑路战士，
肩负着人民嘱托和党的期望。

在歌声中，塔头在我们的踩踏下缩紧脑袋，桦树杨树在我们的穿越中迅速后退。天渐渐暗下来，我们已经走了4个多小时，可是还没有到达营地。排长传达上级命令：“就地休息，准备过夜!”因为前方路标找不到，我们已经走了不少冤枉路，大家有点傻了。为鼓舞士气，全连大合唱，“向前，向前，向前，我们的队伍向太阳……”只吃过早饭的我们已饥寒交迫，歌声也越来越小了。夜深了，就地休息的我们紧紧抱在一起，湿透的内衣变得阴冷，胶鞋和裤腿也全都被水浸湿了，脚下的水结成了冰，踏在上面“咔嚓咔嚓”地响。

周迈在自己的花店里接受我采访

也在这支队伍中的女知青林兰新说，当时四周没有一块干土，我们站在冰水中，寒冷无情地向我们袭来，我们几个女孩子手拉着手，站在原地不敢移动半步。密林深处，时而传来狼的嚎叫和“黑瞎子”的低吼，莫名的恐惧使我们忍不住哭起来，但又不敢哭出声来。我们几个紧紧抱在一起，互相用身体温暖着，心里默默地祈祷：天，快点亮吧！天亮了，我们继续行军，看见了前方的炊烟，看见了飘在眼前的红旗，其实宿营地离我们很近。昨天他们走“麻达山”（迷路）了。

安营扎寨后，周迈和战友们一起开始筑路战斗，要把路基上密集的树木锯掉，把半尺厚的草皮铲掉。男女分工，男生锯树，女生铲草皮。锯大树是一个技巧活，光会使劲不行，还要看风向，树的茬口要借着风向开，锯树时那树会随风倾斜，这时取一大绳，绑住树干，大家奋力一拉，树就倒了。

那天，黄建华和鲍春初一组锯大树，突然一阵风吹来，他们的锯被夹住了。他俩抬头一看，大树正摇晃着，逆着树的茬口向下砸来。这时，周迈正埋头铲草皮，那大树正朝着她的头上倒下。“周迈，快跑！”黄建华一声凄厉的叫声，让她一激灵猛地跳开，大树轰然倒下，砸在了小周刚才站立的地方。全场哑然，所有的人像被定格了一样。说起这件事，已经在上海煤科研究院当党务干部的黄建华仍心有余悸。

“周迈，我真没想到你会一下子跳开。我想这下完了！完了！”

周迈说，那年我们都只有 17 岁，男女生之间都羞涩得互不言谈，可是有这样的经历之后，我们都觉得自己长大了，成熟了，心底蕴藏着一种很深的感情，那就是一种纯洁的高尚的，为别人着想替别人担忧的美德。我说，很遗憾，你们的感情如果发展成爱情，我的故事就更感人了。已经都当了父母的黄建华和周迈都笑了，小周脸还红了。

在座的每个人对当年修路时的艰苦生活还都记忆犹新。那是在远离村镇的原始森林里艰苦劳动，那时本来就物资短缺，断粮断盐的事经常发生，大家那样沉重的劳动却经常吃不饱。最难的是缺水，大山里干净的水源难找，只能喝塔头甸子里游荡着小虫子的脏水。有时掘开石头，喝地下渗出的臭鸭蛋味的黑泥浆水。那时一半的人都得了痢疾，拉肚子的人很多，有的男生连换洗的裤子都没有了，躲在林子里干活时，他们连裤子都不穿了，真像原始人一样。

周迈也是拉肚子最重的一个，她说，开始赤脚医生还给我药吃，后来因为生病的人真多，药都吃没了，结果越来越严重了。刚开始时，一天起来上茅房几次、十几次。后来没力气了，要人扶着上茅房，再后来几乎整天坐在同学从上海带来的马桶上起不来。拉无可拉，只见红血水黄黏液了。后来自己连坐着的力气都没有了，整天的昏迷不醒。

那天，我从昏睡中醒来，只听见赤脚医生趴在我的床头哭，她比我大1岁，是黄地营子的上海青年，每天两次跑到我跟前看我。她嘤嘤地哭着：“她要死了，她要死了……”在她的哭声中，我又昏过去了。不一会儿，她把我拍醒了，她拿着一支针药水，敲开，灌进了我的嘴里。她脸上还挂着泪，兴奋地说：“我发疯了，翻遍所有的药箱，终于找到了这支黄连素针剂，没有水可以煮针消毒了，只好给你口服了，总比没药好！”奇迹真的发生了。我竟然慢慢止住了腹泻，身体也活泛起来。这是我倒下整整8天之后发生的奇迹。那个赤脚医生抱着我直掉眼泪。那时的青年，懂得担当责任，懂得爱人救人，一切都流露得这样自然，这样真诚，现在想起还让我落泪。

林兰新也有一次死里逃生的经历。她说，上山不久，我得了皮肤病，开始我没和任何人讲，照样每天和大家一起干活。可病情很快从一两个斑块蔓延到双腿，山上的医生也没有什么办法。一两个月后，全身都是病灶了，白天硬挺着，晚上浑身奇痒，昼夜难眠。再后来身上淌着脓血，粘在衣服上，一脱衣就像扒皮一样疼得钻心。知青们只好把已经昏迷的我送下山。一个叫李荣的男知青牵来一匹老马拴了一挂花轱辘车，大家用棉被把烧得迷迷糊糊的我包起来，抬上车，在颠簸中上路了。在山上走夜路，容易碰到野兽，李荣带着一个脸盆，边赶车边敲。隔一会儿，他再停下来看看我是不是还活着。

这都是我后来知道的。回到生产队，我很快被送到上海，经过半年的治疗我康复了，再回来时，修路已经结束了。当时心里很难受。

在宝山区人事局工作的林兰新至今还为没能和大家一起参加修路的全过程而遗憾。

在平安保险公司当业务员的毛仁昌死里逃生的经历更神奇。当时在筑路指挥部当施工员的小毛，半夜时分坐着钢轨做的雪爬犁上工地，突然钢轨碰到雪里的树桩，爬犁翻倒，把他甩出，那笨重的钢轨正压在他的身上。司机跪在埋在雪里的小毛身旁大哭，小毛说："我没死，快把我身上的东西抬起来！"后来大家把他抬到屋里，同行的副总指挥用一瓶西凤酒把淤血的大腿按摩通畅了。还有一次小毛得了副伤寒高烧到40度3天不退，在场的一个兽医在没法做过敏试验的情况下，用兽用针管给他打了一支青霉素。打完针后，针点直往外冒血，那针眼太大了，小毛疼得满床爬。又接着打了两天，小毛竟退烧了。大家都说，这小子真是命大。

也许比药物更有效果的是青春的力量，他们太年轻了，像大山里的青松那样挺拔，像那漫山的兴安杜鹃那样鲜艳，黑色的死亡，面对他们也退避三舍了。

然而他们还是幸运的，为那条通向云端的天路，年轻的战友们曾献出了生命，至今他们还沉睡在那大山的怀抱中。周迈想起，我们十姐妹班的一个女生叫金建平，在大罕公路干活时被传染上出血热。当时不知道，因为出血热的潜伏期有三四个月。结果在12月份，金建平被查出得了出血热，来不及抢救就病逝了。大家痛哭，那时她才18岁，花一样的年华就这样去了！

当年死里逃生的修路者

当年在二站公社南二龙村下乡的现上海52中的老师钱中五，给我讲了他的战友晏智勤之死。那是12月初的一个下午，小晏和13个青年坐在胶轮拖拉机的拖斗里，为大罕公路冬季施工备料。在崎岖的山路上突然翻车，熟睡的小晏被翻到沟里，压在车下死亡。小晏很开朗，爱拉二胡，他最喜欢的曲子是《翻身道情》。公社为他举行隆重的追悼会，知青李向阳为他画的像挂在灵堂，他躺在厚重的棺木里，穿了一身他最喜欢的草绿色军装。他的母亲来了，站在他的身旁哭泣。

钱老师沉重地说，那天，棺木放入墓穴时，枪声响了，那是我们为小晏子送行。这时天很高，几乎没有一片云，青苍苍的。起风了，山坡上的桦树柞树，被风掀起一阵阵啸声。在那个时候，在那样的环境里，死亡是经常发生的，我为死在那片黑土地的年轻战友而痛惜。我还要说，因为他们的死，那片土地才有今天的丰厚和深情。

离开上海去机场时正好路过陕西路，我参观了周迈开的那家“初芳花店”。她曾在国营机电公司工作过，还办过报，写一手好文章。退休后又和姐姐一起办了这家花店。她说儿子也大学毕业了，一家人生活得很好。开花店不是为了生计。站在姹紫嫣红的花丛中，周迈还是那样年轻美丽。经过苦难的青春如锤炼过的钢铁，是经得起岁月的侵蚀的。

我祝福周迈和她的战友！

32. 坚守上甘岭

大小兴安岭最美丽的花是达子香，也称兴安杜鹃，那花开在早春时节，山坡上一片耀眼的玫瑰色。可惜，我来得不是时候，6 月初，小兴安岭的达子香已经凋落了，枝叶还在，那花已随春雨溶入了土地里。30 多年前，几万个来自大城市的知青，也像那开遍山坡林间的达子香一样，给寂静的大山带来一片灿烂。后来那些花又逐渐地移植回了他们的家乡，大山里的人时常想着他们。

郭奕明和乐新华夫妇

我又到大山里寻找，那遗落在大山里的达子香。伊春市委宣传部好不容易给我找到了 5 个上海知青：市工商局局长胡一名、市水务局副局长朱孝天、市文化局原办公室主任忻丽范、市电业局会计朱翠珍和上甘岭区的物资局长郭奕明。这三男两女都是1972年初下乡到伊春所属的农村或上山到林场的上海的初中生，后来陆续调到了伊春市里工作，他们都因为和当地人结婚而没有返城。

他们的故事都很感人，可我更想找一位还在基层工作的老知青。胡一名想起了上甘岭的乐新华，他说："你去看看吧，老乐一点也没有上海知青的样子了！"郭奕明说："乐新华是我的同学，我们是一起到上甘岭的，到现在我们在山上已经待了35年零5个月了！当年一共来了76个上海知青，只剩我们俩了！"

怀着对坚守上甘岭的战士的深深敬意，第二天一早我就上山了。上甘岭林业局地处小兴安岭中段，横跨南北两坡，位于高山密林之中，全区500米以上的山峰就有493座。上甘岭林业局是1953年成立的，当时正赶上抗美援朝的上甘岭战役大捷，因此取名为上甘岭林业局。还有一种说法，准备参加上甘岭战役的一部分部队，后来转业到了此地，成为这个局建设的主力，因此这个新局被命名为上甘岭林业局。无论怎么说，这是一片英雄的土地，当年抗美援朝的战士和林区的工人们披荆斩棘，在大山深处建设起这个重要的木材生产基地，人民大会堂里有来自这片林区的栋梁。后来的知青正是英雄们的继承者。

郭奕明早早地就在道口等候了。他说，你是30多年来头一个来看知青的领导。我说是老知青会老知青，我们是惺惺相惜吧！老郭1953年出生，是上海杨浦区图门中学的初中毕业生，1972年1月来到上甘岭林业局，先当林业工人，后来又当了20年的保管员和材料员，1991年当上了局材料科的科长兼书记（区物资局局长兼书记）。他很清瘦，像位饱经风霜的基层干部，如果不说话，你绝对看不出他是位大城市的知青。他的爱人是位鹤岗知青，前几年从审计局副局长的位置上退了下来，现在一家企业打工。他说，因为林业的危困，大量人员外流，他已是当地最老的"土著"和在位最老的干部之一了。

在那栋建于上个世纪60年代的家属宿舍里，我们找到了乐新华家，房子很破旧，院很挤，屋内的陈设异乎寻常的简单。更让我们吃惊的是老乐的满头白发、老旧的衣着和木讷的表情。去年秋天我曾在杜蒙县采访了一位叫乐兰英的上海女知青，写了一篇《乐不起来》的故事。这回在大山里我又看到了这位老乐，还是让我乐不起来。他的境况大概不如许多普通的林业工人。

看老乐说话太慢又太简单，他的爱人张春英接过话茬，她快言快语，把这些年和老乐过的日子都道了出来。乐新华上山以来一直在基层林场当工人，开始在离局里20多里的永绪林场，后来又到了100多里外的山峰林场，都是清林工，打杈、归楞、抬木头，山上的什么重活都干过。住过帐篷、木刻楞，吃的都是粗粮，冬天进山干活时，用火烤冻馒头，就着咸菜条吃，渴了就抓一把雪。

1979年老乐认识了从吉林榆树县来林场投奔姐姐的张春华，她爽朗热情什么活都能干，他们很快在山上成了家。结婚时连炕席都没有，那时老乐的工资每月只有38.61元，小张干一天清林的活能挣1元多钱，日子虽然清苦，但很快乐。以后许多知青战友陆续返城了，老乐在上海的家境不好，父亲早逝，母亲也没有办法能给他找到一份工作，再说也不能为回家和老婆离婚。

1980年，他们的女儿乐波出生，那孩子长得漂亮，说话又早，尽说让爸爸妈妈高兴的话，老乐他们把什么苦和累都忘了。

然而最大的不幸降临到了这个苦难的家庭。1986年春天，生来就营养不良的小乐波总是感冒发烧，说话气都不够用。开始老乐并没在意，再说他们住在山上，医疗条件很有限，如果下山看病既费钱又误工。后来孩子病重了，他们急着下山了，给孩子看病的钱是借的。那山路很长，他们恨不得飞过去，早点治好孩子的病。可是上甘岭林业局医院无能为力，他们又到伊春住了3个多月的院，还不见效。他们只好抱着小乐波又赶到上海，老乐对女儿说："上海是咱们的家！"非常懂事的小乐波说："回家就好了！"医院诊断是病毒性心肌病，医生埋怨他们来得太晚了。

那些天，他们一家住在只有13平方米的弟弟家，他们睡在床上，弟弟一家躺在地上，晚上上厕所要从他们身上迈过去，老乐两口子度日如年。再说，他们带的钱也花得差不多了。他们决定还是回家，在登上火车那一刻，乐新华望着这个既亲切又生疏的城市流下了眼泪。小乐波艰难地喘着气说："上海多好啊，我不想回家！"是的，这里也是孩子的家乡，她有权利在这里度过自己快乐的童年。

可是爸爸妈妈还是抱着她回到了大森林。小乐波又住进了伊春的医院，爸爸妈妈和医院都尽了最大的努力，还是无力挽救她幼小和美丽的生命。她奄奄一息地躺在病床上，睁着圆圆的大眼睛望着亲爱的爸爸妈妈。临床的阿姨给她送来苹果，她说："我快死了，不用吃东西了！"爸爸妈妈恸哭，流的不是泪是血。他们眼看着孩子像鲜花一样渐渐地枯萎，心如刀绞，他们捶胸顿足，痛恨自己的无能！

现在小乐波静静地睡在家乡的大山里，春天，她的坟头总是开满达子香，那花儿很艳丽。

女儿的死让老乐一夜白了头，也让张春英几乎失去了生活的力量。她不思茶饭，每天两眼发呆。他们感动了苍天，上帝又给了他们爱的补偿，一年后他们的儿子又在大山中降生了。他们给他起了一个名字：乐岩。他们要让自己的儿子像山岩一样坚强！那孩子健康，也很聪明。

春英说，这些年我们能坚强地生活下来，还因为郭奕明的帮助，他比我们的亲兄弟还亲，是我们家的大恩人！1992 年林场涨工资，70% 的人都榜上有名，可是一贯任劳任怨的老乐却被落下了。他也太老实了，从没有为个人的事找过领导。他说，场里为女儿看病花了不少钱，我不能再张口了。可张春英咽不下这口气，她向邻居借了 30 元钱，又借了一件体面的衣服，坐上汽车下了山找到了局里。可她谁也不认识，有人告诉她，材料科的郭科长是和你家老乐一起来的，他人可好了！张春英找到他一说，他说，老乐该涨工资，我帮你找。正好局长姜向东曾是他的上级，他把情况一说，这位善良负责的领导当场拍板，又给乐新华单独下了一个涨工资的指标。拿着那一张表，张春英热泪直流！虽然每月只增加了 10 多块钱，可对这个家庭太重要了，为了女儿治病，他们还有 2000 多元的债务。

也许郭奕明对老乐一家最大的帮助，是安排他们下山。在乐岩就要上学的时候，老郭想，女儿没了，儿子是老乐一家最大的期望了。他应该下山接受更好的教育。他又找到了姜局长，想让他为老同学在山下安排个工作。姜局长很同情老乐，可岗位难找。老郭说，不行就安排在我们材料科吧！姜局长说，你们能安排，我同意。老郭当时是副科长，回去和王长友科长一说，老王也是好心人，当时就答应了。

这样，老乐这个在深山里一待就是 30 多年的山里人，终于下山了，在材料科当上了更夫。他们全家住进租借的一间不遮风寒的偏厦里，老郭过意不去，又颇费周折为他们要到了现在住的这间 27 平方米的旧房。他们自己又接了 20 平方米的门斗，全家人很满意地在上甘岭区的这个小城镇生活着。他们像走出山洞的白毛女一样高兴。

乐岩学习很努力，很刻苦，在上甘岭读初中时，每天骑车上学，走十多里的路，从不在学校吃饭。到友好林业局读高中住校时，他的伙食费是同学中最少的。他知道，他的饭钱是妈妈从邻居家借的。乐岩很争气，2005 年考取了黑龙江科技学院。老乐夫妻又高兴又难过，高兴的是全家又有了希望，难过的是老乐每月 240 元的工资怎么供得起一个大学生！关键时刻，老郭又伸出了援救之手，他又帮助老乐向组织求助，刘永文局长又批给老乐补助 2000 元钱。这样他们又借了一些钱，终于把儿子送到哈尔滨，让乐岩有尊严地上大学了。

老乐两口子是坚强的人，他们不忍心再麻烦老郭和单位了。他们要自强自救。在这个只有几万人的小镇上，人们经常看到一对起早贪黑打短工的老夫妻，他们一起为别人家修房、刷墙。老郭还干过为别人家挑水和为楼上装修的人家扛水泥的活，挑一担水给 5 毛钱，刷一平方米的墙得 5 毛钱，扛一袋水泥到 6 楼挣 2 元钱。他们还经常到街上拾废纸盒卖钱。看着这一对 50 多岁的知青老夫妻劳碌和疲惫的身影，老郭总是很难过，他尽其所能地帮助他们。张春英说，我穿的这身衣服都是郭大嫂给的，家里的许多用具也是老郭和别的人送的。"你们坐的沙发，是我们刷墙的那家人给的。"说起打工的事，老两口很快乐，因为他们是给孩子挣学费，干什么活也不觉累，也不觉丢脸！最近就要退休的老乐，今年调整工资后每月能开 500 多元。下岗之后，可能就少了。张春英说，原来她每月还能得 90 元的社保金，最近也不给了！说着，她哭起来。她说，儿子每月生活费要 500 元，他们太难了。老郭和我都劝她，大家总能想办法让乐岩把书读下来！等孩子大学一毕业，就好了！

大山中最后的知青一家人

后来知道，其实时刻关心着老乐的郭奕明也面临着同样的困难，也遭受过巨大的精神创伤。他把 12 岁的儿子送回上海请父母帮助抚养，当时他和爱人两个人一个月的工资还不到 1000 元。回到上海，虽然有亲人的呵护，但孩子总有孤独感，开始学习很好，上中学时迷恋上游戏机，干脆放弃了学习，整天泡在游戏厅，可爷爷奶奶并不知道。高中毕业那一年，老郭几乎天天都要给儿子打电话，询问他的学习情况，他总是报喜不报忧。6月1日学习单发下来了，他的成绩很差。儿子觉得没脸见为他费尽心血的父母了，6月2日中午，他走出爷爷奶奶家，找了一处高楼要结束自己的生命。他走到18楼，上面有护栏，他又走到6楼，一头栽了下去……正在外地出差的老郭赶到上海，看到躺在病床上血肉模糊、浑身缠满纱布的儿子时，他眼前一黑，几乎倒下。万幸的是，儿子跳下时被空中的电线挡了一下，掉下后又被及时发现、及早送到了附近的吴泾医院，迅速处置后又被送到条件更好的第五医院。但是医生还是让他做好“两手准备”：死亡的可能很大，活过来也可能是植物人！儿子昏迷20天，这20天是老郭两口子的人生地狱，他们已记不清是怎么熬过来的。儿子终于醒了，老郭和妻子叫着儿子的名子，已是泪流满面。真是神奇，儿子竟没有留下严重的后遗症！休息恢复两年后，在老郭和爱人的鼓励下，儿子考上了上海师大的日语系，现在已经毕业正等着工作呢。我说，老郭你太善良了，苍天有眼，让你儿子化险为夷，而且会前途无量！真是好人有好报。老郭笑了。

听说我来采访，上甘岭林业局的马仁祥书记和夏景涛局长把我请到局招待所。我向这两位年轻干部汇报了老郭对老乐的帮助，他们都说老郭是个好人好干部，他为人正派，工作兢兢业业。有人说，他有权不会用，物资局长白当了。可全局的干部都知道，他克己奉公，当得很好！我还说到老乐现在的困难，还有爱人的社保金问题。他们都表示，只要政策允许，我们一定帮助。还没离开伊春时，我就听说，老乐家的社保金解决了。我知道，林区职工有困难的人很多，基层的领导能这样关心老知青，已让我们很感激了。

我想，写完这篇稿，我应该到黑龙江科技学院去看一看乐岩，我想对他说，你的父母很伟大，他们像上甘岭上的红松一样扎根山岩，千磨万击还苍劲。你应该像他们一样！

黑龙江科技学院在哈尔滨市松北区的糖厂街1号，乐岩在矿务加工工程专业学习。我想还会有人去关怀他——一个饱经苦难的老知青的后代。

◎博客留言：

老乐的故事又让我落泪了。他是上甘岭的坚强战士，历经磨难，但他没有离开林区。他的女儿死在了大山里，他的儿子终于考上了大学。老乐夫妇的精神让人感动。他们的战友老郭和同事们对他们的帮助让人感动。我们真应该向作家老贾学习，多关心生活困难的老知青，多关心社会上的弱势群体。

——方中行

看到贾老师的这个故事，我想到了一个问题，不管返城的知青成功与失败，我们毕竟回城了。我们不应忘记那些当年一个车皮下乡、在一起摸爬滚打、因种种原因还留在那里的战友们。我们更不能忘记，那些至今留在北大荒的外省知青，因为他们才是“献完青春献终身，献完终身献子孙”的一个特殊的群体。

——武振中

我是乐新华的儿子乐岩，现正在黑龙江科技学院上大学。在这里向所有关心我父母关心我的好心人表示感谢！首先感谢贾老师，感谢他不辞劳苦跑进大山，把不为人知的我的父母的苦难经历告诉了更多的人。也感谢他在采访了我的父母之后，又带领夫人和儿子儿媳一家四口人，到学校来看望我鼓励我，给我送来衣物。也感谢那些从报纸上从网站看到贾老师的文章后，给我打电话来信的好心人，更感谢他们对我父母对我的资助！请相信，我一定会以我的父母为榜样，自力更生、艰苦奋斗、好好读书，将来回报社会，回报所有的好心人！

——乐岩

百万知青中更多像老乐这样的人，普普通通、平平常常，如果不是贾老师这样的有心人去采访他们，就将默默无闻终其一生。无论是返城的还是守望麦田的，他们都是主体，真正做出成就，改变命运，或者能扼住命运的喉咙的人，毕竟是凤毛麟角。我所认识的知青中有许多像老乐这样的人，他们善良、本分、纯朴、忠厚，却有些窝囊、怯懦和迟钝，因此一直生活在底层。我不知道这样表达是否准确，但毫无居高临下的意思，这些人曾是我的好兄弟好哥们，有的甚至为我拼过命、打过架。但是那个年代他们毕竟耽误了最好的一段青春年华，因此在命运的搏斗中缺少智慧。可喜可贺的是他们的后代成长起来了，乐岩他们会靠知识改变命运的。

——王国栋

33. 走进大山

如果说，黑龙江省的版图像一只展翅飞翔的天鹅，那 83900 平方公里的大兴安岭就是那天鹅的头冠。那里是祖国的绿色瑰宝，山高林美，资源丰富。有多少人对这片神奇的山林心向往之，趋之若鹜。当然，做一次进山的旅游者很惬意，如果要长期在大山里生活就不容易了。高寒和高纬度环境会使许多人的身体不适应，严重威胁人生命的心脏病发生率较高。这几年，这里的人们对心脏病却不再惧怕了，因为有一位上海的心脏病专家，成了他们的“守护神”，他随叫随到，一年有五六次跑进大山为病人动手术。如果你找到上海他工作的瑞金医院，只要你说是“大兴安岭的”，他便如亲人般给你安排医疗。更重要的是，由他牵线，大兴安岭地区医院已和上海瑞金医院建立了合作关系，在他们的指导下，地区医院已组建成了全省地市级医院中一流的心血管专科。

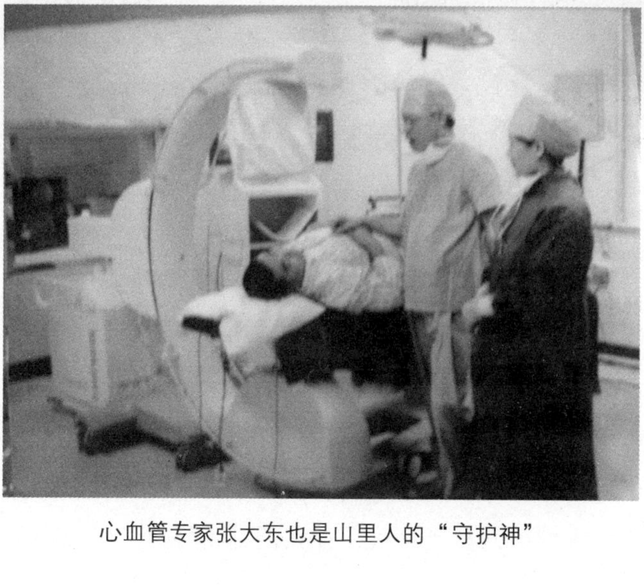

心血管专家张大东也是山里人的“守护神”

这位“大兴安岭人的守护神”叫张大东，当年在呼玛县下乡的上海知青，现在是上海瑞金医院集团闵行医院的院长助理、心血管内科主任，中国著名的心血管介入治疗专家。

那天早上 8 点半，我就赶到了位于莘庄镇的闵行医院，在那座新建的大厦的15楼，我找到了心内科的病房，楼厅里挂着许多锦旗，都是赞扬张大东的医术和医德的。他正在查房，挨个病房巡视，亲切地询问病人，仔细地检查，身边跟着许多实习医生。半个多小时过去了，站在走廊上的我失去了耐心，只好对护士说："我是大兴安岭的，找张主任。"这一招还真灵，张大东马上出来见我，把我领到他的办公室接受采访，这其间，呼玛县一位姓赵的县人大副主任来找他，她是来看病的。还有科里的护士长，也来主动介绍情况，她曾和张主任到过加格达奇为病人做手术。

张大东当年抬大木头总是抬"第一杠"

大东很帅，有点像哪部电视剧的男主角，儒雅又亲切。听说我在黑河当过知青，他说呼玛和黑河是近邻，我们都在黑龙江边下乡，接着就无话不说了。他说，我是1954年出生，1970年4月15日下乡的。我们是知青中的小字辈，被称为"小六九"（69届中学生）。当时只记得路太远了，走了好几天，先坐火车从上海到塔河，又换汽车跑到一个叫三间房的小村落，前面就没有公路了。乡里要安排我们坐拉行李的拖拉机，可是我们一激动，要来个急行军！没想到，那是110里的山路。开始我们还指点江山，有说有笑的。初春的兴安岭，残雪未尽，达子香已绽出紫色的花蕾，山色秀美，我们像逛公园一样高兴。后来就步伐越来越沉重了，满脚的泥水，衣服都被汗水湿透，军用水壶的水喝没了，书包里的馒头也啃光了。饥寒交迫的我们就只好抓路边的残雪解渴了！总算在半夜时分，走进了察哈彦这个地处黑龙江转弯处的小屯子，倒在土炕上就睡，一夜无梦。我们浪漫又艰苦的知青生活就这样开始了。

和那些逃难到大山里的移民一样，大东他们春夏秋季开荒种地打粮，到了冬天就进山伐木。对这些大城市的孩子来说，什么活都不轻。年纪最小的大东一点不示弱，重活累活都抢着干，不长时间他就“出人头地”了，先当上队里的民兵排长，后来还当上了生产队副队长，主管副业生产。从下乡的那年冬天开始，连续4年领着大伙进山伐木，在零下37度到38度的严寒中，他们跪在大雪地里，用简易的弯把子锯，把参天大树放倒，再砍掉枝杈，把树干用马拖到楞场，再堆成垛，等待火车装走。在楞场抬大木头是又累又危险的活，白白净净的大东，总是抢第一杠，他指挥着8个棒小伙弯腰挂钩，一起身抬起数千斤的大原木，然后迈着稳健的步伐，向前走去。他们一起喊着号子——

哈腰挂，那个嘿哟　　挺起腰，那个嘿哟
往前走，那个嘿哟　　莫回头，那个嘿哟……

嘶哑的号子里有血丝飞迸，在广阔的楞场上空回荡，和火车的鸣叫、山林的呼啸，组成动人心魄的交响乐。这是张大东人生中最重要的旋律，现在想起还让他激动。他说，人生就是要承担责任，再重的担子也不能弯腰，也不能回头，只能一个劲往前走！后来大东担任了金山公社的团委书记，他不愿意坐办公室，经常活动在各个村屯，和知青同吃同住同劳动，成了1000多个知青的知心朋友。在不经意中，他还发现因为自然环境的恶劣，地处边远，老乡和知青看病难是个很严重的问题。有的屯子的干部要到县里开会，要走一个星期，更别说是老乡看病了。公社没有像样的卫生院，村里的赤脚医生根本满足不了农民的需要。那时已经有来自上海的医疗队，在这一带巡诊，大东很敬重他们，但是他从来没有想到有一天，自己也会加入他们的行列。但是命运还是安排了这个心地善良又特别有责任心的青年，成了人民的白衣天使。

1976年，张大东被公社推荐上大学，只有一个学校，那就是上海第二医大，没有任何医学家传和个人愿望的他走进了医学殿堂。对于实际只有小学文化水平的大东，学习的压力很大。但对于有过抬大木头经历的他来说，一切困难都能战胜，无非是付出更多的努力。3年后以优异成绩毕业的大东被留校工作，成了附属的瑞金医院的临床医生。从普通医生到主治医生，大东干得很出色。1990年他被派到法国的贝藏松大学的医学院进修，在那里他学习了当时世界最先进的心脏导入手术。1992年12月，学成回国的大东主持了上海第一例心脏介入手术。病人是一个 36 岁的司机，他心绞痛发作生命垂危，原因是心血管狭窄，还长满斑痕。大东用国外采用的从血管导入的方式，用球囊导管扩开血管，让血液流通。手术成功了，病人得救了，一项新的医疗技术通过大东在中国推广。作为这项技术的专家，他被请到全国各地进行示范手术，3 年的时间里，他奔跑在江苏、浙江、广东、福建、云南、广西、江西、湖南、湖北、山东、黑龙江和新疆等地的上百家医院。在奔波中，大东很辛苦，也很满足，在不断实践中他的技术更加娴熟，他要攻克心脏病的信心更加坚定。

在办公室的书柜里，我看到了大东被中华医学会授予“中国介入心脏病杰出贡献奖”的证书和美国牛津大学临床试验和治疗心脏病研究中心授予他的“研究证书”。这标志着他在中国治疗心脏病方面的成就和地位。也许他更在意的是他和那片大山里的乡亲们的情感，他给我看他回呼玛县和乡亲们的照片，还有他给大兴安岭人做手术的照片，每一张都是一个感人的故事。

张大东常回大山为乡亲医病

1999 年春节前，风雪迷蒙的大兴安岭迎来了久违的客人，告别大山 23 年的张大东一行 4 个当年插队的战友，又回来了！从哈尔滨到加格达奇，他们一夜无眠，下了车又换车直奔呼玛方向，翻过雪深林密的大兴安岭的脊梁，进入塔河地界，他们兴奋起来。“塔河火车站，储木场!”那是当年他们抬大木头装车的地方！大东的耳边又响起抬了大木头的号子声。“呼玛转运站!”那是他们每次回上海等车的地方，在那大通铺上他们留下欢笑，收获虱子，那是带回上海的最珍奇的礼物！在去呼玛99公里处，他们望见了窗外那片被大雪掩盖了的空地，楞场和帐篷都不见了，他们曾在这里干过活，也打过群架……一切都成了美好的回忆。

他们终于找到了路边“三间房”的路牌，这里是他们苦难青春的起点。他们走下车，面对着夜色里的田野和远处的树林，大喊：“我们回来了!”那声音消逝在风雪的呼啸中。他们夜宿新街基，这里是金山乡所在地——大东的发祥地，他和每一个见面的乡亲抱头痛哭，“23年了，你们终于回来了!”他们都这样说。第二天，他们又从新街基下江道，顺着结冰的黑龙江来到江边山下的小村察哈彦，乡亲们拿出最好的山珍、河鲜招待他们，狍子、山鸡、飞龙、野猪、猴头、木耳、嘎牙子鱼都摆上了炕桌，每一家都免不了一顿好酒，一场通宵达旦的回忆。老乡说，你们当时才十六七岁，干活拼命，比我们都能干！他们还说，没有你们，就没有察哈彦的今天！你们创造了那么多财富，可是一分钱也没带走！说着，有的老乡泪流满面，泣不成声……

张大东被感动了，被震撼了！乡亲没有忘记我们，他们又是这样地需要我们。为他们做点力所能及的事，也许才是最好的报答！从呼玛一回到加格达奇，他就见到了地区医院的内科主任姜佩萍，一个帮助地区医院建设心脏内科的设想，在他们的讨论中有了眉目。大东的想法得到瑞金医院的全力支持，不长时间，这个计划全面实施，姜主任亲自带领全套人马到上海进修，大东帮助地区医院配备了先进的医疗设备，心脏介入技术就在这个大山深处的医院里开展起来。重要的手术，大东飞进大山，亲自率自己的团队参加，并做现场教学。这样一来，让大山里的人“谈虎色变”的心脏病并不可怕了，因为他们有“神灵保佑”了。

那一年的春节，大东是在大山里度过的。回到上海，面对灯光璀璨的大都市，他很淡然，因为他的心留在了大山里，那山林中微弱闪烁的灯光，也让他动心。

在大兴安岭，许多人都会给你讲大东的故事。地区质量监督局王世成局长说，2000年我患心肌梗塞，地区的姜佩萍主任让我顺利地度过危险期，大东又来电话让我到上海，他要亲自给我做手术。手术前，他告诉我不要紧张，尽量放松，然后指挥助手把我抬到手术台上，吩咐其他医生打针，做手术前准备。室内开始放轻音乐，又把荧光屏调到我的头上，让我自己看着心脏跳动的情况。大东坐在手术床旁边的椅子上，边操作边回忆同我当年插队的情景。不知不觉中20分钟过去了，无任何痛苦地完成了手术。出院后我和爱人请他到饭店吃饭，答谢他的救命之恩，结果他花钱结的账。我和爱人到他家看望他夫人和孩子，给他送的钱，他坚决不要。

地区实验中学的退休教师李祥富说，我得了心梗后，时常绞痛，一年要住两次医院。到上海找到素不相识的大东后，他仔细诊察后，亲自给我做手术，一次装了两个支架，彻底根除了病痛。当时带的钱不够，大东又安排让我先做手术缓交钱。我要请他吃饭，让他推辞了。我偷着塞给他的红包，他又托人给退回来了。

北山宾馆的副经理蒋阁才四十出头，患了扩张性心肌病，有的医院检查提出要给他做换心手术，精神压力很大的他找到了大东。大东为蒋阁做了认真的检查，说明他的心脏病没有那么严重，当晚还请他喝酒，打消了他的顾虑，还指导他们心脏保健的方法。

直接受到了大东诊疗的大兴安岭人不下百人，间接的就更多了。他们关于大东的故事是一时半会儿讲不完的。

结束采访时，他对我说，我是个医生，为每一个病人服务，这是我的天职。我又是大山里走出的知青，大山里的人有恩于我，为他们尽点心，这还有什么说的！

34. 长眠在你的怀抱里

我站在久违的站台上，等待并不相识却十分亲密的朋友。

39 年前，我在这里登上北去的列车，走向那遥远的荒原。8 年后，我又从这里走下火车，回到家乡。

今天，他要从这里路过，然后再次走向荒原，永远也不再回来。我们——四五十个哈尔滨的老知青列队在站台上，手里举着沉重的标语："两鬓已秋，情怀如旧"、"北大荒精神永驻我心"、"情系黑土地，魂归北大荒"、"高志强一路走好"。

列车徐徐地进站了。车厢上走下一个年轻人，他双手托着父亲的照片，后面跟着他的母亲，她提着一个大旅行袋，那里面装着的就是他——北京老知青高志强的骨灰盒。看到从未谋面的我们，看到我们手上的标语，她哭了，泪流满面。我们迎上去，和她及一行的十几位北京战友握手拥抱。我们的心都在流泪。

"谢谢你们来接送高志强。谢谢！"在哈尔滨火车站贵宾室，当年和高志强一起到北大荒下乡的战友、妻子傅玉玲对来接他们的哈尔滨的知青战友说。"我们是来完成高志强的一个遗愿，没想到这么多的战友来接我们！"

哈尔滨知青联谊会会长李淑梅代表我们讲了这样的话："高志强把自己的青春献给了北大荒，如今他的亲人和战友又把他的骨灰送回北大荒，这代表着几百万知青的一种精神，一种永不褪色的奉献精神。"

半个多小时后，傅玉玲抱着高志强的骨灰和战友们又登上了 3141 次列车，他们要去建三江，那是高志强的魂归处。我的耳边响起了歌声——

啊，北大荒北大荒，
我把一切都献给了你！

你的果实里有我的生命，
你的江河里有我的血液，
即使明朝我逝去，
也要长眠在你的怀抱里。

列车在歌声中渐渐远行了，留在站台上的我们在向远方招手。我没有走，在静静地等待那一列记忆中来自北京的客车。那是40年前的大雪纷飞的1967年12月，那列车在歌声中进站，那歌声是——

迎着晨风迎着阳光，
跨山过水到边疆，
伟大祖国天高地广，
中华儿女志在四方。……

唱歌的是来自北京西城区13中、丰盛中学和38中等学校的104个中学生，他们是自愿报名到北大荒的“红卫兵小将”，他们是“文革”中上山下乡运动的先驱，毛主席发出“知识青年到农村去，接受贫下中农再教育”的指示是在第二年的12月。当列车在北京站启动的那一刻，许多知青哭了。激情燃烧后总要冷却，他们有些茫然地望着冰冷的东北大地。高志强是这帮知青中的老大哥，他是老高三的学生，一路上安慰着小同学们，领着大家唱歌，为他们送饭送水。这时，一个丰盛中学女知青正注视着他，她叫傅玉玲，也是老高三的学生。她被这个13中男生的行动所感动，在以后的日子里这种感动变成了深沉的爱。还有一个叫于光的小伙子跟着高志强跑前跑后的，他是13中初三的学生，却比别的孩子更坚强，因为他的父亲于宝合是位抗联老战士，是赵尚志、赵一曼的战友，在白山黑水之间，打过仗，流过血。到前辈战斗过的地方去革命，是于光长久的心愿。而坐在傅玉玲身边的那个小姑娘林东升，也在注视着他，后来也把这种感动变成了爱——那是以后的故事。

满载着青春梦想和革命激情的这列火车，12月8日上午，停靠在双鸭山火车站，那100多个北京知青成了集贤农场（后来的3师29团）的职工。傅玉玲回忆说，那一天刮起猛烈的“大烟炮”，风声呼啸，大雪铺天盖地，冻得我们浑身发抖，脸上像有刀子在刮。看来，我们要在北大荒的风雪中成长了。我和林东升被分配到了良种队，高志强和于光上了8队。于光回忆说，到了队里，高志强当上拖拉机手，他文化水平高，又对物理感兴趣，动手能力强，很快成了连里的技术高手。我也当上了拖拉机手，开胶轮拖拉机，给队里跑运输。那时农场也在搞“文革”，开始我们这帮红卫兵也跟着闹腾，后来干活一累，我们也没那个心思了。一到休息日，我们北京这帮学生总是互相走动，我和老高常到良种队看傅玉玲和林东升，她俩也到我们队来看我们。我们到了一起总有说不完的话，虽然远离家乡但并不寂寞。开始队干部和老职工看不惯北京知青的高谈阔论、夸夸其谈，可我们干起活来，都争强好胜，一点儿不比别人差，他们也佩服我们了。

又一场风雪考验着高志强和他的战友们。1969年1月，高志强自愿报名到抚远荒原建新连队。他和于光等十几个知青跟着几个连队干部，冒着风雪开进二（二龙山）抚（抚远）公路43公里处，在一片桦树林旁支起两顶帐篷，用树干搭起床铺，再支锅点柴化雪水做饭，晚上用旧油桶烧火取暖。他们在摇曳的油灯下写下扎根荒原的誓言，歌声从帐篷中飞出，唤醒了沉睡的处女地。

冰雪消融后，高志强开着全连唯一的“东方红”拖拉机，领着他的班组，向荒原开战。红色的拖拉机拖着沉重的铁犁，翻开被荒草和树根纠缠的黑土地。那场面十分壮阔，但拖拉机卷起的灰尘把他们吹得人鬼难分，24小时连班作业，他们经常饥寒交迫。于光说，最难忍受的是夏天蚊虫的叮咬，他们把黑泥涂在脸上。最渴的时候，水洼里有小虫子游动的浑水也是最好的饮料。那一年，高志强他们创造了奇迹，当年开荒、当年种地、当年打粮，虽然产量不高，也算有了收获。更大的收获是他们在荒原上站住了脚，盖了房，打了井，建了食堂，修了场院，有了几万亩自己的耕地，成了一个像样的农业生产基地——61团1连。当年也在这个连队下乡的哈尔滨知青、现省人大农林委副主任李伟对我说，高志强这帮北京知青是机务上的骨干，他们开出的3万多亩荒地，成了现在创业农场一队的基础。现在这个队已建成全国农业现代化的样板队和建三江重要的粮食基地，当年的北京知青功不可没。

1976年10月，在北大荒奋斗了10年的高志强，含着眼泪告别了这片他曾洒下无数汗水的土地，告别和他结下大地一样深情的战友们返城了。他不想走，又不得不走了。女朋友傅玉玲已于3年前被抽调回北京当老师了。尽管她早就申明，她在北大荒有男友，可还不断有人给她介绍对象。她曾给高志强写信说，如果他回不来，她可以重回北大荒。但他不忍让她为自己做出这样的牺牲，她家6个兄弟姐妹，5人下乡，她好不容易返城了，有着很重的家庭负担。为了坚守北大荒，高志强曾一次次放弃升学招工的机会，这次他却以困退的方式返城了。他心里有一股说不出的滋味。

由于是当年重点中学的学生干部，高志强一回北京就被安排到西城区知青办工作。那时，落实知青政策的任务非常繁重。当年，为了解决国家的困难，数以千万计的城市青年上山下乡，现在“文革”结束了，国家情况好转了，应该安置更多的知青返城。这是邓小平的一个伟大的决策。作为一个老知青，他被返城政策所感动，更要尽最大的努力，让这个政策能落实。那时，他白天在单位忙着为返城知青办手续，晚上家里成了知青家属接待站，他不厌其烦地讲解政策，帮那些符合条件的战友研究尽快返城的办法。战友们返城后，高志强又帮助他们安排能发挥作用的岗位。

傅玉玲说，那些年得到高志强真诚帮助的知青，真是数也数不清。后来知青办的工作并入劳动局，高志强还像当年北大荒耕地的牛一样，扎扎实实勤勤恳恳工作了30年。他曾担任过就业科长、培训科长、区职业技术培训学校的校长、书记，无论在哪个岗位上都全心全意、尽职尽责。这么多年他获得多少先进工作者、优秀党员等各种荣誉称号，他自己也说不清。

人们说高志强是标准的国家公务员、尽职的党的干部。一看他朴实真诚的样子，就知道他是个老知青。然而不幸正向他袭来。2004年区劳动局要把旧办公室改建成职业技术学校的校舍，作为学校领导的高志强天天在现场跟着。午休时，他就躺在装涂料的小屋眯一会儿，回家时满身都是油漆味。装修工程是上半年开始的，到七八月时，身体一直健壮的老高突然感到浑身没劲儿，傅玉玲多次督促他才到医院检查，结果把他们惊呆了，他得了白血病！血液里癌细胞含量已达24%。

高志强只好听从医生的意见，12月6日，住进北大附属的人民医院血液病科。那一天正是37年前高志强下乡到北大荒的日子。难道，这就是命运的安排，他又一次走近北大荒？傅玉玲劝老高不要多想，好好治病养病。经历过北大荒风雪考验的高志强十分坚强，他对自己的身体有信心。他忍受着化疗的苦痛，身体稍有好转就出院，情况严重后被迫再次住院。

听说老高病了，同连队的战友来看他，当年得到过他帮助的知青来看他。面对大家，他总是说：“病好了，我一定回北大荒看看。”战友们也对他说：

"没问题，病好了，我们陪你一起回去!"傅玉玲说，"病好了，回北大荒!"成了高志强战胜疾病的精神力量。一听到战友就说这句话，就像二战时期法西斯占领区坚持地下斗争的战士见面就说："消灭法西斯，自由属于人民!"然而信心并没有改变残酷的现实，高志强病情越来越重了。

2005 年 8 月，同一个连队的战友章伯滔要带着几个老知青回建三江，他们到医院来和高志强辞行。高志强说，我明年身体好了，再和你们一起回去。章伯滔说，到 2007 年，我们下乡 40 年时，咱们一起回去！十几天后，他们从建三江回来，马上来见他，给他看在北大荒的照片和录像，转达了连队老职工对他的问候。他激动地说："变化太大了！在我们开荒的土地上，庄稼长得这么好！那么多人还惦念着我，只要能走路，我一定回一趟北大荒。"他在当天的日记中写道："又有这么多的战友回建三江了，我真羡慕他们，如果我真的回不去了，那将是一生最大的遗憾!"那些天，他很忧郁。老战友们排成班，每天轮流来照顾他。在傅玉玲和战友面前，他总是很泰然。那天姐姐来看他时，他又说起北大荒："姐，你不知道，我对那片土地真的太有感情，太让我怀念了!"说着他竟号啕大哭起来，也许他已经感觉到，自己再也不能回北大荒了！这是他得病以来，第一次大哭，也是最后一次。

12 月 24 日，上午，轮上张民阜和爱人——上海知青谢晓蕴，来医院照顾高志强，当年他们都是 61 团 1 连的。小谢望着面容清癯的老高说："好好养病，明年我们下乡 40 年，一起回北大荒!"老高轻声地说："明年 39 年，后年才 40 年。"小谢又说："你要挺住，40 年时，我们回去!"这时老高伸出瘦骨嶙峋的拳头说："要挺住!"他尽量把拳头举高，声音也很坚定。没想到，这就是高志强留给战友们的最后一句话！中午时分，在傅玉玲给高志强喂饭时，他昏迷了。几个小时后，20 多个战友都从全市各处赶到了他的床前。他们呼唤着他的名字，可他再没能回答。下午 6 时，高志强那一颗顽强的心终于停止了跳动。

随着傅玉玲和战友们低沉的哭泣，北京开始下雪了，那雪和北大荒的雪一样的白，一样的大。天色暗淡，寒风萧瑟。

战友们在八宝山给高志强举行了隆重的追悼会。一个多月后，傅玉玲在整理高志强的遗物时，在他的"病中日记"的最后一页发现这样几句话："把我的骨灰撒在东北大地，捐献我的眼角膜，在我父母坟前替我种一棵树。"傅玉玲立刻泪流满面，接着放声大哭，她后悔没有在高志强走前看到他的遗嘱。

那时他表现得很坚强，从不说死，而她也不忍心当着他的面安排后事，更没想到他死得这么突然。她后悔，没有实现他捐献眼角膜的遗愿。她马上给章伯滔、张民阜、于光等老战友打电话。他们都哭了，都说："我们一定实现老高骨灰撒在东北、撒在北大荒的愿望!"经过精心的准备，又得到建三江农管局和创业农场（原61团）的支持，他们终于有了本文开头所说的这次送战友魂归北大荒之行。他们实践自己对高志强的承诺，在下乡40年时，陪他一起回北大荒。

我曾问高志强最亲密的战友于光，为什么高志强生前一直惦念北大荒、死后非要把骨灰送回北大荒？也许他最有资格回答这个问题。1973年，他的父亲把他调到湖北的三机部"五七"干校，后来又在湖北的一家军工厂为他安排了很好的工作，可他两年后又回到了61团当知青。也许还因为1985年他遵照父亲的遗愿，把这位老抗联战士的骨灰一部分撒进了松花江，一部分埋在了赵尚志牺牲纪念地的宝泉岭公园，那里立着老战友陈雷的诗碑。上面写着这样的诗句："君乃松山客，素知凌风雪。风雪总无情，幸有耐寒节。"于光说，我们这一辈和父辈的心是相通的，北大荒是我们理想的燃烧之地，是我们的青春之花的灿烂之地，是我们世界观的形成之地，自然是我们灵魂的安托之地。

8月29日，在建三江的换新天火车站，傅玉玲一行受到创业农场领导和当年老职工的热情欢迎。许多人是自发从老一连赶来的。面对这一张张熟悉和不熟悉的面孔，傅玉玲和儿子又忍不住地流泪了。

8月31日，在老一连（创业农场第一管理区）会议室举行的追思会上，当年和高志强开过一台机车、睡过一铺炕的老职工泣不成声。他们说："当年高志强是那样生龙活虎地开拖拉机，现在却变成一把灰回来了……"傅玉玲领着儿子寻找高志强战斗过的地方，他们在荒草中找到了那辆废弃的"东方红"，儿子站在链轨上照相——他已继承了父业，在北京农大研究生毕业后，也从事农业科研工作。当年为连队建设流过血和汗的战友们，望着农机广场上成排的世界最先进的农用机械感慨万千。更让他们激动的是那望不到边的正由绿变黄的稻田，当年他们的奋斗目标是"年产千吨粮"，而现在生产队已是"年产两万吨粮"。真是"喜看稻菽千重浪，遍地英雄下夕烟"。

8月30日，傅玉玲和儿子在富锦市登上了汽艇，他们向松花江中驰去。在中流处，她和儿子把拌着花瓣的高志强的骨灰撒在滔滔江水中。傅玉玲说：

“志强，回家了。你安心吧，将来我们会在这大江里会合！”

这时，我的耳边又响起了那首歌——《北大荒人的歌》：

即使明天我逝去，
也要长眠在你的怀抱里。……

◎附录　回到梦开始的地方

傅玉玲

拂去岁月的风尘，掀开历史的一页，1967年的深冬，一列火车从北京出发，三天两夜，径直向东北边陲行进。

车轮翻滚，车声隆隆，掩盖不了一车北京青年的欢歌笑语，尤其是一个男青年，不顾旅途疲惫，振奋精神，不时地在车厢巡视，大哥哥般嘘寒问暖，送水，关照。他，北京13中高三的学生高志强，是这一行的带队人之一。他和大家都是凭着一腔激情，携带着美丽的憧憬，最早自愿去锻炼的知识青年。他们特殊年代的青春之梦就这样开始了，军垦农场就是梦开始的地方……

岁月如流，往昔如在眼前，然而，转瞬40年，物是人非。今天，仍然是当年的线路，火车上仍是当年知青，却展示着迥然不同的情景，车厢中已无昔年的勃勃兴致，知青也两鬓如霜，更重要的是已无高志强的身影，他已经撒手人寰。知青们是护送他的骨灰，依照他生前遗嘱，专程陪伴他“魂归”北大荒。此行不是一般的故地回访，大家心情也十分沉重。飞驰的列车，嘶吼着，似乎载不动这小而轻却异常沉重的骨灰盒……高志强的遗愿，这是又一个梦，又一个开始，魂兮归来，荒原将留存着，记忆着，启示着。

在荒原的史册上，有知青的梦，有他们平凡又不平凡的一页，有他们的磨难、痛苦与不幸，理想、奋进与搏击，使他们不断地从中品味、解读、评说、总结，活化经验，使自己从过去走向未来。

无悔的选择

1967年底，上山下乡运动开始之前，北京就有一批青年学生自愿赴北大荒屯垦戍边，高志强和我就是其中之一。

我们虽然作了这种选择，但是直到出发前，什么是屯垦戍边，去边疆意味着什么，根本说不清，当时，满脑子都是书本、电影以及文艺作品中的概念。但是，就是这些“概念”，却激发着我们的青春活力。当时，志强特别喜欢一部电影，即大型彩色纪录片《军垦战歌》，连看数遍。影片生动地记录了广大知青在新疆垦区的丰功伟绩，知青们战天斗地，使茫茫戈壁变成万亩良田，无垠的荒滩，呈现了“牛羊肥来瓜果鲜，红花如火遍草原”的景象。这些火热的场景，紧紧地吸引着他，于是，一个梦形成了，到边疆去，到建设兵团去。

他的决定，老师、同学及家长，许多人都不理解，认为是一种冲动。志强是北京重点学校——13 中的优秀学生，班里的干部，报名前，老师曾与他谈话，极力挽留；他是长子，家境贫寒，家里更希望他留下；他酷爱物理，也曾想有一个与自己的兴趣爱好一致的工作。但是，青年人那不可抑制的激情，使他在日记中写道：“如果能进工厂，也许更好，但是，农村更需要知识青年，那真是个广阔的天地，我还是决定去。”

抵达北大荒时，是当地最寒冷的时候，四周一望，无边无际，雪皑皑，白茫茫，雪天相连，彻头彻尾的银白世界。零下二三十度，鹅毛大雪漫天飞舞，凛冽的寒风，穿透了我们厚厚的棉衣，吹在脸上，犹如刀割，皮帽的帽檐，瞬间就挂满了小小的冰柱……东北人称这样的奇寒天气为刮“大烟炮”。

之前，只知道东北寒冷，但冷到什么程度，无论如何也想不出来，一下火车，面对此情此景，大家的思维瞬间都凝滞了，畏惧？新鲜？好奇？茫然不知所措。志强像个大哥哥似的，大吼一声：喂！唱支歌吧！随即用他那五音不全的嗓子开了个军歌的头：“向前，向前，向前……”大家马上活跃起来，唱着，跳着，奔向前来迎接我们的汽车。乡亲们感动之至，在欢迎大会上，坚持让我们这 104 位知青全部站到主席台上，一睹这些笑迎“大烟炮”走来的都市青年的风采。

我们在双鸭山农场的第二年，垦区决定开发和兴建新农场，地点在抚远，那是祖国更北的边陲，一片荒无人烟的处女地。面对新的挑战，是去还是不去，志强没有含糊。他正在北京探亲，得知消息，不顾父母的阻拦，提前返回。知青们纷纷报名，于是，1969 年初，他们豪情满怀地奔赴新的征程。他在给我的信中写道：“汽车在颠簸的路上前进，自己放眼那一望无际的荒原，太激动了，我们要向它要粮了。”是啊，这沉睡千年的湿地就要苏醒，志强他们在那更遥远、更艰苦的地方，编织着自己那美丽的梦。

北京知青高志强和他的战友们将抚远荒原建成了“北大仓”。

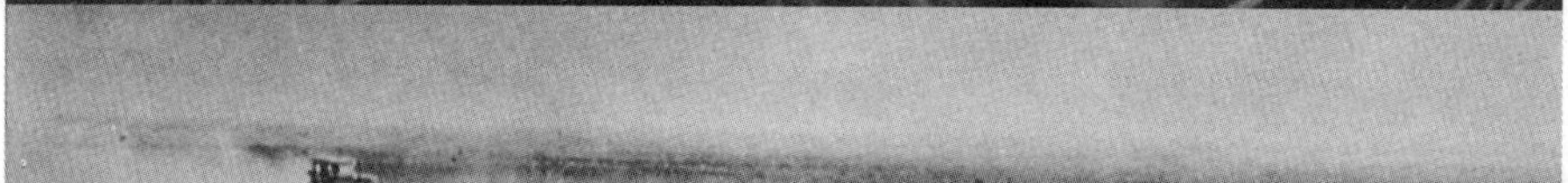

他把自己的骨灰永远埋葬在了这片魂牵梦绕的黑土地。

农场创业的几年，是志强和知青们最难忘的一段岁月，也是最辉煌的一个垦荒乐章。荒无人烟的茫茫北疆，出现第一顶帐篷，化雪取水，做成第一顿饭，修出第一条路，开挖第一口井，破土第一片荒，营造第一间拧拉合辫房……知青的心血与汗水，时时处处凝聚：枕着狼嚎入梦乡、化着冰水吃烤馍、蹚着水泡子捞大豆、冒着寒风赶爬犁，追着野火，扑向血色荒原……如诗如画，然而，单调与乏味也在其中。志强是拖拉机手，广袤无垠的荒原，开一条长长的垄需要几个小时，每天陪伴的只有机器轰鸣声，迎着朝霞出，顶着落日归，天天如此，年复一年，名副其实的“艰苦并快乐着”。

北京需要教师，我被选派回来。志强和我结婚后，还曾作过这样的决定，如果他不能回京，我再重返黑龙江。其实，我心里明白，志强是根本不想回来，况且，知青伙伴中，已有人重返。但是，我家姐弟六人，五人在农村，父母已经年迈。当重返几乎不可能时，开始为他办理返京手续。那时知青的返城风刚刚兴起，有此机会的，都被认为是“幸运儿”，大家羡慕不已，而面对“困退”的志强，却左右为难，兴奋不起来。他在日记中说：“感觉自己已经扎根在黑土地了，现在一定要走，很不是滋味。”

我们的人生轨迹中，“黑土地”仅是短短的一段，但却刻骨铭心，那里有我们的歌声与足迹，有我们的心血与汗水，从那里我们得到许许多多，那里有我们永远难忘的梦。

最大的遗憾

1976 年，高志强回京，在西城区知青办工作，知青办工作结束后，并入西城区劳动局，他在劳动局曾任职业技术培训学校校长、就业科科长。2004 年，劳动局迁入新址，原址改为职业技术培训学校，需要装修。他刚刚派去任书记，也到现场参加装修工作，白天与装修工人一起忙碌，中午，有时在那堆着油漆和涂料等装修材料的房间里休息，每天回家，满身都是涂料的气味。装修结束后，他逐渐感到身体不适，浑身乏力，口腔溃疡不愈等，在门诊多次检查、治疗，最后确诊为“白血病”。

荒友们惊呆了，消息不胫而走，大家牵肠挂肚，求医问药，端水送饭，精神上物资上都给予极大的关怀与帮助。志强病重的时候，昼夜离不开人，24 小时都挂着吊瓶，不得吃，不得休息，能睡上 1 小时都是奢求。病痛的折磨，化疗的痛苦，别说是忍受，看着都要心焦。荒友们看到家人已经心力交痒，疲惫不堪，就主动排成班儿，日夜轮守。而荒友们大多已步入花甲之年，有的甚至靠子女照顾，但是，面对自己的战友，他们坚决要求尽其所能。最使人感动的是，在他离世的那天，大家好像有预感，二十几位知青早早就来到医院，病房不让进，他们就在院子里，没有人畏惧深冬的严寒，一直到傍晚他去世，默默地为之送行。

不是亲人，胜似亲人，这就是我们的荒友情，在那荒原岁月，患难与共，凝聚而成的友情。

面对这荒友、荒友情，志强百感交集，北大荒的日日夜夜历历在目。志强本来性格内向，病痛中，更是少言寡语。在非常有限的时间里，我们谈论最多的，不是孩子，不是家事，而是北大荒。

他生病前，我们曾多次计划回访北大荒，都因工作太忙未成，最后我们决定，把它作为退休后的首件大事。没想到，即将跨入退休大门，却风云突变，病来山倒，顷刻之间，一切都化为泡影……原本很简单的事情，都遥不可及了。

为此，他与姐姐痛哭过一次。看到荒友重返北大荒，他的病中日记写道：真为他们高兴，自己大概是不可能了。对前来探望的知青朋友，他自然谈得最多的是北大荒。最令人心酸激动的，是他人生最后的一幕，也是临终之言：微笑着，一只手吃力地握着拳头，对照顾他的荒友很有信心地说：坚持着，明年一定回北大荒……

每当听到这些，我的心都在流泪。其实，回访只是一种形式，未能回访的遗憾，渗透着他多么纯洁而复杂的情感。返城后，大家在经历了许许多多的风雨之后，沉静下来，会有许多感悟，因而会更加欣赏北大荒的魅力。北大荒，不仅有我们的青春、事业、初恋，甚至家庭、子女，有我们人生的第一张画卷，更重要的是，北大荒给予了我们极其宝贵的精神财富：真情、包容、奋斗、不屈不挠等等，这财富，在现今社会尤其难能可贵。北大荒值得我们敬爱、向往和魂牵梦绕。

永远的回归

整整一年，志强与疾病抗争，医生多次提醒，要告诉他病危，使他有个准备。我于心何忍，怎么也难以开口。面对他那强烈的求生欲望，告其病危，实在太残酷，所以，我一直表面隐讳，陪伴他保持着平静的心。

后来我发现，自己的想法多么简单，多么天真。在整理他的遗物时，发现他的遗嘱，看到遗嘱，我声泪俱下，哭了整整一夜。他不仅知道自己病危，而且早有准备，遗嘱的第一条就是对骨灰的安排：“把骨灰撒在东北大地”，多么“痴情”啊，在生命的尽头，都不忘对黑土地的深情。

两年的认真准备，终于在2007年的秋天，荒友们踏上北去的列车，回到黑土地——我们青春之梦开始的地方，北大荒情缘终生难解难分，重返遂愿，撒播一腔衷情。

志强的魂归，激励着许多兵团战友的心，牵动着北大荒父老乡亲们的情，一时间，亲情、友情、真情再次交融，合奏、共鸣，久违的激情也再次涌动，整个回访荡气回肠。

哈知青联谊会在两天前才知道我们的行程，但是，当我们乘坐的火车徐徐进站时，站台上，早已站满了静候多时的荒友，许多都素不相识。他们手举着“欢迎北京知青”、“北大荒精神永驻我心”、“情系黑土地魂系北大荒”、“高志强一路走好”等横幅迎送。简短的座谈会，联谊会的会长李淑梅亲自主持，黑龙江省作家协会主席贾宏图，还把高志强的事迹纳入了他要写的100个知青故事之中，已于2007年10月25日发表，名为《长眠在你的怀抱里》。这是不寻常的相会与聚首，大家心对着心，泪和着泪。

去农场，当年领导、老职工们纷纷赶来，刚见面，话到嘴边，已是老泪纵横，泣不成声，他们像迎接自己的孩子，迎接着志强。

骨灰撒在美丽宽阔的同江，农场领导、老职工代表、北京、上海、哈尔滨、佳木斯知青代表们，早早就聚集在江口，许多是专程赶来的。蓝天、白云、风清、日朗，远处水天一色，小艇停摆江心。瞬间，周围静极了，我和儿子高南把拌着花瓣的高志强的骨灰依依不舍地、缓缓地撒落滔滔江水中……望着即将陪伴他的长山黑水和三江沃土，望着向他敞开的宽广的胸怀的大自然，我的心都要碎了，心中一遍又一遍地呼喊，志强，再见了，愿你安静地在此，永久长眠吧。

北大荒，我们的第二故乡，我们的梦开始的地方，我们在严冬走来，在严寒的世界里，点燃了青春之火。我们的青春梦，多么浪漫，多么丰富多彩，多么浩远深沉。今天，金秋时节，我们陪伴着志强回来，完成他的遗愿，也油然而生出丰收的愉悦，享受青春之梦带来的丰硕成果，这硕果就是金钱难买的真情，就是使我们永远充实和富有的荒原情。

35. 生的顽强

这个故事的男主人公叫老野，北京1968届毕业生，当年就从京城下乡到黑龙江边的三团（红色边疆农场），第二年又到抚远荒原开荒建点。其实老野是个挺正直善良的人，只是脾气不大好，好打抱不平。他最出名的事是，发动一些青年，在海青公路15公里处摆上大木头，不让团长的北京吉普车通过。那时，他们连就建在抚远县寒葱沟的一片沼泽地里，帐篷里长着草，做饭的炉子下都是水，馒头都蒸不熟，有时粮食还断顿。这种生活状况让知青们难以忍受了。他们拦着团长问，你还让不让我们活了！团长到连里看了一下，向大家表示了歉意，回去之后又采取了一些措施，改善知青的生活。很快连里的状况有了好转，当年竟建成了六师条件最好的新建连队。

从这件事后，老野成了连里的"民意代表"的"领袖"，大事小情连里都想着听听他的意见。

女主人公的名字叫六凤，是本省一座煤城的1969届毕业生，她也是从三团调来建新点的，人虽然长得平常，话语也不多，但人缘挺好。别人在一起唠嗑，她在旁边听着，冷不丁插上一句，逗得大家一阵大笑，于是就有了"溜缝儿"这个外号，别人听了以为她叫"六凤"。叫常了，她的真名给忘了，和老野一样。

有了男女主人公，就有了男女之间必然发生的故事。谁也不知什么时候，老野和六凤好起来了。那时谈恋爱是被绝对禁止的，他们的来往都是秘密进行的。也许六凤喜欢老野的正直和善良，在一个煤矿小城姑娘的眼里，他就是她可以依靠的真正男子汉了；也许老野特别喜欢六凤的朴实和幽默，北京人就是喜欢幽默。在那个自然条件十分艰难的情况下，精神的慰藉就更重要了，他相信和她一起过日子肯定快乐。于是，有的战友发现在那春草刚绿的早上和百花盛开的夏夜，老野和六凤经常一起失踪。

正是青春如干柴烈火般燃烧的时候，两个漫步在荒原深处的男女青年终于发生了不该发生又必然发生的事情。也许只是一次忘情的疯狂，那一刻，他们感受的灵与肉的从未有过的快感，却给自己制造了一个不大不小的麻烦。那时的青年都很单纯，单纯到自己忘记了无节制的爱情会产生的后果，而局外人更不注意别人身体的突变。只是和六凤同住一铺大炕的老乡小马姑娘发现她的肚子胖了，而且每天都在缠腰，故意干重活，还又蹦又跳的。她还发现在六凤的背后，总有老野忧郁的目光。

纸里是包不住火的，“老野把六凤搞出了孩子”的事还是在全连传扬开来。

连领导很生气，这样的事如果不整治，这几百号男女知青的连队非乱套不可！可大家并不歧视他们，反而多了许多同情和关爱。可上级不让了，那时连谈恋爱都不行，还能允许你生孩子！六凤被拖拉机拉到团部要做“人流”，老野一气跑到团里，又把六凤抢了回来。他是赶着马车去的。他真的撒了野，说：“谁要杀了我的孩子，我就和他拼命!”后来连里给了六凤一个退团处分，给老野一个行政记过处分，这事就算过去了。

谁也不能阻止新生命的降生，只是这孩子来得太不是时候了。那是个大冬天，那年特别冷，风大雪也大。六凤越来越显怀了，步履艰难，什么活也不能干了。她没有临产的准备，什么时候能生，自己也说不清。那天全连开大会，就在女生大宿舍，熙熙攘攘的，女生坐在炕上，男生挤在地上，坐在随手拿来的木头上。那天六凤感觉难受，就半躺在自己的铺位上，身上盖着被。小胡副指导员就坐在她的身旁，老野坐在她们的对面。副连长“傻三”（三把手）在中间正讲连队纪律，义正词严，声嘶力竭地批评各种违纪现象。

这时六凤突然肚子痛起来，忍不住呻吟起来，老野说你小点儿声。结果她肚子更痛了，脸上滚下汗珠。她使劲抓住小胡的手说：“不行了，我要生了!”

小胡马上对“傻三”喊：“六凤不行了！你别讲了!”他看了一眼，说快了，然后接着讲。

这时六凤痛苦地叫了起来。宿舍里的人都站了起来，朝这边看。

“傻三”说：“散会!”人正往外撤时，六凤狂叫了一声，孩子生了下来，那孩子“哇”的一声大哭，她的铺位变成一片血的汪洋。

靠近六凤的一个女生喊：“男孩儿，是个男孩儿!”老野傻愣愣地站在地上，不知所措。

当年，“六凤”和她的战友们在一起。

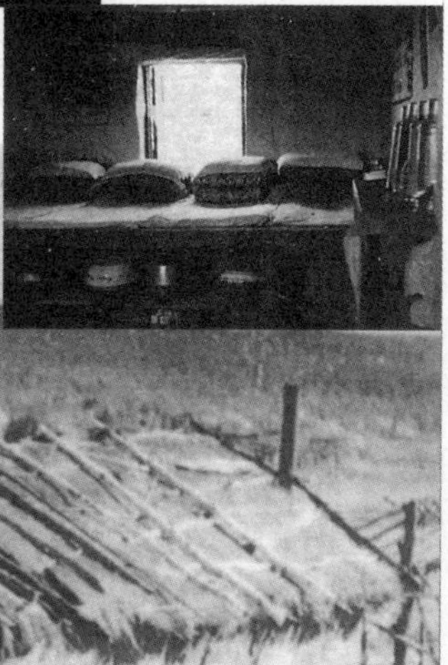

“老野”和“六凤”的孩子就出生在知青大宿舍里。

“六凤”和
战友相会。

他们爱情的欢乐留
在这片白桦林里。

在场的女生都围过来，拿起被子为她挡了一个间隔。这时，小胡看六凤的肚子还鼓着，好像还有一个小孩向外蠕动。

她大声喊："还有一个，快找卫生员!"当卫生员老宋跑来时，第二个孩子已涌出来了，又有人喊："也是男孩儿!"

这时，老野抱头痛哭，声音低沉，说不清是喜还是悲。那哭声从那栋草房子传出，在旷野上飞传，真是感天动地呀!

连里当时决定，把这间宿舍变成母子房，全部女知青都先搬走。走前，女知青把自己有的白糖、红糖，干净的床单、毛巾，还有卫生纸，都给六凤留了下来。小胡副指导员把自己一条白色的鹅毛毯子也拿出来了。

当时老野流着泪给大家鞠躬，连声道谢。等大家都走了，老野才仔细看着自己一对双胞胎的儿子，那两个孩子眉目清秀，白胖胖的，比他们的父母都好看。这时，在痛苦中挣扎过来的六凤已经疲惫不堪地睡着了，她的脸上挂着难得的微笑。

第二天一早，小胡就被人叫醒了："不好了，老野刚生的老大死了!"小胡跑去一看，那男婴脸色青紫，浑身冰凉，孩子真的死了。六凤抱着孩子痛哭，那声音撕裂人心，在场的人都跟着掉泪。

后来，老野把他扔在了连队后面的树林里，那是天寒地冻的时节，连把孩子掩埋的能力都没有。那孩子肯定被狼叼走了。这一带常有野狼出没。

卫生员老宋也来了，他和小胡分析，可能昨天晚上老野和六凤怕孩子冻着，给孩子盖了太厚的被，晚上他俩又太累了，都睡得太死，没有及时把滚到孩子嘴上的被掀开，结果孩子被憋死了。

老野一股急火也病倒了，他高烧不退，连起来为六凤打饭都不行了。小胡又来了。她一看坐月子的六凤连一个鸡蛋都没有，马上跑到家属房挨家搜，好不容易凑了7个鸡蛋，那时职工自家养猪养鸡都是"搞资本主义"。吃了鸡蛋，六凤好不容易有了奶，可那老二一个劲地哭，就是吃不着奶。眼瞅着那孩子一天天瘦下去，几天以后像一只干瘦的小猴子，已经气息奄奄，只有那双眼睛还闪着像非洲饥饿儿一样可怜的光。

她又把老宋找来了，他是哈尔滨知青，只在团里学过一般的卫生常识，就上阵了。接生第一个小孩，还是照着书本操作的。别看医术不高，对人非常好。有一次车长小梁子的媳妇生孩子大出血，他当场给输了400CC血。这次他翻遍了书也搞不明白，这孩子为什么不吃奶。

正好兵团医院的医生来连队巡诊，老宋立刻领着医生来看。他张开那孩子的嘴一看，舌头卷不起来。原来舌下有一根筋连着下腭，他拿出手术刀把它剪断，那孩子的舌头好使了，立刻就会吸奶了。如果医疗队再晚来两天，老野的小二就活活饿死了！这之后那小二一天天地胖起来，全连的女生都抢着抱这个“小美男子”。老野给他起了个名字叫“小硕子”——可能小时候饿怕了，大了也整天嘴里含着个勺子。他成了全连知青的大玩具，下了班，在大家的手里传来传去。

后来连里安排老野一家从女生宿舍搬了出来，又为他们安排一间8平方米的小屋，和另一对也是未婚先育的知青住在一起。一顶蚊帐隔着，一铺炕上就住了两家人，连放屁声都能听着。在那个时候，对他们就是很优厚的照顾了。

那对夫妻是下乡前怀孕的，下乡之后生的孩子，也是个漂亮的男孩。当孩子刚生下来时，团里指示，要把孩子送到团里处理。他年轻的父亲跟在车后面哭喊着追，跑了10多里，在路上遇到了团政委。团政委亲自发了话，年轻的父亲才把孩子抱了回来。

那是一个非常的年代，领导思想偏“左”，对青年又没有及时的性教育，在知青中因婚恋或生子发生的悲剧很多。老野一家和他同室而居的邻居就算是幸运者了。

当年知青在兵团安家是很不容易的，再加上养个孩子就更困难了。老野是农工，六凤在菜班工作，每天风吹日晒，为了孩子能吃饱穿暖，一个工也不敢耽误。下了班，六凤照顾孩子，老野去侍弄自家门前的园子，那是一家人的菜篮子，他干得很仔细。他还要抽空去割草打柴，为一家人准备漫长冬季的烧柴。第二年，老野的女儿又在连队降生，那是一个健康漂亮的孩子。大家都说，怎么搞的，老野两口子也不漂亮，尽生漂亮的孩子。

我是在参加知青武振宗召集的知青战友聚餐会上，听到老野和六凤的故事的。在场的有老野连里的副指导员小胡、六凤的老乡小马、在连里当过卫生员的老宋。当年下乡时，他们风雨同舟，返城后在再次创业中都忙着自己的事，平时联系并不多，现在都退休了，一有机会都往一块儿凑。说来说去都是在北大荒当知青的那点儿事，当年再艰难的经历，现在都成了温暖的回忆。他们都很感慨，那时的知青真是生得顽强，再难的事也能挺过去，也许是因为年轻，也许是因为那个时代的人就是经得起折腾。那时，大家都特别善良，关键时刻，大难临头，大家都亲密友爱，患难与共，真是令人难忘。

我特别关心老野和六凤的现状。他们说，那两口子在兵团过了10年的苦日子，也是1979年随大帮返城的，老野领着儿子回了北京，六凤抱着女儿回了煤城。又一次骨肉分离，当时他们的心都特难受。六凤在建筑安装企业当工人，老野可能也是个工人。他们都收入不高，全家4口人，两地生活，你说有多难！听说，每次探家的路费都难筹措。后来找到了一个急着回北京的人对调，老野放弃了北京户口，来到了煤城，对调的那个人在市京剧团工作，老野也到了京剧团。他不是这一行的人，什么也不会干，先当拉幕的，后来又当了舞台工人。那时艺术院团不景气，演员都没多少事可干，剧团的工人就更闲了。老野心脏病又很重，就提前退休了，现在每月有1000多元的退休金；也已经退休的六凤的收入还不如老野呢。

他们都说，老野的那一双儿女还挺有出息。儿子是个帅小伙儿，在北京做买卖，已经结婚成家，日子不错。女儿在煤城郊区当老师，也成了家，六凤常去住，给她看孩子。

他们还说，退休在家的老野常在北京和煤城两地跑。人老了，脾气没变，常和六凤吵架，闹点儿小矛盾。不过，也闹不到哪去，毕竟是患难夫妻嘛！

再说，六凤会幽默，常给老野讲点儿段子，他就只笑不闹了。

说到这儿，大伙都笑了。

◎附录　读《生的顽强》随感

胡秀芝

读了贾宏图老师《生的顽强》一文，我很有感触，因为在这个真实的故事当中，我是这个故事的见证者之一。

在那个特殊的历史年代，我们知青创造了许多可歌可泣的壮举，也尝到了大大小小、沟沟坎坎中的甜酸苦辣，只有亲身经历的人才能品出其中的滋味。《生的顽强》中的主人公，事过几年后我已经将他们淡忘了，然而在他们就要离开让他们历经磨难的北大荒的那个晚上，很多战友为他们送行的时候，他们特意对一个战友说："请转告小胡，我们这一辈子都忘不了她！"

当这个战友将此话转告给我的时候，我有一种说不出的滋味和感觉，同时也让我对他们夫妇肃然起敬。

今天重温贾老师写的《生的顽强》，一下子又把我带回了那个特殊的年代……

记得那是“溜缝儿”刚生完孩子五六天的时候，由于不会护理，使一对双胞胎中的老大不幸夭折了。未婚先孕是那个年代的大忌，连队又给了严厉处罚，加之孩子出生后带来的一系列问题，使“溜缝儿”的准丈夫一筹莫展，号称“野人”的他也被击垮了，连日高烧，连下炕的力气都没有了。数九隆冬，月子里的“溜缝儿”又无法出来上食堂打饭，找老乡帮忙又怕连累人家，想找其他战友帮忙又怕人家拒绝，最后她把希望放在了我的身上。于是她久久地站在窗前盯着上食堂打饭的人群，直到见到我过来，才开个门缝把我叫住了。她说他病了，没有人给他们打饭，他俩连早晨的饭都还没吃上呢，让我帮忙给打一次饭。我一看这种情况，二话没说，先对她进行一番安慰，并立即将饭给他们打来送去，然后又叫来卫生员给他看病。随后的一个星期，我坚持给他们打饭，挑水，劈柈子，还去坐地户家要了 7 个鸡蛋。要知道，在那个狠割资本主义尾巴的年代，养鸡是极少的，而且又是冬天，那几个鸡蛋赶上金蛋啦。不管咋样，“溜缝儿”在月子里也算吃上鸡蛋了。过几天老野的病好些了，非常不好意思地低声对我说：“明天你就不用来了，谢谢你，让你受累了。”

我不放心地问：你能行吗？他说可以了。我说那好吧，如果有事的话再找我。

这件事就这样平淡地过去了，我觉得对我来说非常正常，因为我当时是领导班子成员，副指导员，更重要的一点，我也是个女人，所以谁也不会指责我。另外我做事始终有一个原则——对事不对人，这也是“溜缝儿”能找我求助的一个因素，同时也是我没有指派别人去做的原因。

没有想到我做了一件非常正常的事，却让他们夫妇记在心上，当战友转告他们那句感恩的话的时候，我的心真的好感动。我马上想到当时他们是怎样的心情接受我的帮助的。我不过是尽了自己的力所能及，做了一个有良知的人应该做的事，却在他们心里记了这么多年，这是我没有想到的，同时也让我感觉到，在他们的心灵深处，有着非常质朴的一面——知恩。

老野和“溜缝儿”的遭遇，说明了当年的时代背景，注定了他们的悲剧。青年男女，处于情窦初开的年龄，偷摘了禁果，没什么大错，只能说明他们勇敢，不压抑自己，但最终却为此付出了巨大的代价。没有偷摘禁果的人就那么平静吗？绝对不是！我敢说，几乎所有的知青都有此念头，除非他有生理缺陷，不正常。只是其他人在最大限度地压抑自己，控制自己，但极力压抑人的本能，其滋味也不见得好受到哪里去。

在这里我应该对老野和“溜缝儿”说，在那个特殊的艰苦环境中，你们养育了一对儿女，作为父亲、母亲你们倾尽全力，尽到了父母应尽的义务，你们是优秀的。在那个特殊的年代里，我们都太年轻了，不能简单地说对与错，它是历史，我们要勇敢地正视它。

今天回忆起这段往事，我非常地想念你们，所以，借贾老师《生的顽强》这篇文章，我祝你们夫妇生活快乐，幸福，安康。

2008 年 2 月 28 日

36. 亲爱的小鸽子

亲爱的姑娘靠在我的身旁，
亲爱的我愿意随你一同远航，
像一只鸽子在海上自由地飞翔，
跟着你的航船在海上乘风破浪。
亲爱的小鸽子啊，
请你来到我的身旁，
我们飞过蓝色海洋，飞向遥远的地方……

老知青孟凡特别喜欢《鸽子》这首歌，可一唱起来就想流泪。他的眼前立刻出现这样的画面：麦地边、溪水旁、牛栏上，那两只白色的精灵，总是“咕咕咕，咕咕咕”地呢喃。它们时而平静安详地歇息，时而轻盈地飞上蓝天。这两只可爱的小鸽子，是一个上海男知青从家里带来又悄悄养大的，成了全连知青的宝贝；又是他和女朋友的精神寄托、欲诉又无语的希冀和一抹模糊的飘飞的梦想。

在火药味很浓的边疆连队里，这对柔弱而美丽的小东西显得有点不和谐，连队干部已说过种花种草养鸽养鸟是典型的“小资情调”，你们看过哪个英雄人物养过鸽子？可那对上海知青爱这对小鸽子就像爱自己生命的一部分。

孟凡记得很清楚，那是 1971 年的秋天，农场正赶上秋收大会战。当时的口号是“早上 3 点半，晚上看不见，地里 3 顿饭”。会战没几天，那个上海小姑娘就生病了，可她的体温是 38 度，离休病假的标准还差半度，她还得硬挺着上工。那时我们知青都吃因小麦受涝发霉而做的如黑猪肝一样的馒头，而喝的汤里只漂浮着几片菜叶。那时，我们每天都感觉饿、饿，人人都是“胃亏肉”。连队小卖店里的所有罐头，别说是鱼的肉的，连水果都被抢光了，就像不要钱似的。

那个上海男知青心痛了，怎么才能给生病的她补补身体？从家里带来的能吃的东西都吃了，到六七十里外的龙镇去买，连里又不给假。这时在窗外“咕咕”叫的那对小鸽子，让他心里一动。鸽子不是大补吗？可他真的下不了手，因为那是他们相依为命的伴儿呀！几天后，他看着日渐憔悴的她，还是一咬牙，把那两只鸽子杀了，当时他都流下了眼泪。可她是他的最爱，为了她自己可以舍弃生命，何况两只鸽子呢！他又向老乡要了一棵白菜，一大早就用小铝锅把鸽子炖上了。等他找来女朋友刚吃几口，上班的钟声就敲响了。

等到很晚才下工，他又找来女朋友，把在炕洞里藏了一天的炖鸽子给她吃了。看着她吃得很香，他只是就着口水，吃下几片白菜。在这个宁静的秋夜里，两个年轻的恋人感到了从未有过的相濡以沫的甜蜜。

老孟说，半夜时分，那个男青年突然被叫醒，说他的女朋友肚子疼，要赶快送医院，等他们坐着拖拉机急匆匆地赶到四五十里外的场部医院时，天已经亮了。经医生检查那女孩子是亚硝酸中毒，是鸽子肉炖白菜在铝锅里放置过久，产生了毒素，可解毒的药，场医院根本没有。到县里买药已经来不及了。很快，她拉着他的手，已经说不出话来，只是眼睛一直望着他，直到闭上眼睛，眼角还滚下几滴晶莹的泪。

这时那男知青跪在地上给医生磕头，边哭边喊：“你们快救她呀！她不会死呀！”接着又喊：“是我害了她呀！是我呀，我一口肉也没吃，都塞到她的碗里了！”然后他一头向墙上撞去，立刻鲜血如注，人们把他拉住了。这悲惨的一幕就展现在我的眼前。当时我是医院的外科医生，一时也插不上手，我使劲地忍住眼泪，离开了。

老孟又说，几天后我到场招待所看同学，突然发现一个房间门前挤了许多人，原来农场宣传队正在演节目。有人拉二胡，曲调是阿炳的《江河水》，两个小姑娘在场地中间随着音乐起舞，窗前的床上呆呆地坐着两位老人。一问才知道，他们是那个刚死去的女知青的双亲，他们是从上海赶来的。这么悲痛的时候，给他们演节目，这不是让失女之痛的老人痛上加痛吗?！我把他们的队长找来，一阵埋怨。他委屈地说：“我们还能做什么？那也是我们上海的亲人啊，他们不吃不喝，也不哭，我们只想让他们痛哭一场，也许心里能好受一点！不要以为就你是知青！”

我讪讪地走了，心里更难过，那位像鸽子一样善良可爱美丽的女知青和她心爱的鸽子一起走了。我不知道她和那位男知青的名字，但我真希望她能像那轻盈的鸽子一样，飞过蓝色的海洋，飞到那遥远的地方，回到她的家乡，回到他的身旁。

后来我听说，那个死去孩子的双亲劝住了那个执意要死的男知青。他们说的话至今让我刻骨铭心："孩子，我们两人已经失去一个孩子了，不能再失去另一个了。从今以后，你就是我们的亲儿子！"场里让那个男知青返城了，以后的情况就再也不知道了。

在有几千名各地知青的引龙河农场，这样生离死别的故事也非就此一件。孟凡还给我讲了另外的两个故事。也是一对形影不离的上海知青，他们一起从家乡来到这偏远的农场，互相照顾，呵护有加，连里的青年都羡慕他们。那一天，男知青女朋友的女朋友过生日，她也是和他们一起来的同学。他想为她送件生日礼物，在这远离市镇的连队里，是买不到拿得出手的礼物的。而那个时候，对知青来说，最缺少的是营养，都盼着过生日能吃到一点好吃的。他知道，她俩都是"馋猫"——都爱吃鱼。可从家带来的鱼罐头早就吃没了，连里小卖店的也早就卖没了。

他突然想起附近的良种站有个养鱼池，那里肯定有鱼。在那个女孩子过生日的晚上，他跑到了鱼池，可能想钓鱼，没钓上来，又想捞，也没捞上来。后来他干脆下去摸鱼，结果被池中的栏网缠住了，怎么也挣扎不出来，本来就不会游泳的他，溺水身亡了。而那两个姑娘准备了小锅还等着他回来炖鱼呢！第二天，他才被人发现，那两个女知青扑在他的遗体上哭得死去活来，在场知青都跟着掉泪！

还有一件事也让人感伤。引龙河原来是个劳改农场，知青来后，上级把所有服刑的犯人都迁走了。还有一部分刑期已满就地安置的人，被称为"二老改"，他们虽恢复了公民身份，但还受到歧视。有一个"二老改"被安排在知青食堂烧火，做饭的都是女知青。时间一长，一个哈尔滨的姑娘对那个烧火的"二老改"挺好，因为他很老实肯干，食堂里最重的劈柴挑水的活都是他干，一有空就去帮助别人，对那个哈尔滨的女孩子关照更多。她是干面案的，扛面和面时，他都上前帮忙。馒头上锅后，他们坐在温暖的炉火旁，总有谈不完的话。谁也没想到，那个女知青竟爱上了那个人，而他不敢接受这份珍贵的爱，他说我不配。后来女知青的家长知道了，坚决反对她和一个"犯人"结婚。她给家里写信说："他是一个好人。就是他过去真犯过罪，已受过惩罚了。他爱我，我也爱他！”家里还是坚决反对，而且说，你要和他结婚，家里就和你断绝关系。那女孩子更坚决：“断绝就断绝，反正我跟定他了！”后来上级作出决定，把农场的劳改就业人员也全部迁走，怕他们影响对知青的再教育。

那是个灰色的早晨，分场革委会门前，几辆灰尘暴土的“大解放”停在那里，管教和知青基干民兵围了一个大圈，劳改犯们要迁走了。知青们一帮一伙地围在边上看热闹，“二劳改”们一个个背着行李，拎着包囊排队上车。上满一车，车厢板“咣当”一声就上了锁，那声音在清晨还真有点瘆人。很快一车车装满了，汽车屁股后嘟嘟地喷出一股股尾气，车就要上路了。突然一个瘦小的女孩子扒开人群，直冲到车下，将行李箱一举，抓住车帮，蹬着车轮上了车，挤在了那群“二老改”中间。场领导急了，管教也急了，基干民兵急了，连吼带吓，连拉带扯，可那女青年死死地抓住车厢板，紧紧地闭着嘴，眼噙满了那不肯流下的泪。我愣在了那里，知青们也看呆了。最终“大解放”挣扎着开走了，车后滚起一波又一波的尘土。围观的人，久久，久久地不肯离去。

我说，你的这几个故事太沉重了，听说你的爱情挺浪漫，你是怎么把上海漂亮的女知青搞到手的，不妨说给我听听。他笑了，还是作了简约的交代——

其实我和她当时并不熟，她在下面一个很远的分场卫生所当卫生员，她常到场部医院办事，每次他们的所长总是对她说，中午吃饭找大孟要饭票，因为他们所长和我是朋友。每次她来找我，我都把用橡皮筋捆着的饭票扔给她，就去打球去了。她长得很打眼儿，性格又很开朗，我对她印象挺好，可没敢往深里想，那时她是分场机关的团支部书记，我还是个“右派”的儿子，哪敢有非分之想。她到场部可能看过我打球，那时我这个“8 号”还是个风头正劲的队员。有时，我也常到他们分场出诊，她对我的医术有所了解。一有空我就和他们所长扯淡，她在旁边听着笑，也并不插言。

大概是 1974 年春天的事，她突然给我打来电话：“我已经被推荐上大学了，要请几个朋友吃顿饭，你能来吗？”我很替她高兴，我说，当然能去。我还买了个笔记本，上面写了几句鼓励她进步的话。

在酒桌上，她问我：“我们将来能保持联系吗？”

我说：“当然可以联系，但一个大学生和一个农民保持联系没什么必要。”

两只鸽子连着两个年轻人的心

她又说："我一定给你写信！"

我说："你来信，我也不一定回信。"

她说："如果，我想和你好，处朋友呢？"

我说："那根本不可能，你去上大学，我要当一辈子农民！"

她说："如果，我不去上大学呢？"

我说："为了我，一个农民医生，一个臭球皮子，完全不值得！"

她说："我就要这么做！"

说着，她拿出推荐表当着我的面"哗啦"一下子撕掉了！

我当时被惊呆了，大声地说："你为什么要干这样的傻事？"

可她笑了，好像早就做好了准备。

这颇有戏剧性的情节，真比那些关于知青的电视剧都生动。可它的真实性是不容置疑的，因为这之后，尽管孟凡苦口婆心地劝说她去上学，她都没去，而且她还跟着孟凡去拜见了她未来的公婆。那时，孟先生一家已被下放到了德都县的防疫站，孟凡的4个弟弟妹妹也都下乡了。在这个家庭最困难、前途最暗淡的时候，一个漂亮的上海姑娘走进了孟家低矮的土房。十分感动的孟凡的父母对孟凡说："这个上海姑娘能在这个时候嫁给咱家，不容易呀，你可一定善待人家！"

很快，他们就结婚了，新房就在孟凡的办公室。那一夜，孟凡对妻子有两点承诺："一、将来只能是你提出和我离婚，而我不能提出和你离婚。二、我一定把你带出农场，带回哈尔滨。"

爱人含着眼泪说："就是和你在这儿过一辈子，我也心甘情愿。"后来他们有了自己的房子，爱人调到了场医院当护士，他们的儿子诞生了，日子过得艰辛，但很快乐，很平静。

但孟凡并没有忘记自己的承诺，机会终于来了，1978年他可以报考大学了，他想领着爱人进行最后的冲刺。可惜，那时她正怀着他们的女儿。孟凡带着两个人的梦想和一家人的希望，终于考上了大学。在接到佳木斯医学院的录取通知书的那一夜，他们躺在自家的小土炕上，难以入眠。妻子对他说："结婚时你承诺，一定把我带出农场，带回哈尔滨，看来有希望了。"他说："那当然。""那另一个承诺呢？"妻子盯着他问。"噢，不就是只准你和我离婚，不准我和你离婚吗？我说到做到。"妻子笑了。

身在学校刻苦攻读，可心时刻牵挂着在农场艰难度日的妻子和儿女。刚一放寒假，他就跑回家。第二天就弄了一辆牛车，跑到山里拉回一车木头，用了整整一个假期，把环抱粗的大树锯成尺长的树段，又把树段劈成寸粗的木柈，直到把自家小院的木头垒成墙、堆成山。离走前，他又把水缸挑满水，甚至所有能装水的家什都用上了。他还弄了一条看门狗为全家警卫。因为在家干活太猛了，开学两周后，他的手还拿不住笔呢。

特别想家、想爱人和孩子的时候，孟凡总是哼唱那首歌：“亲爱的小鸽子啊，请你来到我的身旁，飞过海洋，飞向遥远的地方。”爱人和孩子是不可能飞到他的身旁的，南疆正进行自卫反击作战，北疆战备紧张，引龙河农场正有坦克在集结，农场的医院都驻上了部队，他们已做好上前线抢救伤员的准备。好不容易盼到了假期，孟凡急忙跑回农场把老婆孩子都转移到了大后方上海。回到佳木斯，他和同学们也做好了上前线的准备。还好，那场大仗没有打起来。如果真打起来，也会有妻子送郎上战场那一幕。

毕业后，孟凡被分配到了哈尔滨第五医院当医生，他的承诺实现了，爱人和儿子女儿都跟着他回到了哈尔滨。但孟凡的心里还是有很大的愧疚，爱人先到省防疫站的大集体企业工作，后来又调转到省祖国医药研究所的门诊部，还是大集体单位。现在她已经退休了，每月也只有 1000 多元的劳保工资。令人欣慰的是，她的儿女圆了她的大学梦，儿子从上海财大毕业后，到浦东机场计划经营部当财务助理；女儿从哈医大毕业后，在哈尔滨红十字医院当妇产科医生。

进了城的日子，很幸福，也很平淡，他们过得很有滋味。作为外科医生，孟凡很忙，也很累。一有空，他总是和爱人泡在一起。有时他和她开玩笑：“我的第一个承诺还有效，你随时可以提出和我离婚。”

她说：“你想得美吧，想甩掉我呀，不可能！”然后全家都笑了起来。这时，孟凡再唱起“亲爱的小鸽子啊”，就没有悲伤的情感了。

老孟对我说，亲爱的小鸽子，那曾是我们心中的精灵和美丽，当我们像鹰一样飞翔时，却有一颗鸽子一样的心。人已老，心还在。愿老天保佑历经磨难的知青和他们可爱的孩子吧！

37. 长相忆

在哈尔滨花园街那座森严的大院里上班的津茹主任，每天操心的事儿很多，可是年轻时候在北大荒8年多的经历会经常出现在她的梦境中，那是她人生中的花样年华……那蓝蓝的天空，皎洁的云朵，灼眼的太阳；那瞬时的骤雨，震耳的雷声，萧瑟的秋风；那凛冽的寒流，漫天的飞雪，呛人的“大烟儿炮”；那绿绿的麦苗，微微地晃动，拔节的声响……

她想念黑土地上那片纯净的天空，更想念曾经生死与共的战友和给她无限温暖的父老乡亲。她深深地怀念那份深藏在心底的情与爱，那情是那么真，那爱是那么纯，追忆往昔，带给她的是一些美好和感动。

那是在1968年10月，一个大雪纷飞的日子，火车开到了铁路的尽头。津茹挤在一辆大卡车上，挺进风雪呼号的边境。傍晚时分，车停在一个几乎被厚雪覆盖了的村落里（兵团二师11团5连）。一群操着山东口音的小孩儿拥了上来：“青年来了！青年来了！”昏暗的灯光下，津茹看清了一个个蝴蝶花似的小脸，衣衫不整，脏兮兮的。就在从卡车上往下卸行李的时候，一种凉凉的悲哀向她的心头袭来：“在这里我们要待多久？如果真的在这里待上一辈子的话，那么我们的后代也将像他们一样！”她心里不由得抽搐了一下，额头上渗出了冷汗……

当时她身体很孱弱，到连队第二天就发高烧，住进了医院，后来她就被送回了哈尔滨。可是一个月后元旦的前夕，她又回到了连队。在后来的8年中，她都是在北大荒过的新年和春节。她自己也说不清楚，她的命运为什么和这块黑土地贴得这么紧。

津茹是从当小农工开始她的知青生活的。春夏秋冬，什么农活都干过，她还掏过粪、喂过马、挖过草炭、修过水利……从来就没有想过什么是脏、什么是苦。这个能写会画的哈尔滨女一中的小才女，很快发挥了作用，办板报，写大标语，画毛主席像，她都干得有模有样。连队大食堂墙上的“大海航行靠舵手，干革命靠毛泽东思想”那些红油漆大字都是她写的。兵团二师在他们连里办的“机械旧物利用展览”，她和一个四川大学的毕业生完成了这项任务，各团的机械队都来参观，还受到师首长的表扬。后来她被调到团电影队当放映员。

当放映员可不是什么轻松活儿，一堆很重的设备要搬到车上，35 毫米提包机要举到 1 米 3 高的三脚架上固定……放映前要打画好的幻灯片，念解说词。她下连队放映都是在晚上，深夜才回团部，她坐在胶轮拖拉机拉着的拖斗里，摇摇晃晃地颠簸在路上，头撞在车厢的角铁上，眉毛处碰破流出了血，她还在昏睡。那时住在广播站，早上很早就开始广播，她还没睡醒，又得起床，接着就是准备下连放映的事情。

这样的日子对一个 18 岁的女孩子来说，简直就是一种煎熬，她却把这当成是历练。津茹尽最大的努力去适应，可还被领导认为是缺少艰苦磨炼。她又被下放到果树队去干更重的活，她和一个姓阎的本地女青年，每天要脱 1500 块砖坯。她们要备好土，站在泥水中用脚和泥，然后把和好的泥摔进坯模子里，再把脱模的砖坯晾干、上架。一段时间里，两只手的侧面生出厚厚的老茧，这是农村最累的活计，真让一个城市的小姑娘脱胎换骨了。

津茹又被调回了电影队，那时他们很忙。看电影是北大荒最重要的文化生活，为看上一场朝鲜彩色宽银幕电影《卖花姑娘》，有的知青要冒着大雨大雪走上几十里路，甚至站在风雪中把电影看完。那是个文化萧条的时代，当时有几句顺口溜：“中国电影新闻简报，越南电影真枪真炮，朝鲜电影又哭又笑，阿尔巴尼亚电影搂搂抱抱。”虽说兵团是部队直接供片，可电影还是供不应求。

津茹记得这样一件事：那是 1970 年，师里来了一部新拷贝，16 毫米黑白影片《英雄儿女》，这是当时被解放的第一部国产故事片。师里只给我们团 4 天时间，全团 32 个单位都想看到。没有办法，电影队只能不睡觉，连轴转。队长老闫领着我们设计了最快捷的路线，就用这 4 天，真的放映了 32 场。当然有的连队是半夜出号看电影的。最后一场是在最远的 28 连，电影放映完了，才发现外面大雨倾盆。我在屋里收拾完机器，发现发电机还没有关闭，跑到外面跳到车上一看，闫队长，这位当年旅大警备区的老放映员，头搭在车厢板上，满头满脸的雨水往下淌，衣服湿透了，他竟还睡着呢！那 32 场电影是怎么放映完的，现在也说不清，只记得头发木，饭一点也吃不下，挂上一本片子后，也能睡上一小觉。当时有一种灵感，每次打盹都没有超过换片的时间，否则观众的手电筒就会打到我的脸上。那时，我们突击放映的电影还有样板戏，因为放映的场次太多了，现在我还能把《红灯记》《杜鹃山》《龙江颂》《沙家浜》《智取威虎山》等一些样板戏的唱段唱下来。

津茹说，最高兴的是回老连队放电影。那些来自山东梁山的孩子，一看到电影车来了，也不知道从哪儿跑出来，用那山东味的口音一个劲地喊："津茹姐姐来了，津茹姐姐来了！"还是那蝴蝶花一样脏兮兮的小脸，她已经喜欢他们了。他们中哪个孩子是谁家的，她都清楚。跟她近一些的乡亲，总会回家为她煮鸡蛋、鸭蛋，非让她带上。

放电影是技术性很强的工作，要想当个好放映员必须掌握声学、光学、电学、机械学等方面的知识，为此她平时读了部队里的一些专业书籍。在参加师里放映员培训班时，她的成绩很突出。结业考试中"电子管、半导体扩音机原理"、"发电机"和"放映机"等几门功课，都得了满分。记得最后考的是"影片"，其中有个问题是"影片药膜面划伤的原因是什么?"，正确答案是4种，她只答上了3种，被扣掉6分，漏答的那种原因，她至今还记得："压片瓦螺丝松动"。她的平均成绩是全师的第一名。因为出色的业务能力，在当团放映员3年后，她又被调到师部电影发行站。平日里，她除了完成自己份内的工作外，还经常为师里的会议写会标。当年师部楼前两边的红底白漆大字："抓革命、促生产、促工作、促战备"，"军队向前进，生产长一寸，加强纪律性，革命无不胜"的标语就是她和著名版画家、北京知青赵小沫一起写的。

30多年过去了，有些往事还历历在目。那年冬天，师部召开农业学大寨经验交流会，让津茹到依兰去取新片，依兰离师部有400多公里，只有一个司机陪她去。他是个本地青年，姓崔，比津茹大几岁。那时，天寒地冻，即使他们穿着皮袄、大头鞋，也没有一点暖和的感觉。去的时候还好些，因为是白天，他们互相说说话，感觉时间过得还挺快，到达依兰时，已经是深夜了。那个小俱乐部离江边很近，他们到的时候，电影还没放完，又等了一会儿，片子才撤下来，拿到片子，他们就往回赶。开车的小崔坚持要沿江走近路，他说有些困了，要求津茹不停地跟他说话、讲故事。她把多年积攒的故事一一地道给他听，有"红桃尖"、"木乃伊在行走"、"第二次握手"等等。当时，真是话说尽了，口也干了，词也穷了，人也饿坏了，困倦了。他们俩昏昏沉沉地睡着了……

津茹参加放映员学习班

不觉中，突然车体一震，他们都惊醒了，睁大了眼睛，好险哪！只差一点，连车带人就掉下了冰崖。因为他们反应得及时，避免了一场车毁人亡的事故。他们被吓出了一身冷汗，再也没有困意了，肚子也不觉得饿了。他们又开始聊天，津茹问小崔将来想找一个什么样的人为妻。那小伙儿爽快地说要找个“三心牌”的——“自己看着舒心，别人看着恶心，待在家里放心”。她笑了笑，知道这是小崔胡乱编造的，听后似乎不困不饿了。现在她还能想起那部新片是罗马尼亚的《多瑙河三角洲警报》，为了这部早被人们忘记的老电影差点搭上两条人命，现在想起都很可笑。但那次风雪夜行记，却是她记忆中难忘的故事。

也许那一代知青最难忘记的是自己初恋的故事。到现在津茹也说不清楚，他们那是不是爱情，因为这个字眼他们之间从来都没有说过，即使在信中。1972 年，她被调到师部电影发行站，是他到汽车站接的她，他不高大英俊，但温文尔雅，做事踏实，不善言表，她愿意看他笑的样子。他来自北京，是和她同届的初中生。女校的学生有些傲慢，可她对他很敬重，因为他知识丰富，无论是关于电影业务，还是关于文学的历史的政治的，他都有自己的见解。他还会拉二胡、作诗，他画的大红灯笼挺好的，津茹在旁边画上松树的枝干。

他们还是工作的伙伴，那时无论春夏秋冬，他经常从师部的汽车连乘车到鹤岗火车站取片、发片，然后再带着片子搭乘汽车回来，每次她都去道口或汽车连接他。平日里，她推着用耙地铁轮改做的小推车；雪天，她拉着一个爬犁。那小推车和爬犁，都是他们自己设计制作的。他们一起把片盒子装上车，拉着或推着，路途虽不遥远，但一个个铁箱的影片很重很重。他们走得并不快，有时不紧不慢地说着话，有时一路无语，只是相视一笑。当大雪纷飞的时候，满满一爬犁的影片，他们走在路上更是吃力，但很浪漫，富有诗意。

那年冬天，他咳嗽得非常厉害，宣传科的男女宿舍中间只隔一排高高的大书柜，晚上津茹能听见他不停的咳嗽声。她心很痛，主动跟他说："咱俩换一下吧，我到火车站去，你在家接我。"那个时侯，谁早上去火车站，都吃不上早饭，回来时开饭时间过了，要挨到中午。一早 5 点多钟，她顶着刺骨的严寒到鹤岗火车站去发片、取片，而他要到道口接她，从车上下来的她看见他满头满身的霜雪，埋怨他来得太早了……

1975 年，老实肯干的他被推荐上大学了，那年初，津茹参加"师基本路线教育工作队"，驻进铁力独立 2 团 10 连，她赶回来送他。他把用小学生田字方格本书写的小楷《为人民服务》拿给她，她把写得好的字都画上了圈……她为他拆洗被褥，还特意回老连队为他生病的母亲弄了些黄豆带上，然后她又赶回铁力。她计算着日子，在他可能走的那几天里，她跑到驻地王杨小火车站等他，他是到大连上学的，南去的火车是要在这里经过的，虽说只能停留几分钟。那时或许是想对他说点什么，或许只想看他一眼，几分钟也足够了。

一天，两天，三天……很遗憾，在那个小站，她没能等到他。那飞驰而过的火车，带走了她的心。后来，他们经常通信，她还帮助他的妹妹办回北京。她们是好姐妹，每次妹妹到师部来看他，总是和津茹睡在一张床上。第二年的元旦，津茹到大连看望他，给他带去了一个精致的小书箱和一些好吃的。累了的她就躺在他的床上休息，在温暖中她酣然入睡。他带她去了海边、去了老虎滩、吃了海鱼。走时，他给她装了一旅行袋的大苹果……

那年秋天，北京阴雨连绵。津茹到北京出差，特意去看望他的妹妹。白发爷爷见她来，拄着拐杖连连说："铁蛋的朋友，铁蛋的朋友，好啊！好啊！"当外交官的父亲热情地接待了她，冒着雨买回了一些食品和一个大西瓜，记得那西瓜是黄瓤的。晚上，她和妹妹还像在兵团时那样睡在一张床上，窗外的雨没完没了地下着，她俩的话也是没完没了地说着……在不知不觉中睡着了。梦中，思念中的他笑盈盈地回来了，出现在房门口，猛然间她坐了起来，静静地听着夜里的萧萧雨声……

在返哈的前一天，她去和妹妹告别。正在择菜的妈妈对她说："我儿子毕业总归要回北京的，而你的户口是进不了北京的……"津茹没说什么，她走了，那天下着很大的雨，她径直走去，那雨水和着泪水，从她的脸上、身上不停地流淌……她全然不顾脚下的雨水。后来，她不再给他写信了……

30 多年过去了，她有时还会想到他，没有遗憾，只有温暖，亲情般的温暖。这位大学教授也没有回北京，在教育战线上体现了他的人生价值。为人之母的她，能更深地理解当年他母亲的心思。

他过生日的时候，她还给他发去生日贺卡，祝他生日快乐！"假如有来世，不能不在乎。"他也回过信息："内心的平安，那才是永远。"

津茹提起这些往事时很平静了。她说，有时回忆也是一种力量，昨天的经历是今天的动力，要更珍视未来。她是 1976 年 12 月随着招工的人潮返城的。因为她文字能力较强，被调到了国家仪表总局下属的科研单位，负责教育宣传工作。这期间，她获得了哲学和中文两个专业的文凭。后来，她撰写的文稿在"全市知识分子工作经验交流大会"上做典型经验介绍，她被市里推荐到了省里。她从科员干起，副科级、正科级、副处级、正处级副处长、到处长，一路走下来，又是 20 多年过去了，这期间的故事不会少。津茹说，走过来了才知道，路程是多么的艰辛……

长相忆，盼相见。在这国事家事皆忙的日子里，津茹还回了两次北大荒，一次是带着她要上小学的儿子，去老连队。她说他长大了，应该让他了解妈妈的过去。她拉着他的小手走进自己流过汗也流过泪的老连队，指着那斑驳的大食堂墙上依稀可见的"大海航行靠舵手"的标语，说那是妈妈写的；她领着他走进一户户老职工的家门，说妈妈当年坐在那张小桌旁吃过饭，告诉孩子，他们是妈妈的恩人；她还把他举上康拜因，让他看一看北大荒的原野是多么开阔。回来之后，儿子好像一下子长大了许多，也懂事了许多。

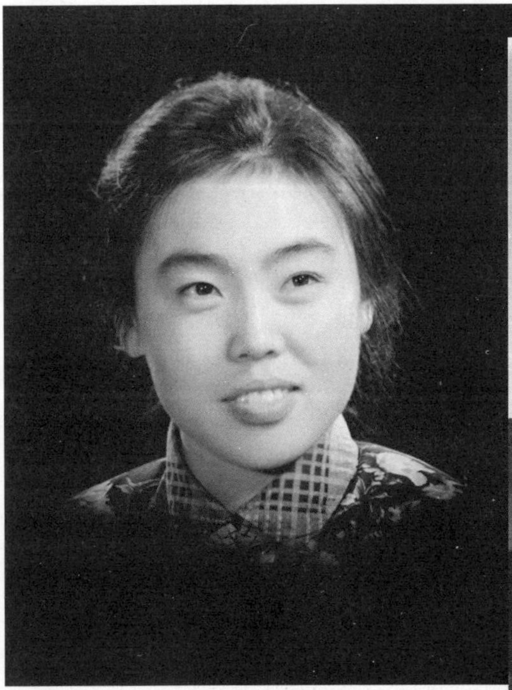

青春如此美丽——当放映员的日子。

和女作家陆星儿是最亲密的朋友，可惜，星儿已不在了。

领着儿子回老家看乡亲。

另一次是带着正读大学的侄女，回铁力看望。那里曾经是她的“炼狱”，她在那里经受过苦难，也感受过温暖。当年，她是随师部的基本路线教育工作队到这里的。白天和连队一起劳动，最累的是到有水、有芦苇的塔头墩地底下很深处挖草炭。那是最严寒的隆冬季节，他们先刨开冻层，再一锹锹地挖到十几米深处后，才能看见淡棕色的草炭——那是最好的肥料。津茹有个体会，只要干起来，就别停下来，站在寒风中，汗一消，就是个透心凉，浑身直打哆嗦。干一整天的活儿，吃饭时都拿不住筷子，手一个劲儿地颤抖。每个人的棉袄背后都是一张图画，那是热汗的痕迹。晚上她还要给妇女们上夜校课。那天晚上下了课，在回宿舍的路上，她鬼使神差地腿一软，扭了个180度，倒在了雪地里。也许是太累了，她爬不起来了，数着天上的星星，竟迷糊过去了。在她就要冻僵的时候，被一个去马号喂马的老职工发现了，把她背回宿舍，第二天又被送到了团部医院。在以后住院的50多个日夜中，一些乡亲来看望她，照顾她，她感受到了终生难忘的深情。

津茹还记得，她住院时在团宣传股工作的上海知青陆星儿常去看她。天很冷，她围着的紫红围巾上和眉毛上都是白色的霜雪。她俊美的大眼睛很亮，笑的时候有两个酒窝。她的皮肤白皙，两条齐肩的发辫很粗。她的男朋友上海知青是津茹的同事。她到团部办事就挤在星儿的床上。星儿到医院来看她，背来了几部大厚书和一捆蜡烛。其中有一本书，名叫《自豪的西班牙》，给她的印象最深，是西班牙内阁总理大臣的外甥女撰写的。这位女贵族在书中写的“工作着是美丽的”成了传世名言，可惜她去美国后，在一次车祸中丧生。更让津茹难过的是她的老战友、才华横溢的女作家陆星儿两年前也因患癌症去世了，星儿的作品曾经温暖了许多读者的心，星儿的坚毅与自豪永远留在她的记忆中……

还有一件事是她一生都不能忘记的，当年马排长家的那个14岁的小男孩儿小亮，是她的跟屁虫。连里秋收时，学校的学生也一起下地干活。干活时，她教他唱《沙家浜》中的刁德一，他说没坐过火车，更没去过北京。使人心痛的是，在一场秋雨中，急着回家的人们挤在一辆马车上，马车过桥时，坐在车辕子上的小亮被颠了下来，碾在车轮下。津茹后悔那天没和他在一起，更后悔没带他去坐火车，哪怕只有一次。小亮是在中秋节的前一天离开的，马排长把月饼和书包放在他的身边……在工作队撤走时，津茹还特意去看望了小亮的妈妈。以后每年中秋，她都会想起小亮妈妈肝肠寸断的哭嚎声……

事隔30多年后，当她再一次踏上那块黑土地看望两位老人时，仍为当年失去小亮的事而感伤……

这是一次伤怀之旅，津茹给关爱过自己的乡亲送去资助，为了感恩，也为了慰藉自己的心灵。她又来到了那个让她流过泪的王杨小站，风景依旧，黄墙红瓦。她久久伫立，一趟趟列车飞驰而过，掠起了她的衣襟，吹乱了她的头发。她的心在说——

人生的路近近远远，总也走不出的是一个圆；

人间的情聚聚散散，总也扯不断的是一个缘……

38. 狩猎者说

我是先知道“纸浆模塑绿色包装罐”，后知道这个项目的发明人朱良方的。以农田秸秆为原料的这种包装罐，可以代替金属、塑料和玻璃的装置，应用广泛，十分环保。为了这个项目的推广，老朱四处奔波费尽心力，曾到报社找过我。

听说，他也是个老知青，下乡在兵团一师的独立三营（马场），而我下乡的地方是一师独立一营（哈青），他们的副营长柴继贤，后来到我们营当营长。我们俩越说越近。他说，他在营里当电工，还是专业猎手，打死的野猪和黑熊无数，还在风雪山林中救过北京女知青。于是，那天在他的绿帆科技有限公司，我把采访“项目”变成了听猎人讲故事，朱良方说——

我从小就是一个不安分的孩子，家住江边的通江街，经常泡在松花江里，七八岁时，我已能横渡大江。我还爱玩弄电器，先装矿石收音机，后来把“红灯”、“熊猫”收音机拆了，再重装上。我是1968年10月11日，和41中的同学一起下乡到独立3营5连的，后来这个连收编为3团（红色边疆农场）54连。那一年我17岁。我带了一箱子电器元件和一块万能表。

开始跟着收豆子，一眼望不到边的豆地，累得我腰都直不起来了。在地头休息时，我跟连长套近乎，递上“恒大烟”。那时我已学会抽烟了。听说，食堂缺人，我向连长自荐，做饭的活我全行！到了食堂让我干面案，用杠子和面，我傻眼了，没办法去挑水劈柴，每天十七八挑的水，把我的肩膀都压肿了。还要去劈柴，寒冬腊月，大雪纷飞，我光着膀子，抡大斧子。业余时间，我练拳击，凶狠好斗，连里领导对我很挠头。因为总给老职工家修收音机，都是手到病除，在连里人缘不错。

一次偶然机会，让我出人头地。大概是1969年春天，全团在45连开春播动员大会，简彭云政委广播讲话，刚喊了几句，扩音器突然失灵，坐在会场上的人什么也听不清了。在场的电工满头是汗，就是找不到毛病，老简一脸铁青。这时，有人喊："快找朱二!"因为那时我有点"二乎吧叽"，外号"朱二"。当时我正躲在一间知青宿舍打扑克，连长领着营长找到我，我跑去一看，扩音器的大功率电子管已经发红，我用快速搜寻法，终于发现一块泄放电阻虚接，用电烙铁一点，扩音器又响了。前后用了七八分钟的时间。大会继续进行，老简声调更高了。营长当场决定：把"朱二"调到营部当电工。

这下子，我可自在了，屁股后挂着"三大件"，骑着一辆破摩托，"突突"地各连队跑，就那么点儿电器，活也不多，到哪都是好招待。那时正是困难时期，难得吃上肉，炒个鸡蛋就是好菜了。为了给营部和连队改善生活，营里雇用了两个鄂伦春猎手——莫依生和他的侄子小莫。他们打了猎物，什么野猪、狍子、犴达犴（驯鹿），肉给公家，皮留给他们，营里还给他们钱和子弹。（当时我所在的哈青独立营也雇用了新生乡的鄂伦春猎手，他们打了猎物，给我们改善伙食，营里用白菜偿还。他们那时不会种菜。）莫家爷俩头戴狐狸皮帽子，身穿狍皮大氅，脚蹬犴皮靰鞡，十分英武。他们又很豪爽，有酒大家喝，有肉大家吃，我很快成了他们的酒肉朋友。

我们营就在小兴安岭的北坡，这里山峦起伏，满山的松树、柞树、桦树和灌木林，正是各种野生动物的乐园。那时生态好，动物多，附近的新鄂乡、新兴乡的鄂伦春兄弟世代以狩猎为生。每一个有血性的男人都会被神奇的狩猎生活吸引，我干脆拜老莫为师，成了他的关门弟子，他们帮我置办了一身和他们一样的行头。营里看我不耽误电工的活，还能打猎物，就给了一把新的半自动步枪，我也成了一名兼职的猎手了。

一杆枪，一匹马，我也跟着老莫进山。那马是一匹宝马，蒙古种，四蹄生雪，鼻梁也是白的，跑起来一阵风，而且能踏着塔头跑。为了练马术我吃了不少苦，飞越壕沟，我猛勒缰绳，身体被射出，跌在地下昏死半天。其实狩猎是又苦又险的活，不走"人道"穿山林，风餐露宿忍饥寒。气候最恶劣的严冬，正是狩猎的最好时候；条件最艰险的山林，正是野兽出没最多、狩猎最好的地方。

我跟着莫家爷俩走遍了孙吴、逊克和爱辉一带的山林。飞马兴安岭，风雪夜归人，那日子无比的快乐。他们能吃的苦，我都能吃，平时出猎带着油饼，有火时烤着吃；没有火，一块冻肉，一口酒，我也吃得很香。打了狍子，他们开膛取肝，血淋淋地吃掉，我也跟着吃。他们能住的地方，我也能住，什么开荒人的地营子、采参人的地窨子，我都住过。走后要把门关好，把吃剩的东西留下，那是打猎人的风俗。我很快学会了如何“识踪”（识别各种动物的足迹），如何“码踪”（跟着动物的足迹，寻找猎物）；也研究明白了，怎样“跟溜子”（跟踪成群的动物），怎样“截溜子”（把成群动物分离，逐个消灭），怎样“切溜子”（缩小包围圈，把成群动物都消灭）。经过一个冬天的实践，我参加了无数的“流围”（一个人独立作战）、“杖围”（一帮人同时下手）和“弘围”（马追狗咬人打，一起作战，气势恢弘）。后来我的枪法比他们都好，我和小莫比赛打野猪，同时向野猪群开枪，我打倒的比他多。老莫伸出拇指对我说：“你比他强！”

因为有了点儿本事，我的野心越来越大了，不甘心给老莫当助手了，想单干。我有了好枪、好马和难得的经验，但我没有好狗。好猎手都知道，没有一群机灵勇敢凶猛的猎狗，他是什么也打不着的。老莫的那一群狗，个个都是狗中豪杰，让我羡慕不已。天长日久，我竟起了歹心，我尽力和那群狗套近乎，给它们好吃的，领着它们玩，想慢慢地把它们偷走。结果被小莫发现了，我们俩枪口相对，差一点儿火拼。后来老莫把我赶走了。现在想起来，那时年轻气盛，对师傅很不够意思。前些年，听说老莫去世了，因为无猎可打，老莫后来的日子很寂寞，但愿莫老爷的在天之灵能原谅我！

离开老莫，我也没改邪归正。我又把魔爪伸向老吴头的狗，他父亲是鄂伦春人，母亲是达斡尔人，也是远近闻名的好猎手，他手下那群狗，一点儿不比老莫的逊色。这回，我下了大功夫，通过当地的电工住进了老吴附近的村子，想尽办法接近他的那群狗，先喂馒头，又喂肉，一点点地混熟了。

一个星期后，我终于把他家最好的两条狗领跑了。回到营里，我以这两条狗为头，组建自己的狗队。经过训练，形成了有“大黑皮”、“大黄子”、“小黄子”、“狼青”、“美帝”和“苏修”为骨干的狗队。还没等进山，老吴头找上门来，非要把那俩狗拉走，如果我不给，就跟我拼命。我对他说：“老吴头，你也太不讲理了！这是我捡的两条野狗，要不是我护着，早被知青打死吃掉了！”最后，我们俩达成协义，共同使用这群狗，组成联合狩猎队，一起为营部打肉吃。那老头很仁义，和我商定，打了猎物我俩六四分成，给我六，他要四，他说我枪法好。打了猞猁给我，打了黄鼠狼给他。我们俩合作了3个冬天，猎物真是不少，全营各连队都吃我们打的野兽肉。我还用猞猁皮做了一件大衣，还偷着卖过熊胆，那时我开始“走资本主义道路”了，只为有几个零花钱。后来，老吴头的那两条狗在战斗中牺牲了——被野猪咬死。老吴头很健康，一直活到87岁。返城后，我到孙吴办过工厂，他还来看我，见了我抱着就哭，说你走了也不回来，可想死我了！看他耳朵有点儿失聪，我还花钱给他配上助听器，还给了他2000元钱，当生活费。

离开老吴头，我又回到营里当电工，有时还抽空打猎，最值得回忆的是1973年冬天的那次。柴营长指示我：42连地里总有野猪祸害庄稼地，你去看看！那天清晨，我骑着马，领着狗就去了。爬过钉子山，朦胧中看到地里有野物在拱，同时听到包米秆被折断的声音。我慢慢靠近一看，几只大野猪正在啃包米棒。我一声口哨，几只猎狗蜂拥而上，一片狂叫，野猪慌了神。我趁机端起半自动枪，连点数枪，只见两只大猪应声倒下，其他几只狼狈逃窜。连里的人听到枪响，也都跑来了，我让他们把那两条200多斤重的猪拉回去吃肉，又跟着疯跑的狗去追赶那几只猪。那时打猎上瘾，不肯放掉一个猎物。

这时山林渐密，风声骤起，那群狗围着山坡的一棵大树狂吠不止。我在坡上往树下看，一个很深的大洞，里面黑乎乎的。野猪一般是不钻洞的，很可能是个熊洞，天气渐冷，到了熊蹲仓的时候了。蹲仓的熊比较笨，好打。狗群把树洞团团围住，我躲在一棵树后，拉开枪栓，对准洞口。这时随着呼的一声响动，一只大熊从洞口蹿出，向狗群扑去。这时我也扣动扳机，那熊重重地摔在地上，压断的树技咔咔直响。它发出一阵吼叫后，慢慢地不动了。

这是一只公熊，我想这洞里还可能有母熊。那群狗冲上去，又对着洞口狂吠。突然一声巨吼，又一只大熊从洞中穿出，那吼声很大，震得树上的叶子直落。我向那熊连开3枪。还好，都打中了，否则那熊就朝我扑来了。我曾被熊扑倒过，险些丧命。它那大爪子很厉害，一爪就能把你的头脸打烂，它的舌头上有倒钩刺，舔一下子，也让你毁容。我有一个姓陈的猎友，就死在熊掌下。那次是我的那群狗救了我的命，它们动作快，抢在熊下手之前，把我拖出来了！为救我的命，一条好狗当场被熊拍死了。这时，我擦了一下头上的冷汗，正想向猎物走去，洞里又传出吼声。我抬头一看，还有两条熊正在洞里蠢蠢欲动，那群狗又向树洞扑去。我瞄准洞口，又连开数枪，把那两只熊也打死了。后来打扫战场费了不少的劲，连队来了10多个人才把那4只熊拉回去。那只公熊1100多斤，那只母熊500多斤，那两只小熊每只也有200多斤。

那一个温暖幸福的熊的家庭所有成员，都血淋淋地死在了我的枪口下。

当时，我很得意，自诩为打熊英雄，其实那 4 只熊当时并没有伤害我，也没破坏国家财产，它们的死是无辜的。现在我还时常被那血腥的场面惊醒，然后一身冷汗。

其实，那些以狩猎为职业的鄂伦春人，很敬畏大森林的，打猎物的规矩也很多，不打怀崽儿的动物，不打幼小的动物。可我一打疯了，就顾不了那么多了。现在一想起，心中只有忏悔。我想，打猎是个古老的职业，人类因为能猎取动物，才生存下来，因为食肉才健壮起来。动物养育了人类，在人类可以获取其他食物之后，再也不能杀戮动物了。

这也是人类的文明觉醒吧。

没想到当年的狩猎者朱良方，现在成了虔诚的动物保护主义者。过去他拼死追杀的熊、野猪、犴、狍子，都成了他的朋友。一在电视上看到它们憨态可掬的样子，他就高兴。虽然打猎也被它们伤害过，但是现在他对它们没有一点儿仇恨。他常回到那片他骑马挎枪跑过的山林，寻找老朋友的足迹，为保护它们做点儿事。那里还有他的一个宿营地，房前有一条小河流过，房后是一片松林。忙里偷闲，他常回去看看，躺在木头房子里，听着林涛呼啸，闻着野花的芬芳，他十分陶醉。我说，你在回味浪漫的故事吧！听说，你曾在大山里救过一个美丽的姑娘，怎么没娶她？他笑着，又给我讲了那个故事——

那是 1971 年 1 月的事，春节要到了，知青们的情绪很不稳定，大家都想家，连里又因为战备不给假，常有人逃跑。那天，又是柴营长给我下达了命令：53 连的北京女知青兰芳跑了，全连人已找了一天了，再找不到就冻死了！你无论如何也要找到她！生要见人，死要见尸！我骑着马，领着那群狗出发了，望着大雪纷飞的山林，我的心一阵发紧，在这风雪迷漫的季节，最容易迷路，倒在大雪里几个小时就冻死了。我曾多次在打猎的路上看到过雪地里的“死倒”。

我不认识兰芳，但知道他们是 1970 年来的那批北京小姑娘，都十五六岁，一点儿大山里走路的经验也没有。她是前一天在连队失踪的，昨天全连已找了一天，今天才向营部报告。今天再找不到，她一点儿生还的希望都没有了。他们连在钉子山中，从连里跑出来，向北是黑龙江边，向西是北黑公路，向东是沿江乡、营部所在地，我判断她向西的可能性大。连里已经找了一天，脚印也乱了。我决定向西从山林穿过去，最好抢在她的前面。这一带打猎时我常跑，路很熟悉。我一个劲地打马，加快赶路。

猎人朱良方远去的背影。

就在这片大山里，他救过迷路的北京女知青。

朱良方是一个好电工，也是一个保卫边疆的勇敢战士。

在穿过一片山林时，狗群疯了似的狂叫。我向前看，一群野猪正在林子里抢食。找人要紧，不敢恋战，我拿起枪连发几枪，打倒其中的一只。我下了马，三下五除二，割下几块肉喂狗，又割下一片猪肋巴扇，挂在马鞍上，继续赶路。跑了三四个小时后，天色暗淡下来，我到了二道河畔。兰芳出走已经两天多了，她没有力气走远，很可能躲在什么地方，这一带唯一能挡风雪的就是大桦树林子处的地窨子，春天开荒时有人住，现在是一栋空房子。

借着落日的余晖，我向那面望去，影影绰绰，好像雪地上有新脚印。我领着狗向前跑去，不一会儿狗也向那个方向叫。我打着马，飞奔到那栋木房前。听到动静，我看到有人出来，那人满身霜雪，戴着棉帽子，穿着一身黄棉衣，脖子上圈着红毛线围脖。

"你是朱电工!"她认出了我。我说："你是兰芳吧！全连找你一天了!"她声音轻微，说几句话都困难。我立刻从兜里掏出一块巧克力塞给她。这是我多年打猎的习惯，总在身上揣几块巧克力，体力不支时吃一块。我看她脸色变灰，手脚动作迟缓，问她手脚疼不疼，她说不疼。这可不好！我用刀子把她已经冻住的鞋带割断，让她赶快脱掉鞋袜。我马上打回一盆雪，让她搓起来，搓完手脚再搓脸。一直搓到她有了知觉，感到了疼痛为止。这是在风雪中救人的常识。还算及时，要不，她的脚真可能冻掉。本来我想帮她搓，但有点儿不好意思。我是全团都出名的"野人"，许多女知青认识我，谁也不敢接近我，我也从没和一个女生单独相处过。

在那个风雪交加的黄昏，在那间不遮风寒的木房子里，面对一个落难的女孩子，我只想快点儿救她，竟没有一点儿别的想法。我又找来几棵桦木杆，点了一堆火，把我带的冻饼烤了一张让她吃。她吃了一张还要，我说不能多吃，因为两天没吃饭了，我怕她撑坏了。

我说，我们还得走，否则在这儿也能冻死。我想到离这里最近的是孟大爷老两口代管的10连地窨子，那里能食宿。我把她扶上马，边走边和她说话。她说，太想家了，就想回家看看，可是连里不给假，只好偷着跑。本来我能找到公路，可下雪了，我迷路了。你要不来，我就冻死了。说着，她掉起眼泪。

我们走的是只有猎人才能穿过的山路，借着淡淡的月光，跟着在前面奔跑的狗群，深一脚浅一脚地走着。就这样，走一段路，骑一段马，半夜时分来到了孟大爷家的房前，一阵狗叫，把他们叫醒了，他们知道是我来了，因为我常在半夜到他们家借宿。“快开门吧，看我捡个媳妇!”我和他们开着玩笑。把那片野猪肉递给他们。老两口把她让进屋，用热水给她洗了脸，孟大娘说：“哎呀，挺俊的姑娘!”兰芳有点儿不好意思了。然后大娘又给我们下了面条，炒了一盘野猪肉，还炖了犴骨头汤。那犴肉是我前几天路过时送他们的。兰芳连吃了两碗面，又喝了热汤，脸色也变过来了，倒头就睡，一夜无话。她太累了。大娘悄悄对我说：“这姑娘不错，你们在这儿多住几天！好好处处，你也该找媳妇了。”我说：“人家是回家探亲的，走迷路了，我给找着了，明天要送回去!”

第二天，我们吃过孟大娘做的饭，又开始上路，从这里到兰芳所在53连和到营部都有七八十里的山路。那时风停了，太阳爬过树梢，照在我们的身上有了点儿暖意。听到林子里有鸟叫声，不知是喜鹊还是乌鸦。她坐在马上紧紧地抓着她的旅行袋。

我问她：“你是回连队，还是回营部?”

她说：“我哪也不去，就是要回家!”

我吓唬她说：“我把你绑起来，送回去!”

她说：“你绑我，也不回去！打死我，也不回去!”

说着她从马上溜了下来，要跑，眼里还涌出了眼泪。

我最怕女的流眼泪，忙说：“好，好，我送你走，让你回家!”

然后我掉过头又驮着她向北黑公路方向走去，大约3个多小时，我们走到了公路边，兰芳的脸上有了笑容。

我们站在路边拦车，一辆辆大车呼啸而过，就是不停。我干脆把马和那群狗都赶到路中间，我手拿着半自动枪，也站在路上，那身打扮和鄂伦春猎人差不多。当地人谁也不敢惹鄂伦春猎人。一辆大货车终于停了，是孙吴的车，那个司机认识我，“不是朱电工吗？要干啥呀!”我说：“我朋友要回家探亲，你给捎到龙镇!”说着，我塞给他半盒“恒大”烟，他还有点二意思思的，我又塞给他一盒。他笑着说：“好好，快上来吧!”我把穿得像个棉花包似的她和旅行袋一起推上汽车。她还来不及和我招手，那汽车一溜烟地跑了。

我又骑着马领着狗走了，在路过的连队给柴营长打了个电话：“兰芳啥事没有，从龙镇回家了!”然后又进山打猎了。

老朱讲到这儿，就说完了。我有些不甘心，“你这英雄救美的故事就演到这儿了!”他又接着说——

那时年轻，不懂爱情，心思都在大山里，对女人没兴趣。只要背着枪，吹着口哨一进山，什么都忘了。

兰芳回到北京还给我写了信，连着来了两封，信不长，都是说感谢我的话。我连信都没回。这都是那年春天的事，一晃到了夏天。一天，我正在别的连玩，突然50连来了电话，说连长有急事找我，让我速回。

一进连，看到连部门前停着一台北京吉普车，心里一惊，我想最近我也没惹什么事呀！一进门，连长说："这位老首长正在等你呢！"我一怔，那位穿着干部服的人我也不认识呀。他走上前握着我的手说："我是兰芳的父亲，特意来感谢你的！"原来他到师部给兰芳办完调转手续，非要看一看他女儿的救命恩人朱电工。刘水副师长派自己的车，送老首长来见我。当时他送给我4条烟，我记得有"大中华"，反正都是甲级烟。还有一铁盒糖果。接着他又拉着我上车，领着我去见团首长，让他们知道我救他女儿的事。我死活不去。前些日子，因为替别人打抱不平，我把一个知青连长打了，被下连检查工作的团副参谋长绑起来，在全营各连游斗，要不是柴营长把我保下来，就全团游斗了。现在正下放连队改造，我可不愿意上团部。

后来兰芳她爸把我拉到孙吴，要请我吃饭。我想，人家都给我烟了，又是长辈，我得请他吃饭。那顿饭花了七八块钱，当时一个肉菜才几角钱，这么多钱，肯定是顿大餐。临走时，他拍着我的肩膀说，无论什么时候，工作上、生活上有困难都可以找我。后来听说，兰芳回去当了兵，以后又上了大学，毕业几年后，还当了挺大的干部。她爸到底是多大的官，我现在也不清楚。临走，他给我留了他家的地址，还有电话号，不知让我丢到哪片林子里了。

老朱的故事很多，他说有机会再给我讲。他的经历是挺神奇，没想到迷恋山林的朱良方，1974年突然有了想上大学的念头。他又去找柴营长。老营长说，你小子这么聪明，好好念点儿书，肯定有大出息。你要上学，不是我一个人说了算，你在连队好好干，大伙推荐你才行。朱二这回听了柴营长的话，整天埋头干活，再没惹祸。在第二年群众推荐时，他在全连得票最多，理所当然地上了大学。他本来想学点儿技术，可连里分配的学校是佳木斯师范学院，他只好泪别他的宝马和狗群，坐上火车到佳木斯，进了大学。可是半个月后，他又跑回连队，说太憋屈；一个星期开会，一个星期修路，又不上课，没意思；顿顿粗粮，还没有肉吃。柴营长把他骂了一顿，又让他回连当电工了。他又招狗领马，一哨人马上山打猎去也。

在1977年的知青大返城中，大森林里孤独的“游神”朱良方也随大流回到了家乡，在哈尔滨石油公司先当业务员，又自愿当挣钱多的搬运工、站大岗的经济警察。下了班忘不了“走资本主义道路”，修电器，到农村卖汽水，还用从老父亲那学到的裁缝手艺，干服装生意，先自己制作，后来长途贩运。买卖做得很大，从上海、温州上货，在哈尔滨的各大商场都有他的专柜。1980年已经当上公司集体经济处副处长的朱良方停薪留职了，开始了自己的二次创业。他像猎人一样，不断地追逐猎物，不在意猎物本身，而在于过程的艰难和快乐。他有着在艰苦卓绝的条件下生存的经验，曾把生死置于度外，生意上的困难、商场上的险恶又何足挂齿。他在山东养马也搞过房地产，在孙吴办过亚麻厂，在杜尔特县建过造纸厂，无论成败都谈笑凯歌还，又开始寻找下一个猎物。

令朱良方欣慰的是，他没有亏待过给他关爱的黑土地，更没有亏待过有恩于自己的乡亲们。10多年前，他放弃了自己的所有产业，倾其所有，开始研发可以代替发泡塑料餐具的纸浆模塑快餐具，以此向白色污染宣战。他说，这是他的“还债项目”，过去自己曾以狩猎为生，伤害了大森林和其中的生灵，现在要从善为良，为环保事业鞠躬尽瘁，死而后已。现在他发明的这个项目国家有关部门已经鉴定通过，被认为是国内和国际首创，具有重大的环保意义、引进食品业以及奶制品业的极大潜力，正在推广过程中。

老朱把他的绿色包装赠送给我，我又要了几发他打猎剩下的子弹，我把它们一起摆在我的书架上，不时看几眼，仔细体味一个老知青的人生演化。

39. 前仆后继

在百人牺牲的矿难时有发生的今天，因一次生产事故死几个人，并不能引起人们的多大关注。但说起30多年前，发生在抚远荒原的一个兵团连队，因捞取落入井中的一个水桶而死了4个战友的往事，仍然让哈尔滨老知青孙德军非常难过，尽管因为这次不幸的事件成全了他和上海知青张艳芬的姻缘。如今他们像候鸟一样，严寒的季节住上海，温暖的季节住哈尔滨。我终于在秋天的哈尔滨见到了老孙。

孙德军是1968年11月5日到勤得利农场（27团）10连下乡的。第二年，他就和战友们一起去建新点——34连。新连队地处同江境内的小兴安岭的余脉、青龙河畔，其实这里可开垦的耕地并不多，可能出于战备的考虑，还是在这片荒无人迹的雪地里安营扎寨了。一般都冬季进点，春季开荒。当时进点的20人，有15个知青，其中有北京、上海、天津和哈尔滨的，男生女生都有，大家都很亲近，和一家人似的。在极其艰苦的条件下，人们都是互相依存的，谁也离不开谁。孙德军当过农工、木匠、保管员，后来还当上了司务长。张艳芬先是农工，后来连队人多了，她在托儿所看过小孩。为了生产和生活，他们先支帐篷后打井。抚远荒原水位低，井打到20米就见了水，那水很清澈，还有点儿甜。井台离宿舍又很近，大家用着也方便。

没想到这口甜水井，却给这个连队带来巨大的苦难。

那是1971年7月的事。那年夏天雨大，建三江地区遭遇严重的涝灾，几十万亩成熟的小麦被泡在水里，而收割机因泥泞下不了地。34连除留几个人看家，其他人都回原来的10连水中捞麦。大家很卖力，很快干完活，满身泥泞和疲惫地回到34连。男生倒在床上喘气，女生急着打水洗脸。副指导员、北京知青尹德兰和张福英，来到井台，摇辘轳打水，可能摇得太急了，水桶升到半道，“啪”的一声掉下去了。这样的事经常发生，一般都是男生用钩子把桶捞上来，还有勇敢的男生，顺着井绳下去，别人再把他和水桶一起摇上来。

“孙德军！孙德军！水桶掉井了，快来呀！”张福英大声地喊。孙德军是个热心人，又会干活，谁有事都愿意找他，平时他捞水桶的时候很多。孙德军正迷迷糊糊躺着，他太累了。结果北京知青梁希清捷足先登了。这个 1969 届北京的初中毕业生，只有 19 岁，性格活跃，好说好笑，女生都特别喜欢他，他也特别愿意帮女生的忙，大家都叫他“小勾子”。手脚麻利的小勾子几步跑到井台，抓住井绳就往下顺，尹德兰和张福英慢慢摇着辘轳往下放。大概到了井中间，只听“扑通”一声，小勾子掉下去，激起的水花又哗的一声落到井里，她们摇着的辘轳也空了。

“快来人！小勾子掉井里了！”尹德兰和张福英拼命地呼喊。

第二个跑来的是天津知青方宝发，和小勾子岁数差不多，他是连队的卫生员，性格内向，干事认真，在团里参加过卫生知识的培训，回来背上个卫生箱就当上了卫生员。他是个不脱产的“赤脚医生”，天天和大家一起下地干活，卫生箱放在地头，谁有点儿头痛脑热的，给几片药；谁的手碰破了，他马上包扎。听说，有人掉井了，他立即跑来抢救。他的办法和小勾子一样，顺着井绳向下滑，结果是一样的，“扑通”一声也掉进了井里，在翻起一阵浪花后，死一样的寂静。

第三个冲来的是北京知青秦向东，外号“小柱子”，是连里的一员猛将，干什么活都抢在前面，平时话并不多。被眼前的一切惊呆了的尹副指导员和张福英不知是让他下，还是劝阻他。正在他们犹豫时，小柱子一手拉着井绳，一手扶着井帮，慢慢往下滑，可还是在要接近水面时，也“扑通”一声掉下去，下面还是死一般的寂静。连着掉下 3 个人，可连他们挣扎和呻吟的声音都没有。

这时，孙德军、张艳芬和连里的十几个人都赶来了。孙德军看着 3 个战友都没有了动静，一下子急了眼，他抓着井绳也要下去。这时张艳芬一把拉住了他：“井里可能缺氧，不能再下人了。”身体衰弱的小张最先发现了问题，可能是久病成医了。因为先天不足，一干活她就有上不来气的感觉。

这时全连年纪最长的农机排长刘忠久，也上来制止孙德军。其实他也不比知青大几岁，刘排长是从吉林省梨树县入伍的老兵，1966 年 3 月转业到勤得利，在 10 连当拖拉机手，家也安在 10 连。他和孙德军关系挺好，经常叫孙德军到家里吃饭。去年冬天的一天，他对孙德军说，兵团要建 6 师，27 团也要抽人建新连队。他问德军去不去。德军说，你要去，我也去。这样他俩一起报了名，来到了这片荒原。老刘和知青一样激情燃烧，并和他们同甘共苦了两年。

这时，刘忠久推开孙德军，把井绳绑在自己脚上。他说，我下去看看到底怎么回事，一听我没动静，赶快往上拉。孙德军和井边的战友试探着一边往下放井绳，一边听着刘排长的声音，大概下到10多米的时候，他突然停止了喊声。

“快往上摇！快往上摇！”孙德军声嘶力竭地大喊。几分钟就把老刘摇上来了，他头已掉在水里，绳子还拴在腿上，满脸的青紫色，呼吸已经停止。他们马上把他平卧，给他做人工呼吸，又是压胸，又是对嘴吹气，可还是没醒过来。孙德军抱着刘忠久的遗体大哭，然后自己也昏倒过去了。井台上一片哭声。

“不能哭了，快想办法捞人！”这时北京知青中又站出一位勇敢者，他叫关胜波，是知青中一个有勇有谋的人。这次他把绳子绑在自己的腰上，又在手腕上拴一条绳。如果感觉不好，他在下面一拉绳，就把他拽上来。结果他刚下到六七米处就上不来气了，他向下一拉绳，上面的人赶快就把他摇上来了。他脸色铁青地对井上的战友说：“不能再下人了，下面没有氧气！谁下去都得憋死！快到别的连队找人来捞人！”

关胜波的话提醒了大家，他们分了几伙人到附近的11连、12连和他们的老连队10连去报警。这时已经从昏迷中清醒的孙德军向12连跑去。最先赶来救人的是11连指导员段成君领着的一伙人，这已是两个多小时后了，这些连队都在10多公里之外。他们用钩子、杆子和绳子终于把掉在井里的4个战友捞了上来。他们早就死了，都是窒息而死的，脸色青紫，满面的痛苦表情。这时天色昏暗，井台上恸哭声也让天地动容。起风了，那风刮过草滩，刮过树林，发出呼啸的声响，抚远荒原也在为年轻生命的不幸逝去而哭泣。

几天之后，追悼会在10连举行，望着摆在面前的4口棺材，全连的人无论是知青还是老职工都在痛哭。3个知青的亲人也从北京和天津赶来，梁希清没有父亲，他哥哥来了。方宝发也是只剩下寡妇妈，他的姐姐来了。秦向东在部队工厂当木匠的父亲来了。他们怎么也想不到自己年轻的亲人就这样死在了北大荒！他们失声痛哭。最让人揪心的是，刘排长爱人的哭声。她抱着刚出生不久的孩子，领着还不到1岁的孩子，来向自己男人的遗体告别，她哭得死去活来。

孙德军回忆起当年下井救人的知青战友，心情依然沉重。

这就是当年他们新建的连队。

呼唤寻找落井的战友。

当年吞没知青的水井，已淹没在这片丰收的土地里。

青龙河畔堆起了4座新坟。来自北京和天津的亲人拿着几件亲人的遗物回家了。34连又恢复了平静，大家都埋头干自己的活了。女生害怕，不敢在自己的宿舍住，没有办法，连里把几个女生的铺搬到男宿舍，安排在对面的炕上，中间挂上毯子。开始，那口井谁也不敢用，后来也用了，没有办法，不可能到几十里外的别的连队打水。

孙德军回忆说，那几个战友的亲人是流着眼泪走的，他们本来提出要追认死去的4个人为革命烈士，可团里经过研究又请示上级，还是没有同意他们的请求，每人只给了几百元的补助就让他们走了。上级认定，这是一件人身伤亡事故。他们请双鸭山矿务局的检测部门做了技术鉴定，事故的原因是井下缺氧，窒息而死。平时井经常用，空气经常流动，下面不缺氧。正好那些天，大多数人都到老连队收麦子了，井没怎么用，结果惰性气体下降，井下氧气很少了，一下去人就窒息了。其实当年哈尔滨家家挖菜窖存菜，也发生过这样的死亡事故，原因都是一样的。

“无论怎么说，这4位战友中的梁希清是为捞水桶而落水，而其他3个人都是为救战友而落水的。他们是为公而死，为别人而死的。他们都是舍己为人的。他们的死是光荣的，是应该受到尊重的。”孙德军这样对我说。

听了老孙的话，我想到了牺牲的战友，也想到了许多长眠在北大荒的知青及许多和知青一起奋斗一起牺牲的转业官兵和农场职工。他们死在那个倡导“一不怕苦，二不怕死”的时代。为了保卫国家和民族的利益，每一个具有爱国主义情怀的青年，都会视死如归，吃点儿苦更不在话下。但是许多死是因为缺少安全知识，缺少必要的劳动保护。不该发生的事故发生了，不该失去的生命失去了，这是最让我们难过的。难道为了一个水桶值得这么多人牺牲吗?！一个年轻美丽的生命比什么都宝贵。以人为本，珍爱生命，是我们付出多少生命的代价才换来的道理！但愿这样悲惨的故事不再发生。

死去的人灵魂升入天国，活着的人还要在人间过日子。那个悲剧发生后，孙德军对关键时刻阻止他送死的张艳芬另眼相看了，一个月后在连队宿舍前的草地上他对张艳芬说：“你身体这么弱，总得有人管着你。”小张想了想说：“那你就管我吧！”第二天，他们分别给家里写了信，介绍对方，家长很快来信，赞成他们处朋友。以后，老孙经常到小卖店买好吃的送给小张，小张也常到宿舍给老孙洗衣服。修水利分给小张的那段土方，总是老孙来干；秋收割地时，老孙总是先干到地头再来接小张。

1974年元旦，他们在连队新盖的砖房里结婚，当年10月，他们的儿子在这间房子的土炕上出生。两年后第二个儿子也出生了。他们准备在这埋葬着战友的土地上世世代代生活下去了。但是，1979年他们又被大返城的潮流卷回了哈尔滨。他们都在工厂当工人，一家四口人住在郊区自己盖的小房子里。盖房子的1000元欠款8年以后才还上。那日子要比北大荒艰难得多，好不容易包一次饺子，不够两个儿子吃的，每次老孙和媳妇都是喝饺子汤。1985年11月老孙考进了南岗区政府秘书科搞文秘，1992年又经考试，才被录用为干部，后来当上了区政府“三产”办公室主任、通达街道办事处副主任。一晃年纪到限，前几年退居二线为年轻人让位了。

现在孙德军的日子很悠闲，平日里和张艳芬在上海照顾孙子孙女，天一热就和夫人回哈尔滨避暑。他心里最放不下的是死去的战友，他曾和小张一起跑到吉林的梨树县去看刘忠久的两个儿子，老大已结婚生子了，孙德军还给这第一次见面的小孙子留下200元。他说，要是刘排长活着，他会多高兴。说到这儿，他的眼里流下了泪。

1992年，孙德军和战友们又回到了34连，那座老井和他们的宿舍早已废弃，那上面长着茂盛的庄稼。他们在地头站了许久，心里如潮水翻滚。他们修葺了青龙河畔残破的坟茔，为牺牲的4个战友立了碑。2000年，老孙又和战友们跑回去为小勾子他们扫墓。那些天，他梦里总是和小勾子、小柱子，还有刘排长、方宝发相见。他们还是老样子。

“明年是我们下乡40年，我还会回去的。我的青春也埋在青龙河畔。”分手时，老孙对我这样说。

40. 割断尘缘

有知青朋友从外地来，总是要喝酒的。酒桌上说到了我正在写的知青故事，都说“我们都老了，快把那些过去不能说、不敢说的故事讲出来吧！”然后大家抢着为我讲故事。农垦报的张总编说：我知道一个故事，当年一个男知青追求一个女知青，被拒绝了，他竟把自己的“命根”割下来了！很惨……

老胡马上说，你说得不对，那个知青是我们连队的，我俩还是好朋友！老胡当年在完达山下、蛤蟆通河畔的一个连队当兵团战士，后来到部队当兵，转业后，先当医生，又搞装修，再以后到日本搞设计，前几年回国，办设计公司、开西餐馆。他为人热情，这些年一直保持着和当年知青战友的联系。

几天后的下午，在他家那个门前爬满青藤的“露西亚”餐馆里，伴着一杯浓浓的咖啡，老胡给我讲了这个奇异的故事——

他叫小凡，我们是一批的，1968 年 11 月 8 日从哈尔滨到北大荒的，当时他只有 15 岁或 16 岁，是 1968 届小初中生。他家境不好，在大学当老师的父亲被打成“右派”，父母离了婚，父亲去了大兴安岭改造，领走了弟弟。他和母亲在一起，她在医院当护士。

小凡一点也不伤感，每天嘻嘻哈哈的，人很聪明。聪明的人都幽默，经常给我们讲笑话。下乡时正是冬天，他穿了一件黑色的棉猴，脚上是一双对缝儿的棉鞋，脖子上扎了一条颜色很鲜艳的围巾，很讲究，十分可爱的样子。白天他在园艺排干活，培育果树。晚上和我学拉手风琴，后来请人把家里的小提琴捎来了，又跟我学小提琴。他很勤快，一到吃饭时，他抱了好几个饭盒，帮助我们打饭，然后一起边吃边白话，天南海北，无所不说。

我们是个大连队，当时有 200 多个知青，北京的和哈尔滨的是先来的，大家在一起混得不错。上海知青一来，我们就有点躁动了。他们都穿着黄军装，外面披了一件草绿色的大衣，很有风采。上海的小青年，无论男女都是白白净净的，比粗糙的北方人显得滋润多了；那些上海的小姑娘样子娇小，更是楚楚动人。特别是他们绵软的沪语，听着很有趣。小凡一有空就往上海知青堆里混，他们也喜欢他，那些小姑娘，一听他说话就笑，他也擅长在女孩子面前表演。不几天他就学会许多上海话。回到我们宿舍，小凡就教我们，连骂人话他都会，这小子真是个语言天才！

这么多有血有肉的年轻人在一起，天长日久总要闹出些浪漫的事儿，这也很自然。可是在那个年代，小青年不好好学领袖教导、不好好干活，而去谈情说爱是大逆不道的。其实，爱情和地里的庄稼一样，它也在生长，谁也挡不住。连队对这方面管得很严，最尽职的是一个姓苏的女副指导员，她的丈夫在外地当兵，她很热衷于对男女知青的跟踪和抓“对儿”。知青说她有点“变态”，也可能是误解，她真怕知青闹出什么伤风败俗的事，作为思想政治工作的主管领导，她是有责任的。

可还是出事儿了，那事儿还和我有关系！一个姓宋的哈尔滨小伙儿，爸爸是省里很有名的教授，这小子看上了北京的姑娘小萍，要写封信，表达自己的意思，他找到了我当“枪手”。小宋读书时是数学课代表，脑袋很灵，说话也是文绉绉的，但写情书就不在行了。那时我读了不少法国和俄国的爱情小说，《红与黑》《安娜·卡列尼娜》我都很熟悉，写情书对我来说，小菜一碟，不一会儿就写好了。小宋一看很感动，连说好好好！他求我去送信，我说，情书必须自己送。那天也很巧，小萍正看小宋送来的信时，苏副指导员来了：“你看什么呢！”然后抢过来就看——小青年的一举一动都在她的股掌之间。她越看越生气，“没想到我们连还有这么下流无耻的小青年！”她气汹汹地走了。

接着在全连的一次大会上，她宣读了这封信，并进行了义正词严的大批判。会后，小萍哭了，痛不欲生。小宋傻了，愣怔怔地坐着，不吃也不睡。几天后，小宋的妈妈来了，把他接回哈尔滨，不久就送进了精神病院。我探家时，还到医院去看过他。“米沙你来了！”小宋还认识我，米沙是我的小名，父亲在东欧留过学，孩子也起了个洋名。我送给他一条“握手牌”香烟，他竟不知道怎么把烟打开，我难过得流下了眼泪……

说到这儿，老胡真找了一支烟抽起来，好半天，心绪才平静下来。我又要了一杯咖啡，接着听他说——

无端的批评，让女知青无脸见人

小宋疯了这件事对连里的知青刺激很大，大家谁也不敢轻举妄动了，男女青年连话都不敢说了，更不敢来往了。只有一个人还是傻乎乎的，那就是小凡。他还往上海知青堆里钻，特别和一个上海姑娘过从甚密，那个女孩儿比他大，他俩经常互相借书看，她还帮他洗过衣服。小凡对她很依赖，有事儿没事儿，都愿意和她在一起，其实当时他对她并没有产生爱情，也不是现在很时髦的"姐弟恋"。按着弗洛伊德的理论，这可能是种"恋母情结"吧！

这事儿还是没有逃过苏副指导员警惕的目光。这回她吸取了小宋事件的教训，没有声张，只是找了那个上海女知青谈话，好言相劝，不要和小凡来往！否则，对你影响很坏！那个女知青马上找小凡谈话，她哭着说："你以后别来找我了，人家都说咱俩搞对象，这样影响不好！"好像一盆冷水泼在小凡头上，他很难过，也很委屈，自言自语："我也没和她搞对象呀！"

"谁也没想到，后来又发生了那样悲惨的事件！"老胡说，当时我已离开连队去当兵了，有人给我写信说：小凡把自己的阴茎割下来了！转业后，我多次见到小凡和他的母亲，又询问了连队的许多人，他们回忆，这件事的过程是这样的——

那一年，1973 年夏锄的季节，大家正在铲地，小凡后赶来的。不一会儿有人喊："出血了！出血了！"那人看到鲜血顺着小凡的裤腿往下淌。大家一喊，他自己弯下腰，想扎住裤角，不让人看到，那时他脸色煞白，用手撑着地，已经站不起来了！大家七手八脚地把已经昏迷的他背回连队卫生所，丁大夫把他的裤子退下来一看，腿根儿处一片血肉模糊，阴茎被割去三分之二，贴根处还系了一根麻绳儿。

后来才知道，小凡是在大家下地后，在自己铺位的床沿上用镰刀把自己的"命根"割断，为了止血他自己在伤处系了一条麻绳，然后用纸把"命根"包好，埋在宿舍门前的地里。事后，大家和他开玩笑："你把那玩意儿种在地上，想让它长出来一棵树，满树都滴滴荡荡吊着那玩意儿，好看吗？"小凡一个劲地傻笑。丁大夫赶紧做了止血处置，又把小凡送到了团卫生院，最终止住了血，保住了他的命。

一个星期后，小凡又回到了连队。几天后的清晨，睡在小凡下铺的青年感到从上面往下滴什么，掉在了自己的脸上，他打开灯一看，自己脸上都是血！那血正从上铺的床缝向下流。他们爬到上铺掀开被一看，小凡已把自己的气管割断了，他已气息奄奄了。丁大夫和连队干部再次把他送到团卫生院，万幸的是他没有割断动脉，他的命保住了。医生把脖子上的伤口缝合上，他又回到了连队。

听说那位苏副指导员很气愤："你自杀吓唬谁，我看你是做贼心虚了！"几天后，小凡下铺的青年半夜又听到小凡的呼噜声，上铺一看，他又把缝合刀口的线都撕开了，顺着刀口淌着血……

后来，团卫生院又一次救活了这个生命力极顽强的年轻人。他的母亲把他接回家，住在自己在医院的单身宿舍里。气急败坏的小凡，总是和母亲吵架，有时又很极端，母亲没办法又把他送进精神病院。他的精神时好时坏，他在医院里也是几进几出。

从部队转业回来，老胡到家和医院去看过小凡。后来，他去日本搞建筑设计，前几年看到哈尔滨要开亚洲冬运会，又回来参加体育馆的设计招标。这之后，老胡也常去看小凡，给他送烟送零花钱，有时还领他出来吃顿饭。他和过去一样谈天说地、东拉西扯，一点儿也不沮丧，对病友和护士都很有礼貌。

老胡也问过他，当时为什么那样做，是证明？是抗争？是自虐？还是割断尘缘？他低着头，什么也不说。后来小凡到上海做了一次阴茎修复手术。老胡和他说，你找个对象吧！他笑着说，他妈妈所在医院的一个护士看中了他，可他妈不同意！不知道他是不是在开玩笑。

老胡说，我最后一次见到小凡是1989年，那是在精神病院。他的手用纱布包着，指尖都是黑色的。他说坐火车到外地去看他叔叔，结果下错了站，在大风雪里迷了路，被冻倒在野地里，被好心人送到派出所，他又捡回了一条命。小凡正在等着做截肢手术。那一天，老胡看着自己的老战友灾难接踵而来，很是伤心，他感叹上帝的残忍和不公！

日落黄昏近。小店点亮了蜡烛，来的客人越来越多了，我只好停止了采访，我怕我们不断的哀叹影响客人的情绪。

我想，谁是小凡人生悲剧的始作俑者？是那个"变态"的副指导员？大概不全是，她也许是好意，那个时候像她这样的干部还少吗？也许是小凡自己心理、生理的原因，也不全是。如果，能多一些人性和人文关怀，能更多一些对人格的尊重，这样的悲剧是不该发生的。

去年我路过老胡的俄罗斯小餐馆，进去闲坐，又打听了小凡的情况。老胡神情暗淡地说："他去世了。"

小凡死在了离佳木斯只有5公里的“北大荒知青安养中心”，那是一座白色的6层大楼，收养了留在北大荒的老知青中精神病患者，大约有200人。那里的条件相当好，有专业医护人员对患病的老知青进行治疗和康复训练。他们最小的都有50多岁，可只记得自己下乡时的年纪，他们会对来访者说：“我18了。他20。”他们心态很年轻，因此也很快乐。他们有的是已经返城了，可又被家属送了回来，因为病都是在北大荒得的，还是你们负责到底吧。只要是北大荒的老知青，只要是得了精神病了，他们都来者不拒，连他们得病的子女都收养了。安养中心努力要让患病的老知青回归正常社会。在上海“世博会”期间，他们曾带着恢复效果好的10名老知青前去参观，他们受到上海人民热情的接待。穿着整齐的老知青像孩子们一样高兴，如不特别注意，谁也不知道他们是精神病患者。可惜，我们的小凡没有这么幸运。

后来，我在电视上看到中国残联主席张海迪到这安养中心视察的新闻，她和那些住院休养的老知青谈笑风生，她高度赞扬了北大荒人的人道主义精神。

“还好，小凡最后几年一点也没受罪。”

老胡说着，叹了一口气。

41. 荒原深处有个“乌托邦”

“乌托邦”这个词，如果翻译过来，是“最美好的地方”或“不可能有的地方”。16世纪，空想社会主义的奠基人、英国人托马斯·摩尔写了一本书《乌托邦》，一方面批判资本主义制度，一方面，鼓吹要建立一种没有剥削、人人平等、社会和谐的世外桃源式的社会制度。摩尔和后来的许多空想社会主义者，极尽努力，都没有实现自己的社会理想，因此“乌托邦”和“桃花源”一样成为梦想的美好地方的代名词。

然而，我却在北大荒的荒原深处，真看到一处“乌托邦”，那里生产发展、生态平衡、人人平等、个个幸福。

8月，正是北大荒的最好季节，我到建三江农垦分局采访老知青，王道明书记领着我从西向东穿过三江平原的腹地，路过一个个绿翡翠似的农场，一直向东进发。开始是水泥路面，后来是沙石路面，过了859农场场部，就是越来越难走的乡间土路了。过了别拉洪河后，一片茂密的树林吸引了我们的目光，走进树林，恍如走进一个神奇的世界。挺拔的杨树簇拥着一个村落，树墙和鲜花掩映着一栋栋房舍，房前铺展着数千平方米的晒场，晒场由金属和玻璃组成宽敞的篷盖遮罩。再向前看，那巨大的场地上摆放着一大排世界最先进的农用机械，最显赫的是那台有2层楼高的意大利纽荷兰公司生产的菲亚特牌的大马力拖拉机。

我们的造访让宁静的庄园一阵狗叫鸡鸣。

身材高壮、满脸古铜色的庄园主葛柏林和他的夫人林莉跑出来，一边喝退狂吠的那几条黄狗，一边和我们打招呼。

在老葛家，主人向我介绍了这个家庭农场的传奇创业史。他们家和员工宿舍同在一栋房，里面的陈设和城里我们常见大开间的住宅没什么区别，客厅、卧室、餐厅、卫生间，一应俱全，装饰得很讲究。这里是老葛的“行宫”，场部还有楼房，儿子一家常住，他们老两口已习惯了这田园里的生活。“啸歌弃城市，归来事耕织。”“晨兴理荒秽，戴月荷锄归。”就是他们的生活状态。

葛柏林的父亲是1958年转业到北大荒的部队干部，他追随父亲从浙江的一个小山村来到北大荒，因父亲当时在佳木斯的东北农垦总局工作，他就在那个城市读书。1968年6月18日，高中毕业而无法继续升学的他下乡来到了859农场（后来的23团）。在连队，柏林和北京10中的1968届高中生林莉相识并相爱。林莉说爱上老葛的原因是，他朴实能干，总能冒出新思想，还特别有激情。我想柏林的身材魁梧、仪表堂堂、为人仗义，也是打动这个美丽的北京姑娘芳心的原因吧。

问起已经从连队农工、统计员、排长、连长、指导员当到分场场长兼党委书记的葛柏林，为什么去办家庭农场？他说到了美国电影《荒原小屋》和苏联的小说《金星英雄》对他的影响。一个家族从美国西部荒原上的一个草屋起家，开发荒凉的草原，建设家庭农场的故事让他心潮难平。而那个苏联退役的一级战斗英雄，把落后的集体农庄变成富足的家园的事迹，他总是念念不忘。他记得小说中的描写：在庆丰收的宴会上，长长的木桌上摆着大筐，那里面装着香气扑鼻的面包和金黄色的烤鹅，桌上还摆着一瓶瓶自己生产的蜂蜜和大杯的葡萄酒……

在一次佳木斯青年的中秋节聚餐时，葛柏林又想起了苏联集体农庄的那个丰收宴会，他对大家说：“我真想自己拥有一片土地，自己耕耘，自己收获！”同学们都说：“你这是梦想！土地是国家的，怎么能让你自己耕种，怎么能让你自己收获！”

也许因为柏林从小在农村长大，也许是因为他是开发北大荒的老战士的后代，他太热爱土地，太热爱黑土地上的一草一木了。他梦想在自己拥有的土地上，建设自己梦想的美丽富足的家园。那时，他和农场的许多职工一样，日子过得很苦。穷则思变。

没想到，他的梦想真的可以成真了。1984年8月，来北大荒视察的胡耀邦同志，对建三江农垦分局的干部说：你们也可以搞家庭农场嘛！那时安徽凤阳小岗村农民创造的联产承包的经营形式已经给中国广大农村带来一片生机，长期经营形式单一的国营农场还陷于长期亏损的困难中。总书记这石破天惊的号召，让早就对农场生产经营形式的弊病有切肤之痛的葛柏林“揭竿而起”了，他毅然辞掉分场长和书记的职务，要办家庭农场。

当时老葛的行动在859农场引起很大反响。1985年那个难忘的春天，葛柏林在离场部50多公里的荒原上包了一片地，领着几个工人，挖沟排水，开荒种地。当时他借居在37连，在大食堂搭伙。那一年就开荒近400亩，种上了小麦大豆。在丰收在望的时候，上级来到连队查账，有人怀疑葛柏林侵占了连队的利益，结果一算，连队还欠葛柏林1万多元钱。

葛柏林回忆说，那时大多数农场职工认为办家庭农场就是走邪路，我们像后娘养的，处处受气。葛柏林怕人说他占公家的便宜，一气之下，扔下已开好的地，又跑到20多公里外、别拉洪河畔的一片当年开荒的废弃地，干了起来。在这前不着村后不着店、连一棵树都没有的荒原上，葛柏林满怀信心地安营扎寨了。已经在农场当工会副主席的林莉也辞去职务，跟着老葛干起来。

那时，林莉在4棵木杆挑着的一块帆布下，脚站在泥水里，给工人们做饭，老葛开着拖拉机和工人们一起挖沟开地。那时他们喝的是泡子里的水，住的是草棚，吃的是粘牙的馒头，再次感受第一代创业者的艰辛。到1986年，葛柏林的家庭已经开荒2000多亩。1987年，他们遭遇大涝，地面积水80多厘米，当年他们只收了20多吨粮食。葛柏林毫不动摇地继续排水开荒，改进耕种方式，粮食产量不断增加，可卖粮很难。因为他们是家庭农场，列不上计划，价格得不到优惠，可葛柏林还是找到了克服困难的办法，卖出了粮食，生产规模越来越大，使那些想把他们挤垮的人一次次失望了。

葛柏林的家庭农场经过10多年的奋斗，现在有耕地7000亩、林地2000亩、湿地900亩，共挖排水沟150公里，土方30万立方米，田间路15公里，在农田建设方面投资120万元。这个农场的规模当然大大超过那个在荒原小屋起家的美国家庭农场。

作为农业专家，葛柏林深知农业的根本出路在于机械化的道理，1996年，他投资了48万元购买了纽荷兰公司生产的菲亚特牌的M160大型拖拉机，成为中国第一个购买进口大型农机的个体农户，第二年根据生产的需要，他又买进了一台菲亚特。现在操纵这台世界最先进农机的是老葛的儿子葛麦。这个已回北京工作的年轻人，要继承父业，在北大荒施展自己的才华。他在父亲手下当技术总管，他的治下有包括拖拉机、收割机、播种机、深松机、割晒机、扬场机、输送机、喷药机等全套世界一流的30多台农业机械。他的接班人，就是还抱在她妈妈怀里的3岁的葛豆豆。真想象不出，到她那个时候，会操纵什么样的农业机械，农场会建设成什么样子。

葛柏林“自己拥有一片土地，自己耕耘，自己收获”的理想实现了，更重要的是他还实现了自己的价值，为祖国做出了贡献，显示了一种生产经营方式的生命力。建立家庭农场以来，他们已生产粮食1.2万吨，从2000年以来，每年产粮豆1420吨，能装40节车皮。如果按每人每年150公斤口粮算，他的农场给养近1万人。他们农场的粮食商品率95%，优质品率100%。王道明书记是葛柏林的老朋友，无论是在859农场或在建三江工作时，都给这个示范家庭农场很多支持。他说，在全垦区20多万个家庭农场中，无论规模、现代化程度、粮食产量、销售收入，葛柏林家都是独占鳌头的。说着，林莉拿来两个奖状给我看，那是2003年农业部颁发的“全国粮食生产大户”、“全国种粮十大标兵”的奖状。葛柏林指着窗外说，还奖给我一台拖拉机呢，那不，正停在场院上呢！

这时，晚霞正为这个富足的庄园洒下一片金辉，晚风送来一阵清凉。我说，咱们抓紧看看吧。我们先参观了职工宿舍，我很吃惊，那条件竟比大学生的宿舍要好，4个人一间，有电视，有书桌，还有可以洗浴的卫生间。挨着宿舍还有一间立着书架的图书室和一间摆着乒乓球台的娱乐室，这些设施都是为18个工人服务的。在那间办公室里，我看到了挂在墙上的党支部成员的名单，林莉是这个家庭农场党支部的书记。她说，我们这个支部活动很多，大家积极性很高。我看到门前停着八九台黑色的力帆牌摩托车，那是老葛给工人们买的交通工具。他还给骨干工人在场部买了5套房子。在他农场工作的职工年工资1.2万元，还为他们每个人上了5项保险。老葛说，这个农场是大家建设的，钱是大伙挣的，大家都亲如家人，亏待他们一点，我都会心里不安的！

走出宿舍和办公室，老葛领着我们在湖畔散步，那是他挖的一个大鱼塘，在他的领地里，这样的水塘有六七个，最大的有50亩。湖畔岸柳成行，树林成片，树上有晚归的鸟儿在啼唱，水里的鱼儿忍不住伸出头来看热闹，然后又潜入水中，留下一片水泡。我们向远望去，一片水草丰密、塔头点点的湿地。老葛说，这片湿地是他用200亩熟地换来的，他看到有人买了这片湿地开荒造田，他很着急，马上就用他的那片好地，换回来这一片生态破败的沼泽。他又投资12万元，围土堰防止水土流失，让湿地恢复了原貌。各种野生动物又开始在这里繁衍生息，重现了天上水鸟低飞、地里走兽嬉戏、水里鱼儿畅游的美景。

葛柏林和北京知青林莉就在这片荒原上结缘。

他们用自己的青春和热血建设的荒原“乌托邦”。

老葛和孙女豆豆的幸福生活。

走过湖畔，老葛又领我们走进一片看不到尽头的松林，那片落叶松高有丈许，径粗五六厘米，树下松叶绵软如毯，林中空气清新。10 多年前，他要在这片荒地上种松树时，有人劝他，还是种杨树长得快，松树成材要 50 年，你现在都 40 多岁了。再说，种一遍也活不了。他说，就是要前人栽树后人乘凉嘛！一遍不活，明年再种。老葛是个种树迷，在他的农场所在地面已种树 30 万棵，而且种类很全，连比较难养的松树、黄菠萝树、核桃楸他都种了。他曾花 5000 元，派人到完达山收集核桃楸树种，现在已经有 2 万多棵核桃楸在他这里安家落户。耕地中有一棵歪脖子榆树影响作业，有人要伐掉，老葛却花了 1200 元，把它移植到了地头。

每棵树、每一个动物都是他珍爱的生命。他说，动物和植物是和人一样有生命的，具有同等的生存权利。2001 年冬天，他买了 50 只鸡就养在松林边，有人说应下夹子打狐狸和黄鼠狼，否则鸡都被它们偷吃了。他却在松林边摆了个食槽，每天都添食，喂狐狸和黄鼠狼，结果它们相安无事。有时那厮竟大摇大摆地走出来吃食，一点也不怕人。结果受惠于老葛的狐狸们却帮了他的大忙，以前仓库里的麻袋苫布经常被老鼠咬坏，现在有了尽职的狐狸们，老鼠也不见了，每年减少损失 10 万元。这些年，老葛花 2300 多元，从商贩手中买回林蛙 600 多公斤，送回山林。这些林蛙又吃掉多少害虫！帮过老葛大忙的还有集居在他家树林的乌鸦。1999 年夏天，葛家农场的 1000 多亩大豆发生了地老虎虫害，正当老葛着急上火时，几只乌鸦呱呱大叫地飞过来，第二天几千只乌鸦飞过来了，它们尖尖的嘴巴对准地老虎，一啄一个准。没用一滴农药，地老虎被彻底除掉了。

偏爱大自然的老葛也得到了大自然的偏爱。这些年在最旱的时候，老葛的农场总要多下几场雨，因为这里生态好，林子多，湿地多，蒸发的水分多，下的雨就多。

我对老葛说，你不是一个大自然的掠夺者，而是一个建设者。你不像有些人对大自然巧取豪夺，而是千方百计保护生态，永续利用。葛柏林说："我当年曾和知青战友一起上山砍树开荒，欠下一笔不小的生态账，大批知青返城后，我自愿留下来，就是为了还账。现在我已完成退耕还林 1995 亩，占耕地四分之一。我今年快 60 岁了，要在地里再种 100 万棵树。那时我的农场就会成为生态最好的美丽家园了。"

如果我们每一个知青在和大自然的亲密接触中，在经历许多苦难之后，能敬畏大自然，能爱护大自然，能养成悲天悯人的情怀，那我们就不枉为北大荒人！

在老葛的职工食堂里，我们也享受了一次丰收的宴请，林莉和儿媳亲自动手为我们做了一桌子饭菜。我们尝到了葛家自产的鸡鱼肉菜水果，虽然没有烤得发黄的鹅，但那浑圆的大鹅蛋已够我们受用的了。

玫瑰色的晚霞中，老葛和林莉举起那玫瑰色的酒杯，邀请我下次一定在他们家住下，他们说："在这儿写知青故事一定很好。"我愉快地接受了他们的邀请。我说，那时我们就可以"把酒话桑麻，慷慨歌大荒"了。

2010年7月，为了完成《人民日报》的约稿，我又一次来到了建三江农管局，又一次看到了葛柏林，不是在他的农场，而是在乌苏里江畔的"老橡树庄园"，他正在这里建设一座旅游度假的村落。他又一次一鸣惊人了，在保持原有农业生产的规模，他又向旅游业发展了。他把原有农场包给他手下的那些员工经营，自己抽出身来，集中精力办酒店。他对我说，家庭农场也要与时俱进，可以一业为主，多种经营。这个理想的环保主义者，建设庄园的动因，是有人砍倒了江边的百年老橡树（中国人叫柞树）。他承包了沿江2公里长老橡树最多的湿地，现在已建起了两栋有外廊的美国维多利亚式的房子，这是一座掩映在树丛中的花园式的酒店。老葛一家的承包期为50年。他不砍掉一棵原有的橡树，还要种出一片森林。他计划要把自己的老橡树建成乌苏里江畔的名胜之地。

在工地上，我看到了开推土机的老葛的儿子葛麦，和从北京回来度假的孙女葛豆豆，这孩子已经是个中学生了。她对我说，她上大学想学旅游专业，将来回到乌苏里江边经营爷爷的这家酒店。

临走时，老葛让我告诉更多的朋友，来建三江旅游时，一定要来"老橡树庄园"看看。我说，必须的。

◎附录　在爷爷的农场里

——葛豆豆日记山葡萄长廊

我家农场里有个山葡萄长廊，长50多米。在弯弯的月牙泡上。四周是清清的水，岸边的青草里点缀着朵朵野花。山葡萄是一个本地的品种，它非常耐寒，冬天不用下架，嫩绿的葡萄藤儿爬满了架子。一串串小葡萄悬挂在架子上，很好看。葡萄架有3米多高，人在架下散步，感觉舒服极了。听爷爷说，秋天葡萄熟了以后，紫红紫红的，但吃起来很酸。等到几场霜下了以后，紫红的葡萄上就挂了一层白霜，吃起来变得酸甜酸甜的。如果采下来洗干净，加上蜂蜜，就做成了蜂蜜山葡萄酒，是纯绿色农产品，成为农场招待客人的美味佳肴。我要好好学习文化科学知识，长大后把农场建设得更加美好。

美丽的荷花

我家农场东边有个池塘，池塘里长着一片荷花。嫩绿的大荷叶有的浮在水面上，晶莹的水珠在荷叶上滚来滚去，像一颗颗闪亮的大大小小的珍珠。有的荷叶长出水面，在微风中摇摆，一朵朵荷花含苞欲放，争相斗艳。

荷花本来生长在江南，野鸭等候鸟把它的种子带到了北方，一片片长在乌苏里江边。爷爷请人把莲藕挖回农场，前年活了9株，去年长了一小片。荷花出淤泥而不染，池塘里的淤泥很厚，它长得很茂盛，令人流连忘返。

荷花、荷叶不但能观赏，花谢后，长成莲蓬，秋天可以收莲子。它的根就是莲藕，是一种营养丰富的蔬菜。荷叶晒干以后听说还是一种减肥药。荷花真是浑身是宝呀。

小燕子

我家农场有许多小燕子。小燕子披着黑黑的衣服，露出雪白的脖子，很可爱。一条像剪刀一样的尾巴，在空中上下飞舞，划出美丽的弧线，把大自然打扮得非常漂亮。

小燕子在我家的大棚上面做了许多窝，它们忙进忙出，嘴里衔着泥和干草，一根一根，一趟一趟，努力建设自己的家园。

我知道，燕子是益鸟，它能捕捉害虫，保护庄稼，保护树木，它是我们人类的好朋友。我们要好好爱护它们，保护大自然的生态平衡。我对小燕子说：谢谢你们！小燕子上下飞舞，好像也在说：谢谢你们！

湿地保护区

家东南有块湿地保护区，老别拉洪河从中间穿过，静静地流淌，里面长着一人多高的羊草，还有塔头墩、灌木丛、芦苇荡，各种鸟儿和野生动物，有灰鹤、白鹳、野鸭、彩色的野鸡等等。湿地的水中游着各式各样的小鱼虾，有鲫鱼、泥鳅、老头鱼……柳根鱼，老头鱼头很大，专门吃小鱼，它的肉又白又嫩，鱼汤是乳白色的，味道鲜美极了。老头鱼冬天冻在冰里，春天冰化了，它又慢慢醒来，天再冷也冻不死，它的命可真大呀！

白鹳悄悄地站在浅水边，一动不动，等到小鱼游来，用长长的尖嘴，闪电般把小鱼吃到嘴里。

湿地保护区保持了北大荒的原始风貌，野生动物在里面生小宝宝，又是大雁野鸭等候鸟歇息处。湿地是地球之肾，它的作用太重要了，我们要好好保护湿地。

我的理想

今天，中央电视台新闻联播组的叔叔阿姨到我家农场采访，奶奶在小菜园摘了西红柿请他们品尝。西红柿是用农家肥生产的，叔叔阿姨连声说味道好极了，和市场的味道不一样。爷爷和奶奶介绍了我家农场的情况，建场已经20多年了，现在每年为国家生产2000多吨粮食，火车拉要用40节车厢呢！农场还种了几十万棵树，还建湿地保护区，还保护野生动物。电视台的叔叔阿姨很感兴趣，不断地摄像记录。

爷爷奶奶说，他们的创业行动也是受电视台的影响。80年代初，中央电视台播放了《草原小屋》和阿信的故事，里面主人公通过艰苦奋斗，创造美好的生活，他们的精神给爷爷奶奶在一片荒原中克服困难，增添了勇气。

中央电视台的叔叔阿姨提了很多问题，我虽然听不太懂，但是他们的普通话标准极了，提的问题好像很有深度。叔叔阿姨风度翩翩，说话很有感染力。我好羡慕呀！我要努力创造条件，长大后争取去电视台，当节目主持人。当然，我也可能学农业，将来好接爷爷的班！

记于2007年暑期

42. 让我们荡起双桨

让我们荡起双桨，
小船儿推开波浪，
海面倒映着美丽的白塔，
四面环绕着绿树红墙……

北京老知青陈恒和我一起哼唱着这首老歌时，眼里闪着泪光。

他说，这首歌记录了我们最美好的少年时代，每当唱起这首歌，心里不禁涌出甜蜜和幸福的感觉。那时，我的家和我读书的府学胡同小学都离北海公园很近，到公园划船唱歌是我们经常的活动。在电影《祖国花朵》里演唱这首歌的，就是中央广播电台少年艺术团，当时陈恒在团里的民乐队当小乐手。

当时谁也想不到，这一代祖国幸福的花朵，在后来的岁月里，和共和国一起经历许多苦难。

颇具音乐天赋的陈恒初中时就被中央广播电台少年艺术团选中，开始吹笛子，演奏家冯子存、刘管乐是他的偶像，当时他们的名曲《喜相逢》和《荫中鸟》他已吹得有模有样。后来又跟着杨竞明学扬琴，当时他们乐队的指挥是彭修文，指挥他们演奏过《彩云追月》，他们都是中国民乐的大师级人物。本来他已被选中当中央民乐团的学员，可是母亲坚决反对，她说，只有不三不四的人才搞文艺。陈恒的人生只好走了另外的路。当时他不仅能演奏多种乐器，还学会了作曲，他们北京5中的“眼保健操”的音乐就是他写的，他指挥乐队录下的这个曲子。在他两个弟弟上学时，学校还每天播放。

1964年就要在北京5中高中毕业的陈恒，准备报考中央音乐学院的作曲专业。同学们都说，他是板上钉钉了。可是工人体育馆的那场报告改变了他的命运。那是敬爱的周恩来总理的形势报告，他号召青年们要向董加耕、邢燕子学习，到农村去、到边疆去、到祖国最需要的地方去。他希望就要毕业的中学生要“一颗红心，两种准备”，接受祖国的挑选。当时已是共青团员的陈恒听完报告回到学校就报名要到北大荒的农场去。老师说：“就要考学了，你考不上再报名也不晚。”陈恒说：“我只有一种准备，就是下乡！”后来他才知道，如果他考不上学，学校更希望他留校当音乐老师，因为他负责着那个学生的民乐队。

回忆起40多年前的往事，已年过花甲的陈恒说，我当时是“纯牌”的热血青年，到派出所迁户口时我把原名“陈珩”的“珩”字改成了“恒”，表明了自己奔赴边疆的“恒心”。1964年9月3日，在热烈的锣鼓声中，陈恒和北京东城区的100多个热血青年登上北去的列车。作为5中的乐队队长，他没有忘记带着自己喜爱的乐器，在列车行进中他还演奏了二胡，什么曲子忘了，肯定是欢快的，不是忧伤的。

在这列火车上他认识了景山中学的初中毕业生郭小林，他神情深沉地注视着窗外广阔的原野，大概想起他父亲当随军记者的岁月。父亲郭小川从《东方红》大歌舞的创作组赶到火车站送他，却没有挤进人山人海的欢送人群。两天两夜后，火车停在了祖国东北的尽头——小站迎春，然后又乘着汽车跑了一天，在宝清县的南横林子下车，这里留下了王震将军率领10万转业官兵开发北大荒的第一行脚印。建设这个852农场（兵团的20团）的是英雄铁道兵的8502部队，他们是从朝鲜战场直接开进这片荒原的。

在到场那天的欢迎晚会上，他露了一手，吹了笛子独奏《我是一个兵》，全场轰动。文工团当即就想留下他，可场里还是把他和8个战友分配到场部的良种试验站。那一晚他躺在热烘烘的土炕上做了一个梦——群山回响着一首大合唱曲，他就站在指挥台上。没想到这个梦后来真变成了现实，合作者就是躺在他身边沉睡的郭小林。

陈恒在良种站工作了一个生产周期，春种夏锄秋收冬天修水利，他都干过，学会了农活，也认识了“白马牙”、“小金黄”这些新种子，真还产生了要当个农业技术专家的兴趣。在第二年的冬天，场部搞汇演，陈恒创作了一首歌唱饲养员的女生独唱得了一等奖，很自然地调到了场文工团。

可别小瞧这个山沟的文工团，这里可是藏龙卧虎之地，导演赵玉秀外号“赵聋子”，是志愿军文工团的组长，耳朵是被炮弹炸聋的，还有的演员是从中央文艺团体下放来的，舞台美术师孙泽均就是北京人艺的。文工团的乐器也全，连“大贝司”（低音大提琴）都有，手风琴是意大利的牌子。俱乐部舞台也很像样，台口20多米宽，还有乐池和侧幕。在这个舞台上，陈恒开始了专业的艺术生涯。

每次文工团的演出，必有他的笛子独奏，《我是一个兵》是他最叫座的曲子，接着就吹《打靶归来》，又是更热烈的掌声。观众多是当兵的出身或想当兵的人，这样的曲子非常受欢迎。有时他们还到水利工地演出，正是天寒地冻的三九天，百花牌的笛膜都冻裂了，他干脆贴上橡皮膏，虽然声音有点闷，但不影响演出。有一次陈恒的小手指头都冻白了，老同志用雪一顿搓，木然的手指又红了，大家说再晚一点小手指就会被截肢。

边塞绝寒的北大荒并不缺少文化，转业官兵是播火者，大批知青的涌入，迎来了北大荒文艺的春天。文工团壮大了，他们开始排全本的京剧样板戏。陈恒是乐队的骨干，有时吹笛子，有时弹琵琶，有时还客串些角色，什么《沙家浜》中的刁小三、《杜鹃山》里的毒蛇胆、《智取威虎山》里的座山雕，他演什么像什么。后来排话剧《于无声处》时，他还演过陆峥嵘。

尽管陈恒演的都是反派和丑角，可全场的职工家属对他的印象都很深。有一次他在台上演《沙家浜》，台下一位从北京来的总政文工团的老演员冉红也在看演出。刁小三全剧只有一句台词：“我抢包袱，还抢人呢！”陈恒把它说得字正腔圆。冉大姐赞叹：“这小伙子，声音太好了！是学声乐的好材料。”这句话，鼓舞了陈恒一辈子。

陈恒献身北大荒文艺的最高成就是创作了那首脍炙人口的歌曲《兵团战士爱边疆》，他作的曲，郭小林写的词。大概是1972年师里要搞文艺汇演，团里要搞个大合唱参演，于是就把当时在全兵团都有名气的诗人郭小林找到团里，他并没怎么费劲，就写了一首歌词，陈恒也很轻松地谱上了曲。那时他们俩已在兵团战斗了七八年了，对这片土地已产生了深厚的感情，这时小林已写过许多小诗，陈恒也写过不少的歌曲，这一次他们终于找到充分表达自己情感的机会。因此，他们的激情像岩浆一样喷发出来了。经过一番认真的排练，在师里一炮打响。陈恒只轻轻地唱了几句，我就心潮澎湃起来——

我爱祖国的边疆，阳光灿烂一片春光。
到处都唱起丰收的歌，歌声飞遍了平原山冈。

万顷麦海翻金波，座座水库倒映着绿树红墙。

高压线雄伟地越过山谷，公路通向四面八方。

啊，边疆，我们富饶的边疆！

我们要为你贡献青春和力量！……

当年郭小林把这首饱含着他和陈恒及所有北大荒知青激情的合唱词曲寄给了郭小川。当时正在“五七干校”接受改造的诗人，虽然不得不停止了自己的创作，但他对小林的创作很关心并寄予厚望，小林写了什么东西也都寄给他看。这次看了这首歌，他很高兴，虽然对小林的词他还可以说点意见，可曲子他就不内行了。这时他想起了老朋友、中央乐团的指挥家秋里，他把他们的作品转寄给了他，请他指教小林和陈恒。当年郭小川、贺敬之和乔羽等中国这几位大诗人创作《东方红》大歌舞时，秋里担任大合唱的指挥。郭小林至今还保存着秋里给他父亲的回信：

小川同志，你好！

信已收到数日，只因事多繁忙，未能及时回信希谅。最近刚接待完伦敦交响乐团，又要投入新节目的审查。所以抽点空阅读了小林、陈恒的作品，我觉得年轻人有朝气，虽未经专业训练，但写得有生活，较热情、流畅。此歌经过实践，可能会在群众中流传。如是陈恒仍在京，欢迎他来我处面谈。如已回团，我再给小林、陈恒写信商谈。

请转告，我的地址：乘4路无轨到和平西街（劳动部）下车找和平街8区13楼南单元22号（中央乐团宿舍）找我，平时中午12点~3点在家，晚上不定。

致礼！

秋里

3.22

这封纸已发黄的35年前的旧信，还让人感动，它凝聚了这位大艺术家对两个知青作者的真诚和热情。接到这封信后，诗人郭小川把正在北京探家的陈恒找到家，请他吃了一顿炸酱面，让他按着信上的地址去见秋里。具体细节，陈恒已记不起来了，他只记得秋里很热情地接待了他，说这首歌很好，有生活，充满激情，很流畅，也有气势。只是和声部分有点问题，他改动了几个音符，又给他唱一遍，边唱边打着拍子。陈恒激动地领略了大指挥家的风范，他确实觉得改过的曲子好多了。秋里鼓励他并转告小林，要好好体会生活，多写一些东西，然后给我寄来。

陈恒带着秋里改过的曲谱回了20团。和秋里先生预见的一样，后来这首歌真的在兵团流传了，几乎每个知青都会唱。在大型演出时唱，在连队联欢会上唱，走在上工的田垄上唱，坐在探家的火车上也唱。在返城后各大城市组建的若干个老知青合唱团里，这首《兵团战士爱边疆》都是保留曲目。一唱起这首歌，我们又想起北大荒广袤的田野，又想起那些难忘的岁月。在唱这首歌时，大家都知道歌词是郭小林写的，但曲子是谁写的，早就忘了。

这次通过郭小林，我终于把这位被遗忘的知青作曲家挖了出来，他骑着一辆破自行车来黑龙江宾馆见我。他衣着陈旧，面目清癯，声音却还是那样的年轻。在不断的歌声中，他讲了如上和如下的故事。

北大荒的音乐生活让陈恒充实而快乐，可是有时又很寂寞和孤独。他是知青中的老大哥，人家都成双成对的，他还是个“王老五”。宣传队（原文工团）的刘指导员对他说：“你都二十七八了，该考虑个人问题了，你看上了谁，我给你去说。”陈恒只是笑笑，其实他心有所向，但不知人家有没有这个意思。基建连有个1969届的北京小姑娘叫王东花，在小学校当老师，常来找陈恒学五线谱和乐理。她很聪明、热情，对陈老师很崇拜。经过陈恒的精心指导，东花进步很快，后来当上了音乐老师。有一天，刘指导员给他送来了一张电影票，让他一定去看。进了俱乐部，他竟和王东花挨着，他明白了领导的用意。电影叫什么名，老陈当时根本就没记住，这个刁小三当时就琢磨怎么“抢人”了。

看完电影，陈恒约东花在夜色中散步。走了半天，她低着头，什么也不说。他们走到十字路口的几个高压线的电缆滚子下，陈恒停住了脚步对东花说：“我的家庭出身不好，我的父亲已经死了，我跟继父生活，他家很穷。”这是那个时代的惯例，要想处朋友必须先交代自己的家庭背景。当时东花小声地说：“我得写信问问我爸。”陈恒看出来了，她同意了，还要征求家里的意见。

陈恒和他宣传队的战友们。

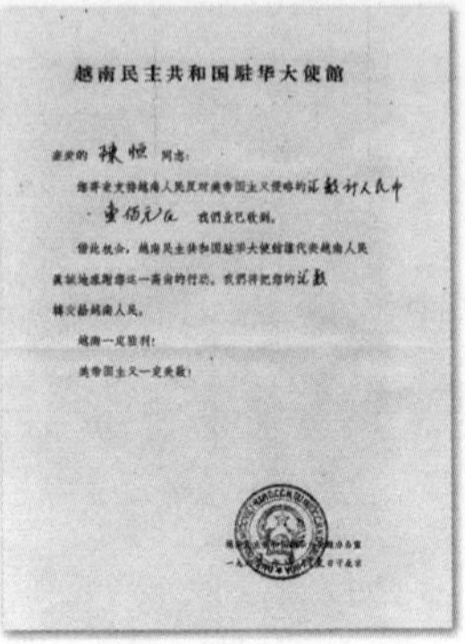

越南民主共和国驻华大使館

亲爱的 陳恒 同志：

您寄来支援越南人民反对美帝国主义侵略的汇款计人民币壹佰元 我們业已收到。

借此机会，越南民主共和国驻华大使館谨代表越南人民衷诚地感谢您这一高尚的行动。我們将把您的汇款转交給越南人民。

越南一定胜利！

美帝国主义一定失败！

越南大使馆感谢陈恒捐款的回信。

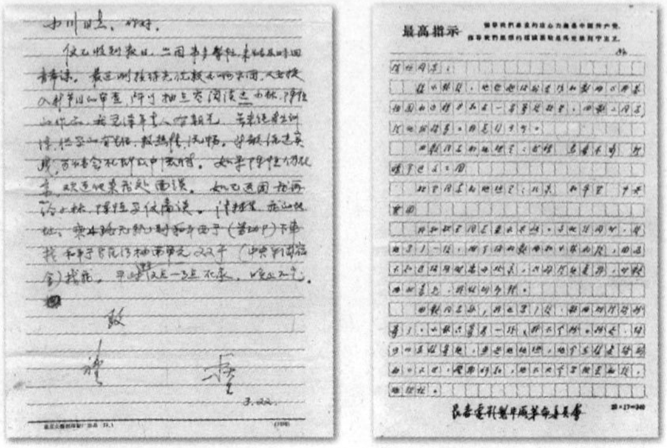

指挥家秋里给诗人郭小川写信约见陈恒。

诗人郭小川写信鼓励陈恒和郭小林歌曲创作。

作曲家陈恒在打石头劳动中得到磨炼。

返城后，陈恒仍然是首都群众歌咏活动的骨干。这是他们的演出照。

陈恒苦等了一个多月，东花的父亲终于来信了，没想到东花的爸爸、那位朴实的木匠坚决反对女儿嫁给家庭出身不好的人。他大概怕影响女儿一生的前途，甚至可能影响他出国施工——他在一个国营公司工作，经常有出国施工的机会，工人们都想安排自己，而出国政审，要查祖宗三代的。老木匠给东花写了信，还给她的指导员写了信，坚决不许女儿和陈恒搞对象，信中还说了“他癞蛤蟆要吃天鹅肉”的话。

在掌声中长大的陈恒，这一次自尊心大伤，他和未来的岳父较上了劲，他发誓，我非东花不娶。过去都是东花跑到他这儿学音乐，这之后，他往基建连小学校跑得更勤了，他和东花总有说不完的话，夜深人静时，从那小屋传出的歌声和笑声让战友们羡慕。不巧，这时连里发生了“大案”——副连长在厕所里发现了避孕套，陈恒成了主要怀疑对象。连队干部很严肃地找他谈话，可他咬得很死：“我虽然爱东花，但绝没干过出格的事。不信你们可以到医院检查!”连里又找东花谈，领导说，如果不交代问题就要把她从教师队伍中开除。她只是低着头一个劲地哭。领导说，你还要不要前途了？最后她只得承认和陈恒发生了“男女关系”问题，其实当时她并不明白“男女关系”和“性关系”的区别。

领导又找陈恒谈话：“王东花都承认了，你还硬挺着?”当时老陈很生东花的气，怎么能自毁声誉！转念一想，我不如“将计就计”，你父亲不是反对我们结婚吗？这回“生米做成了熟饭”，看你怎么办！最后陈恒也“招了”，承认自己和东花“发生了关系”，并一再说：“她年纪小不懂事，责任由我负!”

上级为了杀一儆百，还是给陈恒一个团内警告处分，被下放到基建连的采石场改造。那位老木匠后悔莫及，马上来信同意他们结婚。1971 年元旦，他们在团里办了登记手续。全团知青大悦——“刁小三就是行，还是把那朵花抢到手了!”他们之中还有另一种传说：“是刁小三先招的，这是他的一计!”其实谁先招的无所谓，反正他们是夫妻了。

在那个残雪未退的春天，东花跟着陈恒上山了，正好大山里的采石场有几个孩子没法上学，连里派东花去办了个小学，又当校长又当老师。一路上，他们有说有笑，陈恒还唱了起来：“歌声飞遍平原山冈，万顷麦翻金浪……”可惜那山上只出石头，不能种麦子。陈恒的任务就是采石头。开山放炮，抡锤砸石，对于一个文弱书生来说，是十分艰苦的劳动，更和音乐创作不搭界。

但陈恒很快乐，因为和自己最爱的人在一起。化雪之后，他们自己动手盖房，从山中采下松树为梁，板加泥为墙，房上盖草为顶，屋里的家具，那是老陈的手艺。他们还在门前开了一片园田，种菜种花，种瓜种豆，菜绿花红，藤蔓爬上篱笆，花香飘满山间。那时陈恒白日山上炼筋骨，晚上灯下话桑麻。他们的小家时有歌声琴声相伴，粗茶淡饭也香甜。那一年冬天，他们的儿子也在大山里出生，陈恒给他起名“南南”，纪念父母下乡的地方“南横林子”，也纪念孩子和他们共同度过的艰难岁月。

一年后，陈恒又被调回团宣传队，领导不可能让一位音乐天才打一辈子石头。东花也跟着回到团部当老师。下山的时候，陈恒更是一路奔跑一路歌了。有了更深厚的生活积累，陈恒创作的东西更厚重了。可惜兵团已转为农场，宣传队也面临解体。陈恒随新来的场党委书记下连蹲点，他边劳动边创作节目，连队的战斗口号他都能谱成歌，教给大家唱。他领着两个宣传队的小学员自编节目，还搞了一次演出。也许老陈的作用让党委书记感动了，他不但没解散宣传队，还让老陈当上了管业务的队长。

这时随着知青的大返城，宣传队的许多骨干都走了，陈恒又带出了一批农场子弟，能吹能唱能编能导的都有。1979 年，已经完成历史使命的陈恒也和王东花一起返城了。这时，他已经在这片土地上奋斗了 15 年，付出了自己最宝贵的青春和才华。他得到了什么？只有一顶残破的“知青”的帽子！一想到这儿，陈恒很伤感。

人才拥挤的京城并不缺少一个知青作曲家，34 岁的陈恒坐在交道口街道办事处走廊的长椅上，他的胸中还不时涌出《兵团战士爱边疆》的旋律。但是激情并不能变成全家人的口粮，他需要一份养家糊口的工作。几个月后，热心的办事处的干部告诉他，交通局要招收司机，你可不能说自己 34 岁了。他兴高采烈地去报了名，领回考试复习提纲，早上跑到北海公园的濠濮涧去背题。那里是当年皇帝钓鱼的地方，他考初中时就在那儿背的题，结果考上了区里最好的 5 中。这次他又考了最高分——98 分，再加上他在兵团时就会开拖拉机，很顺利地被录用了，成了北京长途汽车公司的一名司机。教学经验丰富的东花却因学历太低难以就业，后来以家属的身份也到了汽车公司，先当炊事员，又当上了售票员，一直干到退休。

曲折艰险的盘山公路，竟像五线谱一样优雅。陈恒开着大客车在上面奔驰，心里却一点涌不出音乐的旋律。全车的几十条性命，都握在他手上，每时每刻他都提心吊胆。他跑从密云到河北尉县这一段路，要过三道山、四道梁，路在云中飘，车在险中行。那时车况都不太好，在发生危险时，他们最后的一招是用车向内擦山，而不能向外翻到山涧里。多少次死里逃生，往事不堪回首。

日复一日，年复一年，生活像车轮一样飞转，甩掉的都是烦恼。继父难以包容他们一家，借居在岳父单位的又小又破的旧房里，东花总是和他吵架，都是些小事，这满地鸡毛的日子，真不如当时住在大山里舒坦。贫贱夫妻百事哀，他们的日子越过越难。开了10年的大客车，还当过车队的副队长，他竟没有分到一间房。那时，连一间房都挣不来的男人，在老婆面前抬不起头来。

还好孩子在苦难中长大了，他们的婚姻却走到了尽头。老陈很伤心，他觉得对不起和自己患难与共的东花，可他又没有能力满足她。他只好解放了她，也解放了自己。有时羁留在外地的小客栈，无聊中陈恒也拉起二胡，都是《江河水》和《病中吟》这样忧伤的曲子。刚进山当司机时，他还写过诗，给郭小林送去，后来无诗意的生活，让他失去了诗情，也停止了歌声。

后来老陈又调到了一个国营汽车公司，又开了10年出租车，房子还是没有分到，生活也不如意。和东花离婚后曾和一位医生结婚，感情很好可又离了，可能为了保住自己私建的房子——女方有房子，他就没有留下私建房的理由。北京的高楼大厦比雨后的蘑菇还多，可没有他的安身之处，他自己动手在二环外的一个大杂院盖了一间，只为动迁时能得到照顾。一个把青春扔在北大荒的老知青，回到北京又奋斗了20年，没有自己的房子，兜里的票子也少得可怜。唯一让他欣慰的是儿子，在艰难中长大的南南很有出息，在一家大公司当白领，已结婚成家，日子过得不错。这个北大荒老知青的孩子，还算享受到了父辈创造的幸福。

那一代老知青，他们没有时间叹息，甚至不会抱怨。他们付出很多，但那是为了理想，燃烧的青春是他们引以为自豪的生命火炬。点着了自己，照亮了大地。在58岁时，陈恒决定要上音乐学院读书。这是他一生的夙愿，还因为他经常想起两个人的话。一是总政的冉红大姐，她说："你的声音条件真好，应该学声乐。"还有指挥家秋里说："你和声还有问题，有机会应该学一学。"现在终于等到了机会，他考取了2002届中国音乐学院成教部的音乐教育专业，全班16个同学，多数是专业演员或音乐老师，只有他一个出租司机，自然年纪也是最大。3年的时间，每一个晚上和双休日的白天，满身劳累和风尘的他把出租车停在学院门口，然后走进天籁之声，走进让他最快乐和幸福的艺术天堂。他像树林中的鸟儿一样尽情歌唱，他像蓝天上的天使一样自由地飞翔。

3年后，当他拿到毕业证书时，竟热泪满面。那天他开着出租车沿着灯火辉煌的长安街奔跑，他觉得从来没有这样舒畅和快乐过！

现在已经退休的陈恒又回到了他热爱的音乐世界，在“九三”合唱团、“金色时光”合唱团、“金辉”男声合唱团、“手拉手”合唱团都有他的位置，他有时领唱，有时指挥，有时还作曲。陈恒说，当自己穿上一身黑色的燕尾服，站在灯光灿烂的舞台上，随着钢琴的旋律，发出自己的肺腑之声时，他感到一种最高的尊严和幸福，一切苦难和烦恼都化为乌有。

特别令他高兴的是，当年那位领唱《让我们荡起双桨》的小姑娘刘惠芳竟和自己一起站在合唱台上。

当然，老陈和刘惠芳已不再是花朵，而成了老枝。他们为共和国承受的苦难太多了，可是他们仍然年轻，那老枝上又绽出新的花蕾。陈恒从他的书包里为我拿出他作词作曲的新歌《北京，你好！》对着曲谱他深情地唱了起来。他让我流泪了，真是因为他过去和现在，对祖国爱得都是那样深沉——

我迎着太阳，迎着春风，
快乐地向前跑！
我穿过花园，穿过楼宇，穿过林阴道，
工地上塔吊雄伟高耸入云霄，
北京你挥着汗水向我微笑，
北京，你好！北京，你好……

43. 灿烂的笑容

她是我们那一代知青的偶像，按着现在的说法，几乎兵团的每一个知青都是她的“粉丝”。她那灿烂的笑容出现在报纸上，出现在团、师和兵团隆重的报告会上，她那苹果似的圆脸上，总是绽放着像鲜花一样的笑容。眸子像一潭清纯宁静的湖水，整齐的白牙闪着晶莹的光泽。她的笑容让每个战友感动，也让他们温暖。

曲雅娟，当年知青的偶像

她的笑容如此珍贵，她的笑容能让北大荒人如此感动，起因是一次意外的事故。

那一天是1969年3月18日，早春的北大荒还很冷。傍晚，她急匆匆地从营部赶回连队，这一天她很高兴，向营部的职工家属宣讲刚刚发表的毛主席最新指示，临走前她还为每个家属抄写了一份最新指示。她的字写得漂亮，她们都如获至宝。在天色暗淡时，她走进连队，没回宿舍，直接来到了铡草机旁。她总这样，虽然已经抽调到营里工作，但一有空就回连队干活。她对正向铡草机里续草的成玉琴笑着说：“玉琴有人找你！”小成刚一转身，她就站在了她的位置上干了起来。其实，并没有人找小成。那天，她戴着一双红黄毛线混织的手套，抱着干草向机器口里续着，用手向前推着，机器隆隆地转着把铡碎的草喷吐出来。

她干得正起劲儿，突然机器发出沉闷的声响，她惊叫了一声：“啊呀，我的手！”这时，正在她身边的“小山东”（山东支边女青年）发现她的手已经绞进机器，整个手臂正随着机器的飞转向里卷。她回身一脚踢掉了传动轮上的皮带，机器停了下来，大家帮着拉出了她的右手，只见骨断肉烂，鲜血淋漓！刚跑到现场的赵启财连长从自己腰上摘下挂钥匙的枪网，把她手腕紧紧捆住，再在上面捂了一只厚手套，大家立刻把她扶上拖拉机，拉到营部卫生所。富有经验的李振华医生为她冲洗掉伤口上的草屑，这时伤口还在喷血，射到了墙壁和屋顶上。她脸色惨白，却没有掉下一滴眼泪。她对从营部赶来的教导员说：

“教导员，我还能当兵团战士吗？”

这位老战士说：“好孩子，放心吧！能，一定能！”

这时，她流下了眼泪。经过简单的包扎处理后，她被送到了60里外的通北火车站，坐上铁路摩托车，追上了前面的货车，连接在其上面后直奔哈尔滨了。

受伤后在北京留念

第二天上午，在解放军211医院的手术室，开始了对这位断手的哈尔滨女知青的抢救。病历上写着她的名字：曲雅娟，17岁。

剧烈的疼痛，把曲雅娟从昏迷中惊醒。她在蒙眬中，看着围在她床头的医生和她的领导，她淡淡地笑了，那笑竟比摆在床头的鲜花还美丽。她很高兴，在刚刚经历的那场战斗中她没有退却，因为自己很坚强。从小她就想当一个战士，当一个勇敢的女兵。穿着一身军装，腰里别一把小手枪，那是她这个少女心中最帅的形象！这正是她抢着报名到兵团的原因，因为兵团是解放军序列，也能拿枪。

1968年8月8日，她穿上黄军装，登上火车，在从哈尔滨到赵光农场的这一路上，她笑着唱着……没想到还没参加战斗，自己就受伤了，而且失掉了最宝贵的右手。她很难过，也很伤心，但是她没有哭，就是在手术中锯断右手残肢的巨大疼痛中，她也没哭。她要用自己的表现来证明自己是个真正的战士！

曲雅娟当时就这么单纯，单纯让她变得非凡坚强！我想，她不是不流泪，只是那眼泪不是流在脸上，而是流在心里；不是流在人前，而是流在人后。因为，她还是个孩子。特殊的年代让人也特殊地坚强了，哪怕是一个普通的女孩子。

后来，曲雅娟成了“一不怕苦，二不怕死”的典型。这次采访时，她对我说，在受伤前，她没想到最高指示，当时只想自己不能当“脱产干部”，能干活时尽量多干。因为缺少安全常识，当时只知道蛮干，结果出了事故。那台机器是附近的劳改农场制造的，性能不太好，有安全罩，我们怕麻烦也没盖。这样的事故在我们营就出了10多起，最严重的是把整个胳膊都绞进去了。

听老战士讲传统

真实和真诚才让曲雅娟更可爱，更让人尊敬。手术后的第一夜，难忍的疼痛让曲雅娟无法入睡。她想到了失掉右手可能给她工作生活带来的困难，她也想到了保尔，想到了江姐、刘胡兰……那一夜，曲雅娟的母亲得到了她受伤和做了截肢手术的消息，整整哭了一夜。妈妈一早就跑到医院，她看到雅娟的床是空的，腿都软了。妈妈在走廊找到了雅娟，她的右臂缠着厚厚的纱布吊在脖子上，她正用左手帮着清洁员扫地、擦拭墙壁。她对着妈妈笑了，她说从今天起我要重新学习工作和生活的本事。

30天后，曲雅娟告别了医院，她连家也没回就回连队了。这时，她已经学会了用一只手洗脸、刷牙、吃饭、上厕所，还能帮助护士为别的病友服务。最难的是用左手写字，刚开始笔在手上不听使唤，写出的字歪歪扭扭。可是她不停地练习，越写越好了。

回到连队后，谢绝了战友们对她在生活上的照顾，她和大家一起下地劳动了。那正是夏锄季节，她用右臂夹着锄柄，用左手拉着锄杆，跟在大家的后面一步步向前走，锄着田垄里的荒草。她的右臂和左手都磨出了血泡，她还坚持着。不几天，她也能跟上大家了。到后来，她竟成了铲地的高手，在速度和质量上都不比别人差。曲雅娟不仅学会了锄地，还学会了割地，那是更艰苦的考验，现在她的腿上还留着条条刀痕。在困难面前，曲雅娟的笑声成了全连战士们最大的号召力。

那时边疆的战备工作十分紧张，前方的珍宝岛战役已经打响，大家时刻准备放下农具奔赴前线。曲雅娟和战友们一起学习打背包，别人用双手，她用一只左手，再加上断臂和牙，也打得很快很好，她创造了在黑暗中用 1 分钟打好背包的纪录。30 年后，也达到这个纪录的，是在战斗中断臂的武警部队的英雄丁晓军。

那是一个剑拔弩张、呼唤英雄的时代。曲雅娟应运而生地走到了政治舞台上。她被评选为活学活用毛泽东思想的积极分子，她的事迹从连队讲起，从营讲到团，又从团讲到师，一直讲到沈阳军区。当她从容不迫地面带着非常感人的笑容讲述自己断手的过程，当她举着没有手的右臂呼喊着一个少女坚强的心声时，在场的人，从台上白发的将军到台下稚气未退的战士，都会流下眼泪和拍红手掌。在政治紧张、经济困难的时候，人们是靠非常的故事慰藉心灵的。帮助雅娟整理报告文稿的是兵团的才女尚绍华，她俩同乡同龄，朝夕相处，相知很深。那稿子生动自然，不乏感人之处。再加上曲雅娟的形象可人，真诚质朴，听她的报告总让人兴奋又愉快。作为《兵团战士报》记者，我多次目睹她当年的精彩表现，曾为有这个小老乡而自豪。

在家乡的松花江畔

曲雅娟作为那个年代的先进人物的最高荣誉，是参加了 1969 年 20 年大庆的国庆观礼。她和 300 多名知青的代表住进了中南海周总理家附近的一个院子，睡的是十几个人的大通铺，吃的多是粗粮。他们看到，在中南海的院子里，种的不是鲜花而是蔬菜。邓颖超和蔡畅两位老前辈到住地看望，对他们问寒问暖。周总理在怀仁堂给他们作报告，他就从曲雅娟的身边走过，她看到总理灰色中山装的袖口和衣角都有补丁。

10 月 1 日那一天，他们到天安门上观礼，她近在咫尺看到了毛主席高大的身影，也感受到了那温暖的巨手。她喊哑了嗓子，还和黑龙江的那位也参加观礼的歌唱家王双印学会了一首他作曲的新歌《我们见到了毛主席》。

曲雅娟又回到了连队，她知道她的根还在那片黑土地上。按着当时的惯例，当了英模也要有领导职位，她先当副营长，满 18 岁入党后，又当上了副教导员，后来又被任命为 68 团政治处副主任。当年在她手下当过宣传干事的黑龙江出版总社社长陈春江回忆，当了官的雅娟还是那么谦和、平易。她说自己头上的光环只能增加经历，不能代表才干；当领导，我还要好好向你们学习。

和知青典型座谈学习金训华

那时，曲副主任最乐意的工作是带工作组下连蹲点，这样既不脱离连队，还能学到工作经验。就是在工作组里，她认识了天津知青曲银厚。他曾和雅娟的姐姐雅杰一个连队，他知道她有一个漂亮的妹妹，后来听说她妹妹断了手，心里很难过。听雅娟作报告时，他流下了眼泪。而真正认识曲雅娟是因为工作组内部的矛盾。那一年春天的一天，工作组内的曲银厚等 3 个知青把副组长曲雅娟找到了远离连队的一片麦地，他们表达了对工作组长老邱的意见，这个1947年参军的老兵太主观了。他们要求曲雅娟向团里反映他的问题并要求撤换他。曲雅娟说，我们不能这样做，我们都应该尊重老同志，很好地学习他的经验。对他有意见可以提，但不能采取激烈的方法。按现在的说法，曲雅娟平息了一次“内乱”。从此，曲银厚对曲雅娟另眼相看了，她比自己成熟，而且特别善良。后来曲银厚被调到了兵团总部的后勤部，他回团参加入党宣誓，是曲雅娟代表组织找他谈的话。那时，他发现了他们的缘分。

1972年春天，曲雅娟被推荐到黑龙江大学哲学系学习，作为知青和工农兵学员的代表，她又被选为省委委员、团省委常委和学校的党委常委。但是她心里很清楚，自己是个学生，是个初中还没毕业的学生。那时的大学也是风起云涌，一些来自基层的工农兵到学校就搞“上、管、改”。曲雅娟说，我是来学习的，不知道有什么要改的，更管不了学校。在党委会上，她总是静静地倾听别人的意见，从来不贸然发言。那时黑大有个“理论小组”风头正健，他们要让曲雅娟参加，她说我理论水平太差。有的学生串联她给校党委书记写大字报，她说，我看那个老头挺好，我不知道他有什么错误。她和大家情同手足，把精力都用在了学习上。当年和曲雅娟一样的先进人物，许多人卷进了“四人帮”的阴谋活动，后来成了清查的对象。安然无恙的曲雅娟不是因为政治上的高明，而是因为她的单纯和质朴。

她那灿烂的笑容很长久。

右手伤残后也学会了锄地

1975年春天，大学毕业的曲雅娟又回到了当年工作过的那片黑土地。那个当年她谈过话的新党员曲银厚，也从辽宁财经学院毕业回到了黑龙江，被分配到了省人民银行。这些年他们之间一直通信，虽然谁也没把最想说的那个“爱”字说出口，但他们早已心心相印。银厚对雅娟的断手并不在意，更担心当了官的女人会变得不像女人了，他不愿意和“够不着”的女人结合。

后来他看清了曲雅娟还是原来的她，和她结合让他放心和随心。曲雅娟又被任命为兵团一师的农大党委副书记，那学校就在北安县的赵光镇。早已对雅娟心向往之的银厚也向组织要求调到了赵光的银行办事处。那时，他们之间的距离只有 8 里地了，一位知青战友为他们牵了一条红线。

在地头作报告

听说曲雅娟有了对象，而且要在基层结婚，省委领导非常高兴。为了克服他们生活上的困难，省里出钱让她到上海安装假肢。银厚到哈尔滨送她，在从博物馆走向火车站的路上，雅娟突然对他说："我不想在政治舞台上表演了，政治我不懂，我也不愿意当典型，只想和你平平静静地过日子。"这已不是她第一次急流勇退了，在她当选为沈阳军区"典型"的第二年，她又被选送到军区作报告，到了沈阳后她拒绝再讲了，为此她和那位一直关爱她的老首长搞得很不愉快。她说："主任，我不能再讲了，过去的一年我没什么成绩，我不能墙内开花墙外香了!"她终于说服了领导，只在小组会上作表态式的发言，而没到大会上作报告。

银厚拉着她的手说："我理解你，尊重你的选择!"他还说了苏轼词中的一句话："竹杖芒鞋轻胜马"，雅娟一直记在心里。

这次我又见到曲雅娟时，她并没戴假肢。她说，我现在什么都能干，戴假肢有什么用？我说还是戴着好看。她说，好看不中用的东西我都不喜欢。说着，她朗声地笑了，笑容还是那么灿烂。

雅娟告诉了我这些年她的经历：1979 年，我们有了一个可爱的女儿，后来我们一家一起调回了哈尔滨，从当年师首长住过的套间搬回普通的小房。他回到了省人民银行工作，我被调到哈尔滨青年农场当政治部副主任，后来又调到哈尔滨金融专科学校当文书。我又从头干起，20 多年里，当过人事处的副处长、处长，校监察室主任和校纪检委副书记。我很安然，这一切和我的过去没有什么关系了，我靠自己现在的诚实劳动取得同志们的信任。每一次干部测评，我得票都很高。后来银厚到国外学习过银行业务，先后任省工行的国际部副总经理和哈尔滨开发区行行长。我也在不断学习中有了进步。

雅娟还对我说，过去的光荣早就像烟尘一样飞去了，这一辈子，我最珍惜的是拥有银厚对我纯真深沉的爱，拥有一双可爱的儿女（因为手的残疾按政策又生了一个儿子）和美满幸福的家庭。现在大学毕业的女儿和女婿在深圳工作，儿子正在大学学动漫。她告诉我，她已经当姥姥了，外孙女特别可爱。说着她又笑了。

总结这些年的人生经历，她只有一句话：平平常常才是真，老老实实才长久。

我以为曲雅娟之所以可爱和可敬，还因为她能坚强地笑对人生，永不言败；还因为她永远保持真诚朴实的本色。

和当年偶像重逢是愉快的，又一次目睹了她灿烂的笑容是幸福的。

当年北大荒那些因公伤残的女知青，她们都像断臂的维纳斯一样美丽，她们的笑容比蒙娜丽莎的笑容更有长久的魅力。

◎附录　往事如昨

曲银厚

宏图大哥让我和雅娟写点什么，作为这本专栏故事汇集中的一种呼应或补充。我俩既感谢又感动。今年我们结婚30年了。30年太久，就说说我俩从认识到结婚的那10年吧。

相　识

那是1968年，18岁的我从天津下乡到兵团一师七团（赵光）五营（建设）十七连。雅娟的姐姐来我们连工作后我知道她有个妹妹叫曲雅娟，在另一个连队。由于都姓曲，所以引起了我的注意。不久营里召开各连队带队知青的会议，在会上我第一次看见了曲雅娟。她给我的印象是：俊秀、坚毅，话语不多。

转年3月，得知了17岁的她工伤致残后的坚强，我暗暗佩服。下半年里她母亲到我们连作报告，说到当妈的最担心的就是女儿怎么找对象。“这么好（的人），根本不用担心”——我在心里想。

这一年在营里的一次讲用会上，曲雅娟也认识了我。这时她已被任命为副营长。

相 知

1970年3月，上级组建一个工作组到21连蹲点。组长是一位“47年老兵”，曲雅娟（时任营副教导员）是副组长，我是3个队员之一。工作中作风粗犷的组长让我们3个队员接受不了，尤其他不把曲雅娟放在眼里更让我们看不下去。一天我们仨把曲雅娟找到没人的地头上，向她大告其状并为她抱不平。我满以为她会支持我们，但却没想到她静静地听完我们的“宣泄”后，平和地说：“你们的心情我理解，但是我们都得尊重老同志。”一句话如醍醐灌顶地浇醒了我，深感自己身上的“小资病”。还好，她好像并没有因此而疏远我。不久我俩一起回营部，8里地，路上我们走一道儿唠了一道儿——当然，全是工作。

后来，新团（68团）成立了。她任团政治部副主任，我是保卫股干事。我俩在一个团支部，她是书记，我是组织委员。我入党时是她代表组织跟我谈的话。

1971年春，兵团机关来了调令，调我到佳木斯兵团后勤部工作。走前大家合影留念。她就坐我的边上，我特别喜欢那张照片上风吹着她的短发的样子。当晚她在走廊里送给我一套《毛选》（合订本），后面的内页上写着她左手练就的字：“宝书四卷送战友，胸有朝阳阔步走”，下面是“曲雅娟”3个字。

相 别

分别后我俩开始通信。起先我自然称“曲雅娟同志”，看到她回信落款“雅娟”两个字，我心中一喜，就改称“雅娟同志”，后来就写“雅娟你好”了。这年夏天，我寻机回到团里，参加了由她领读的入党宣誓，然后在台下看她与团机关其他女同志合唱电影《英雄儿女》中的插曲《英雄赞歌》。我注视着她的脸庞、她的口形，听得出她的声音，直到唱完我没听够、更没看够。第二天我又悄悄地沿着通北林业局的森林小火车道往返60里走到她蹲点的1营5连去搞“调研”，其实是为了能多看她一眼——但她并不知道，我也没看着她。虽然“无功而返”，但我并不后悔。结婚后我告诉她，她笑我“真傻”。

1972年春，兵团机关派我到辽宁财经学院（大连）上学，她也被派到黑龙江大学上学。这前后我俩虽然一直通信，但信里谁也没提过一个“爱”字。但上学后这种感情更强烈了。我长时间地、一次次问自己：你是不是爱上她了？那你爱她什么？爱她的名声？爱她的地位？还是爱她的漂亮？如果你是爱她的名声，那你不是爱她这个人，而且你还要承受她总会不再出名的失落；如果你爱她的地位，那也不是爱她本人，而且你要承受“女强男弱”的世俗眼光；她漂亮倒是真的，但是更值得珍惜的是她的坚强和坚强后面透着的智慧与踏实，因此她更有价值的不是可爱而是可以信赖。

1974年末，要毕业了。大连水产专科学校有学生提出回乡当渔民，我们学校也有同学提出回乡当农民。我赞成回农村但不赞成当农民——我们是学银行的，可以去农村银行当农金员。所以毕业分配时，我为了这个诺言，也为了“冒蒙”奔曲雅娟，义无反顾地要求回了黑龙江。

1975年2月，到省人事局报到（我被分配到省银行）后，我住在省委组织部招待所。曲雅娟来看我，屋里没别人，我问她：“你有没有对象？”“没有，”她立即回答，然后反过来就问我：“你有没有对象？”我说：“没有”。这瞬间、简短的4句话就完成了我俩“恋爱全过程”的“关键词”——两人心里都有了底。

几天后我们曾同在团机关时的一位任力大姐给我俩点破了这层“窗户纸”。从任力大姐家出来，我激动地对她说：“我们的结合是主义的结合。”她有点惊异地看看我，平静地说：“光你同意还不能算，等你给天津家写信，看家里老人同不同意，如果家里老人不同意，咱俩就还是过去的好朋友。”我自信地说：“我爸爸妈妈没问题！”

我随即给家里写了回到黑龙江后的第一封信。在信中我告诉爸爸妈妈我找到了可心的对象——她虽然失去了右手，但是聪明、坚强、懂事，就是“漂亮”这一条没好意思写上。寄出后我就蛮有把握地等着家里的回信。

这时团省委安排她去上海接假肢，正好路过天津，我坚持让她到我家去。上火车那天，我送她走到博物馆附近，她说：“快到团省委了，你别往前走了，让人家看见该以为我不安心扎根农村了。”她是当时知青中“一不怕苦，二不怕死”“身残志坚，扎根边疆志不移”的典型，还是省委委员、团省委常委。所以她说这话我很理解，但是她跟着又说了一句话却让我没想到。她说：“我可不愿意在政治舞台上表演了。”我不解地问：“这话从何说起?”她说：“没什么——上面太复杂，我看不透。”这句话，直到后来我才知道，那正是她心中积攒了太多苦闷的吐露。

她走后，我接到了家里爸爸妈妈不同意的回信。首先他们对我在家时只字不提、回到黑龙江后一个星期就谈这样的“终身大事”不理解；其次是在黑龙江找对象就意味着我将不回天津了，而当时一起下乡的同学百分之九十五都回去了，他们割舍不了；三是就算不回去了，“你本来就书生气，不太会生活，再找一个有残疾的对象，不让大人担心吗?”总之不能同意。但是我没慌，我理解父母的心，更相信他们的正直和善良。如果见到雅娟本人，他们一定能做出正确的决定。

果然，雅娟到了我家后还是受到了热情的接待。看见她言谈举止知情达理，落落自然，生活上不但能料理自如而且还能干净利索地做家务，妈妈心疼了。爸爸带着歉意告诉她：“我们想通了”，并嘱她从上海回来时还要到家里。

但是他们的同意也有一个条件，就是雅娟可以回兵团，但我不能再回去了，更不能在农村安家。雅娟劝我答应，让爸爸妈妈放心。我答应了，但是心里却总是忘不了毕业前“回北大荒当农金员”的诺言，于是我一边软磨硬泡地写信做爸爸妈妈的工作，直到他们说出“不管了，将来你有困难可别埋怨父母没提醒你”的气话，一边和雅娟商量就到她所在的1师农业大学附近的赵光银行办事处去工作，然后就在那结婚安家。这时我发现雅娟并不积极(实际上是不同意，她认为我太理想化)，而总是让我“再等一等”。我说我离开学校都两年了，不能再等了。于是1977年10月趁她在外地出差，我迁了户口和工资关系从省行来到了赵光——这个我1968年刚到北大荒时下火车的地方，当了一名农金员。这件事，许多人都以为是我为曲雅娟做的，甚至以为是她让我这样做的，其实并不是。

就在我去赵光的火车上，坐在我对面的一位知青对我说：“不少过去宣传的典型上完学就留在城市了。但曲雅娟回来了，这让人服气。”他不会知道我是曲雅娟的男朋友，且正在去她回来的地方，但我感到很欣慰。

相 聚

尽管雅娟不太积极支持我去，但是我到了赵光以后，她还是很高兴的——我们可以经常见面了。

这时她在1师农大任校党委副书记。我上班的银行离他们单位8里路。一到星期天，我就骑上自行车到农大去。我俩一起去他们的食堂打饭，一起回到她办公室吃，在一块儿有说不完的话，说到晚上10点她就回女生宿舍，我就住在她办公室里。当年都说了些什么现在已记不清了，留下的只是那种非常美好的感受。还记得有一次她见我总用自带的洗漱用具，情不自禁地说了一句："你上这儿来就像是出差住旅店。"当时我没明白她的意思。婚后多年她曾嗔怪我："那时你都不知道亲亲我、搂搂我。"其实，那时是因为她是我心池中的芙蓉而不肯亵渎她，我则像口中含饴的孩子只想细细地品尝而舍不得嚼开、吞下。

结 婚

半年后，1978年1月我俩一起回到天津。爸爸妈妈和老邻居们为我俩举办了简朴而庄重的婚礼。婚礼上雅娟穿的是一件蓝上衣，里面套着一件粉红的衬衣。听见围观的孩子们说："新娘子漂亮，还挺朴素。"我的心真的醉了。

婚礼后我俩回到赵光。我们的家就安在农大院内原来师长住的平房里。门框上写着诗意浪漫的对联："曲曲清泉汇同心，凿凿磐石鉴真情"。学校的领导、老师和知青战友们都来闹新房，比我们在天津的婚礼更多了一层热烈、活泼和欢乐。

婚后的生活非常甜蜜。雅娟工作就在学校里，我则每天骑车子上下班。学校里北京、上海、天津、哈尔滨的知青战友大多都没成家，我家就成了他们的俱乐部。每到休息，冬季大家就来帮我们劈柈子，夏天就跟我俩一起侍弄门前的园田地。园田地里茄子、辣椒、西红柿，什么都有，果实累累，窗下还有一窝大鸡小鸡，下的鸡蛋都吃不完。大家干完活就在我家做饭吃。白天我俩和他们都是那么快乐，晚上暖暖的小屋里只剩下我们两个，是那么的宁静、温馨。直到现在，我俩每每想起都感到无比幸福。

一年后我俩有了一个女儿。刚在赵光公社给女儿上完户口，我俩就先后接到了调令。雅娟调到哈尔滨农垦局青年农场任政治部副主任，我还回省行。

7年后，由于政策允许，我俩又有了一个儿子。岳父岳母长期和我们住在一起，帮我们不少。几年前，女儿大学毕业后去了深圳，现已成家并有了一个可爱的小女儿，我俩已当上了姥姥姥爷；儿子则在上大三。雅娟去年已经退休，每天照顾年事已高的父母；我也已内退，做些去图书馆听专家讲座和在劳动局给下岗工人、失地农民讲创业培训课之类的事（现在曲银厚被一家外国银行聘为驻哈尔滨办理处主任）。相比之下，雅娟更辛苦些，但是，我们心理平衡。想起往事如昨也如镜，没有什么值得炫耀的，也没有什么觉得遗憾的，有的则是对几十年来关心、鼓励和帮助过我们的人们丝丝不断的感念。

2009年8月

44. 天鹅湖

不知为什么，关于知青的浪漫故事总是充满悲剧色彩。也许因为那就是一个悲剧年代。故事是在北京听说的，讲故事的朋友并没说明这件事发生的地点，其中的人物确实是有名有姓的。因为可以理解的原因，我不能直说他们的姓名。

她说——

从我们连向北走，穿过那片白桦林，就看见一泓明镜似的水面，当地老乡叫它北泡子，我们叫它湖，还给它起了个漂亮的名字——“天鹅湖”。老乡说前些年这里真落过天鹅，春天来，秋天走，后来不知为什么再也不来了。我们到连队时，这里已成了水鸭子的栖息地了。当时湖里鱼很多，为了改善伙食，我们曾把装着炸药的啤酒瓶往湖里扔，炸死了不少鱼，把水鸭子都吓跑了。那个时候，我还没有环保意识，能填饱肚子就好，管不了那么多了。连队的伙食经常是每天 3 顿汤，逢年过节才能吃到肉，靠着有鱼的湖，不吃鱼不是太傻了吗?!

天鹅湖是我们连知青最喜欢去的地方，每天下了工，都往那儿跑。女的在湖边洗脸洗头，男的干脆跳到里面游泳，勇敢者脱得一丝不挂，雪白的屁股在水面一露一露的，女生们惊叫着躲到了树林子里。其实，她们没有跑远，透过树的缝隙，在偷看另类的青春。洗完之后，有的到湖边的草丛里采花，有的在湖边钓鱼。

这时，被我们称为“三剑客”的小军、江南和小梅在湖畔的草坪上跳舞。她们 3 个都是从小在少年宫学舞蹈，小学、中学都是同学，又一起从北京下乡来到我们连。平时她们总是形影不离，我们都叫她们“三剑客”，还有说她们是“丽人行”的。

小军的爸爸是个军级干部，因为“二月逆流”受牵连，当时关着；江南的爸爸是位部长，正在湖北的干校接受改造；小梅的爸爸是个建筑工人，在三线的大山里施工。不同的家庭背景并没有影响她们的友谊，看着小军和江南情绪不好，有时还偷偷地哭，小梅总是安慰她们，天天晚上都叫她们到天鹅湖畔来玩。只有这个时候，她们才能忘掉家庭的不幸和自己的烦恼。

湖畔的那一块草坪好像专门为她们准备的，周围的草都很高，就那么一片特别平，和城市的草坪一样。小军她们3个先是很专业地活动一下身腰，做些准备活动，然后就正式跳起来。先跳“红色娘子军”中的女战士舞，这时女知青们坐在草坪上为她们伴奏，用嘴哼着舞曲，后来上海知青阿根吹起口琴，再后来李雪生又吹起了笛子。哈尔滨知青李雪生是她们的班长，也是她们的保护神。每天她们来天鹅湖，他也来，开始时只是远远地跟着。

洗完澡的男生也来了，他们一个劲地喊：“天鹅湖！天鹅湖！”这是“三剑客”的保留节目，她们每次都要跳的。柴可夫斯基“天鹅湖”中“四个小天鹅”的旋律和“四个小天鹅舞”中的动作都为我们熟知。大家吹起哼起前奏，小军她们交叉着拉起手，立起脚尖，在草坪上轻轻起舞，脚一起踢起，头一起转动，优美极了！音乐轻松活跃，节奏富有弹性。她们跳得干净利落，楚楚动人，真像小天鹅在湖边嬉戏的样子。

我们有节奏地鼓掌，身心说不出的愉悦。这时湖水宁静，晚霞中的白桦林飘出淡淡的紫色烟雾。落日的余晖中，小军她们舞动的身影闪着金色的光环，有一种说不出的神韵。这是永远挂在我的记忆中的一幅油画。

可惜好景不长。小梅被调走了。师里宣传队要排《红色娘子军》，从各团选人，“三剑客”都被选中了，可只调了小梅，因为小军和江南的父亲的问题还没作结论，她们不能使用。小梅当时说：“不让小军和江南去，我也不去！”团里下了死命令，让何连长3天之内必须把小梅送到师部。那天团里派来了一台吉普车，何连长派雪生把小梅送到师部，江南和小军也要去，何连长没同意。

她们3个抱头痛哭，像生离死别似的，全连的人都跟着掉泪。汽车启动后，小军和江南还跟着跑了很远，一直到汽车消逝在远山的那片树林里。从此，小军和江南再也不到天鹅湖去了。再后来，天也凉了，湖边的草也黄了。接着又被大雪覆盖了，再没有人到天鹅湖去了。

转年开春，小军和江南爸爸的名字，先后出现在《人民日报》上。几天之后，师里来了电话，让团里派车把小军送到哈尔滨。师长说，老首长派人来接小军了。何连长派雪生到团里给小军办户口，小军说不要了。走的那一天，她把所有行李和生活用品都送给老职工或其他知青了。几天之后，江南也接到了“速回北京”的电报。回北京之后，她俩都当了兵，以后又都上了大学。那年恢复了高考，她俩都考上了，都是重点中学的，底子好。

以小军和江南返城为标志，我们连进入了动荡的年代，涌动起返城的风潮。先是高干子弟，很光荣地参军或升学了。接着是中干子弟，以招干招工名义也走了。后来家里没什么背景和本事的，开始办病退困退了，尽管颇费周折，但大多数人还是如愿以偿了。最后剩下的，或是家里实在没办法，或是和当地青年结了婚又不愿意办假离婚的，或是已经当上了相当一级的领导干部，上级不让走，自己也不想走了。李雪生也没走，连里的人都说，他在等小梅，说是上次送小梅到师部跳“红色娘子军”时，他俩已私定终身了。

小梅真的回来了，师里的宣传队解散了，她们都哪来回哪去了。她很沮丧的样子，站在她和小军、江南住过的宿舍里落泪。雪生站在她的身后，不知怎么安慰她好。何连长把她分到小学校当老师，看着无忧无虑的孩子们，她的脸上也有了笑容。晚上，雪生常去她那儿，给她念普希金的诗：

> 假如生活欺骗了你
> 不要忧伤，
> 也不要愤慨，
> 不顺心的时候，
> 暂且容忍。
> 相信吧，
> 快乐的日子就会来到。……

有时小学校的宿舍里还传出歌声，是小梅唱的，很忧伤的调子：“纷纷的雪花掩盖了他的足迹，没有脚步也没有歌声，在那一片宽广银色的原野上，只有一条小路孤零零……”

后来我也调回了北京，每天为找工作奔忙。不久传来了小梅的死讯。开始，她的爸爸得了重病，让她快回家，当时学校里只剩下她一个老师了，其他的人都返城了。她想等到暑假里再回去。可没等她回去，爸爸就去世了。他死于癌症，临死前，还念叨着小梅的名字。

美丽的天鹅湖，过去的知青乐园

后来，听说小梅给雪生写了一封信，正式表达了自己的爱情，并希望快点和他结婚，她感到太孤独了。几天后，雪生给她回信了，说自己一直把她当成妹妹，没有其他意思。这件事全连都知道了。有人说雪生太不够意思了，有人说雪生正找门路返城呢，这年头谁还顾谁！

一天深夜，小梅穿过白桦林，跑到天鹅湖，然后纵身跳了下去。

从此雪生成了“祥林嫂”，见谁跟谁说：“都怨我，我要和小梅结婚，她就不会死了！都怨我，都怨我……”边说边哭，然后还重复这句话。开始大家和他一起流泪，后来都躲着他，怕他唠叨起来没完。何连长怕他出事，亲自跑到团里，帮他办了病退手续，让他返城了。

30 多年过去了，我们还时常想起天鹅湖。那年小军从美国回到北京，串联我们一起回北大荒，但只有在北京当舞蹈老师的江南和她一起回去了，她们去看天鹅湖。可惜，这几年农场种水稻，天鹅湖那片低洼地已经开成一片水田了。天鹅湖连个影都没留下。不过老乡说，小梅死的第二年，真有一群天鹅飞回来了，在湖上转来转去的。其中肯定有小梅的魂儿变的。听着听着，小军和江南都掉泪了……

听着北京朋友的故事，我想，在那个特殊的年代，“平民”和“贵族”曾一起经历了苦难，有时“贵族”可能更惨。而当社会平稳后，“贵族”还是“贵族”，“平民”还是“平民”，他们的命运原本就是不同的。小梅的死，也许就是命中注定的。现在阶级的差别可能没有了，阶层的区别还在，平民要改变自己的命运还要付出更多的代价。

不过，随着社会的进步，公平合理的社会环境不断形成，小梅那样的人生悲剧自然会越来越少了。

◎**博客留言：**

当年许多干部子弟也和平民子弟一起下乡了，他们承受比一般知青更多的心灵苦难。随着政治形势的好转，他们的命运也发生了变化，比较早用参军等各种理由返城了。这些人中有才干的很多，现在许多人当了高官或巨商，但对北大荒的感情不深，很少有人回来。还是那些平民子弟更真诚。

——魏伯松

现在中国人在政治上是平等的，但不同出身人的命运是大大不同的。也有平民子弟进入高层的，但他们要付出更大的努力。这也很正常。要知道中国是一个封建主义影响最长的国家，封建世袭思想还很深厚。上层人物有广泛的社会资源，让自己的后代享受利益。你们看一看，有几个有背景的人的孩子没工作的！

——宗民生

小梅的经历和结局在知青中不乏其例。去年报道了一个哈尔滨男知青就是因为失恋而疯了，至今还在北大荒，被农场一位女职工照顾了30多年，据说这件事已经拍了电影。贾老师说："阶层还在，平民要改变自己的命运要付出更多的代价。"我说，何止"更多"，简直是毕生的代价，或者是几代人的代价，也不见得能改变！

——吴忠

45. 三人行

上海虹桥机场上锣鼓喧天，寒风中站立着手捧鲜花的欢迎队伍。

周恩来总理健步走向舷梯，和走下飞机的斯里兰卡总理亲切握手。这时3个长得一样的小姑娘跑上前去，老二、老三向外宾献花，老大向总理献上鲜花。

把外宾送上轿车后，周总理用温暖的手揉搓着老大冻僵的小手，亲切地问："小鬼，你冷不冷？"老大笑着说："不冷，不冷！"周总理又把老二、老三叫到自己身边，然后对摄影师说："来，给我和3个小姐妹照张相吧！"照相时，周总理拍着她们的肩膀说："小鬼，你妈妈生养你们姐妹不容易，你们可要好好学习呀！"

这是发生在1963年1月8日的一件事。

周总理和同胞三姐妹当时的合影现在就挂在上海徐汇区日晕2村14号那栋老楼4层的一间房子里，这里是老大咸慕真的家。就在这张珍贵的照片下，老大和老二慕和接受了我的采访。老三慕群为什么没有来，后面的故事会告诉你。

岁月无情，在这两位已经58岁的姐妹脸上已经找不到照片上3个小姑娘天真可爱的神情了。那时，她们才12岁，梳着小辫子，同样颜色的条绒上衣，又朴素又漂亮。3个女孩那一样的装扮，一样美丽的笑容，谁看了都会被感动。

老大说，我们姐妹见过两次周总理，第二次，是在1965年7月，他陪同缅甸外宾来沪访问时，观看上海民兵军事表演。在我们三姐妹射击表演结束后，周总理接见了我们，他笑着说："你们哪个是老大、老二和老三？"我们争着说："我是老大！""我是老二！""我是老三！"总理和蔼地点头笑了。可能在场的领导告诉了周总理，我们的大哥咸镛泉牺牲在抗美援朝的上甘岭战役了，他用深沉的语气嘱咐我们："要继承你们哥哥的遗志，好好练习本领，保卫好国家！"

"没想到，周总理的这一句话决定了我们一生的命运。"说起这件往事，老大、老二十分感慨。

咸家三姐妹出生在1950年1月28日，那时上海刚刚解放几个月，她们是这个城市新中国成立后的第一例三胞胎。他们的父母生了9胎，共11个兄弟姐妹。当时父亲在电车公司当乘务员，家里生活特别困难。妈妈望着这3个可爱的女儿默默流泪，她不知道能不能把她们养活。这时市妇联主席章蕴赶到医院看望她们母女。她给她们送来一大包大人和孩子用的衣物，她拉着母亲的手说："大姐，你把两个儿子交给了党，送去参军，我们帮你养育3个女儿。"就在医院，章大姐作出决定，给她们三姐妹吃奶粉、请保姆。这之后，她们母女在医院住了9个月，一直到3个孩子断奶。回家后，政府还每月给她们50元的补助费。为了感谢政府对她们的关怀，父母给她们起名为慕真、慕和、慕群，意思为仰慕真理、和平和群众。后来大哥在朝鲜战争中牺牲后，政府又把她们送到刚成立的上海市中国福利会幼儿园，一直免费供养到上小学。

老大说，我们全家一直有种感恩的思想，当我们上小学时，父亲决定不能再要政府的补助了。那时学费也便宜，最后学校给了半免，一个学期每人才6元钱。

到了1968年，正好我们初中毕业了，我们一心想当兵，因为周总理说了要我们好好练习本领、保卫祖国，当兵是保卫祖国的最好岗位了。可当时我们住的卢湾区只有两个女兵指标，我们检查身体就没通过。这时听说黑龙江兵团也来招人，上兵团也能保卫祖国，我们跑去报名。可区里不同意，当时我们姐妹3人经常参加军事表演，市里不想让我们离开，答应将来可以安排工厂学徒。可我们坚决不同意，就是要上兵团。

我们姐妹3个一商量，决定写血书表决心！我划破手指，在一张大白纸上用流下的血写道："我们姐妹是党和政府培养大的，现在我们坚决响应党的号召，到边疆去建设祖国，保卫祖国！请组织一定批准！"因为字太大，我手上流的血不够，老二、老三又都用刀划破手指头，才写完，结果用了3张纸。我们把这份血书送到区知青办，当时写血书要求到边疆的不少，像我们3个姐妹一起写血书的，谁也没见过。他们被感动了，上级终于批准了我们的请求。

8月21日我们三姐妹一起登上了北去的列车。父母都到车站送我们，就像当年送两个哥哥当兵一样。他们都在流泪，我们却在笑，这回可以实现周总理的嘱托了——我们也拿起枪去保卫祖国了。

列车呼啸着一路北上，最后她们在一个叫拉哈的小站下车，又通过摆渡过了嫩江，然后又换汽车，她们的目的地叫查哈阳，那里是兵团55团的所在地。展现在这帮上海知青面前的是无尽的荒原，还有星星点点的土房，难道这就是兵团！

他们很失望。老乡们也很失望，听说来了不少上海姑娘，他们跑去看，怎么没有穿高跟鞋、旗袍和烫头发的？在他们的想象中，上海姑娘就该是这个样子。他们许多人连火车都没坐过。

三姐妹被一起分到了55团2营16连，老职工们惊喜地看着长得一模一样的3个漂亮的小姑娘，表现出一种真诚的怜爱。可她们很要强，经过集中学习后，马上参加了工作，第一个战斗是割大豆。过去听说大豆摇铃是北大荒最美的季节，可望着通向天边的豆垄，心里真的很犯怵。她们弯下腰，挥起刀，豆荚刺手，肉疼心跳，不一会儿就汗流浃背了。几个小时，她们累得腰都直不起来，只好跪着割，后来跪着也割不动了，就坐在地上割。她们不时抬起头看，那垄头还是那么遥远。姐妹们都哭了，其实当民兵时练基本功也很累，但从未遭这么大的罪。但是她们都是偷着哭的，生怕让别人看到自己的软弱。

姑娘们，尽情地哭吧，哪个女知青没在北大荒流过泪？那眼泪会把你们浇灌得更加坚强，坚强得像路边的松树，可以抵御北国的大风雪。

老大不承认当年自己流过泪，她说当时我们3个互相鼓励，咬牙挺着，干什么都要走在前面。下了工，我们凑到一起读书、讨论，写读书笔记，思想一充实，什么困难都不在乎了。后来老二被调到了连队的小学当老师，我和老三当上了拖拉机手。小的时候，很崇拜中国第一个女拖拉机手梁军。那真是很豪迈的工作，开着红色的东方红拖拉机在绿色的荒地上奔跑，看着后面的大犁翻起黑浪，真有一种说不出来的高兴。这时老三就会高声歌唱："北大荒，北大荒，我把青春都献给你……"她歌唱得特别好，就是在北大荒的田野里练的。

老二说，在北大荒当老师是我最开心的时候。小学校是土房，条件很差，冬天时特别冷，我被冻得得了气管炎，可没耽误学生的一天课。搞的是复式教育，一个班好几个年级，语文、数学、音乐、体育，我都给教。那些孩子特别朴实可爱，过端午节时，每个学生都给我送来鸡蛋、鸭蛋、鹅蛋，一个书包都装不下。我不好意思收，要退回去，校长说那可是家长和孩子们的心意呀。我就送给老大、老二和其他知青战友吃。现在还常梦着这些孩子。

北大荒喜欢要强的3个上海姑娘。1972年，她们3人陆续被调到了团部，老大被调到团科研连，她很热爱科学种田，在这个连里当过保管员、出纳员和团支书。老二被调到团部医院当护士，开始她不同意，要和老大调换，因为老大修水利时累出过肝炎，科研连比医院劳动强度大，她要姐姐到医院，自己去科研连。她还去找过团政委说情，他表扬了她有风格，但还是让她服从了命令。最后她把自己的手表给了老大，三姐妹只有一块表，她当老师时，两姐妹说她更需要，现在她说老大搞科研更需要。老三被调到团修理工厂当翻砂工，那也是很累的活，但老三是个乐天派，每天又唱又跳的，干得很欢。

一到休息日，老二、老三都往老大那里跑，她们连离团里还有10多里的路，虽然老大只比她们早出生几分钟，但两个妹妹都听她的。她从小就出头，热心又有主意；老二性格内向，是个慢性子；老三直爽，性格活跃。她们来了，老大忙着给她们包饺子，做好吃的。她们在一起更多的话题是议论周总理，她们一起回忆和他老人家见面时的幸福，更多的是为他担心。中国正陷于“文革”的混乱中，周总理最累、最苦，她们真心地祝福他能领着中国渡过难关。

我说，周总理是中国人心中最劳苦的领导人，一想起他，我们心里就难过。你们能不能给我说点快乐的，你们谁先搞对象的？老二瞧着老大笑。老大很开朗，“那我就说吧!”她的朋友叫李素宝，也是上海知青，只比她大1天，是她们连的农工排长。干活时，比如锄地、收割，他总和老大垄挨垄，他总干在前面，然后帮老大干一段，干别的活也总是想法帮她。开始是为了回报，老大一有空就帮素宝洗衣服、拆被子。素宝拉痢疾，她还给他买过鸡蛋。有一次素宝到拉哈运东西，回来时给她买了2斤黑枣，说给她妈妈买的，那时老大正准备探家。等探家回来时，她又给素宝捎了两双尼龙袜子，说这是我妈给你买的。那时，这可是金贵的东西，老大留个心眼，就是不想欠人家的。有一次，他们同时在上海探家，小李请她到家玩，结果要吃饭时她跑了。

咸氏三姐妹在周总理的关怀下茁壮成长。

北大荒留下了咸氏三姐妹的足迹。返城后，他们仍在人生路上拼搏。

后来她对小李说："我是要扎根边疆一辈子的，你很有前途，有机会去上大学，我不和你处朋友，是怕拖累你！"她的真诚更让李素宝感动，他说："我非你不娶！如果需要，我和你一起扎根。"

1976年12月21日，就是毛主席发出"知识青年到农村去"号召8周年的那一天，他们结婚了。这是他们自己选择的日子，借此表达他们的决心。可是再大的决心也挡不住潮流，1979年已经在北大荒安了家的老大和素宝也跟着大家返城了。但是他们用11年的青春证明了他们对那片土地的深情。

回城后他们想用自己的成熟和经验再为家乡做一次奉献，可惜1989年素宝患了食道癌，那时他是纺织机修厂的优秀工人。在以后的两年里他住了3次院，每次都是老大昼夜陪护，两把椅子并在一起就是她的床，最后一次从夏天一直住到冬天。在女儿去考中学的那一天，素宝不行了。这时身高1米77的英俊汉子已经骨瘦如柴，他拉着妻子的手说："我欠你的太多了，本来就没挣多少钱，为我看病都花没了，又给你扔下一个女孩子。我死了以后丧事从简，饭也不要吃……我真的对不起你了，找个好人重新开始生活吧！"……

老二说，素宝死后，大姐的日子特别艰难，为了能多挣点钱，已经在江宁环保设备厂当总支书记兼副厂长的她，又调到一家福利机构当会计。最困难时她曾到医院卖过血，每月卖2次。我和老三知道后都哭了，我们说，有什么困难我们能帮你呀！现在大姐的日子好了，女儿大学毕业，有了一份好的工作，也结婚成家了。现在老大都当外婆了，外孙女都7岁了！

现在她又开始为北大荒操心了，当年她们3个刚到连队时住一位钟大叔家，他对她们比对自己女儿都亲。听说大叔的女儿钟玉芝第一个丈夫去世，再找的丈夫又得重病瘫痪了，她马上给她寄去3000元钱。去年她和战友回连探望乡亲，带给他们许多东西，又给钟玉芝留下1000元。

没想到，我想提出个快乐话题，却引来这么多悲伤的回忆。也许生活就是这样，人有悲欢离合，正如月有阴晴圆缺。不过每个老知青的不幸，都让我特别难过。

更没想到的是那个生性快乐的老三，也去世了。她当然也就无法接受我的采访。老三返城后，先在飞跃电器厂当工人，因为擅长文艺被调到卢湾区的淮海文化站当站长。她真是全能，美声唱得好，舞跳得棒，又会拉琴弹琴，还是一个有激情的大合唱指挥。正干得风风火火时，她却在医保前的一次体检中发现了肝癌转移，不到一年就去世了。最后时刻，她把姐妹俩都叫到跟前，让她们带来了那张和周总理的合影，她指着照片说："谁说我们长得一样，小时候我就比你们漂亮!"大姐二姐说："是的，我们早就知道小三最好看!"说着她们抱头痛哭……还好慕群留下了一个英俊的儿子，和她一样有艺术才华，现在一家礼仪公司当音响师。两个姨对他比谁都亲。

三个姐妹相比，老二一家的生活很安详很幸福。她返城后，先在街道当上街摆小旗的交通安全协管员；后来考上了瑞金医院的助理护士，因为没有文凭，只能穿蓝领的护士服了；再后来又半脱产学了3年，拿了中专文凭，才换上了白服。病人都说，咸护士对我们特别的亲切和温柔。她说，干这一行都20年，她已习惯了。她的丈夫史黎明，也是她在16连的战友，后来调到团部中学当过外语老师。返城后当过国棉厂的机修工，还当过车间党总支书记。下岗后老史精心炒股，据说很成功，说儿子结婚时他给买房子。儿子已经大学毕业了，在一家公司搞销售。

4月的上海，阳光格外明媚，从咸慕真家的窗子射进来，我们感到了温暖。我和老大老二一起在周总理和她们三姐妹的照片前摄影留念。老大说，周总理的人格形象影响了我们的一辈子，我们就是照着他的嘱托工作和生活的，虽然吃了许多苦，但是从来没有后悔。

我说，你们姐妹三人在北大荒的百万知青中很特殊，因为受到周总理的直接关怀，这种关怀让你们更自强更自律，因此你们的人生就更多彩更灿烂。

46. “玉强牌”

“玉强牌”是一种上海风味年糕的品牌，在哈尔滨各大超市中都可买到。创造这个品牌的是哈尔滨女知青孙玉勤和她的丈夫宁波知青方立强，这个品牌是这两个返城又下岗的老知青安身立命之本。其实，我以为他们更珍爱的品牌，是他们一胎所生的3个儿女。因为有了这个品牌，才有了“玉强牌”。这个故事还得从头道来。

话说1968年，一向寂寞的地处七台河的北兴农场（32团）突然生机勃发，只因为来了一大批生龙活虎的男女青年。在二连农工排有个女班，班长孙玉勤是个哈尔滨知青，心直口快，能说能干，典型的“铁姑娘”。排里还有个男班，班长方立强是个宁波男知青，相貌英俊，性格绵软，但干起活来扎实认真。孙班长向方班长叫板，男女两班干什么活都要一争高下。夏锄时节，在一眼望不到头的田野里摆开战场，女班在前，锄下草死，一个个挥汗如雨。男班在后，心急锄飞，草未净苗有伤，孙班长笑其“笨蛋”。方班长只笑不急，女班先到地头，又返回接男班，会师后男班让女班先喝水。秋收再战，男班一马当先，又快又净，女班穷追不舍，还是落后。男班先到地头，又接女班，会师地头后，还开了联欢会，男唱女舞，不亦乐乎。

“男女搭配，干活不累。”后来连里干脆两班合一，方为排长，孙为副排长。一阳一阴，一柔一刚，两人配合默契，排里工作年年先进。战士们发现，两人研究工作时间越来越长，越来越晚。后来他们又发现，孙排长看方排长吃不惯当地的粗粮，就从老乡那儿淘弄来大米为他做着吃。而孙排长穿的丝绸衣服竟是杭州货，肯定是方排长探家时给她买回来的。连里领导看出门道，马上出头撮合，旨在鼓励男女青年安家落户。这也正合方孙之意，他们名正言顺成了对象。

一晃10年已过，他们没有花前月下，只有黑土地里汗水相融。1978年

10月，他们登记结婚，住进了连队为他们盖的新房。一室半的住屋，外加一个小厨房，他们心满意足了。从此，身在土屋，安心农耕，日出而作，日落而息，点灯说话，熄灯做伴，其乐融融。

谁料风云突变，到了1979年秋天，大返城已蔚然成风。看着同车而来的战友一个个卷席而归，小方和小孙也心乱如麻。夜深人静时，辗转反侧的小方对小孙说："你先走吧！我将来有机会再说，为了咱们的孩子……"说着他竟流下泪来。那时，宁波的政策是结了婚的就不能返城了。小孙和他相拥而泣，只好答应先走。那时她已怀有身孕。把孙玉勤送到七台河火车站，回到昔日十分温暖现在一片冷清的小屋，方立强又是悲上心头。他抹去眼泪，又开着康拜因下地了。那是从东德引进的最先进最贵重的大型收割机，连里交给了最放心的他开。方立强加大马力驶向金浪滚滚的大地，烦恼也抛在身后了。

花开两朵，各表一枝。返城回家的孙玉勤被安排到父亲所在的建筑公司当工人。只有四五个月的身孕，肚子大得像就要临产，工长把她赶回家待产。母亲领她到道外产院一检查，B超竟显示出了3个胎影。医生说："可能是三胞胎！"小孙母女又喜又惊，可家境贫寒的孙家怎么能养得起将要落地的3个孩子？尽管还在农场开康拜因的小方把自己的工资都寄了回来，可肚子满满的小孙吃不下任何营养品。1980年7月9日那天，哈尔滨暴雨如注，家住低矮平房的孙家屋里也进了水。孙玉勤挣扎着和母亲一起淘水，突感腹中剧疼。邻居们帮忙，冒雨把她用手推车送到道外区产院。可是没有床位，他们又跑到第四医院，小孙自己走上3楼，还是没有床位。但是已不能再等了，生猛的北大荒的孩子已经露头了，只好在两个待产患者的床间挤了一个位置躺下。随着一声惊天的啼哭，第一孩子夺门而出，护士高呼："女孩儿！"呻吟中的小孙脸上露出笑容。没几分钟，第二个孩子又出生了，也是个女孩儿，可护士没敢呼叫。又一会儿，老三也出生了，"男孩儿！"这次护士叫出声来。小孙挣扎着要看孩子，护士把包好的孩子抱给她看，医生说："孩子都很健康，老大2.35公斤，老二2.4公斤，老三2.45公斤！"小孙苍白的脸上流着汗，看到自己一水水的3个孩子，眼里又涌出泪水。第二天，小孙全家总动员，抱着3个孩子出院了，一队人马十分壮观。太平北四道街的街坊邻居，还有附近街道小厂的女工都来看孩子，孙家小屋外面都排起了长队。

孙玉勤、方立强和他的同学及知青战友们。

热恋中的男女知青排长。

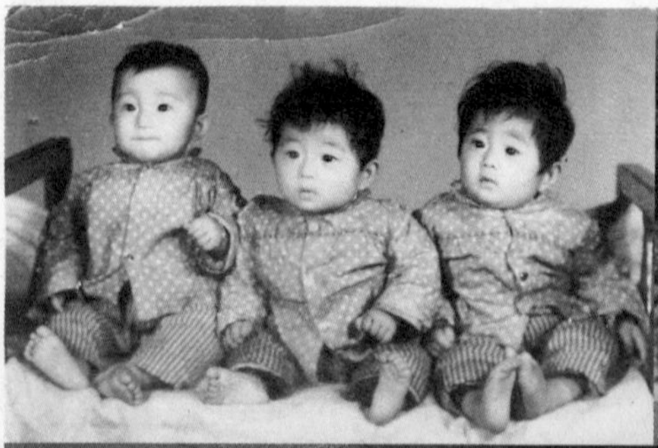

他们创造了自己的“玉强牌”年糕，更让他们欣慰的是，三胞胎已在苦难中长大成人。

再说小方，正忙在麦收现场。他计算着日子，等待着妻子生产的消息。那时通讯落后，他心急如焚。来到地里送水的职工跑着给他送来电报："母子平安，二女一男。"这时，喜讯已传遍连队。连长给他下达了"速回探望母子"的命令。从康拜因上跳下来的方立强，跑回连队，立刻像进村的鬼子一样挨家挨户地抓鸡。听说小孙生了"三胞胎"，各家都帮他抓鸡，还送他许多鸡蛋。连队派拖拉机把他一直送到七台河火车站，他身上背着捆绑好的十几只鸡，一手提着一筐鸡蛋。上了火车后，鸡飞人叫，好不热闹。他只好把活鸡挂在车厢外，鸡蛋放在脚下。他归心似箭，一宿未合眼。

走近孙家门，只听一片哭声，吓得小方脸都白了。进门一看，3个小孩儿并排躺在小舅子做的大摇篮里，嗷嗷待哺，而奶水供不应求的小孙坐在旁边跟着孩子一起哭。看着姑爷进了门，岳父大人说："咱们开个家庭会，看这3个孩子怎么养活。我看把老大送人吧，要不都得饿死！"此言一出，小孙大哭，小方也跟着哭，看着自己的亲生骨肉就要送人，他们两人坚决不同意。小方说："只要我有一口饭吃，就能把3个孩子养大！一个也不送！"他说，我可以抱一个孩子回农场，我自己把她养大。最后商定，老大由姥姥帮助抚养，老二由方立强抚养，老三由孙玉勤抚养。那天，方立强和孙玉勤商量，给3个孩子都起了名，两个眉清目秀的姑娘叫方婷和方娓，那个儿子叫方磊，父母希望他更强壮。一个月后，小方抱着方娓登上了回七台河的火车，这时他的身上披挂的是女儿的衣物、褯子和奶瓶等物。一路上女儿哭声不断，他是满脸大汗。

各位读者可想而知，小方又当爹又当妈的日子多么艰难，特别是在远疆农场抚养一个刚刚满月的女婴！为了不耽误工作，小方把方娓送到了连队托儿所，天不亮他就起床，把孩子的褯子和衣服洗得干干净净，没等吃口饭就把孩子送到托儿所，自己再去上班。晚上下班，再把孩子抱回来，半夜不知起来多少次为孩子换褯子、喂奶。挨点儿累他不怕，就怕孩子吃不饱。孩子一哭，他就喂奶，最后孩子喝牛奶拉牛奶了，他急得直拍大腿。7个月后，实在没有办法的方立强抱着方娓回哈尔滨了。

看着在家的老大和老三又白又胖，而方立强侍候的老二骨瘦如柴，孙玉勤抱着老二一阵大哭。经过一个多月的治疗和调养，老二也胖了起来。可她不放心，又抱着老三和抱着老二的小方一起回北兴农场了，老大留给了母亲。

看着小孙和小方抱着孩子都回来了，全连大悦，家家前来看望、帮忙。

方立强可以安心上班了，孙玉勤在家照顾两个孩子。可小方一人的工资养活不了全家，18个月后，小孙又抱着老三返城，然后到建筑工地上班。这之后，他们一家开始了真正的两地生活，小方和小孙只有每年各享受一次探亲假，一般是夏天小孙抱着老三到农场，过年时小方抱着老二往哈尔滨赶。

方娓两岁那年，听说要回哈尔滨看妈妈，她高兴得又蹦又跳。等爷俩坐着晚点的火车从七台河赶到哈尔滨时，正是除夕半夜，候车厅外一片鞭炮声，家家开始吃团圆饺子了。可公交车已停，那时又没有出租车，他们只好在车站等天亮。小方怕熟睡的孩子冻着，把她包好放在暖气上。怕孩子掉下来，他就在暖气边上站了一宿。那一夜，冷清清的候车大厅里，只有他们父女和几个无家可归的流浪儿！第二天，当孙玉勤看着满身霜雪的小方父女走进家门，她抱着一身屎尿的孩子又是一阵大哭。她边哭边说："再也不能这样了，一家人就是死也要死到一起！"

春节后刚一上班，孙玉勤抱着两个孩子开始到劳动局上访，要求把丈夫方玉强从农场调回。因为小方是外地知青，调到哈尔滨的难度相当大。小孙锲而不舍，不知跑了多少次，不知流了多少泪，方娓终于在长到5岁时，和父亲一起回到了哈尔滨。方立强被安置到了市住宅四公司当上了技术工人，干过电焊、水暖，打过白铁，可惜只干了两年，企业就放长假了，一直到现在。放假后，一分钱的工资都不开，全家挤在岳父家小院接出的10多平米的小房里，度日如年。

养家糊口的重担都压在了孙玉勤的肩上。她调到了工资比基建高一点的搪瓷二厂工作，先当工人，后来又舍家撇业地去跑销售，只为能多挣点儿补贴费，能让孩子们吃饱饭。她一跑就是10年，夜间行车从来没坐过卧铺，每天的伙食就是几个烧饼，再买点大酱和几棵大葱。这时老方（岁月的沧桑使他真的老了）成了家庭"妇男"，精打细算地照顾着3个孩子的生活，有时每天只能做一顿饭，经常挨饿的是他自己。孩子们最盼的是出差的妈妈回来，她总会给他们带回点儿好吃的，哪怕只是几块糖。每回妈妈一进屋，3个孩子就像小狼似的扑上去，几乎能把她扑倒。后来3个孩子一起上学了，日子就更艰难了。孩子所穿的衣服都是她亲手做的，有时到街头的摊上剪一个样子，然后回到家照着做3件，好在小时候他们衣服的大小都差不多。在外出的漫漫长夜里，她都在灯下给孩子织毛衣毛裤，选最鲜艳的颜色，然后从小店买来动物图案再绣上。无论多困难，她都让自己孩子的穿戴不比别的孩子差。

看到别的孩子上学都带罐装的饮料，她也给他们买，可孩子们背在书包里从来不喝。学校开运动会，孩子带的吃的都是自己家做的。

最艰难的是为孩子们凑学费。方磊上中学第一年的1000元学费，开学10多天才交上，都是从亲戚家借的，3年后才还上，是孙玉勤和老方卖馒头挣的。那时，每天上班前，他们从馒头铺上两筐馒头站在道外区黎华街口叫卖，早晨、中午和傍晚卖3次，五冬六夏，一天不落。在大雪纷飞的日子，两个满身霜雪、口喷热气的老知青，矗立街头，招呼生意，成了这条街上最感人的雕像。

屋漏又遭风雨。孙玉勤1998年也下岗了，已经流干眼泪的她和丈夫又杀出了一条生路。有1999年7月3日的《黑龙江日报》的消息为证，那消息说："49岁的孙玉勤1968年下乡到北兴农场，返城后，先后在两个单位谋生。在道外区的改造中，她所在的搪瓷厂放长假，爱人的单位效益不好，也放长假，一胞三胎的孩子还在念书。今年初，她决心不依靠特困费维持生计，和丈夫一起到上海、宁波等地考察水磨年糕项目。又以自己的房产作抵押，贷款3万，办起云天食品厂……"消息没有更多的篇幅叙述他们创业的艰难。

我后来知道，年糕尽管是南方人喜爱的食品，可北方人并不接受。当年老方和妻子一人骑一辆破自行车挨家饭店跑，介绍如何用年糕熘炒煎炸，又如何涮烧上汤，又让他们免费食用，先试用，不好不要钱。他们风雪无阻，记不清跑了哈尔滨多少大大小小的饭店和超市。随着业务的扩大，他们又开着摩托车到处送货，有几次翻车，人货都被扣到道边。他们爬起来，拍掉身上的灰尘，揩掉手上的血迹，不敢有些许的停留，因为用户还在等着他们。

在道外（原太平）区水源路上，我找到了云天食品厂。已经当了老板的孙玉勤和方立强，还是一身工人的打扮，身上还沾着米粉。这家安置了10多个下岗工人、日产千斤年糕的厂子，再不用摩托车送货了，我看到了停在院里的哈飞牌货车。我还看见一台新买的轿车，孙玉勤说："那是我给方磊买的，他在东北农大本硕连读毕业后考上了公务员，在质检部门工作，已结婚成家。我们先为他置办了房子，为了他工作和生活的方便，又为他买了这台车。"

我又问到了两个女儿，老方拿出照片，给我指点，方婷已经在上海结婚，丈夫是英国留学的香港人，在一家房地产公司当策划师。方妮也在上海，当瑜伽功教师，也有男朋友了。我发现，3个孩子继承了父母的优点，都是一表人才，男孩英俊，女孩特别漂亮。

可蹉跎岁月像把无情的剑，削去了两位老知青的青春和美丽。孙玉勤目光黯淡，已无昔日的神采，她说，都是当年为这3个孩子哭的。玉勤说："生活不相信眼泪，但也不能没有眼泪。但眼泪只能让生活丰富，不能让生活幸福。要幸福只能靠自己这双手，一双手什么困难都能克服，什么奇迹都能创造。"

我说："孙厂长成了哲学家了。"

她笑着说："都是在苦难中琢磨出来的。"

老方不像孙玉勤那样乐观，他有些忧心忡忡的样子。他说："我们年纪大了，有点儿干不动了，可孩子们谁也不想接班。其实东北大米特别好，不仅可做年糕，还可加工米线、米粉等等，有很大的市场需求。"

我说："你不必急，我给你们写篇文章一登，想投资和合股的人就来了。"

看来，"玉强牌"的故事还没有完。那么，就且听下回分解吧！

47. 高山大海

在上海华东师大当教授的刘琪先生是位有感情的人，说起当年一起在呼玛县插队的战友，他都显示出一种亲情，再说起牺牲在那片大山里的战友，他又流露出悲戚之容。他说，我们早就回来了，他们还长眠在大山里，坟头已被荒草掩没了。他们太孤独了，灵魂总在寂寞中。

我想，死亡本不属于青春，可他们在如花的季节死去了，或为崇高的理想献身，或夭折在意外的事故中，或被命运逼下了悬崖……那是一个特殊的年代，发生了许多不该发生的悲剧。现在重提那些让人伤心的往事，是为了某种纪念，这种纪念的意义是不再发生。在以人为本的时代，我们才明白，人是第一宝贵的，保护青春就是保护最重要的国家财产，就是保护神圣的社会财富。因此我还是记录下了刘琪告诉我的关于死亡的故事，尽管在前面的故事中，我已讲过几例。

刘琪说，在我 8 年的插队生活中，两个朋友在死神面前那种从容不迫的神态，在我心中留下了难忘的印象。

他回忆：1971 年底，在金山大队插队的许元的死让知青们开始意识到了生命的脆弱和宝贵。许元，在家是老五，父母和大家都管他叫小五子。小五子的父亲原是山西五台山的小石匠，15 岁时和二哥一起给地主干活时，一队红军路过他们村。宣传员们说，日本鬼子占领了东北，穷苦的弟兄们，赶快参加红军吧！红军是要打日本鬼子的，赶走日本鬼子，打下天下，你们大家就有田耕，有饭吃。于是他们便扔下手里的工具，随着村里的几个青年加入了红军，后来又变成了八路军。小五子爸爸参军时年纪小，个子也不高，在部队里当了个小号兵。还没打几仗，二哥便被打死了，他大腿上也吃了颗日本子弹，送进部队医院。院长看他聪明伶俐，便把他留下当了勤务员，后来还和院里的女护士结了婚。这位老革命还是华东野战军第一支坦克部队医院的创始人之一。1949 年进了上海后，他在卫生局当了副局长。

1969 年中苏边境武装冲突爆发，小五子妈想让小五子留在上海，还在五七干校等待“解放”的他爸却说：“怕什么，小五子就是和苏联侵略者打仗牺牲，咱们还有 4 个儿子呢！”我们开玩笑说，小五子是被他父亲分配到呼玛来的。他大哥在哈军工毕业后去了海军工作，他们哥俩常有诗词往来，抒发雄心报国的豪情。但是中苏边境尽管紧张，在我们知青去后，并没有发生过大规模的武装冲突，小五子那种“炮火起处献忠魂”的豪言壮语只能变成“改观改魂清己垢”的实际行动。

在生产劳动中他从不甘居人后。有次当地的老乡提出要和知青比赛割黄豆。个子矮小的小五子作为知青的代表之一，和老乡中活干得最好的两个男青年比。割黄豆其实没有多大技巧，就是看谁有耐力，少直腰就能割得快。开始 1 小时他和老乡不相上下，一直冲在割豆队伍的最前面。因为一条垄有五六里地长，老乡也忍受不了弯腰的苦，不时直腰喘口气。小五子不小心把手指割了个口子，鲜血直流，他毫不吭声，几乎是一口气割到头，又回来接应大家。老乡们不服气，检查质量时，才发现小五子割的那条垄上的血有一里多长，从此对知青干活口服心服。大家都说：“真是将门出虎子，小五子是好样的！”

悲剧发生在 12 月 26 日，那天是毛主席的生日，晚上大家一起吃了面条，又在小五子他们宿舍里聊天。小五子住的那间屋里有三十来个人，隔壁便是民兵连连部。晚上 9 点多钟，小五子打着赤膊，只穿一条短裤，站在屋子中间用空汽油桶做的大铁炉前擦身，并吹着口哨。吹口哨是他的绝招，他能把芭蕾舞《红色娘子军》的全曲从头到尾吹出来。忽然隔壁连部里“砰”的一声枪响，这边小五子随即扑通一声倒了下去。大家还在发愣，只见小五子用手捂着肚子，鲜血从他手指缝里不停地淌出，“我中弹了，快拿个碗给我”，他轻声地喊着。有人赶快递上了一个搪瓷碗，小五子着急地摇了摇头，“不行，这容易感染，我的肠子流出来了，要瓷碗。”大家赶紧手忙脚乱地把他扶上铺。

这时屋门也被人拉开了，有个当地青年探进头来看了看，惊慌地喊叫：“李金锁，你枪走火把青年给打死了！”屋子里的知青马上反应过来，好多人冲出屋去抓那个肇事者。一个知青在小五子身边，帮着他用碗堵住肚子上的伤口，屋外传来了几十个知青的咆哮声。小五子张开眼睛，若无其事地对同伴笑了笑，轻声地说，“只要血止住了，我就没事，我爸告诉我的。你让他们别揍金锁，他肯定是无意的，他平时对咱们知青挺好的”。小五子的脸越来越白，不一会儿就失去了知觉。

队里的赤脚医生来了，给他做了包扎和止血措施，打了强心针，但无济于事，晚上 11 时左右，小五子终于因流血过多而停止了呼吸，离他 20 岁生日还差 5 天！知青们如同受了伤的野兽，一家一户地敲门疯狂地找寻李金锁，悲愤的喊叫如雷声，在村子上空滚来滚去。李金锁的父母站在家门口，不停地向知青弯腰鞠躬赔礼道歉，老乡们用惊慌的目光望着他们。12 时，公社党委、武装部、派出所、医院的人也坐北京吉普赶来了。这时李金锁的父母把已经五花大绑起来的儿子交了出来。派出所的警察给跪着的李金锁戴上手铐。经武装部的人勘察现场后，大家才知道，李金锁擦枪忘了把刚才巡逻时上膛的子弹退出，所以一扣扳机，子弹穿过泥墙，打在宿舍梁上的木头硬结上，又反弹到小五子肚子上，造成了小五子的死亡。

小五子的遗体放在一间空房子里，8 天后，等小五的哥哥和姐姐从上海来后，才下葬在金山大队附近向阳的坡上。县委书记问他们有什么要求，哥哥说：“人死了也不能复活，现在李金锁还被关在县拘留所里，请领导把他放了，也不要给他什么处分，他们家就这么一个劳动力。”这样，李金锁就被放了出来。回队后，接过别人转交的小五子哥哥姐姐送的毛主席语录和毛选，他泣不成声，马上到小五子的墓前连连磕头。

开始几年，村里还经常有人去扫墓，后来知青陆续走了，也就没人去了。1978 年夏天，有个朋友从上海回呼玛参加大学考试时临行前，小五子的妈妈找到他，伤心地说：“你们这些好朋友现在都要回来了，就剩我家小五子一个人留在那里。你考上大学离开呼玛时，不要忘记去小五子那里告个别，托人经常去看看他，我家小五子是喜欢热闹的，他最耐不得寂寞……”

听刘琪讲到这儿，我的眼泪也止不住了。一个白发母亲对埋在大山的儿子的思念，让每个人都心痛。

刘琪接着说，谁能想到，在我和生产队其他 5 个知青从上海坐海轮去大连改乘火车回呼玛时，又经历了一起悲剧——

我们 6 人，五男一女，都是准备回黑龙江参加高考的，其中最有希望的当属舒民安，大家都叫他阿安。他生在美国，两岁时随父母归国，是“文革”前上海最好的重点中学上海中学的 1968 届高中生，还当过中学里的团支部副书记。阿安不仅学习好，人也正。拿现在人的眼光来看，他一本正经到了迂腐的程度。可就是这一特点，1975 年冬天他被大家选举当了大队生产委员，带着一伙老乡和知青去帮 18 站林场从林子里向道边倒运大木头，这是我们那里一年中最重要的副业。因为当时国营林场效率不高和机械化水平落后，每年冬天都要找各个生产队的农民来帮忙完成国家计划任务。倒大木来钱不光要靠大家拉的木头立方米多，还要靠送礼打通林场上下的关系，好多计运材量。

阿安到了林场后，打前站的许会计得意扬扬地告诉他，今年林场给我们队定的每立方米大木的工钱要高于往年，也是各公社中最高的，虽然请林场的武主任喝了 3 回酒，送掉 10 斤豆油，100 斤白面，还是合算。阿安一听就来火了："我生下来就不会这一套，也不想学，现在办什么事，都要靠请客送礼，邪气把正气都给压跑了。"人家开始没吱声，半个月后人家便在检尺时百般刁难，号称也是公事公办，结果挨了知青的几下硬拳。这下事情可闹大了，阿安无可奈何地随着许会计带着礼物一起向林场赔礼道歉，还请林场的领导喝了酒。在酒桌上，那位林场主任语重心长地对阿安说："小伙子，好好学着点，别那样死心眼，学校教你们的那套玩意在社会上根本行不通。"

阿安当时没吭声，倒完大木回到队里的第二天，他突然向党支部书记提出辞职，从此变得消极起来，经常不出工，躲在宿舍里看书，写东西。

1977 年冬天，全国实行了"文革"后的第一次高考，阿安文科哲学底子很强，记忆力又好，连美国 50 个州的全名都能背出，地理考了个 99 分，总分数也挺高。上海复旦大学曾想收他，由于他父亲的美国特务嫌疑问题还没有解决，而阿安的政审材料里还有收听美国之音等敌台，散布反动言论的记录，结果没能上上学。后来地区招生办曾打电话给他，有意补录他入地区师范学校，阿安一口拒绝了。

事后他对其他人说："'文革'虽然结束了，到现在还在看家庭出身，不能真正实行择优录取，比科举制度还不如，中国还有希望吗？让那个没上过小学的派出所所长管政审，小题大做，我们知青是没有出路了！"这话后来传到公社派出所所长的耳朵里，他气急败坏地说："阿安这小子也太狂妄了，我虽然没有什么文化，但还是能管管他这个小资产阶级知识分子。只要我还在所长的岗位上，就不能让社会主义大学里混进他这样有反动思想的人。"于是阿安和派出所所长的矛盾弄得人人尽知。

小五子就长眠在这片大山里。

阿安走出了大山，却葬身于大海！

1978年春节，阿安回上海探亲时，在区教育局工作的母亲为了补偿阿安受家庭问题连累而不能上大学的事，托了熟悉的医生为他办了有严重哮喘病的证明，要他赶快办理病退回沪手续。阿安死活不肯，他说我要回城就光明正大地回来。当年的高考在即，这应该是他返城的最好机会了。他一反常态，不怎么参加在上海复习的队里知青的聚会，老是一个人闷在家里，房间里堆了些黑格尔的哲学书和新出的内部书籍，根本没有我们那样废寝忘食复习的气氛。

5月底我们几个知青准备回黑龙江参加7月高考的初试，约他一齐回队。他让我们先走，等到胖子买好船票，告诉他大家决定推迟一星期出发，和他一齐走，6个人正好凑够一个三等舱的房间，他说："这又不是拱猪三缺一，你们何必要等我这个倒霉透顶的人。"那天阿安带着他那瘪瘪的旅行袋上了船，他脸色不太好看，在甲板上和胖子窃窃私语一番后，回到船舱里和我们打了两轮桥牌、拱了几回猪，都保持不败纪录。

随后他提议大家还是上甲板上看看海上日落，充分享受一下大自然。落日的余晖把蔚蓝色的东海海面染成一片金黄，阿安望着周围飞翔的海鸥，听着战友们对这美丽的景色的评价，一直默默无声，忽然冒出一句话来："夕阳无限好，只是近黄昏"。

当那巨大的火球终于落到了海平线以下，天色逐渐暗下来后，他主动提出请我们大家吃今天"最后的晚餐"。谁也没想到，这真是他和我们的最后晚餐。大家都说这次高考，他不会再为家庭问题受连累，肯定能考取他向往的复旦大学政治系，不过到时候还要请客。他叹了一口气说："我过去也认为自己出类拔萃，充满自信，但现在我对自己能否上大学毫无把握。1973年大家推荐我上大学，谁知冒出个白卷英雄张铁生，考试成绩全部作废，还是看出身，结果浪费了我们队的一个名额。去年考试，我成绩名列前茅，结果是名落孙山。上面领导说我思想反动不能上大学，知青里也有人说我好高骛远不学无术考不上大学。我的任何奋斗，都一事无成，想一想都会无地自容。但你们还是把我当朋友，光凭这点我就应该请你们吃饭。不过我是一个彻底的失败者，所以将来谁考不上大学不要怪我的晦气连累你们。"阿安的酒量很大，但只喝了一杯就不喝了。

回舱房的路上，阿安拉住一个服务员，问船今天下半夜几点出东海，那服务员随意答了一句，大概是3点多吧。我感到奇怪，便问阿安，你打听这个干吗？他答非所问地解释说："东海的水是蔚蓝的，代表希望。黄海的水是黄的，混沌不清。只有到了目的地大连，你才会再看到蓝色的大海。过去有人一形容大海，便是蓝色的海，其实大海和社会一样，也有清浊之别。"

回到三等舱里，躺在铺上，大家就请阿安出题，让战友一个一个来回答，答得不全的地方或者是答错了，就请他补充或纠正。不知不觉地就折腾到了11点。阿安看他们都没精神了，便说："那就到此为止吧。这是我最后一次帮你们复习，以后我可没时间陪你们了。大家再背一遍高尔基的海燕吧，今晚虽然风平浪静，但我希望海燕的那种迎着暴风雨而奋斗的精神，将会让你们个个都考上大学的，我实在是太喜欢海燕了。"小小的舱里又响起了激情的集体朗诵声。

"让暴风雨来得更猛烈些吧！"我们的朗诵声在大海上飞扬。

6月3日早上6点半，刘琪睁开眼睛，对面阿安的铺上没有人，毯子叠得整整齐齐，而其他4人都已经起来看书了。要吃早饭了，大家在船上上下转了几圈也没找到阿安。回到舱里，刘琪突然生起一种不祥的感觉，"最后的晚餐"，"最后一次帮你们复习"，"海燕，我来了，我来了"，他和胖子几乎是同时冲过去翻开了阿安铺上的枕头，旧军装上放着一封写着"胖子等收"字样的信：

> 胖子等：我走了，我去找我的归宿了。原谅我，原谅我这怯懦、轻率的举动吧！能否上大学毫无把握，而继续待在队里，这想一想就会使我发疯。我没有勇气继续面对现实了。我早有此愿，活着如同行尸走肉，不如死了好（阿安在这句话下划了强调线）。请别告诉我爸妈，通知我哥吧！地址是上海××厂××车间×××。别了。祝你们幸运！阿安78.6.3匆。又，有可能把我在队里的东西和书捎回去。

刘琪说，这封信在我们5个人之间传来传去，谁都没有说什么，房间里只有急促的呼吸声。忽然，小陈哇地一下哭了起来，打破了这凝聚着的空气……我和胖子倚靠在船舷边，凝目注视着这茫茫的大海，阳光虽然灿烂，但海水并不像天空那样蔚蓝。我力图摆脱那种想象，能够在黄浦江上游几个来回的阿安心里高喊着"我来了"，跳下东海时，没有马上死去，周围一片黑暗，除了那远去的海轮上暗淡的灯火和满天的星星。哪怕他又有了生的愿望，他也只能一个人在海里奋斗，或许他能坚持到东方出现曙光，最后一次望着这已经不属于他的黎明，终于被希望之海的浪花所吞没。

阿安的追悼仪式是他死后七七四十九天时由朋友们操办的。由于上海龙华殡仪馆不能为追悼自杀者出借场地，仪式是在他家的大客厅里举行的，出席者有他小学、中学和插队时期的朋友60多人。他的遗相两边挂着一副选自他遗诗的对联："花落但余心向日，剑埋路有气千霄。"

当然也有人无动于衷，那个被阿安认为人还不坏的派出所所长，在我们向公社领导汇报阿安的情况时，阴阳怪气地插了一句话，"舒民安不是要上大学吗？这回可如愿了，上了东海大学"。气得胖子当场就给了他一记耳光，在场的公社党委书记拉开了胖子，反过头来倒把所长训了一顿。

最后刘琪告诉我，他们插队的那个公社里，1200多名知青到了1979年几乎走得精光，只有小五子一个人静静地躺在山坡上的墓穴里。刘琪说，有机会你若到呼玛，到小五子的坟上看看吧！

我说会的，去年我还回到我下乡的山里为死去的战友上坟烧纸。

我想，无论葬在高山的小五子，还是融入大海的阿安，都是不该被忘记的。他们一个死得偶然，一个死得必然。偶然的死来临时，他很清醒，没有留下怨恨，显示出一个年轻而豁达的心胸。必然的死是他自愿的选择，因为他明辨是非看透现实，他纵身一跳激起的浪花不大，却像一把照亮天际的火把，在黑暗就要消逝的黎明前，十分耀眼。

崇高的大山和广阔的大海是两个知青战友最后的归宿，我和刘琪一样敬重和怀念他们。

48. 孩子啊，你在哪里

1972 年 8 月 13 日，是李桦的灾难之日，她一生的不幸，都是从那一天开始的。已经 34 年了，说起那一天，她还掩面痛哭，让在场的哈尔滨知青联谊会的两个女同志也跟着掉泪，我和《生活报》的记者孙殿喜也黯然神伤。

李桦是哈尔滨市香坊区一所重点中学的学生，1971 年春天，只有 16 岁的她也上山下乡到大兴安岭密林深处的阿木尔林业局的一个林场。那时他们和开发大兴安岭的解放军并肩战斗，在这曾渺无人迹的高寒禁区，他们以生命为代价，让公路、铁路向原始森林深处挺进。生活是极其艰苦的，他们住的是帐篷，吃的是窝窝头，喝的是海带汤。但是看着一车车的原木从大山深处驰向祖国需要的地方，他们每天都在歌唱。

一年后，李桦回家探亲，假期刚满，她就急着回场，对一个要强的女孩儿，艰辛但火热的生活比乱纷纷的哈尔滨更有吸引力。回程的路上，她和连队的几个战友从哈尔滨坐火车到加格达奇，又换乘森林小火车赶到塔河，又向北走了 100 多公里，到了一个叫樟岭的小站，当时铁路只修到这里，他们只好下火车，在这里等汽车了。

这是一个寂寞的小站，只有站台上的几间房子，身后就是连绵的大山和望不到边的森林。汽车还不知什么时候来，李桦和几个同学顺着道基向前散步，路旁就是浓密的林子。他们走了很远，李桦回头看时，后面只跟着一个姓许的男青年，他比自己大 1 岁，长得膀大腰圆的，因为好打仗斗殴，又流里流气，李桦从来没和他说过话。他上前要拉李桦的手，她向后一闪，掉下了路基，他接着一推，李桦就滚进路旁的树林……

接着悲剧发生了，她极力反抗但抵不住他的强悍和疯狂，她大声地呼喊，喊声却淹没在滚滚的林涛中……

她擦干眼泪，整理好衣裳又回到了那个小站，她羞于启齿去揭发他的罪恶，

17 岁的她还不懂他的这一阵疯狂会给她带来怎样的灾难。汽车来了，载着这个身心都在流血的姑娘摇摇晃晃地向大山深处走去，走向她更深重的苦难。

李桦回到连队，和大家一起上山伐木，一起背石头修路。心中那恐怖的阴影常让她在梦中惊醒，醒来时一身冷汗，满眼泪水。一个半月后，她突然呕吐不止，一见窝头、海带汤就恶心，她想吃水果，想吃酸的甜的，但到哪儿去找！卫生所的小赤脚医生，让她吃治胃病的药，可还是不见好。没办法又转院到地区首府加格达奇的医院，也没诊断出什么病。

其实这种明显的妊娠反应，不难诊断，可面对一个 17 岁的女知青谁也没往这方面想。

1972 年 11 月，李桦只好又回到哈尔滨，回到父母和 1 个哥哥 6 个弟弟的穷苦的大家庭，妈妈领着她又跑了好几趟医院，医生们也说不清楚。正好和他家同用一个厨房的邻居两口子都是搞医的。那当护士的女人对李桦的母亲说："大嫂啊，我也不怕你生气，我看你家小桦是怀孕了！"

母亲好像当头被人打了一棒子，她拉着小桦上省院妇科检查。医生说，已经怀孕 5 个月了！回到家，母亲一再追问，李桦说出了 8 月 13 日在樟岭站的树林子里发生的事情。那时的女孩子都很单纯，她不知道他对她那样，而且只有一次就能怀孕！娘俩抱头痛哭，"我的苦命的孩子呀！"妈妈哭得更伤心……

可以想象，在那个特殊的年代，一个被人强暴怀孕的女孩儿会遭到怎样的歧视，她的家庭的每一个人又怎样地抬不起头来！为了摆脱家里面临的最大危机，父母首先想到的是给她做人工流产，可是到哪个医院都要单位介绍信，父亲没脸和单位说，街道办事处说她户口在林场，我们不能开。小桦又不想让林场知道！家里又想到赶快把她嫁人，最好嫁到农村，神不知鬼不觉地把孩子生了。他们托人在双城农村找了一个 25 岁的农民，可是一看李桦已经"显怀"的样子，人家不干！

李桦感到了从未有过的屈辱，她觉得自己是一堆等着处理的垃圾！17 岁正是最好的年华，她聪明美丽，有自己的理想抱负。可是一下子沦落到这般地步，她不知道自己错在何处！她知道父母的难处，这么大的姑娘，连住处都安排不了，全家挤在 16 平米的房子里，如果再生个孩子住哪！再说哥哥已经到了结婚的年龄，这样的家庭环境，哪个女孩子敢来！李桦下决心自己解决这个"孽障"。她使劲地干重活，故意地跳啊蹦啊，可那孩子就是不掉！她绝望了，偷偷地买了许多药，有一天她把这些药都吃下去，然后又躲进邻居的一个草垛里，她想一死了之，不想让家人发现！结果还是被到处寻找的哥哥发现了，他抱起小桦就往医院跑！边跑边哭，“小桦呀，哥就你一个妹妹，你可不能死啊！”

大难不死的李桦1973年5月4日生产了，在一个偏僻的私人产院生下了一个女婴。医院产前联系一对无子女的夫妇，他们说如果是男孩儿就要。可是生了个女孩儿，他们也抱走了。

那一阵，在昏迷中的李桦看清那孩子高鼻梁大眼睛双眼皮，是个很漂亮的小姑娘！当别人抱走时，她大哭，然后昏了过去。第二天，她听着另一个屋有小孩儿的动静，她光着脚跑过去，把那家又退回来的孩子抱在怀里。那女孩儿到了那家总哭，人家伺候不了又送回来了。可是到了母亲的怀里，她却不哭了。但后来这孩子还是送人了，通过一个姓赵的邻居送给了一对无子女的教师。那时，李桦睡着了，当她醒来，看见身边的孩子没了，人家留下200元钱、两袋奶粉和几斤鸡蛋。她又是一阵大哭，那哭声撕裂人心啊……

失去了女儿的李桦几乎变成了另外一个人，她整天两眼发呆以泪洗面。后来听说收养她孩子的那对夫妇住大水晶街，她就跑到那条街上，从这头走到那一头，又从那头走到这头，听有没有小孩子的哭声，她要看自己的女儿！有一天坐公共汽车，她突然发现车上有一个女人抱的小姑娘像自己的女儿，马上过去抢，结果引起全车的混乱，最后官司打到派出所，李桦的哥哥赶来好一顿道歉，才把李桦领回家。

没有办法，李桦又从哈尔滨回到了林场，她被人强暴、在哈尔滨生了个孩子的消息也传到了几乎与世隔绝的大山里。那个姓许的男青年故技重演，又侵害了另一个女知青，被判了10年徒刑。受害者李桦还是觉得没脸见人，小青年像躲避瘟神一样回避她。好心的连队干部急着帮她找对象，给她介绍的都是“老跑腿子”或死了老婆的穷工人。可是人家还是不要她。李桦只好远走高飞，离开这伤心之地。通过亲属的关系她调到了富裕县的一个农牧场，还是当知青干农活。

她想从头干起，忘掉过去的一切。在劳动中她认识了开康拜因的老吴，他比李桦大1岁，是个朴实能干的工人。1976年5月，经人介绍她嫁给了老吴，开始他不知道她的过去，后来她主动和老吴说了，老吴只说了一句：“你呀，真不容易！”他对她更好了。第二年，她为老吴生了个女儿；第三年她又为老吴生了个儿子。这时她忘记了过去，一心和老吴过日子，他们的生活也一天比一天好了。可儿子 3 岁时，老吴因肝癌去世了！临走前，他拉着李桦的手紧紧不放，嘱咐她一定把孩子拉扯成人啊！

李桦又一次跌入命运的谷底，她哭天抢地，感叹老天的不公。这时阿木尔林业局的领导和朋友呼唤着这 3 个孤儿寡母——在农村他们靠挣工分是难以生存的。林业局为她安排了工作和住房，孩子也上了学。然而好景不长，一方面她不安心寄人篱下的生活，另外她也不能忍受“寡妇门前是非多”的环境。

1984 年，她又领着两个孩子回到了哈尔滨，租了一间小房住下来。为了供孩子读书，她开始做小买卖。早上从批发市场买几筐菜，然后摆在道边卖，一天也能挣 10 元 8 元。还卖过裤衩，一条 5 角钱买进，然后两条 1.5 元卖出。后来又到铁路边捡煤渣，到工厂拾煤核。寒冬腊月，她穿着一双破棉胶鞋，脚都冻起泡了。有了点本钱，她的生意也越做越大，她开始向大兴安岭倒运蔬菜和白条鸡，又和别人合伙做木材生意。到了 1988 年，李桦已经有了 100 万的积蓄。

一个顽强的女人，经过流泪流汗地打拼，终于可以和自己的孩子过起有尊严的生活了。她不甘心小打小闹，又把自己的企业办到了天津，那是个有 200 多个工人的家具厂，专门生产高档的红木家具。那时她靠苦干实干，事业发展快而名声远扬，《人民日报》驻天津的首席记者肖荻还为她写过通讯《一个刚毅的女人》。她赚钱了，热心公益事业，多次捐助“希望工程”和患白血病的孩子。她的善举受到群众的赞扬却没有得到上帝的偏爱，1996 年的一场大火把她几千万的资产化为乌有！面对那一片废墟，她欲哭无泪。

李桦又回到了哈尔滨，她没有沮丧，一切从头再来。人生的种种苦难把她磨炼成一个意志坚强的人，10 多年商战中积累的经验，让她成了职场上的精英。李桦很快找到了工作，在一家大的房地产公司当销售总经理，她突出的业绩让她和孩子们过上衣食无忧的生活。她还和一位工人老冯结了婚，他爱人病逝了，他很爱她，日子也过得很有滋味。

然而越是幸福的日子，李桦越想念自己那个遗失的女儿。30 多年她过得怎么样？她还在哈尔滨吗？她也有了自己的孩子了吧？她总是在牵挂着。李桦找到了她家住过的三铺街，早已在城市改造中焕然一新的老街上，没有一家老邻居了。有一天她突然得到一个老同学的妹妹的消息，她可能知道自己女儿的下落。在去会见她的路上，李桦接到的一个电话，再一次改变了她的命运！

每次回家，都是艰难的行程

那一天是2001年3月6日，李桦接到“公司有急事”的电话，回到公司就被某区公安分局刑事拘留，同年4月13日以涉嫌挪用公款罪被判徒刑5年，押进监狱。这以后李桦的经历特别有戏剧性，我们只能简述了。地狱之火早就炼就了她不屈的性格，她自信自己的无罪，在拘押时她以自残来抗争！她还坦然承受了老冯和她离婚的沉重打击。在狱中她不断地申诉，以法律为武器保护自己的权益。在狱外，已经陷于生活绝境的儿子儿媳女儿，到处为母亲申冤，他们曾领着李桦的小孙子在政法机关门前长跪不起。2003年12月19日，区法院把她的刑期改判为两年10个月。2004年12月16日，区检察院宣判李桦的挪用公款罪不成立，撤销原来的两次判决。这之后，李桦还根据市中级法院赔偿委员会的裁决，得到了相当数量的国家赔偿。当回到儿子家时，她看到屋里空荡荡的，他们把家用电器和所有值钱的东西都卖掉了。为了生计，女儿还瞒着她早早结了婚，还好，女婿是个很仁义的小伙子。她忍不住又是一阵热泪长流。谁能想到一个柔弱的女人的肩膀能扛过这么多的苦难！

说起1035天的冤狱生活，李桦很淡然，她更多地说到那些好心人对自己的帮助，有全国人大代表，有公检法司法机关中那些正直善良的工作人员。2004年春节前，她到区检察院申诉，院长由胜都同志亲自接待她，耐心地听取她的意见，临走前，还给她500元钱和一袋面、一袋米、20斤豆油、10斤鸡蛋。他对李桦说：“回家和孩子们好好过年，放心吧，我们一定好好复查你的案子。”他还嘱咐司机，要把东西给她送到楼上！

回到了人间的李桦，还是那样儿女情长地又想到了自己的女儿。这时又在一家大公司当上销售总监的她读到了《生活报》上“知青的故事”，知道了知青联谊会的电话，连续给他们打电话，哭诉自己失掉女儿的过程和找寻女儿的愿望。但是她没有留下电话号码，那时她充满了顾虑，她怕公布被强暴的事实让自己难堪，她怕女儿知道自己不幸的身世伤心，她怕打扰女儿平静的生活，她怕女儿那可敬的养父母不肯承认她……她甚至幻想能得了癌症，人们同情她，能让她和自己的女儿见上最后一面！在熬过了许多个不眠之夜之后，对女儿的思念之情终于战胜了一切忧虑。今年元月9日，李桦终于找到了知青联谊会，找到了我，我又找来了《生活报》的记者。我们要一起帮助她实现与遗失女儿的相见！

亲爱的读者，难道你们不同情这个饱经苦难的母亲吗？

请你们帮助她找到她朝思暮想的女儿吧！

我和所有的老知青拜托你了！

◎附　李桦的来信：

贾社长您好：

早就想给您写一封万言之书，心里无数次打好了稿，可是一提起笔又不知从何说起，天大的恩情是不能用语言所能表达的，所有美丽的语言都表达不了我对您的谢意。

50岁之前，我是不幸的，因为我经历了和亲生骨肉的生离。35年来我对离别女儿的思念，（让）我时刻都在痛苦中度过。这种思念没有因为时间的消逝而减弱，反而与日俱增。30多年的痛苦和思念，就像万丈深渊一样向前没有光明。

我经常祈祷、求佛，让上天帮帮我这个不幸的母亲。

那天，您说您通过知青联谊会听说了我的故事，您把我叫到您的办公室，就像父亲一样听孩子诉说内心的伤感。当我说到最悲伤时，您说了一句话：我一定帮你！我突然看到了希望。

没几天，《生活报》就以整版的文章登出了我35年生活的经历，您的文章写得感人至深。文章登出后，引起很大的反响，很多人提供线索。终于在好心人的帮助下，我找到了失散35年的女儿，她已经移居加拿大17年了。我们通了电话，彼此十分激动。孩子也一再表示，一定回国和我相见。

这种天大的幸福是用语言能表达的吗？感谢贾社长，我跪一千次，我说一万声谢谢，都是苍白的。

我要把这份感激永远烙在我的心里！

李桦

2008.8.7

49. 米沙的命运

我所认识的知青朋友中，可能胡泓是最有才华的，要说他是一个天才，一点不过分。为了叙述的方便，我还是用他的小名米沙吧，这样更亲切。

米沙的才华最早显示在少年时代，他是哈尔滨少年宫的童星，他的钢琴弹得很好，小提琴也拉得很棒，在为外宾演出时，是少不了米沙的节目的。可别小瞧了这个少年宫，后来成了曲艺界大腕的黄宏、师胜杰和大作曲家的刘锡津，都曾是这里的小学员。他们也是米沙的师兄或师弟。

稍大之后，米沙又学画，从素描开始，又画油画，风景和人物都不一般。他的雕刻也很精彩，后来日本政界、商界、宗教界的许多名人的大理石雕像都是他的作品。后来他又练唱歌，成了漂亮的男高音，外国歌剧中的咏叹调，中国的抒情歌曲，只要你点得出名的，他张口便唱，具有专业水准。那些年，他又心血来潮地写小说，处女作《黑雪地》被一个全国有影响的刊物登在头条，当文学界开始关注这位出手不凡的新人时，他又学木匠，搞装修去了。16 岁时，他就被评为 5 级木工。他在哈尔滨最早的作品是玉泉狩猎场的“八角楼”，不仅被国家领导人称赞，还成了许多影视作品中的场景。他在日本许多大城市设计建造的“中华牌楼”已经成了当地的旅游景观……

有人说，米沙的天才体现了“杂交”的优势，他是中俄混血儿，他的身上凝聚了中俄两种文化的结晶，所以才能表现非凡的才能。也许这也是一个原因吧。但他的人生悲剧，也是由此开始的。

让我们先来了解一下米沙的家庭。他的外祖父是俄国穷苦的铁路工人，1896 年他和妻子被沙俄驱赶到中国修中东铁路，他们和来自山东、河北、辽宁和黑龙江本地的中国劳工一样，开山劈路，遇水架桥，吃住在荒山野岭中。这对俄国夫妇在中国生了 4 个儿子和两个女儿。铁路修成了，俄国资本家通过铁路疯狂地掠夺中国的资源和财富，但修这条铁路的工人却越来越贫困。

外祖父得了肺病，连自己的孩子都养不起了，他和外祖母把妈妈、小姨和小舅都送给了中国和朝鲜的农民。这位俄罗斯老工人在中国病死，埋在了靠近铁路边的一座无名小山上。后来妈妈、小姨和小舅都参加了中国人民解放军。妈妈是第四野战军医院的护士，在抢救解放长春中受伤的团参谋长爸爸时，和他相识并相爱，后来他们生了两个姐姐、米沙和一个弟弟。

米沙的祖父胡大海是珠河（今尚志）著名的抗日英雄，1937 年 2 月，因叛徒出卖被日本侵略者杀害。11 岁的爸爸跟着奶奶边要饭边寻找抗联的队伍，参军后参加了辽沈战役，在战斗中受过重伤。解放后，这位解放军团职干部被组织派到哈尔滨工业大学学习水电专业，毕业后又到苏联、波兰、匈牙利、捷克、南斯拉夫进行了为期 3 年的学习考察。回国后，他在哈尔滨电机研究所当工程师，成了我国自己培养的第一批电机专家。

突然而至的“文革”风暴让这个幸福的家庭陷于了灭顶之灾。米沙记得 1968 年 2 月 15 日，爸爸起得很早，让妈妈装好饭盒。本来研究所已经乱套了，可他每天还是按时上班。他穿上大衣要走，又转身来到米沙和弟弟的床前，把他们叫醒，亲亲他们的脸，告诉他们：“外面太乱，别出去，在家看书！”就在这一天，爸爸被抓进监狱，几乎同时被抓的还有陈雷、李延禄等一批当年抗联的老干部，他们的罪名是“苏修特务”。

不难想象，在那个“反修防修”的年代，给这样一个特殊的家庭带来怎样的灾难。昨日相亲的邻居，今天也反目成仇，好像只有打碎他家的窗子才能化解对修正主义的愤恨，好像高鼻子卷头发的人都成了特务。米沙和姐姐、弟弟吓得不敢出屋，恨不得把自己的鼻子压扁，把卷曲的头发剪短。妈妈一夜之间苍老了许多，她披着大披肩，整夜坐在窗前，她说爸爸今晚能回来。生活的窘迫，使米沙放下了手中的提琴和画笔，拿起了斧子和刨子以谋生计。起初，他给人家补鞋、磨刀、打洋铁盒，后来又干起木匠活，他在电子仪器厂当临时工时，竟考取了五级木工。为了使人看不出他的年龄，他天天不洗脸，听说刮脸能长胡子，他一天刮两次。

正在这时，上山下乡运动给我们的米沙带来了新出路，1968 年 11 月 9 日，他和 17 中的同学登上了北去的列车。米沙记得，那天下了很大的雪，是他一生见到的最大的雪。火车一再晚点，半夜才出发。当列车开动时，他站在车门口，迎着扑面而来的雪花，心里竟涌出一首朝鲜歌曲：“送郎出征漫步原野，情比月夜浓，挽手祝福你，转战南北，盼郎建奇功！”他还唱着那支苏联歌曲："一条小路曲曲弯弯细又长，一直通向那迷雾的远方，我们走在曲曲弯弯的小路上，送我的爱人上战场……"此时，他还想到了他喜爱的一部苏联小说《勇敢》，写的是苏联有理想的青年人在西伯利亚荒原上建设共青城的故事，他羡慕他们创建的新生活和因此产生的美丽爱情。

现实生活远没有小说中那么浪漫，在迎春站下车时，突遇"大烟炮"，他们挤在站台上像惊恐的小动物。坐在敞篷的大卡车上，到了连队，睡在还冒着蒸汽的土炕上。他想当木匠，却被分配去当农工。他还当上了小班长，领着一伙人，去修水利，住在地窨子里。他领着大伙顶着大雪刨冻土，因为不知道照顾有"例假"的女战友，日后还受到埋怨，当时他真的不懂。全连的人到现在还记得，当年"胡米沙"是大家的"开心果"。下了工，他拉起从家带来的小提琴，拉《梁祝》也拉马思聪的《思乡曲》，拉得大家热泪盈眶。他最擅长的是讲故事，他讲自编的《地堡街5号》是个情杀惊悚故事。随着情节的变化，他还自配音响，敲破铁片制造电闪雷鸣的效果，每次都吓得大家毛骨悚然，他们还乐此不疲。每到关键时刻，我们的米沙是"收费"的，每次一盒2角3分的葡萄牌香烟，要是没有，1角4的握手也将就，害得热心的小战友经常半夜去砸小卖店的门。

穷欢乐掩盖了米沙的苦难，尽管他是个艺术精灵，但他还是登不上大雅之堂。听说师里要成立宣传队，他写了长信毛遂自荐。这封信又转到了连队领导手里时，那位领导说："你也不搬块豆饼照一照，自己是什么人！"部队文工团来招人，他大显身手，放下小提琴，又拉起手风琴，接着又唱男高音，最后还交上一个剧本和一个舞台设计，可惜，米沙和来招兵的是白忙活，他家的"历史问题"让他们望而生畏。在他们连还有一个怀才不遇的知青诗人郭小林，他和米沙住上下铺，当然也是因为家长的问题——他父亲是大诗人郭小川，那时他还在牛棚里。苦闷的时候，我们的米沙多少次跑到连队附近的白桦林，像野狼一样嚎叫；在欢度新年之夜，他竟顶着风雪在荒原上游荡。

1970年3月16日，一封电报又把米沙掷到了命运的谷低，那电报的内容是："父病故速归！"他的眼前一阵发黑，他幻想电报的内容是"父病，故速归。"那时知青想回家，经常让家里发这样的电报。他买了35斤鸡蛋，装在木箱里，还买了一袋面，那时哈尔滨人生活很困难，他要用这些东西孝敬父母；他还带了一张自画像，他要让爸爸看看自己的油画水平有没有长进。

米沙背着东西一进家门就傻了，妈妈倚卧在那架破铁床上，身上盖着旧毯子，零乱的白发披散在她满是泪痕的脸上。他一眼看见桌子正中摆着一个木制的盒子，上面摆着一朵白花。

“啊，爸爸，爸爸！”他哭着扑上去，像男子汉一样恸哭。“米沙你可回来了！”妈妈也哭着和他抱在一起。老抗联战士、共产党员、电机专家，虽在战场上出没于枪林弹雨中，却在和平时期死在了自己的监狱里。他死后要火化时才通知家里人，13岁的弟弟去的，他在那个单子上代表家属签的名。也许因此受到刺激，弟弟情绪一直不好，二十几岁就死在酗酒上。

为了照顾病重的母亲，他已无法回北大荒了，可母亲让他走，她不想因为自己耽误孩子的前程。他坐火车跑到西安，去部队找一位任要职又走红的亲戚，可人家不愿意理睬他。他又自报家门地到兰州空军文工团，不要任何报酬地当了一阵子临时工，这下子感动了上帝。文工团派出干部三闯关东，到兵团调他，都碰了钉子。第四次，米沙和部队的同志一起去的，管盖章的还是不开面，最后米沙绝望地大哭，终于打动了人家的恻隐之心。

穿上了军装的米沙雄心勃勃地要大干一场。他起早贪黑地写了好几个剧本。人家更看重他一手好木匠活，于是他成了舞台美工，干得很来劲。后来他从报纸上看到上海的“左派”们发起了对无标题音乐的批判，米沙又拿出了为兄弟两肋插刀的劲头，为他热爱的音乐大师们辩护。同时他还狂妄地说：“中国应当有自己的贝多芬和莎士比亚，鄙人要当中国的贝多芬和莎士比亚！”还有更过激的话：“不是说百花齐放吗，怎么只有8朵！”

于是，为了端正他的创作思想，上级派他去长期深入生活。也许领导为了保护他，只是时间太长了，他在青海高原的高炮连待了两年没人理睬。不过，边防部队的生活真的很丰富，馒头蒸不熟，清水每天每人半碗，白天端枪站大岗，晚上打扑克谈女人。为了不辜负领导的期望，他还是不停地写，什么高原战士的风情，可爱的藏族老阿爸……几十万字的稿子，无人去看，只配摞起来当枕头。

在1976年10月的历史巨变中，米沙和祖国一起改变了命运。这个青海大兵复员回到了家乡，先到区文化馆重操旧业，当了几个月又编又导又演的临时工，后来被有门子的人挤掉了。他又被分配到了区医院当了放射科医生。他和一个护士结婚，又有了自己的女儿，母亲给她起名叫维拉，俄语为“信心、信念”，而米沙更愿意叫她的谐音“月亮”。

胡泓拥有金色的童年，父母是革命的伉俪。

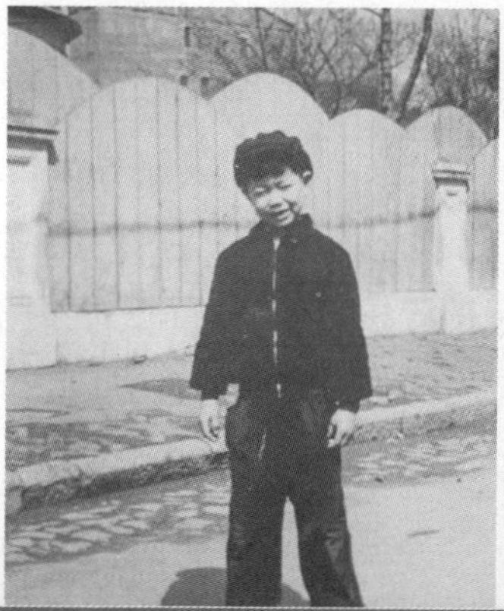

胡泓从部队转业后，下海搞装修，哈尔滨火车站的售票厅和玉泉狩猎场木屋是他最早的作品。

往往经历苦难的人最早成为改革的弄潮儿，当那些无业游民和有“前科”的人开始经营个体时，有着舒适工作和安逸生活的米沙出人意料地下海——去当打家具的小木匠。他用借来的700元钱，买来一台电刨子和一把小电锯，借了人家一个破棚子就干了起来。他打了一套欧式家具，式样古朴，颜色高雅，特别突出的是他在家具上刻了在椰树下吹笛的少女和展翅飞翔的小天使，这套家具在运往商店的路上就被人定货了。

当米沙每月可以有4位数的收入时，他又出人意料地关掉了火得让人羡慕的家具店，成立了一个以女儿的名字注册的“小月亮”装修队。他们的第一个作品就是火车站前的一个别致的公交调度室，它像婷婷玉立的少女吸引了许多人的目光。在蒙蒙细雨中，一位法国驻莫斯科的商务参赞在哈尔滨住了5天，竟来看这个小亭子四次，他终于见到了它的设计和建造者。他们这样对话：

“我很欣赏你的才华！”

“我景仰法国的文化艺术，更喜欢雷诺阿、塞尚、高更的作品。”

“门窗上的花，你雕得很好。”

“如果时间充裕，我会雕得更好。”

“这么美的建筑小品，莫斯科也没有！”

“我们会搞更多更好莫斯科没有的东西。”

也许，米沙后来设计和建筑的玉泉狩猎场主楼，就是这样的东西。这个工程，省市都很重视，参加招标的设计师和大公司众多，米沙自信这个工程非他莫属，因为只有他对这个建筑有深刻的理解和浓厚的感情，因为他的血管里毕竟流淌着中俄两个民族的血，就像这个中国城市带有俄罗斯的风情。后来在宫本言市长主持下，米沙拿下了这个工程，1987年1月6日，国务委员谷牧、省长侯捷和市长宫本言亲自为这个工程剪彩。他们顺着山坡走近这座神奇俊美的八角楼建筑，围着它仔细观看。宫市长把我们的米沙——胡泓介绍给谷牧同志。

“噢，年轻人，你设计得很好，很好！”

他握着胡泓的手又问：“你搞了多少年的设计了？”

“我过去是搞音乐、美术的，这是我设计的第二个作品。”

“你参考了国外什么建筑了吗？”

“这是他自己想出来的。”侯捷省长说。

“不简单，你成了幻想家喽!”

说着大家一起和谷牧笑了起来。

要把幻想的图景变成经典建筑的米沙，已不满足国内的发展，他的目光注视着世界。小时候他曾和母亲在俄罗斯住过一段时间，对欧式的建筑他心里有数。他对近邻日本产生了兴趣，这个弹丸之地的小国却有那么多精巧适用的建筑，也许更值得土地越来越少、人口越来越多的中国借鉴。

1988 年 5 月米沙到日本考察了 3 个月，1991 年全家举迁日本。他的才华得到了曾在哈尔滨工业大学学习的日本朋友白石岩先生的欣赏和尊重，米沙加盟了他的东京特拉平建筑株式会社，参加了福冈亚细亚国际服装博览会的设计，虽然只是些小品，也受到专家们的好评。后来，他又成立了自己的中华传统建筑株式会社，在长崎、神户、横滨的华人街上都有他设计和建设的许多建筑。这个没有任何学历背景的中国知青设计师，在日本建筑设计界也小有名气了。他的雕刻艺术是他的业余爱好，却为他争得很多荣誉，许多政界、商界和宗教界的名人以请中国的胡先生为自己雕像为荣。

身在异国他乡，他的才华得到尊重，米沙以自己的劳动，让妻子和女儿都过上了富贵的生活，但他的心还在祖国和家乡。为家乡搞几个像样的建筑，是他永远的梦想。当年曾被称赞的八角楼，在他心里，只是一个小品。1993 年，要在家乡开第三届亚冬会的消息，让他睡不着觉了。于是，米沙给哈尔滨的领导写信，要求给他一次为家乡出力的机会，领导很快回信，感谢他的赤子之心，并热烈欢迎他回来。可惜当时投资不大，亚冬会没盖什么新建筑，米沙中国日本跑了四五趟，还是没插上手。每次回来他都很伤心，但报国之心不死。

本来日本有他干不完的活，可米沙在 2000 年彻底地回来了，回到了家乡哈尔滨。他说已经 49 岁了，再不回来，以后想回来也干不动了。和他一起回来的还有他第二任妻子，当时前妻和女儿都留在了日本。这位女士叫中村绿英，她是在日本长大的台湾人，她爱米沙的才华，更爱他的事业心，为了他的事业，她可牺牲自己的一切。他们注册了都市企画有限公司，参与了这个城市的改造和建设，然而米沙总觉得有劲使不上。他总想干得完美，而别人不想对一项工程投入太大、时间太长；他喜欢精雕细刻，而人家等着节庆时献礼。志不合而不同谋，能和他携手合作的伙伴太难找了，他的理想主义总在现实中碰壁。也许因为米沙在国外时间长了，他整不明白这个行业的许多猫腻，因此他很难吃到肥肉。为家乡搞几个像样的建筑的梦想，几乎破灭。他也搞了几个工程，因和他的设计相去甚远，他自己都不愿意提起。他想复建“文革”中拆掉的尼古老教堂，报纸上登出了他设计的图纸，群众喜欢，可无人投资，又成了一个梦。

在苦闷和无奈中，米沙和中村在哈尔滨中央大街的一个附街上开了一家露西亚餐厅，开始时默默无闻，后来渐渐火了起来。只是一般的西餐，火的原因大概是因为其中的文化情调。古朴的欧式装饰，墙上挂着米沙曾外祖母的油画，还有他从兵团带回的自画像，和许多上个世纪20年代的老照片。只有70平米的屋里，都是老式桌椅，角落里摆着老家具、老乐器、老图书。伴着淡淡的音乐，你可以喝着咖啡，吃着西餐，和朋友悄声慢语，也可以翻看报刊，或望着窗外的风景发呆；有时米沙还亲自给朋友弹一曲钢琴或唱一支歌。这里像巴黎或莫斯科街头的一家咖啡小店，更像老朋友聚会的沙龙。于是，这里成了文化界朋友会友的老地方，也成了外地人和外国人了解哈尔滨的一个窗口。于是，日本的法国的，还有香港和台湾的电视台都对小店进行了报道，有的旅行社还把露西亚确定为哈尔滨必看的十大景点之一。有一位游客在留言簿上写上这样的话：“你到了哈尔滨，一定要到中央大街；你到了中央大街，一定要去露西亚。不然你就没走到这条街的街头，就等于你没到哈尔滨。”

不知道，为什么清高傲慢的法国人，总对米沙的东西感兴趣。法国驻中国大使馆的文化参赞和夫人在这个城市待了3天，竟有两天到露西亚吃饭。他们说是在法国电视上看到哈尔滨有这么个店，到这里一看，就喜欢上了。还有一位美国的四星海军上将和夫人专门来到这个小店喝了半小时的咖啡，是中国的一位舰队司令陪同的。

也许受了露西亚的启示，也许是因为无处表达他对这个城市的深切的爱，2000年，米沙又在中央大街附近的西十道街，花300万元买下了近300平米的楼房，要办一个“露西亚假日花园”酒店。每一个人，无论你的文化高低，只要你走进这座即将开业的3层楼的酒店，你都会叹为观止，发出“太漂亮了!”“太精彩了!”“太辉煌了!”的惊叹。在这个酒店的装修过程中，我已来过多次，每一次都被其感动和激动。

应该说，这是充满艺术魅力的一座宫殿，它饱含了一个艺术家的追求和梦想。我们的米沙对这个每层只有90多米的餐厅，设计了2000多张图纸，领着十几个高级木匠，用了4年的时间，在其墙上天花板上雕刻了数百种欧洲花卉图案。他自己亲手创作雕刻了27个人物。那花样小的寸许，最大的有一米多的直径。那人物都是1米多高的天使，立在餐厅的角落里。这餐厅里每一件东西都是艺术品，它凝聚了米沙无数的心血。雕刻一个1米2直径的木吊灯，米沙领着6个人干了3个月！他是这个工程的设计者，也是一位首席工匠。为了完成这个特别精细的工程，他自己设计了许多新式的木工刀具。

装修这座别具一格的酒店，米沙投入了300万元的人工费，还消耗了最好的核桃楸和柞木90多立方米，大概这个中等饭店的总投入已超过千万了。本来，酒店定于“五一”开业，可米沙对两幅自己画的油画不满意，那画要装饰在大厅和楼梯上，是整个酒店的点睛之笔。他把画好的画撕掉，又在重画。只要是自己不满意的活，一律返工，这是他永远不变的原则。

就在露西亚假日花园的2楼，我见到了正在画画的米沙，那幅叫作《桦树林的精灵》的3米高的油画就摆在我们的面前，画中是一位芭蕾舞姿势的女人，人物是蓝黑色的，背景是深海蓝色。

我对他的采访是从批评他开始的。我说，你是一个一流的艺术家，但却是一个不怎么样的商人。哪个开饭店的，只是装修就用了4年的时间，那一千多万的投入，猴年马月才能赚回来！

他笑着说，我本来就不是为了赚钱，只想给这个城市留下一件艺术品，谁看了都喜欢，随着时间的流失，它会越来越珍贵。他自信地说，这样艺术含量的酒店，装饰如此精细的酒店，在中国肯定就此一家，大概世界上也难寻。我说，这些年我也走了许多国家许多地方，真还没看到这样的酒店。他笑了，天真得像个孩子。我仔细看他，胡子都白了，人也老了许多。他太用心，也太辛苦了。

他还告诉我，那天来了一位同行，是俄罗斯的功勋设计师。他楼上楼下仔细看了这个正在装修的酒店，最后，这位长者紧紧地握着米沙的手，然后单腿跪下，激动地说：“我第一次看到这么伟大的工程，并见到了它的设计者，这是我一生的荣幸！”在这个世界，经常是人们发现某个建筑伟大时，它的设计者早就在另一个世界了。米沙把他扶起来，自己也很激动，因为他碰到了知音。

胡泓和他设计装饰的露西亚假日花园酒店。

花园酒店内的细部装饰都是出自胡泓之手。

这是胡泓设计的哈尔滨博物馆广场。可惜，只是他的一个梦。

我也算是他的一个知音，和米沙是20多年的老朋友了，在他起步商海的时候，我曾为他写过报告文学，这些年我一直关注着他。我知道，其实他的心很寂寞，甚至很憋屈。他为不能为自己热爱的城市干一座像样的建筑而难过。他甚至说过，我要是当市长，这个城市一定会怎么样……这个城市让他喜欢的新建筑，大概还没有。

我想，在中国，志大才疏的人，可能一辈子还混得不错；志大才高的人也可能因无法施展，悲叹终身。体制有局限，人际关系成网，你想干点有创意的大事，比登天还难。应该说米沙，我们的艺术家胡泓已经很幸运了，他毕竟干了几件为百姓称赞，又可留传于世的事吧。另外，作为艺术家、设计家，他还年轻，蓄势待明天吧！

今年的大年初二，米沙自己开着车又跑回了他下乡的852农场，对着那茫茫的雪原大声呼喊。那是一片一言难尽的土地，上面有他的幸福，也有他的痛苦；有他的欢乐，也有他的悲伤，但总是不能忘怀。他回到了老连队，看到他们盖的大食堂倒了一半，也看到了日子越来越好的老职工。他用自己的方式感谢他们。路过佳木斯，他还看望了因精神病住院的战友。那个人的故事，我也写过。他说，他去充电，回来后，心里踏实多了。

他说，以后要常回去。他还准备拍一部纪实电影。这位幻想家，又有了新点子。你就等着看吧。

附件：　胡泓给作者的信

宏图大哥：

看完了稿子不敢乱动，只是确认了日期和数字的小误处。

心里很不平静，主要是我觉得自己实在不像宏图大哥所写的那么优秀，很有些紧张和胆怯。如此一来我还要更加十倍百倍地努力才是。

跟宏图大哥说心里话：我也追求金钱的数量，钱多的时候也很快乐。可是我最主要追求的是理想，是自己在头脑中憧憬中、幻想中、构思中、构思完成中的那种妙不可言的欢乐。还有你一旦把它创作出来，它也让别人深深地感动。那是一个思想，一个属于自己的感动。它融在作品里，让人们永远去体会那种美。

我希望是这样的：我离开这个世界，而我的作品还在这个世界中长期地生存着，它仍在让人们感受到深刻而高尚美而感动。

向宏图大哥深深地鞠躬。

胡泓上

2008.6.10

50. 有多少浪漫可以重来

列车启动的那一刻，卷起站台上的一阵声浪，有锣鼓声，有欢呼声，也有哭声。我从车窗口探出身子，向妈妈、向弟弟妹妹、向同学们，还有她，告别。火车几乎是推开人群走出车站的，先是慢吞吞的，以后便呼啸着奔跑了。

当年她真像个明星

她跟着启动的火车跑着，穿过站台上的人流，一步一步，先是慢跑，后来就是狂奔了。火车消逝在远方，她停了下来，在站台上，在人群淡去的站台上，默默地流泪……

她是我的同学，本来也是我的同行者。在 1968 年的那个不平凡的 5 月，她和我一起报名到黑河的哈青农场下乡。那时，大规模的知青下乡还没有形成人人必走的运动。在“文革”中失去升学机会的我们高三学生，已开始复课。但是乱象纷呈的学校还是容不下一张平静的课桌。作为当时哈尔滨一中的学生中的共产党员，我串联了几个同学，贴出一张“上山下乡闹革命”的大字报，响应者当然有也是学生党员的她。尽管在“文革”中，我们已历经磨难，但激情之火并没熄灭。在迁办户口的那一天，她重病的母亲，突然心脏病发作，不省人事，学校的军宣队怕出人命，取消了她下乡的资格。

后来，回忆起当年火车站台上的那一幕，我对她说，你在追赶我，追赶爱情吧？因为离开哈尔滨的前一天晚上，她到我家为我送行，送给我一个笔记本，里面夹着一张她穿着军装的照片，那上面写着一句诗：

似水柔情何足恋，
堂堂铁打是英雄。

她说，我在追赶革命。看着你们走了，我觉得自己被时代车轮甩在后面了，我一定要追上去！

是的，我知道她是一个要强的女孩子，从小学到中学都是学品兼优的学生。她特别爱读书，向往革命，追求自由，是她在书中的革命青年身上学到的理想。1966年在社教运动中的一中，新中国成立后第一次在中学生中发展党员，我是那一年的1月入党的，同时入党的还有现任的黑龙江省人大副主任滕昭祥、曾任哈尔滨市副市长的朱盛文等。她是3月份入党的。在报考大学志愿时，医学世家的她报考北京医大，学校领导找她谈话，为了支持亚非拉人民的革命，希望更多优秀的学生能报考国际关系学院，她马上服从了组织的意见，开始了女外交官的梦想。

然而突如其来的革命风暴，把我们的所有梦想都冲灭了，“学生党员”成了革命的“对象”，我们被所有“革命组织”拒之门外。她和3个要好的女同学要到外地串联，被红卫兵追到火车站。“你们不是红五类，不能串联！”她们据理力争：“我们也不是黑五类，凭什么不让我们参加革命！”她们终于登上了火车。沿着书中的线索，她们在北京寻找《青春之歌》中林道静的地下斗争的足迹，在重庆寻找江姐和许云峰与徐鹏飞、甫志高斗智斗勇的场景。她们曾深夜爬上歌乐山，在渣滓洞惊叹那从洞顶滴落的水滴是棕红色的，如烈士的鲜血还在流淌……

革命激情燃烧后就消沉和逍遥，是那个时候青年们的思想规律，可她没有消沉却更清醒，她恨自己因晚生失去了像林道静一样“革命加爱情”式的浪漫，也失去了像江姐一样视死如归的壮丽。在被拒绝革命的压抑中，她读普希金，她“忍受期待的煎熬，翘望那神圣的自由时代”，她也在呼唤“趁我们还在热烈地追求自由，趁我们的心还在为正义跳动，我的朋友，快向我们的祖国，献上最美好的激情”！

她是把上山下乡当作一次投身革命的壮举，也把它当作走出黑暗追求自由爱情的一次机会。当她在等待中，读到我在北大荒写给她的诗，那诗写在小兴安岭的白桦树皮上，她躲在校园的大树后哭泣。

勇敢和坚定可以冲破所有羁绊，她终于在这一年的11月7日，十月革命节的那一天，悄悄地登上了北去的列车，同行的还有一个非要去保卫边疆的狂热小姑娘。看着这两个细皮嫩肉文文静静的女孩子，同车的人问，你们去哪玩呀？她们坚定地说：上山下乡，屯垦戍边！

遥望远方不知前途在何处

小兴安岭迎接她们的是凛冽的风雪，从黑河到我们下乡的哈青农场要走280里山路，她俩轮流坐在那辆破嘎斯车的驾驶楼里，另一人就只能挤在敞篷的车厢上。车行途中，要几次下来跑一跑，否则就会冻死在车上。当汽车走在黑龙江的冰道时，她们看到了对岸的军事哨所，又紧张又兴奋！傍晚，嘎斯车到了营部，许多人围上来看，来自哈尔滨的“白雪公主”，而她们已冻得说不出话来。我只能远远地望着，那个时候知青刚刚下乡，爱情都是隐蔽的。

她被分配到了后勤连，当上了炊事班长。比她先来的老同学朱盛文当木工班长。本来要让她到营部搞清查，后来从档案中看到她的祖父当过东北军的医生，便作罢了。那时我先在清查组，后来也因为父亲被定为“走资派错误”，而被清理到报道组了。她从家里带来针灸用的银针和一些医学书，她看到山里长着丰富的中草药，曾给营里领导写信，建议就地取材建立药厂，当时刚成立的营卫生所也缺人，可能因为她家庭的“政治问题”，她没被“重用”，但并没影响她成为知青们业余的卫生员。

在家时连面条都没下过，要给100多人做饭，对她是很难的事儿，当时她吃了不少苦，挨了不少累，现在想起的，都是些有趣的故事。

那时她特怕冷，经常咳嗽不止，因找不到对症的药，怕影响战友们休息，只能整夜坐着吃冻梨，以冻止咳。同志们把她安排在最热的炕头，又多烧了些柈子。那天上夜班的她在宿舍睡觉。中间有的战友回宿舍喝水，看见她的炕下的被褥在冒烟，她还在呼呼大睡，大家叫她不醒，以为她熏昏，把她抬到炕的另一头，她还在睡。炕上垫的板子和她的厚褥子全烧着了，再晚一会儿，火蹿上来，她真的要葬身火海，变成火凤凰了。后来知道，那是因为她水土不服，总爱睡觉，就是烈火烧身她也醒不了。

中午开饭了，窗口外排满等着吃饭的战友，满锅的菜汤就要开了，汤里漂着海带丝，连点油星都没有。为了调味，她抓了一把味精撒到锅里，突然锅里泡沫翻滚！有人喊："放错了，那是苏打粉！"她又急又气，蹲在地上哭起来。这时窗口外有人喊："别哭了！快倒醋，酸碱中和！"她马上又把一瓶醋倒到锅里。知青们很给这个笨蛋炊事班长面子，那天中午把一锅汤都喝了，边喝边说味道不错！

炊事班最累的活是挑水，她当仁不让地天天上井台。那时她瘦弱得像迎风摇摆的白桦，挑起水就像个虾米了，晃晃悠悠地挑到食堂就剩半桶了。最危险的是，寒冬腊月，井台已冻成冰山。那天，她手脚并用地爬上井台，吃力地摇着冻满冰凌的辘轳，慢慢地把挂满冰的柳灌斗放下去，感觉装满水后，再双手费力地摇上来，辘轳吱吱呀呀地叫着，那沉重的柳灌已到了井沿，她腾出一只手去提，可另一只手的力量已把不住辘轳了。这时，突然脱手的柳灌斗又哗的一声掉进井里，辘轳在井绳的拉动下飞旋起来，重重地向她砸来。她向后一闪，正好砸在她的小腿上，她痛苦地应声倒下，和辘轳一起滚落到井台下。这时正好有人路过井台，他喊来战友把她抬到屋里，用剪刀剪开棉裤一看，腿上已砸出一个青紫的大包，还好并没骨折。她已是满眼泪水，还装出谈笑凯歌还的样子。

多少年了，那伤痕还在，腿上留下一个坑。现在说起这件事儿，她很自豪："我也是渡过江，摸过枪，身上还有伤的老战士！"我说，你就偷着乐吧，你如果当时不撒手，就跟着柳灌斗落井了，那白桦林里又多了一个坟茔！这样的事，在兵团没少发生。

只是劳动的艰辛也还能忍受，刚到哈青的知青们又被卷进了政治运动。那时黑河正搞深挖"苏特"运动，知青们以城市革命的方式，又开展农村斗争，在这个清一色的知青农场中，我们也挖出"重大线索"。正在鸡飞狗跳之时，军宣队进驻，又把知青打成"二月逆流"，朱盛文被大会批判，几乎被逼得跳井，我也被"靠边站"。并没受到触动的她却为我们鸣不平，她在一封给同学的信中说："朱盛文被大会批判了，老贾也快不行了……我们到边疆是参加革命的，怎么成了革命对象！"她请一个到黑河办事的同志投进邮筒，可是这个同志拆开偷看了，还交给了“首长”。“首长”让她大会检讨，当个划清界限的典型，她说，我就是这么想的，没什么可检讨的。那时，她很崇敬为自由而战的俄国“十二月党”人，特别敬重和她们的丈夫一起流放到西伯利亚经历苦难的贵族妇女。她崇拜她们的忠贞不屈。她曾抄一首普希金的诗给我：

爱情和友谊将会冲破
幽暗的牢门来到你身旁
就像我这自由的歌声
会飞进你们苦役犯的牢房

这首诗就是普希金托“十二月党”人的妻子带到西伯利亚的。

后来，她因“立场不坚定”理所当然地被撤销班长职务，到猪号喂猪了。她上任愉快，干得很有兴趣。从此猪号成了知青显示“共产主义星期六义务劳动”的场所，全连的男女知青们一有空儿，就来帮她挑猪食起猪圈。那时她最大的贡献是发明了一个脍炙人口的“段子”。那天，她精心照顾的母猪就要产崽了，她手足无措，向营部兽医所边跑边喊：“孙兽医快来呀！我们连的猪要生小孩儿了！”

不过她并不在意别人的笑话，常自豪地说：在猪号，我第一次感受了当母亲的快乐！当时她饲养的小猪，一个个都白胖白胖的。

其实，我看到她的场面并不快乐，却很苍凉。那时，我常骑着马到连队采访，我看到她在天低云暗荒草萋萋的草滩上，追逐着猪群，凌乱的头发在风中飘动，她曾十分美丽的脸庞上写满忧伤。我呼喊她的名字，远远地我看出了她坚强的微笑。我当时很后悔，后悔让她跟我来到了这大山深处的莽林之中，后悔她放弃了已在学校工作的机会！现在说起，她已不记得“苏武牧羊”式的往事，她只记得我曾给她写的那首诗：

扬鞭策风雪，
铁马越冰河。
笑指山间鹿，
林海听我歌。

她说，看了你这首诗，我就觉得，我们没白来北大荒！

经常地流泪，是那个时候女知青忍受困难和战胜苦难最有效的办法，她只哭过一次，那时连里演忆苦剧，朱盛文演农奴，她演农奴的母亲，那时他们真的流泪了。（现在一想起老朱她也流过泪，他也许在天堂里等着这些老战友！曾担任过哈尔滨副市长的老朱已死在狱中。）

高尚的追求让人坚定，友情和爱情给人无限的温暖。这就是在那个时代她和许多知青能度过风雪严寒的原因吧。

两年之后，我远走高飞了——被调到了佳木斯的《兵团战士报》当记者。我又坐上了那台破嘎斯车，告别她和战友们，走出莽林和大山。大家都对她说，这回你也有希望了！她说，我不会跟着他到佳木斯当“家属”的！那时兵团机关多为军人，可把爱人当随队“家属”调来。我到报社不久，领导也说过，可把你的“家属”调来。她反感“家属”这个词，也不愿意离开风雨同舟的战友进城。她说，这一辈子要做一棵独立的大树，不想依靠任何人！

重返老房子，我们也老了

那一年冬天，我们贡献了青春的哈青农场因无地可垦而被撤销了。她随队南迁，到了五大连池农场（5团），并被安排了一个重要的职务，到贫穷的13连当家属队的指导员。她热情洋溢地挨家走访，却一路上呕吐不止。只见房屋破烂，人畜混居，肮脏不堪。那脸也不洗的妇女敞怀奶着孩子，炕上鸡在啄食，地下鸭在拉屎，连一个干净的水碗都找不到！

她亲自发动和领导了一场"新生活运动"。办法是先树立典型，她选择了相对干净一点的山西妇女"大白鹅"，在她的家搞样板。先人禽分离，把猪和鸡鸭鹅狗赶回圈里；再清掉屋地的污泥，铺上三合土，夯实成平整的地面；再用牛皮纸糊炕，用报纸糊墙和天棚；最后把窗户的玻璃擦亮，在桌子上摆上插着山花的罐头瓶。两天的工夫，"大白鹅"家焕然一新了。接着她动员所有人家以她家为样板，也来个改天换地。"运动"不断深入，她又教她们洗脸、刷牙、化妆、穿衣服。晚上她又把家属们请到知青宿舍，教她们学识字，学写信。这下子，13连可火了，最高兴的是那些男职工，他们发现自己的"屋里人"香了，美了，有文化了！

这时他们才相信这个弱不禁风的城市姑娘有这么大的本事。当然作为指导员的她更高兴，这时她才明白知识青年下乡的真正意义。她改变了别人，别人也改变了她——脸黑了，手粗了，放下了孤傲，变得开朗随和大度了。更重要的是她真正了解了普通中国农民的生存状态。她下了决心不能当长在营养液中的鲜花，而要成长为扎根黑土的庄稼。

后来她又调到连队的小学当老师，继续她的"新生活运动"，每天在教室门口摆着一盆热水，她为每个学生洗手剪指甲，手不干净不让进屋！（这项法律还在我们家施行，不洗手不让吃饭！30年不变！）当然她更多的精力是教好每一个学生，她像尽职的老师一样，业余时间家访每一个学生，请辍学的孩子回校，为贫困学生买书买本。那时，她写给我的信中洋溢着笑声，而没有带来一片阴暗的云彩！

当时她最大的幸福是，五大连池需要她，孩子们需要她。这时哈尔滨也需要她们，市里教师紧缺，要把在农场和兵团的高中生招回来，短训后充实到教师队伍中去。她正在犹豫中，我陪贺晋元副总编到五大连池采访，这位热情的军人，为她做出决定，要么调到佳木斯的兵团子弟校当老师，要么回哈尔滨当老师！不愿意当"家属"的她还是回哈尔滨了。

回家的日子很温暖，但不浪漫。她没有当老师却到团市委当了干部，因为她“文革”前在一中高三一班领导的团支部是全市先进。她起早贪黑，东奔西跑，她们搞的那个“送温暖活动”后来成了全国青年的行动。她已当了宣传部长时，我还在兵团当知青。我回哈探家时，曾随她去家访过自学理论的青年工人朴义（现哈尔滨市委常委、宣传部部长）和积极上进的插队知青胡世英（现绥化市委书记）。这些人后来都成了好典型，现在成了栋梁。

她还光鲜照人

她是个另类干部，经常提出一些“不合时宜”的个人意见，而且始终坚持。我给她写的人生“鉴定”是：

风采依然，脾气照旧。
貌似温柔，浑身是刺。

她下基层本来是总结女子火化工爱岗敬业的典型经验，她却反对被人称为“女鬼”的有艺术专长的漂亮姑娘当一辈子火化工。她为当年知青典型冯继芳的儿子因户口不在哈尔滨而不能上学而找市委领导帮助。她鼓励为工作多次流产的劳模女乘务员宋凤焕“保胎第一工作第二”，为此她找过她所在的单位的领导，要求他们关心女职工的生育问题。现在那个已经退休的劳模乘务员和她在省歌舞剧院当演员的儿子是我们家的好朋友，那位劳模还保留着她当年给她的信——“生孩子是生产力的再生产，也是对社会的贡献!”

后来她转业到党校当党建教研室主任，她发表的论述在社会转型期党的建设问题的论文在省市多次获奖，成为许多基层干部的党课教材。再后来，她到外事部门工作，也许是为了圆一个梦。她们参与创立的中国第一个世界性的冰雕比赛，已在哈尔滨坚持了20年。她跑了许多国家，在文化交流中，她向外国朋友介绍了开放的哈尔滨，还引进了许多智力项目，促进了老工业基地的改造。在国际舞台上，她很动人，不仅让许多外国朋友认识她高贵的气质，更认识了她美丽的家乡。每到年终，她总能收到来自世界各国朋友的贺卡，这让也走南闯北的我很羡慕也很嫉妒。

青春稍纵即逝。奔腾的大江总要归于宁静的湖海。有多少浪漫可以重来，一切都在美好的回忆中。那是关于一个女人革命激情和小布尔乔亚浪漫的故事。如今，回归家庭的她，还像青春处子一样地单纯，像沧桑老人一样地淡定、从容。她最有兴致的是，从报上剪下我和儿子的文章，然后贴在一个本子上，慢慢地欣赏。她是我的那些篇《我们的故事》的第二作者、第一读者。她也不时去“泡股”，经常报喜不报忧地说“又赚了”。可看她每天挤公交车而从不打的，看她在菜市场不是货比三家而是货比多家，我和儿子从来不信。

对了，忘记告诉读者了，她叫王明珠，过去我的老同学，当年我的老战友，现在点灯说话的老伴。

◎博客留言：

我的父亲是知青，他对知青特别有感情，毕竟是属于一个前无古人、后无来者的团队之中，过了多少年之后是极容易生出一种历史感和使命感的。这种空前绝后的人生经历，越是把它当成往事，它越是历历在目。作为知青后代，“知青”这个名词，几乎在我的心中不带任何感情色彩，一直没有幻化成一个“动词”或“形容词”。知青，是我不了解，也并不渴望了解的一些人。

我所以对这个群体如此亲近，又如此陌生，这还要感谢我的父母。他们并没有因为自己有如此不寻常的经历而表露出任何不同寻常之处。就像所有真正有故事的人一样，他们看着如此平常，骨子里却藏着那么多爱恨情仇。这与我们这代人反差很大，我们甚至无聊到喜欢来点探险，然后虚荣地讲出一点点所见所闻并沾沾自喜。“看，我有今天多不容易！”“瞧，我受过如此多的磨难！”父母身上有最好的励志故事，但他们却不硬塞给我们。他们安心地看着我们宽松自由甚至是安逸逍遥地生长着，而不是用自己的过去强迫我们换种眼光去认识世界。这是有经历的人，见识过苦难的人，才有的心境。

父亲一直都在搜集知青们的故事，那些故事带他回到过去，令他在花甲之年仍会血脉贲张。前一阵子，他的知青故事在结集出书，我帮他校对。还不时偷笑，有些文字一看就知道他边写边激动得要命，要不怎么会如此多、连续的惊叹号出现在字里行间呀。看了多篇知青故事后，我的情绪也被一步步调动。我做记者多年，也常跟文字打交道，但像知青故事里父亲写就的这些文字的气息和温度，却在时下的文字丛林中非常鲜见了。这在更多地被赋予游戏意味和处于感情泛滥的年代里，足够激荡心胸的少而又少。而知青的故事里有很多，那不是文字赋予了事件激情，而是事件激情过渡到了文字之上。

其中我最喜欢的、认为最好的当然是一篇叫《有多少浪漫可以重来》的文章，因为这文章的主角是我的母亲。不过，那文字记录的并不是我熟悉的母亲，记录的是一位青春少女的革命热情，记录的是一位女知青的青葱岁月，记录的是一场由革命爱情串起的精神恋爱。精神恋爱，多么伟大的字眼，这种形式以及那个时代灰飞烟灭，好似不曾存在过。那是个物质世界交困的年代，但同时又是一个精神世界丰富的时代。用互诉革命理想的方式，就可以交往恋爱，超过时下任何偶像剧蹩脚的浪漫。用装有诗歌的信件，作为感情的信物，超过现在所有重金打造的彩礼。那是我们这代人如何才能企及的爱情制高点呀？在这个爱无力的年代，功利的爱情没有什么值得拿来回首。当我们像父辈一样老去时，有什么特别可供追寻吗？QQ 里的贫嘴的聊天记录早已消除了，一起吃过的冰淇淋也消化掉了。好吧，我们不回忆了，只能放眼未来。

老知青们冰天雪地、荒凉凄苦的过去，却绽放出浓烈的记忆之花。那花朵娇嫩但不欲滴，多彩但不多姿，因为用鲜血沾红的花朵不轻露妩媚，真正有故事的人不卖弄他的经历。

——贾大雷

◎附记：

这篇博文的作者是我的儿子，他在博客上看到了我的文章，于是就留下了这篇小文。他是名副其实的知青后代，当他在哈尔滨出生时，我还在北大荒的风雪中。作为老知青的后代，他赶上了一个好的时代。但他的物质生活也艰辛过，因为我们刚返城，月工资收入和我们的年龄相同，儿子的玩具和零食比其他孩子要少，有时到公园玩甚至连一支冰棍都舍不得吃。有时他甚至是很孤独的，刚刚返城的父母又被“二次创业”的激情燃烧着，他被我们忘记了或疏忽了。但是我们的孩子还是成长起来，不经意之间，儿子已经长到我们当年去北大荒的年龄。

不知为什么，我不愿意给儿子讲我们的故事。因为我不知道，他们听了这些故事会更尊重我们呢，还是相反？

现在，我终于听到了儿子对我的“宣判”。他理解自己的前辈。我心安然。

那么孙子呢？他们会怎么评说他的前辈的前辈？

我还会耐心地等待着，因此要好好活着。现在孙子才 3 岁半。

2012 年 3 月 1 日

附录

陆天明、白烨等作家力荐贾宏图的知青故事

著名作家贾宏图讲述北大荒知青故事的长篇纪实文学《我们的故事》已在《生活报》连续登载两年有余，在广大读者中引起了强烈的反响，尤其引起了老知青们的强烈共鸣。近日，《我们的故事》由作家出版社结集出版，并在哈尔滨广播电台“音乐909”连续播出。近日，记者采访了几位著名作家、评论家和编辑，他们都给予了《我们的故事》热情推荐。

评论家白烨：
这本书值得推荐

（1975年毕业于陕西师范大学中文系，中国社会科学出版社文学编辑、编辑室副主任及主任、总编辑助理，副编审、编审。中国当代文学研究会副会长，中国文艺理论学会理事。著有专著《文学新潮与文学新人》《文学论争20年》，主编《小说文体研究》等。）

知青本身是社会影响很大的，影响了几代人，它在文学中也是一直到现在很有影响的文学写作现象。所以从这个意义上讲，我觉得跟这个相关的东西是值得关注的。我从2008年图书订货会上各个出版社所提供的书和书目里面挑选值得给读者推荐的书，在纪实这个类别里面，我发现了贾宏图的这本书。他这本书是写知青的，因为作者本人也有知青经历，我相信他这本书从他的角度上对于知青几十年来的苦难，包括他们的影响会写得非常好。当然，关于知青方面的书不止这一本，但因为这本书更值得关注，所以就推荐了它。

作家石钟山：
感受他们生命的律动

（辽宁省沈阳市人，1964年出生，其主要作品有：长篇小说《男人没有故乡》《白雪家园》《飞越盲区》《向北向北》等。中短篇小说集《父亲进城》《快枪手》《军歌嘹亮的年代》等。《激情燃烧的岁月》使更多的读者和观众知道了他的名字。）

《我们的故事》这本书是写一代知青人的命运和心灵发展轨迹的一部作品。知青题材的作品我也写过一些，虽然知青的故事离我们已经很遥远了，但是他们的这种命运，以及他们那一代人所处的那种时代环境、背景给我们这代人所造成的影响，我觉得他们那种积极的意义还在。

曾经当过知青的这一代人，他们的年龄已经进入了暮年，但是他们的精神和他们的故事仍然在我们心中存活着。同时这一代人又生产出了许许多多杰出的人物，比如说知青兵团中所产生的作家包括张抗抗、梁晓声、肖复兴、陆星儿等，他们曾经在文坛上叱咤风云过。这一代人给我们留下来的精神食粮仍然在影响着我们，我们在感受着他们这种生命的律动的同时，也能体会出那一代知青人身上的精神。

作家陆天明：
珍惜这笔可观的精神财富

（国家一级编剧，中国作家协会会员、中国电视艺术家协会会员、中国戏剧家协会会员、中国作家协会主席团成员。现供职于中央电视台中国电视剧制作中心。主要作品有长篇小说《大雪无痕》、电视剧《苍天在上》。）

那是我们几代人会回忆到生命最后一天的一个特别重大的话题。相对来说，也是一个永恒的话题。对于这一代人来说，是一个永远都不可能回避，也是一个永远会点燃激情和生命勇气的话题。对于很多老知青来说，也是他们一生引以为骄傲的，虽然也给他们带来很多痛苦的回忆，但是他们还是会把这段生命的经历当作自己最闪光的一个生命点来保存在自己心灵的深处。所以贾宏图先生能够在这个时候写出这样的作品，作为一个老知青既表示感谢，也表示祝贺。我相信对于这一代人，对于今后更年轻的后一代人，这都是一笔很可观的精神财富，希望大家都能珍惜。

作家肖复兴：
最痛苦的回忆也是最美丽的

（1982 年毕业于中央戏剧学院。现任《人民文学》杂志社副主编。已出版长篇小说、中短篇小说集、报告文学集、散文随笔集和理论集 80 余部。曾有长篇小说“青春三部曲”，报告文学《和当代中学生对话》《和当代中学生通信》。近著有《音乐笔记》《音乐的隔膜》《聆听与吟唱》等。《音乐笔记》获首届冰心散文奖。《那片绿绿的爬山虎》《向往奥运》等篇入选大中小学课本。）

作为一名知青，我希望《我们的故事》这本书能够带给无数知青们更多回忆，更多思考，更多向前走的勇气。青春岁月的回忆，无论是多么痛苦也好，多么挫折也好，当你回过头去，那些青春最痛苦的回忆也是最美丽的回忆。

在纪念知青 40 周年的日子里，重新回顾知青的历史，进行反思，我觉得无疑是对现实有着非常重要的意义。我觉得现实实际上不是凭空走来的，它都是从历史的深处走来的。而未来是过去与现在的连接体，如果失去了过去与现在，那就没有未来。所以，如果从未来着想的话，首先我们要做的就是不要忘记过去。过去无论是痛苦也好、蹉跎也好，甚至是有很多的失败和黑暗也好，我们首先应该去面对它，这是一个最基本点。第二点在于重新回忆历史的时候，实际上我们的回忆已经和当年是不相吻合的了，我们的回忆被怀旧的情绪所燃烧所膨胀，因此会有跟过去的事情有背离的状态。因此，真正寻找到当年真实的回忆，我觉得对每一个知青来说都是一件很艰难的事情。但是，就是这样艰难的事情也在于它的意义，如果没有这样的艰难，我们的回忆都是轻而易举的，我们的回忆都是甜甜蜜蜜的，我们的回忆都是说我们为过去青春没有蹉跎、青春的奉献所骄傲的话，我觉得这样的回忆是没有任何价值的。所以，我分析贾宏图的书里一定有很多他自己的回忆，也有他自己的思索。（菲阳　王虹）

与梁晓声的通信

（一）

宏图你好！

哈市一晤，言积时短，彼此未能尽叙，怅然。

回到北京，诸事临头，竟未能翻阅《我们的故事》；至昨晚，终可捧卷在手，持续读百余页。几番掩合，盖因思绪多多，心潮难平耳。

于是吸烟……

于是失眠……

晨起已迟，不洗漱，便写此后。

宏图，我对你此书的评价那就是——无第一等情怀，断无这样的一本书问世。无这样的一本书问世，关于知青的历史，则不能是真实的历史。

并且，我由衷地认为——我的几部所谓知青文学代表作，其社会认知价值全部加起来，尚不及《我们的故事》一书的分量。

当然，文学的文本与纪实的文本，是不可用同一种价值标准来比较的。

但我一向认为，优秀的文学，它的社会认识价值也应是公认的。进一步要求，它的社会认识的价值，当深刻于纪实的文本。恰在此点上，我当年并未做到。主要还不是思想水平的问题。对于“上山下乡”运动，当年有当年允许公开表现的尺度。逾越了尺度便等于是废纸，便注定胎死腹中。

故我一直期待，能有一本书，从特别真实的角度，折射特别发人深省的“知青时代”之特别。

是的，依我想来，对于1968年至1978年的中国，对于全国2000余万被卷入“上山下乡”运动的城市学生，“知青时代”当是更确切的说法。

《我们的故事》中的“我们”，其对于知青群体的指代性，是当之无愧的，是迄今为止一切知青文学都无法企及的。估计，也是以后任何知青文学所做不到的。

100个人物、100种坎坷、100种令人唏嘘不止的人生——宏图，你做了小说家力有不逮之事。而且，这件事正该你做！

我一边读你的书，一边在想——以你老报人的资格，为官员们写提升形象的文章，为商人们写传，岂非经常名利双收？

可你却专执一念来写“我们”。

这是些怎样的“我们”啊！他们除了被写的恓惶，什么好处都不能带给你，而你义无反顾！

你知我一向是尊敬你的。

你的书使我更加地尊敬你了。

我所言第一等的情怀，如是也。

却又不止于此——我们这一代人，对于中国之从前，是有告知下一代的责任的。我们这一代人中你我这样的人，对于中国之从前，尤有以字纸记录的责任。如果我们不尽这一种责任，我们不仅愧对“我们”，亦愧对我们的下一代。进言之，愧对中国对于中国之文化积压的知识分子的理所当然的要求。

我们既有责任和使命以文字记录从前，当然便应记录较真实的从前。而较真实的从前，是有许多不堪回首之事的。对于那些事，我们的下一代所知甚少。他们也许能娓娓道来地证明自己对于中国的古代知道许多，但是对于50年代、60年代、70年代的中国，却往往一问三不知。

这是每令我怔然的现象。

有些人士忧患新几代人们不见今日中国之进步；我则忧患新几代人不晓中国之从前的荒唐种种。

不知有冬季的人，不解寒冷何意。而不解寒冷何意，与言春夏，大抵也白费唇舌的。

《我们的故事》不避讳写出那些悲惨的往事今昔，这是我特别特别特别……对你敬意倍增的原因。

也许，有的人不喜欢那些记录，认为是“鸡蛋里挑骨头”，果真如此，便随他们去吧。

一等情怀当是负责任的情怀。

真实对于时代的记录者，是不可以佯装不曾见闻的。

宏图，你确乎已为“知青时代”留下了“生命的缩影”。

你尤其在《序》中检讨了当年的自己，读那一段文字时，我心一片感动，几乎落泪。在这一点上，我俩有些不同。我出身于工人家庭，属“红五类”，但在你言为“阴风浩荡”的年代，我已被雨果教诲成了一个少年人道主义者，于是幸免于狂热。但，正因为如此，我应在“时代的书记员”这一点上做得更好，可我至今认为自己做得太不好……

你的书使我们羞惭。

毕竟，我也是“我们”中一分子。

你做了我力有不逮之事，我大释怀。

亲爱的朋友，昨夜又读到写“小凡”的那一篇，篇中的“苏副指导员”令我周身寒栗。“她”那样的人，在从前，我们是见得太多了。

“她”也是一面镜子，给今天类似的人以警醒。

我明日去外地，待回来后，读罢全书，再作更深入的交流……

晓声

2008 年 7 月 4 日于北京

（二）

晓声你好！

作为著作等身的大家，能把朋友的书郑重地放在书架上已很难得。你竟把我的《我们的故事》连夜细读，并为之失眠，第二天不待梳洗打扮便写此信。

我甚为感动。也许不是我的那些你熟悉的故事你夜不能寐，而是因为你对知青——那些曾与你生死相依的战友太关心太热爱了，还因为你对知青文学太关心太热爱了——你是那片土地最早的开拓者，至今还难以释怀。

你说：“我由衷地认为——我的几部所谓知青文学的代表作，其社会认识价值总和加起来，尚不及《我们的故事》一书的分量。”

这话让我汗颜。晓声说：“无一等的情怀，断无这样一本书问世。”如果说，我是一等情怀，那么晓声你就是“特等情怀”了。谁都知道，你的《这是一片神奇的土地》和《今夜有暴风雪》，还有其后的《雪城》和《年轮》，是发表在上个世纪的70年代末和80年代初。在那乍暖还寒的季节，发表那样的知青文学，已是石破天惊的事了，其中已包含了难能可贵的你对知青运动的反思，和在边塞绝寒之地奋斗的美丽青春闪放的人性的光彩。我以为晓声兄的作品中真诚的理想主义、英雄主义和人道主义思想，最早表现在这些作品中，并流淌在你的以后的许多作品中。大概关心知青文学的人都会认为，《这片神奇的土地》和《今夜有暴风雪》是知青文学的经典，具有毋庸置疑的“里程碑”意义。我还以为《雪城》和《年轮》又是表现知青“二次创业”的开篇之作，其实“后知青时代”知青们经历的人生苦难更多。晓声你是“我们”最早的代言人。作为一个有骨气、敢担当的作家，你的悲天悯人的情怀，一直感动着我们，激励着我们。

我的这些故事是写在你的那些名作发表的20年后，这时知青运动大势已去、尘埃落定，知青这个浩大的群体也将在历史上渐去渐远了。这临秋末晚的写作，不必冒什么风险，开始只是为了“还债”——当年我也曾信誓旦旦地要扎根边疆，并且也写了许多鼓吹扎根边疆的文章，现在自己身居高位、衣食无忧，而我的战友们有的还在农村劳作，即使返城了，日子也很艰辛。

良心未泯，良知还在，为遵守承诺，于是我边走边写，一晃两年多了，现在《我们的故事》已由作家出版社第二次印刷了，其续集《我们的故事-2》又在作家出版社下稿了。

知我者，晓声也。感谢你及许多知青战友对《我们的故事》一书的理解和褒奖。晓声所言极是：“我们这一代人，对于中国之从前，是有告知下一代的责任的。”作为一个老记者和纪实文学作家，在这方面确实是第一责任人。我是受到美国作家斯特兹·特克拉影响的，他以口述实录的方式，采访了300人，精选其中的百篇，出版了后来获“普利策文学奖”的《美国寻梦》这本书。此书后来被翻译成各种文字，成了整个世界认识美国的一个窗口。我想我的这本《我们的故事》如果能成为了解曾使近2000万中国青年卷入其中的中国知青运动的一个窗口，我也不枉为一次作家。

我的写作原则就是：真实，再真实！其实所有真实都是有限度的，即使社会已经很宽容了，但谁也不肯“裸体”示众。但总算比较真实地写出了当年北大荒知青的苦难和风流，尽管有的内容残酷得令人“周身寒栗”，我还是写了下来。为此你的“敬意倍增”，让人颇为欣慰。对于那个特殊时代的悲剧，我曾说过，忆苦是为了思甜，重新说起是为了不再发生。不说真的不行，别说后代，我们自己都快忘记了。列宁老人家早就说过：忘记过去就意味着背叛。

我知道纪实文学的特殊功能，以及纪实文学作家可为“小说家力有不逮之事”，但我仍然尊重小说家，如晓声这样有宏观把握历史、微观洞察人心能力的作家，你们可为时代留下“史诗”般的巨著，那也是纪实文学作家“力所不逮的事”了。为世界上绝无仅有的“中国知青运动”（或晓声所言“知青时代”）留下史诗，我们寄希望晓声你这样的非凡的小说家了。

今年的5月上海举办了一次影响很大的知青油画展，画家中有好几位我们熟悉的北大荒的知青画家。许多名人为这次画展写了序言，美术评论家毛时安的序言让我很感动，他说：

“在人类历史上有因为战乱和灾荒的人口大迁徙，但从来没有过一次人数如此众多、时间如此漫长、以纯粹年轻人为主体的如此壮观的生命大迁徙。这样的事情，中国历史上未曾有过，人类历史也未曾发生。上山下乡运动，是用青春、热血和生命谱写的历史强音。”“知青用自己的聪明才智给荒原带来文明，用自己尚未完全成熟的身躯，支撑了共和国大厦。他们不仅将青春甚至将生命托付给了自己为之奋斗、深深挚爱的土地。历史不会忘记知青，也不应该忘记知青。”

也许，这是对知青运动一个最积极的评论，无论怎么说，这个空前绝后的事件，对中国和整个人类都是一部教科书，是作家创作的富矿。二战写了多少年了，出了多少名著；连对美国是个耻辱的越战，他们又写了多少书，拍了多少电影？而参战的美国青年绝没有中国上山下乡的知青多。

我以为知青文学并不会因为纪念知青上山下乡运动40年而终结，而应该是新的开始。我们这帮知青会渐渐老去，但知青文学是会比我们生命更长久的事业。

你本是中国知青文学的“鼻祖”之一，在你面前说这些话，确有些班门弄斧了。

咱们有话实说，知青战友们都希望你为我们写一部“史诗”（无论是小说，还是电影和电视剧）。如果《我们的故事》能给你提供点素材，那是我的荣幸。

敬颂夏安！

宏图

2008年7月8日于哈尔滨

他的故事撞击我的心

肖复兴

贾宏图是我的兄长，也是我喜欢并看重的报告文学作家，在新时期的文学创作中，有他浓郁而多姿多彩的一笔。

当然，贾宏图更是我的老插朋友。北大荒那一片黑土地，是我们共同成长的背景和共同抹不去的记忆。

因此，读贾宏图的新著《我们的故事》，心中充满情感，眼前弥漫记忆，这情感和记忆同属于北大荒。

要格外感谢贾宏图为我们奉献了这本书，这本书不是书斋里的书生之作，也不是商场中的商贾之作，更不是娱乐圈里的艺人之作。如今，书琳琅满目，这样花花绿绿的书却充斥着我的眼目。为了这样一本书，贾宏图付出的不仅是笔力，更是脚力，他把他的笔和视野以及情感，倾洒在北大荒的那片土地上，特别对至今依然留在那里的老知青一往情深。他的一句句文字，是和他刻在北大荒土地上的那一串串脚印，和他倾注在那些老知青身上的一份份情意，密切联系在一起的。如今，这样写作的人不多。更多的人已经不愿意把笔和目光注视这些默默无闻甚至身处人间最底层的普通人。他们已经功成名就，更愿意在宾馆里写作，在文件里写作，在觥筹交错里写作。他们愿意居庙堂之高高高在上，模糊了处江湖之远的地方和人影。

我相信，付出了如此心血辛苦和真诚情感的作品，不仅是我被感动，一定会有更多的读者感动。贾宏图在谈这本书时说："谁来证明那些没有墓碑的爱情和生命？我来！"这样感情深重的话，撞击着我的心。这样蕴涵底气的话，如今并不是所有人都敢说出口并真正付诸行动的。

每一代人都有着各自不同的青春，当青春远逝的时候，能够重新走回青春，触动青春，其实并不是一件容易的事情，因为真正重新走回和触动自己曾经拥有过的真实的青春，需要毫不遮掩的回忆和审视，而这是需要勇气的。我们的回忆往往自觉或不自觉地容易成为一把筛子，筛掉一些现在不愿意再看到的，或筛掉一些被时光遗忘掉的，而这一切可能恰恰是最需要我们垂下头来审视的地方。记忆在证明着你自己的历史身份的同时，无形中泄露你的立场、情感和内心的一些秘密。

贾宏图的《我们的故事》这本书，就是这样证明了他及书中所写的那些老知青的历史身份，以及他们的立场、情感和内心的秘密与激情。

2008 年 12 月 8 日于北京

我为知青作证

——贾宏图在上海图书馆的讲演

（2008 年 12 月 14 日）

今天，这个普通的冬日，我站在上海图书馆这个高尚的讲台上，感到很荣幸。不仅因为在这里讲演的有许多世界和中国的顶级的文化精英，更因为我是代 1700 万知青走上这个讲台的。我们是就要被历史遗忘的一代人，我们的身上留着光荣的印迹，也刻下苦难的伤痕。如果通过我的讲演，你能回望一下我们在历史上渐去渐远的身影，能对我们的前世和今生给予真切的关注，能对中国知青运动这个跨世纪的话题有所探讨，我们就很满足了。

（一）

我是谁？

我从哪里来？

我要到哪里去？

这是古希腊哲人提出的问题。古希腊人认为人活着就是要弄清这 3 个问题。千百年来，几乎所有的哲学家都在探讨着这 3 个问题——他们认为这是对人类命运的关注。

作为普通人，我们也在关注自己的命运。我也常对自己发问：我是谁？我从哪里来？我要到哪里去？作为个体的人，好像这个问题也不难回答。但是作为一个社会人，好像这几个问题也并不简单。

人是社会关系的总和。人的社会属性决定他的命运。

我是谁？

我们是谁？

我是20世纪40年代出生的中国人。

我们是和共和国一起成长的一代人。

我们是和祖国共命运的。我们的经历大体上是3个段落："文革"前的17年，"文革"中的10年，改革开放后的30年。决定我们命运的是文化大革命中的那10年，那时我们的世界观正在成熟，我们作为一个社会的人，走出家庭和学校的。这10年，我们干什么了？当然除了在学校参加"文革"，最主要的经历就是上山下乡。

"知识青年"是我们那一代人共同的名称。无论你下乡了几年，在什么地方下乡，无论返城之后你做了什么工作，无论是高官，还是平民，"知青"就是你的出身，就是你的"胎记"。无论你以此为荣，还是以此为耻，这个身份符号永远跟随着你。

在上山下乡运动中长大成人，这就是我们这一代人最明显的特征。因此决定了我们以后的人生和命运。因为下乡的经历，我们曾被人高看，在改革开放初期进入领导层的知青很多，从黑龙江省看，进入地厅级的知青大概超过百人，副省级的也近10人。从中央看，现在政治局委员中也有好几位知青；也因为下乡的经历，我们也被人轻薄，在企业改革中，首先下岗的是年纪大文化不高的老知青，现在多数老知青是社会的弱势群体。留在农村的极少数老知青，都和当地农民结婚，生活十分困难。

中国的知青上山下乡运动是世界历史上绝无仅有的声势浩大的移民运动。美国的西部开发和苏联建设共青城也是著名的移民潮，但参加的人数和规模都没法和中国的知青运动相比，而且他们的移民主要是生产开发性的，而中国的这次大移民更主要的是特殊时期的政治行动，带有很大的强迫性，这更增加了悲剧色彩。现代人无法想象，近两千万尚未成年的孩子，怎样背井离乡，在极其遥远和艰苦的自然环境下，如何能站住脚，如何能生存下去。我时常想，在天地苍茫之间，知青战友们坐着爬犁，在风雪呼啸中，挺进无边荒原的豪迈和悲壮的一幕。那就是我们那一代苦难而壮丽的青春写照！

如果说毛主席1939年5月4日在延安纪念"五四运动"的讲话《青年运动的方向》中提出，青年投身革命必须走与工农相结合的道路，确定了中国青年革命的方向的话，那个时代的革命知青上山下乡的主要目的，是参加抗日战争，救国救民。那一代的革命知青成了新中国元勋。

新中国成立以后，五六十年代，国家也安排过毕业的中小学生上山下乡，如1955年北京、天津、哈尔滨等城市动员一批知识青年组织青年垦荒队到北大荒建设集体农庄（如建设“北京庄”的杨华、建设“哈尔滨庄”的孟吉昌等），那是团中央学习苏联建设共青城而进行的一次试验，主要是想扩大耕地面积，解决粮食问题；1957年为了解决城市就业难的问题，也安排过城市毕业的学生参加新农村建设；1961年以董加耕、邢燕子、侯隽为代表的中学毕业生到农村落户，被毛主席肯定为培养革命接班人的方向，在他们的影响下，“文革”前数以万计的中学生上山下乡。当时正上高中的我们也蠢蠢欲动，中央为了保证高考的招生质量，后来又对中学生提出了“一颗红心，两种准备”的口号，防止大批优秀学生不升学都下乡的倾向。

中国的知青运动——大规模的上山下乡运动兴起在“文革”中的1968年夏天，因废除了高考制度，学生没有升学希望，官方又不需要几千万的中学生在城市再闹下去，上山下乡是转移革命力量（动荡的力量）最及时的办法，毛主席当时的想法是尽快结束“文革”。高潮是12月毛主席发表“知识青年到农村去，接受贫下中农的再教育，很有必要”之后，开始是学校的动员，后来就是社会的动员——强大的舆论和政策的压力，你不想走也不行了。从1968年始，到1974年终，据统计有1700多万大中小城市（其中上海知青111万，到黑龙江省的上海知青16.5万）的3届初中毕业生和3届高中毕业生（也包括回乡的中学生）到农村插队，到农场、林场和建设兵团当工人或兵团战士（屯垦戍边）。这是中国历史上一次人口最多的大迁徙，上山下乡的城市中学生加上回乡的中学生，总数达2000万，涉及的人有数亿人，他们是知青的家长和亲朋好友。

动员人数如此众多的年轻人到地域最边远、自然条件最恶劣的地方去工作和生活，其目的是什么？有许多政治上的说法，如让青年接受再教育，有利于世界观改造、培养革命接班人，如反修防修，缩小三大差别等；其实最现实问题是，中国的经济到了崩溃的边缘，大批中学毕业生无业可就，又无学可上，只好向经济不发达地区移民，解决几千万人的吃饭问题。国家的巨大困难被转嫁给农村和农民，转嫁给了城市毕业未分配的学生身上了，当然国家也耗费了巨额资金。劳民伤财的这场运动，历经10年，随着知青的1977年—1979年的大返城，草草地收场了。

事实就是这样，在上山下乡这个“国家行为”中，我们近2000万知青牺牲了学业，牺牲了青春，承担了国家的困难，保持了社会的稳定，最后结束

“文革”，到1978年12月召开党的十一届三中全会，实现了国家命运的转折。我们这些人上山下乡的意义，就如同电影《集结号》中谷子地连长带领的队伍，为保证大部队的转移，坚守在阵地上，部队转移后，由于通讯出了问题，结果只有谷子地活下来，其他的几十人都牺牲了。如果不是后来邓小平吹响了“集结号”，我们就不可能返城而最终都像那些战士一样牺牲在阵地上——我们就会像当年的北大荒的10万转业官兵一样，献完青春献终身，献完终身献子孙。其实我们的许多战友已经献终身了，还好，他们的子女有的按着政策返城了。可是，我们付出的代价太大了。可以设想，如不发生“文革”，没有如此规模的上山下乡运动，我们这一代人的处境，肯定比现在要好。对于知青运动，著名画家陈丹青有他自己的看法，他说：“所谓知青运动，是社会的隐疼，时代的败笔；数千万知青以光荣始而被遗弃终。我们不是革命者，但亲历了革命的后果；我们不曾参与建设，但个个目击了背后的代价；过去30年，社会已经草草打发了知青一代，此后人到中年晚年，一事无成，既不如上一代标榜革命而创建国家，也不及下一代，能以可度量的各种专业标准跻身国家栋梁。从祖国花朵、红色青年，直到芸芸草民，其中千分之一，略有所为。”虽然丹青先生的结论有些残酷，但事实大约如此。他也是当年的插队知青。只是“千分之一”的估计太悲观了，也可能“略有所为”的标准定得太高了。

20年来有许多学者对“文革”中的知青上山下乡运动进行了理论上的研究，如中央文献研究室研究员张化在《试论文化大革命中知识青年上山下乡运动》一文中指出：“作为劳动就业的一项措施，与社会生活的许多方面有着密切联系的知青上山下乡，在文化大革命的特殊条件下，变成了史无前例的政治运动中一个组成部分，其内涵和外延都发生了很大变化。究其原因，除了我国国情和经济体制方面的问题仍然存在以外，主要由于文化大革命给社会造成的混乱和所谓‘无产阶级专政条件下继续革命理论’的影响，使知青上山下乡在无数‘力’的作用下被扭曲了，演变成了一场运动。”

张化认为，“文革”中的知青运动给我国历史带来了影响深远的不幸后果，一是加重了“文革”给我国历史造成的“人才深谷”的现象。1968年至1978年全国上山下乡的知青达1623万，中国少培养了大专生100多万、中专生200多万人。二是造成国家在经济上的严重损失。“文革”中安置知青，国家财政支出达100多个亿，知青返城安置又有巨大支出。三是给广大农村的经济带来巨大的困难，给大部分知青家长造成严重负担。四是给知青的思想、文化、个人生活也带来许多不幸。

当然也有的学者在总体上否定知青运动为“一次培养和造就一代反修防修新人的不成功探索，是社会主义和建设过程中一次不成功的尝试”，同时也客观评价了知青运动中的积极因素：首先，上山下乡运动使知青冷静地、较全面而深刻地认识了中国国情，尤其是中国农村的实际情况。其次，知青在“与天斗，与地斗，与人斗”的实践中逐渐聪明起来，深沉起来。在三大实践活动中，增长了见识，练就了本领，学会了思考；从农民那里学到了勤劳、纯朴、智慧、坚韧。再次，上山下乡使知青自觉不自觉地养成了不甘落后、不甘沉沦、奋发进取的人生信念，培养起体察国情、民情，关切民族命运，希冀中国加快发展的政治品格。最后，知青在改变中国农村的贫穷落后面貌的社会工程中，在农村的两个文明建设中，尽了自己的努力，并取得了不可磨灭的业绩。(见杜鸿林《知识青年上山下乡运动的评价及其历史命运》)

作为千万知青中的一员，我亲身经历了这一场浩大的运动。虽然我只在北大荒待了8年，但由于身份的特殊，在北大荒当了6年记者，返城后，我又当了10多年的记者，对知青的前世和今生有了更宏观和更微观的观察与思考。多年来，我有一个夙愿，要为“我们”——当过知青的“老三届”写一部书。这出自我的责任，也出自我的良心。在《兵团战士报》当记者时，我自然是扎根边疆的鼓吹者。可我自己在1976年就返城了，后来身处高位、衣食无忧，而我的许多战友还在黑土地上过着艰难的日子，许多人已长眠在大山和莽原里，一想起他们心总有些不安。为了使自己的灵魂安宁，我唯一能做的事情，就是用我的笔，告诉人们他们的过去和现在。1995年，我在省作协工作的最后一年，曾想采写100个留在北大荒的老知青，想写一部长篇报告文学《永远的北大荒人》，而且跑了黑龙江垦区的许多农场，写出了10多篇，但因到文化厅任职，不得不放下这个计划，尽心去当公务员了。

2006年当我就要淡出官场的时候，我又把当年的愿望重新拾起，来写我最熟悉的群体——老知青。良心未泯，良知还在。为了遵守承诺，我放下身段，边走边写，做一代老知青的代言人。因为我和他们有共同的出处，也会有共同的归宿。因为我明白，我是谁，我从哪里来，我要到哪里去。

从2006年5月开始还愿，用一种最通俗的办法，在黑龙江省发行量最大的《生活报》上开一个专栏《我们的故事》，每周发一篇，经过一年以后，读者纷纷要求能尽快结集出书。正好作家出版社的朋友也对这本书怀有期望，（责任编辑贺平当年在黑龙江的“五七干校”当小知青，总编辑侯秀芬是在陕北插过队的老知青，编审潘静下乡在内蒙古建设兵团，她们的热情催生了这两部书。）这样一来，2008 年 1 月出版了《我们的故事》，这一年的 12 月又出版了《我们的故事 – 2》。

（二）

余秋雨先生说过这样的话：“在没有战争和灾荒的情况下，老三届可以说是 20 世纪有文化的年轻人中遭受最多磨难和折腾的群体之一。他们的经历不妨看成一段历史的生命化缩影。‘文革’的具体事端会渐渐淡忘，但这群人及后代却以一种乖戾的生命方式作永久性的记载。”（《老三届》）

20 世纪 90 年代的某一年夏天，我曾陪他在黑龙江采风，在从黑河到呼玛的船上我们讨论过这个问题。

关于知青的回忆文章和文学作品，我的朋友梁晓声、张抗抗、肖复兴和同代作家铁凝、史铁生、叶辛、陆星儿等，已写过许多，每一篇都让我们感动。但他们及广大读者对知青运动、对老三届的观点却大相径庭。有人认为，我们和祖国一起经历了苦难，我们在苦难中成长，有所作为，因此“青春无悔”。有人认为，我们是“文革”和知青运动的受害者，也是施害者，我们把红卫兵极“左”的思潮带到了广阔天地，给人民和自己都带来了灾难，我们应该忏悔……

无论别人怎样说，我还是要写，写我和我们自己的经历、自己的感受，为这段历史留下“生命化的缩影”，以告诫人们不能让那些刻骨铭心的悲剧再次发生。也告诉人们，在那个阴风浩荡的年代，在那边塞绝寒之地，也曾有鲜艳的人性之花开放。

我要写“知青时代”（下乡的 10 年）我们的苦难与风流，我还要写“后知青时代”（返城后的 30 年）我们的艰辛和坎坷。我要写我们，还要写和我们共命运的父老乡亲。我要写成功者的辉煌和灿烂，我更要写失败者的沮丧和无奈。总之写我们中的许多人在逆境中奋发拼搏，把种种人生经历变成财富，把最大的苦难咀嚼粉碎，凭着一股坚定的意志朝前走，和祖国一起从黑暗走向光明。当然我们也会反思和审视自己，由于当年的愚昧无知、狂妄自大、胆怯懦弱、自私和利己，怎样使自己和别人的命运雪上加霜。也许上帝都会原谅我们在那个特殊的时代的错误，但我们还是应该毫不回避地记录下来，那可能是我们的后代最为珍贵的《人生宝鉴》。

马克思曾说过这样的话："任何人类历史的第一个前提无疑是有生命的个体人的存在。""人们的历史始终只是人们个体发展的历史，而不管他们是否意识到这一点。"

我以为，知青就是那个时代的"标本"，每一个人的历史汇成了那个时代的历史。而这段历史对中国是特别重要的，是中国从黑暗走向光明、从崩溃走向新生的历史。我们是共和国历史上最低谷的"文革"10年和最高潮的改革开放的30年的亲历者和见证人。于是，我采取"抽样调查"的方式，在北大荒当过知青的百万人当中选取100人，然后把他们在"前知青时代"和"后知青时代"中有代表性又最具个性的故事写下来，以汇成一部时代画卷，留给历史的见证者本人，也留给历史，留给后人。

这种人物命运的纪实写作方式，始作俑者是美国的作家斯特兹·特拉克，代表作是《美国寻梦》。特拉克在美国以口述实录的方式采访了300多人，精选了其中的百篇汇集为这本书。这100人中有好莱坞巨星、企业大亨、政治首脑、美国小姐等上层人物，也有三K党魁、雇佣枪手、罪犯、偷渡移民及其他们的后代等美国三教九流各色人等。这本书记述了他们在美国本土寻找"美国梦"的人生经历中的所想所急和所得所失。这本书几乎成了美国的全景缩写，它被翻译成各种文字，当成了世界各国人认识美国社会的一个缩影。这本书还获得了美国非虚构类文学的最高奖"普利策文学奖"。

我也步特拉克的后尘，想写一本关于我们这一代的不仅在文学上有意义而且在社会学上更有意义的书。这无疑是个非凡的工程，操作起来十分困难。当年的知青像北大荒满山遍野的山花，随处可采，可现在他们绝大多数都回到了自己的家乡，在喧嚣的大都市，他们消逝在人群中。即使还留在北大荒的那些人，也埋没在大山和莽原深处了。于是我四处奔波，在密如森林的楼宇中和在边远的山村里寻找，寻找在中国历史上渐去渐远的身影……接待我的有共和国的部长，他们的身上还依稀看到年轻时的影子；接待我的也有坐在火炕上端着热辣辣老酒的知青战友，他们的面容像罗中立油画《父亲》一样的动人心魄。望着他们满脸沧桑的木讷的表情，我会忍不住流下眼泪。

我在开辟专栏讲述这些故事时，曾对老知青们说：

朋友啊，朋友，请你告诉我！
把你过去和现在的人生故事告诉我，
把你的苦难和幸福告诉我，
把你的成功和失败告诉我！
因为我们是时代的标本，
我们是一代苦难的风流。
我们走过漫长的风雪迷蒙的冬季，
我们的青春留在了无花的季节。
然而我们毕竟走过来了。
在那充满泥泞的路上，
我们搀扶而行，
留下一行行深深的足迹。

从1968年12月毛主席发出“知识青年到农村去”的指示、全国出现上山下乡的高潮算起，已经40年了。当年的知青逐渐走下历史的舞台，怀旧的情节，让我们再一次走回人生的起点。我也回到了我当年下乡的位于大小兴安岭交界的大山褶皱里的那个小山村（当年的兵团1师独立1营，后来划归一团，再后来划归爱辉县），我要寻找写满我们爱情的那片白桦林，寻找那埋在白桦林中我的战友的墓碑。很可惜，那片白桦林被砍伐掉已开成了大豆地，墓碑早已荡然无存了。我把从地边采来的一束鲜花放在那片地里，点燃了从城里带来的黄纸，叨念着心中的祭辞，眼泪流在脸上，滴落在地上。那黄纸化成红色的火苗，舞动着向天上飞旋，又化作黑色的蝴蝶，飞向遥远的天际。

回来的路上我们都沉默着，我耳边听起了朴树的那首忧伤的《白桦林》——

天空依然阴霾　依然有鸽子在飞翔
谁来证明那些没有墓碑的爱情和生命
雪依然在下　村庄依然安详
年轻的人们消逝在白桦林……
有一天战火烧到家乡

小伙子拿起枪奔赴边疆……

我想，我们——当年的知青何尝不是因为战火要烧到边疆，勇敢地奔赴黑龙江，走进白桦林。我们献出了青春，许多战友献出了生命！当年的2000多万年轻人义无反顾地从城市奔向农村边疆！你想一下，如果这2000多万年轻人在城里不断地折腾下去，中国会是什么样子？大学停办了，谁能在城里给2000万的我们找到饭碗！我们是怀着崇高的理想走的，我们的出走，为共和国承担了巨大的困难！然而一代人付出了青春和生命的代价！我们真的是不该被忘记的。

“谁来证明那些没有墓碑的爱情和生命？”

我来。

就是那一次返乡之旅，坚定了我坚持写完《我们的故事》的决心。为知青代言，为历史存照，就是这样的目的，让我克服困难，去完成自己神圣的使命。于是就有了多家报纸连载了两年半的知青故事和现在的这两部共70多万字的书——《我们的故事》。

在过去的将近3年的时间里，我四下上海、5次进京，又走了黑龙江农垦局所属的许多农场，采访了几百个知青。那些日子我每天都生活在感动和温暖中，有时采访时我和他们一起热泪长流，写到动情处竟痛哭失声。但我感到了从未有过的欣慰，我找到了一个说真话的作家的感觉。同时我也生活在责任的巨大压力之下，我不写就对不起埋在黑土地下的战友，不写就对不起就要遗失的历史！

（三）

现在我终于可以松一口气了，我已超额完成了自己的计划，这两本书我写了114个北大荒老知青的故事，其中说到的有名有姓的知青不下四五百人，书中的主要人物也有200多人，其中上海的知青就有42人，如下乡后被打成“反革命”大学毕业成为黑龙江省著名企业家的袁启鸿（《走出伤心地》）、献身知青事业的哈尔滨知青联谊会副主席唐坚（《艰难的探亲假》）、情系芍药沟的盛文秀（《早春的芍药》）、带着“小芳”回家的戴建国（《村里有个姑娘叫小凤》）、在黑河开小店的翁静之《黑土情缘》）、扎根边疆林场的“站人”

李颖（《“站人”李颖的幸福生活》）、小水电站专家黑河政协副主席张强富（《一个人和一条河》）、“垦荒模范”陆士龙（《永远的垦荒者》）、在烈火中重生的蒋美华（《火凤凰》）、历经生活磨难的乐兰英（《乐不起来》）、对乡亲比亲人还亲的王槐松（《真情》）、40 年如一日忧国忧民的陆建东（《位卑未敢忘忧国》）、两次受到周总理接见经历坎坷的咸氏三姐妹（《三人行》）、一个人改变一个县教育的张盾（《在三江汇合处》）、心系呼玛开发的教授刘琪（《圆梦》）、大山人的救护神张大东（《走进大册》）、“大兴安岭的音乐家”叶磊（《走上这高高的兴安岭》）、与鄂伦春兄弟血脉相连的阮显中（《血脉相连》）、无私支持边疆建设的优秀企业家张刚（《张刚，你是这样的人》）、在修路建设中死里逃生的周迈、林兰新（《青春铺就的路》）、投资家乡修路的王再放和她一家知青五兄妹（《一个家庭的非戏剧性剧本》）、情系黑土地的画家潘蘅生（《丈夫壮志》）等等。通过写这些上海知青，我认为在北大荒的近百万知青中，在边疆吃苦最多，返城后创业最难、对北大荒感情最深、对第二故乡贡献最大的就是上海知青。因为这些人的感人故事，让我从根本上改变了过去对上海人的不良印象。这是心里话。所以，每次到上海，和老知青相聚，我都感到了一种特殊的温暖。

（四）

下面汇报一下，我的知青故事的社会反响，我以为这不是对一个作家和一部作品的反响，而是整个社会对知青的关注。

哈尔滨的报纸是这样报道的（据《生活报》吴海鸥报道）——

著名作家、老知青贾宏图的反映北大荒知青命运的纪实文学在哈尔滨的《生活报》连载已过“100 期”，因真实感人，备受读者欢迎，每周刊发日，“洛阳纸贵”，人人争读，更有人剪报收藏，缺一不可。

2008 年 1 月作家出版社将专栏文章结集出版《我们的故事》，引起读者热烈反响。作者已经多次在哈尔滨和上海签名售书，每一次都场面感人，排队来购书者有当年在黑龙江下乡的各大城市的老知青，他们给自己买，也给远方的当年同时下乡的战友买，买书的也有 80 后、90 后的年轻读者。

这本新书引起媒体的广泛关注，北京、上海、天津、杭州、哈尔滨、西安等地的多家报刊发表书讯书评，海外的华文报纸也有报道。美国的《世界日报》在报道中说："上个世纪60年代开始，中国有2000万城市青年奔赴农村边疆，这是中国历史上空前绝后的一幕，在作家出版社出版的贾宏图最新长篇纪实文学《我们的故事》中，完全呈现。""作者像位考古工作者一样，在北大荒和知青返城的家乡间奔跑，寻找老知青的足迹和他们发生在昨天和今天的故事，历时多年，用爱和激情写成这部书。"《光明日报》《文汇报》《文学报》等10多家报纸选载或连载了书中的故事。在国内有广泛影响的《作家文摘》在"纪念改革开放30年的特选作品"专栏里连载了这部作品，按语中说："翻开这部书，犹如推开一道沉重的历史之门，扑面而来的，却是豪情满怀的鲜活人生：纯真的理想，没有墓碑的爱情和生命，以及柔韧亮丽的人性之花……北大荒知青们可歌可泣的真实故事，读来无不为之动容。"

北京、上海、济南和黑龙江省、哈尔滨等城市的广播电台在文学节目连播了《我们的故事》，收听者甚众，有在上班的车上听的高官，也有在公园里晨练时听的退休工人和天天按时收听的出租车的司机。有的听众为收听《我们的故事》还专门购买了收音机。国家广电总局副局长胡占凡亲自给北京广播电台打电话对连播此书表示祝贺。这部书也在海外广泛传播。美国南加州的中国知青联谊会组织部分在美的老知青朗诵了这部书中的40个故事，通过自己创办的网站，在华人中流传，还在当地的《世界日报》选载了这本书中知青的故事，感动了许多华人读者。

另有全国10多家网站转载此书，引发数以万计的网评。有的网友给作者留言："真的应该深深地感谢你，把我带回到了曾经走过的道路和记忆中，你用辛勤的写作、真挚的情感、朴实的文笔，记录着那段知青上山下乡的历史，一代人至少10年的青春跨越，甚至延长至今。它虽然不如二万五千里长征悲壮，惊动世界；但它却牵动亿万人，曾经为之动容。更重要的是一代人的经历毕竟要在中华民族史上，留下浓重的一笔，因为知青昨天的故事，实在是可歌可泣。"一位当年兵团5师51团16连的战士王丽英在给作者的留言中说："我以一个当年知青的名义，向你致敬，感谢你，为我们知青留下清晰的足迹，让历史记住我们。我现在河南一个原东北迁来的军工厂里，我们厂里有100多个当年的知青，我们的父亲就是为了能把我们从乡下带进工厂而南迁的。如今你的作品在我们厂的知青中抢着传看，你写得真好！"一位叫刘振的老知青在网上留言："作为一名曾经上山下乡插队落户、大学毕业后现在仍工作在黑河的上海知青，我非常愿意欣赏和拜读您的《我们的故事》系列作品，文章文笔清新、感情真挚，30 多年的知青岁月，仿佛就在眼前，每每掩卷，唏嘘、叹息、感慨、回忆、遐想、思考、反省……不禁令人心潮起伏，思绪万千。感谢老贾大哥！您的笔忠实又艺术地记录和保存了知青历史，可使我们的长辈、同辈和晚辈从各自不同的角度审视和评价这段难忘的历史，可谓功德无量！真心希望辑录成书，让更多的人了解那段历史。"

此书也在文学界引起好评。著名作家梁晓声致信作者："宏图，我对你的此书的评价那就是——无一等情怀，断无这样一本书问世。无这样一本书问世，关于知青的历史，则断不能是真实的历史。""我一直期待，能有一本书，从特别真实的角度，折射特别发人深省的'知青时代'之特别。""100 个人，100 种坎坷，100 种令人唏嘘不止的人生——宏图，你做了小说家力所不逮之事。而且，这件事正该你做！"著名作家张抗抗、陆天明、肖复兴、石钟山、蒋巍、白烨等也对本书的社会意义或文学价值给予积极评价并向读者热荐。

根据读者的需要，《我们的故事》在印发 1 万册的基础上，作家出版社又加印 6000 册，后再加印两千册，正在各大城市书店销售。根据读者需要，出版社还可能加印。在读者的鼓励和督促下，作家日夜兼程，8 月已把续集的书稿交作家出版社，预计 12 月，新书将与读者见面。

据记者了解，此书将编集《生活报》正在和将要连载的 49 个故事，和上集的 60 多个故事一样仍然有强烈的感染力，催人泪下、让人感慨唏嘘的篇章很多。作者既写了"前知青时代"主人公在特殊的苦难境遇中的生与死、爱与恨和慷慨与悲凉、进取与退却的经历，也写了"后知青时代"主人公的从头再来、艰辛创业的光荣与辉煌以及被社会遗忘和淘汰后的彷徨与无奈，其中不乏英雄主义的颂歌。作者在续集中仍关注普通老知青的人生境况。爱与死的悲情故事，仍然是书中的重要篇章，那是时代造就的人生悲剧，有人性被摧残的惨烈，也有人性在挣扎中闪烁的凄美。对苦难的回忆也充满了温情，作者惋惜在苦寒绝境中消磨的青春，也盛赞在冰雪中绽放的美丽的花朵。这也是本书的一大特色。

（五）

我是个纪实文学作家，这两本《我们的故事》也是纪实文本。我知道纪实文学的特殊功能，以及纪实文学作家可为"小说家力所不逮之事"（梁晓声语），但我仍然尊重小说家，如梁晓声、王安忆和叶辛这样有宏观把握历史、微观洞察人生能力的小说家，他们可为时代留下史诗般的巨著，那也是纪实文学作家“力所不逮的事”了。为世界上绝无仅有的“中国知青运动”留下史诗，我们寄希望于梁晓声、王安忆、叶辛等知青小说家了。

今年5月在上海举办影响很大的知青油画展，美术评论家毛时安的序言让我们感动，他说：“人类历史上有因为战乱和灾荒的人口大迁徙，但从来没有过一次人数如此众多，时间如此漫长、以纯粹年轻人为主体的如此壮观的生命大迁徙。这样的事情，中国历史上从未有过，人类历史上也未曾发生。上山下乡运动，是用青春、热血和生命谱写的历史强音。”“知青们用自己的聪明才智给荒原带来文明，用自己尚未成熟的身躯，支撑了共和国大厦。他们不仅将青春甚至生命托付给了自己为之奋斗、深深挚爱的土地。历史不会忘记知青，也不应该忘记知青。”

也许，这是对知青运动一个最积极的评价。无论怎么说，这个空前绝后的事件，对中国对整个人类都是一部难得的教科书。无疑是作家的创作富矿。第二次世界大战写了多少年了，出了多少名著；连对美国是个耻辱的越战，他们又写了多少书，拍了多少电影？而参战的美国青年，绝无中国的知青多。

我以为知青文学并不会因为纪念知青下乡40年而终结，而应该是新的开始。只要我们这些人和我们的后代还活着，就有故事发生。当然，我们这帮知青会渐渐老去，但知青文学是会比我们生命更长久的事业。

但愿这次聚会是知青文学创作新高潮的一次动员和战斗队伍的集结。

而我的发言，是众多冲锋号中的一支。

图书在版编目（CIP）数据

青春1968 / 贾宏图 著. -- 北京：作家出版社，2015. 2
ISBN 978-7-5063-7766-9

Ⅰ. ①青… Ⅱ. ①贾… Ⅲ. ①长篇小说 - 中国 - 当代
Ⅳ. ①I247. 5

中国版本图书馆CIP数据核字（2014）第310396号

青春1968

作　　者：贾宏图
责任编辑：贺　平
装帧设计：周思陶
图片编辑：吴乃华　王　森
插　　图：刘广海
出版发行：作家出版社
社　　址：北京农展馆南里10号　　邮　　编：100125
电话传真：86-10-65930756（出版发行部）
86-10-65004079（总编室）
86-10-65015116（邮购部）
E-mail:zuojia@zuojia.net.cn
http://www.haozuojia.com（作家在线）
印　　刷：三河市北燕印装有限公司
成品尺寸：170 × 240
字　　数：440千
印　　张：26.25
版　　次：2015年2月第1版
印　　次：2015年2月第1次印刷
ISBN 978-7-5063-7766-9
定　　价：47.00元